Jana Oliver vit à Atlanta en Géorgie. Elle a autopublié ses trois premiers romans pour comprendre la réalité du monde de l'édition et la fabrication d'un livre. Aujourd'hui, elle est éditée chez un prestigieux éditeur américain – et à travers le monde ! Jana Oliver aime découvrir de nouvelles et terrifiantes légendes urbaines, se promener dans de vieux cimetières et manger beaucoup trop de chocolats très chers.

DEVIL CITY

Jana Oliver

DEVIL CITY

TOME I

Traduit de l'anglais (États-Unis)
par Nenad Savic

CASTELMORE

Titre original : *The Demon Trapper's Daughter*
Copyright © 2011 by Jana Oliver
Tous droits réservés

© Bragelonne 2012, pour la présente traduction

Loi n° 49-956 du 16 juillet 1949 sur les publications destinées à la jeunesse

Dépôt légal : mars 2012

ISBN : 978-2-36231-046-1

Castelmore
60-62, rue d'Hauteville – 75010 Paris
E-mail : info@castelmore.fr
Site Internet : www.castelmore.fr

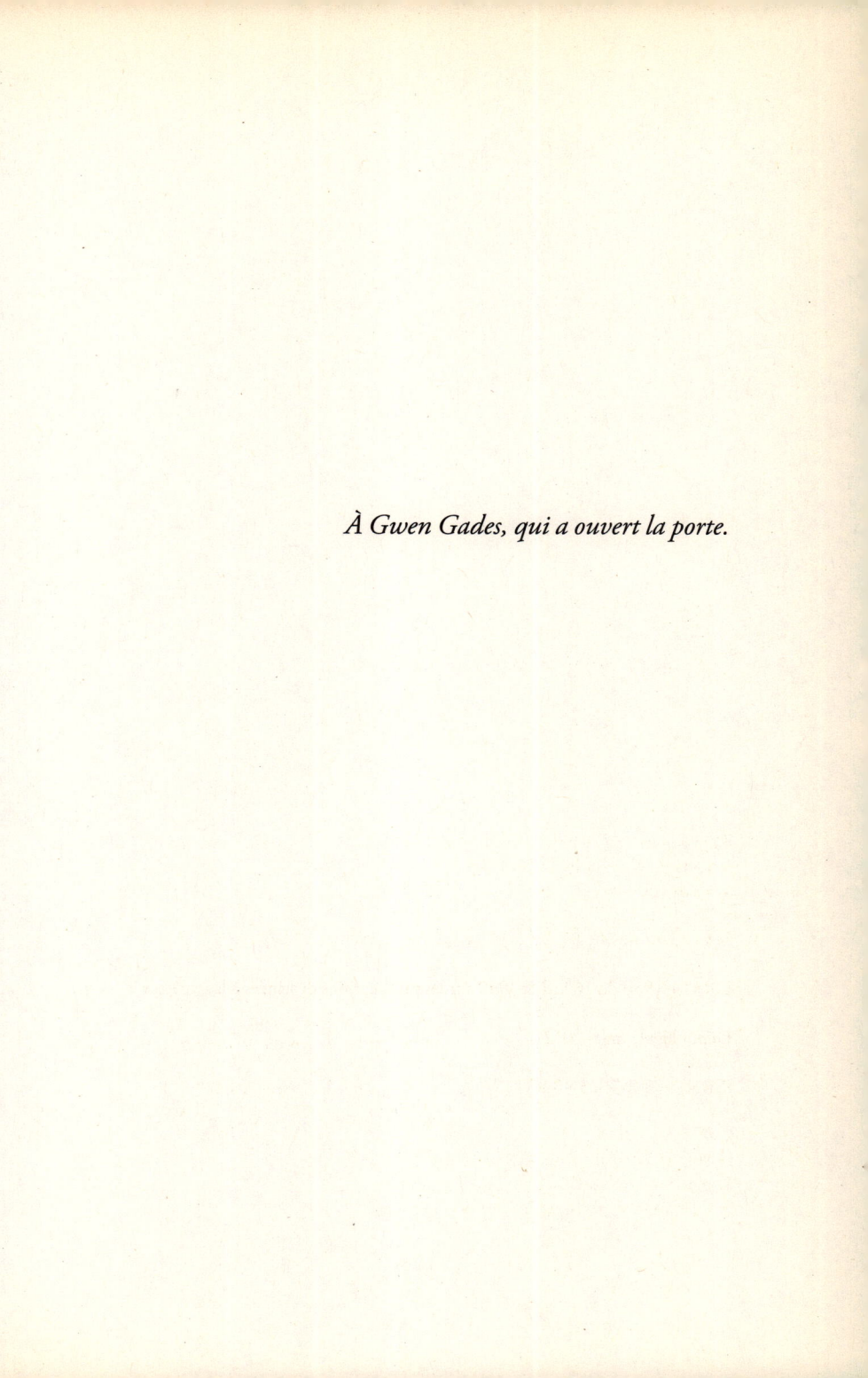

À Gwen Gades, qui a ouvert la porte.

Remerciements

Après un travail colossal, les remerciements... faites-moi confiance, c'est la partie la plus facile du boulot!

Tout d'abord, je remercie de tout mon cœur mon amie P. C. Cast, qui m'a encouragée à écrire ce livre pour les «jeunes adultes». Grâce aux conseils avisés de sa fille Kristin, mes ados ne parlent pas trop comme... eh bien, des vieux. Tous ces efforts auraient été vains si Meredith Bernstein, mon agent, n'avait pas cru en mes histoires et ne leur avait pas trouvé une maison. Mon éditrice, Jennifer Weis, son assistante, Anne Bensson, ainsi que les éditrices Hilary Teeman et Lauren Hougen, m'ont guidée dans la jungle littéraire de New York et m'ont permis de tirer le meilleur de mes idées.

Merci également à Ilona Andrews, avec qui j'ai échangé des techniques d'écriture, et à Gordon Andrews, dont les conseils m'ont été précieux pour créer le passé militaire de Denver Beck. William McLeod a rendu maître Angus Stewart plus écossais, et le cimetière d'Oakland m'a inspiré le plus parfait des décors. Un tonnerre d'applaudissements pour mes pauvres relecteurs et amicaux critiques Nanette Littlestone, Aarti Nayar, Dwain Herndon et Jeri Smith-Ready, ainsi que pour Jean Marie Ward et Michelle Roper, à qui j'ai fait lire mon manuscrit et qui ont su me dire «Mais non, ton livre n'est pas nul!» quand j'en avais besoin. Enfin, je remercie sincèrement ma belle ville d'Atlanta de ne pas m'avoir donné envie de déménager dans un autre État. Du moins pas encore.

Depuis le début, un homme m'a accompagnée dans cette aventure, mon mari Harold. Sans lui, je ne serais pas là. Les rêves sont toujours plus riches quand ils sont partagés.

« L'Enfer est vide et tous les démons sont ici. »
WILLIAM SHAKESPEARE, *La Tempête*, acte I, scène II.

Chapitre premier

2018
Atlanta, Géorgie

Riley Blackthorne leva les yeux au ciel.

— Ah! les démons et les bibliothèques… Je me demande ce qui peut bien les attirer ici.

En entendant le son de sa voix, le monstre perché sur la pile de livres siffla et eut un geste obscène.

La bibliothécaire rit sous cape sans lâcher des yeux ses antiques volumes.

— Il n'arrête pas de faire ça depuis que nous l'avons trouvé.

Elles se trouvaient au deuxième étage de la bibliothèque de droit de l'université, entourées de livres massifs et d'étudiants concentrés. Enfin, ils étaient concentrés avant l'arrivée de Riley, dont ils épiaient désormais le moindre mouvement. Son père appelait cela «captiver le public». Elle était très mal à l'aise à cause de ses vêtements de travail. À côté du tailleur bleu marine de la bibliothécaire, son tee-shirt, son pantalon et sa veste en jean faisaient très «tiers-monde».

La femme brandit une fiche plastifiée. Les bibliothécaires ne pouvaient pas s'empêcher de tout cataloguer, même les créatures de l'Enfer. Elle examina le démon puis consulta sa fiche.

—Environ huit centimètres de haut, une peau couleur moka brûlé et des oreilles pointues. Oui, c'est bien un Biblio. Parfois, on les confond avec les Kleptos. On a déjà eu les deux, ici.

Riley hocha la tête.

—Le truc des Biblios, ce sont les livres. Au lieu de les voler, ils préfèrent uriner dessus ; ça fait une grande différence.

Comme par hasard, le vilain démon envoya un arc d'urine vert phosphorescent dans leur direction. Par chance, les démons de cette taille possédaient un équipement à leur échelle et donc à la portée limitée, ce qui n'empêcha pas Riley de faire un pas circonspect en arrière.

Une puanteur de vieilles baskets se répandit.

—On dit que c'est très bon contre l'acné, plaisanta la jeune fille en agitant une main devant son nez.

La bibliothécaire sourit.

—C'est pour ça que votre peau est si pure.

Très souvent, les clients s'étonnaient de voir débarquer quelqu'un d'aussi jeune que Riley, et ils n'étaient pas très rassurés, même quand elle leur présentait sa carte d'apprentie piégeuse de démons. Contrairement à ce qu'elle avait cru, cela n'avait pas changé lorsqu'elle avait eu dix-sept ans. Toutefois, la bibliothécaire semblait la prendre au sérieux.

—Depuis combien de temps est-il là ? demanda la piégeuse.

—Pas longtemps. J'ai appelé tout de suite, donc il n'a pas encore fait trop de dégâts. Avant, c'était votre père qui s'occupait d'eux pour nous, et je suis contente que vous repreniez le flambeau.

Tu parles… Comme si quiconque pouvait remplacer son père.

Riley coinça une mèche de cheveux bruns rebelles derrière son oreille, mais elle n'y resta pas longtemps. La jeune femme retira sa barrette, se recoiffa et la remit en place. Ainsi, le petit démon ne pourrait pas lui emmêler la tignasse. Et puis, elle avait besoin de temps pour réfléchir.

Elle n'était pas vraiment une débutante. Elle avait déjà capturé des Biblios, mais jamais dans une bibliothèque universitaire pleine de professeurs et d'étudiants, dont quelques-uns vraiment très sexy. L'un d'entre eux la regardait d'une façon plus appuyée que les autres, et elle regrettait d'être si mal habillée. Elle triturait la sangle de son sac de coursier en jean avec nervosité lorsque ses yeux se posèrent sur une porte toute proche. «Livres rares», lisait-on sur une pancarte. Un démon pourrait faire énormément de dégâts dans un tel endroit.

—Vous comprenez notre inquiétude…, chuchota la bibliothécaire.

—Je comprends.

Les Biblios détestaient les livres. Ils prenaient un malin plaisir à saccager les rayonnages, urinant partout, déchirant, déchiquetant ce qui leur tombait sous la main. Réduire à l'état de compost une salle pleine de livres inestimables était le rêve inavouable de ces créatures. De quoi leur valoir une promotion, si une telle chose existait en Enfer.

Le principal, c'est la confiance en soi. En tout cas, c'était ce que son père lui disait toujours. Sauf que c'était beaucoup plus facile quand il était à ses côtés.

—Je vais le faire sortir d'ici, ne vous inquiétez pas.

Un nouveau torrent d'injures arriva dans sa direction. La voix suraiguë du démon ressemblait à celle d'une souris lentement écrasée par une enclume. Cela lui faisait toujours mal aux oreilles.

Ignorant le monstre, Riley racla sa gorge soudainement sèche et énuméra les conséquences potentielles de son action ; c'était la routine de tout piégeur de démon. Dans un lieu public comme celui-ci, le client devait savoir qu'une telle intervention comportait des risques de causer des dégâts structurels au bâtiment ou de voir le démon prendre possession de l'esprit d'un innocent.

La bibliothécaire l'écouta avec attention, ce qui était inhabituel.

—Vous parlez de possession démoniaque…, dit-elle en écarquillant les yeux. Ces choses-là arrivent vraiment ?

—Non ! Non, pas avec les petits démons. Avec les grands, oui.

C'était une des raisons pour lesquelles Riley aimait capturer les petits. Ils mordaient, griffaient, urinaient partout, mais ils ne pouvaient s'emparer de votre âme ni s'en servir comme d'un palet de hockey pour l'éternité.

Si tous les démons avaient été comme celui-ci, son métier aurait été facile, mais ce n'était pas le cas. La Guilde des piégeurs de démons classait les démons en fonction de leur intelligence et de leur dangerosité. Ce démon-ci était un monstre de Classe un : vilain, mais pas véritablement dangereux. Il y avait les démons de Classe trois, des machines carnivores aux mâchoires et aux dents puissantes, et, au sommet de l'échelle, les bêtes de Classe cinq, les Géos, capables de générer une tempête au milieu d'un centre commercial ou de provoquer un tremblement de terre d'un simple mouvement du poignet. Et puis il y avait les Archidémons, qui donnaient corps à vos pires cauchemars.

Riley se concentra sur sa tâche. Le meilleur moyen de combattre un Biblio était de lui faire la lecture. Plus la prose était ancienne et dense, plus c'était efficace. Les romans d'aventures ne faisaient qu'attiser leur intérêt, aussi était-il préférable de choisir quelque chose de vraiment ennuyeux. Elle plongea la main dans son sac et en sortit l'arme ultime : *Moby Dick*. Le livre s'ouvrit tout seul sur une page tachée de vert.

La bibliothécaire regarda le texte.

— Melville ?

— Ouais. Papa préfère Dickens ou Chaucer. Pour moi, c'est Herman Melville. Qu'est-ce que je m'emm… enfin, qu'est-ce que je m'ennuyais en cours de littérature ! Je m'endormais chaque fois. (Elle désigna le démon du doigt.) Le livre aura le même effet sur lui.

— Je peux exaucer un de vos vœux, fille de Blackthorne ! lança le démon d'un ton enjôleur en cherchant autour de lui un endroit où se cacher.

Riley connaissait la musique : si elle acceptait, elle serait obligée de libérer le démon. Accepter une faveur de la part d'un démon, cela ne se faisait pas, tout simplement. C'était un peu comme les chips : on en goûtait une, et on ne pouvait plus s'arrêter. Le temps de dire « ouf ! », on se retrouvait à toquer à la porte de l'Enfer sans comprendre pourquoi, et on portait un panneau « Propriété de Lucifer » autour du cou.

— Sûrement pas, marmonna Riley.

Elle s'éclaircit la voix et commença à lire :

— « Appelez-moi Ismaël. »

Un gémissement audible lui parvint depuis le sommet de la pile de livres.

— « Il y a quelques années de cela – inutile de préciser combien –, n'ayant presque plus d'argent en poche ni de raison de rester à terre, je décidai de naviguer et de visiter les mers du globe. »

Elle continua à le torturer en essayant de ne pas pouffer. Il y eut un autre gémissement, puis un cri d'angoisse. S'il en avait, le démon devait être en train de s'arracher les cheveux.

— « C'est ma façon à moi de soigner mon spleen, de réguler ma circulation. Dès que j'ai une mine lugubre, que mon âme est un mois de novembre gris et pluvieux… »

Il y eut un bruit mat alors que le démon s'écroulait, inconscient, sur l'étagère métallique.

— Un à zéro ! s'exclama Riley.

Elle se tourna furtivement vers un beau garçon assis à une table toute proche, laissa tomber son livre et sortit de son sac un verre en plastique orné d'un ourson en train de danser.

— C'est un gobelet pour bébé ? s'étonna la bibliothécaire.

— Oui. Ils sont parfaits pour ça. Il y a des trous sur le dessus pour que le démon puisse respirer, et le couvercle est très difficile à dévisser. En plus, ajouta-t-elle en souriant, les monstres les détestent.

Riley se hissa sur la pointe des pieds, attrapa la créature par une patte griffue et l'examina avec attention. Il leur arrivait de faire semblant de dormir pour s'échapper.

Celui-ci, toutefois, était bel et bien hors d'état de nuire.

— Bien joué. Je vais signer votre réquisition, annonça la bibliothécaire en se dirigeant vers son bureau.

Riley s'autorisa un sourire d'autosatisfaction. Tout s'était passé comme sur des roulettes. Son père serait fier d'elle. Tandis qu'elle s'apprêtait à faire glisser le démon dans le verre, elle entendit un rire grave et sinistre. Un instant plus tard, un courant d'air lui frappa le visage, la forçant à cligner des yeux. Des feuilles de papier volèrent sur les tables. Se rappelant les conseils de son père, Riley resta concentrée sur le démon. Il se réveillerait vite, et alors, le Biblio serait déchaîné. Comme elle le mettait dans le verre, le monstre s'agita.

— Oh ! non, certainement pas, dit-elle.

Le courant d'air se fit plus violent. Les feuilles de papier ne se contentèrent plus de se soulever mollement, mais elles tourbillonnèrent dans la salle comme celles d'un arbre.

— Qu'est-ce qui se passe ? demanda un étudiant.

Un bruit étrange se fit entendre. Riley leva les yeux et vit les livres glisser doucement, un à un, des rayonnages. Ils restèrent suspendus dans les airs tels des hélicoptères, puis changèrent brusquement de position. Soudain, l'un d'entre eux fonça vers la tête d'un garçon, qui se cogna le menton contre la table en l'évitant.

Le vent se renforça, soufflant dans les rayonnages comme une tempête dans une forêt. Il y eut des cris et le bruit étouffé de chaussures courant sur la moquette, tandis que les étudiants se précipitaient vers les sorties.

Le Biblio gigota, cracha des obscénités, agita les bras dans toutes les directions. Alors que Riley s'apprêtait à réciter un passage de Melville qu'elle avait mémorisé, l'alarme à incendie se déclencha et couvrit sa voix. Un ouvrage volumineux la heurta à l'épaule et la projeta contre une étagère. Sonnée, elle secoua la tête. Le verre et son couvercle étaient à ses pieds. Le démon n'était plus là.

—Non ! Ne fais pas ça !

Paniquée, elle se lança à sa poursuite, non sans avoir ramassé et fourré gobelet et couvercle dans la poche de sa veste. Dans le maelström de livres, de feuilles de papier et autres cahiers, elle finit par repérer le démon qui se dirigeait vers une porte fermée. Celle de la salle des livres rares. Elle se baissa pour éviter une volée d'ouvrages usuels volant au-dessus d'elle comme des mouettes enragées.

Elle devait absolument enfermer ce démon.

Horrifiée, elle vit la porte de la salle des livres rares s'entrouvrir. Un étudiant stupéfait sortit la tête par l'entrebâillement pour voir ce qui se passait. Comprenant que c'était le moment ou jamais, le démon pressa le pas. Il bondit sur une chaise tout juste abandonnée par un étudiant terrifié, puis sur le bureau des références. Ses petites pattes martelant le bois, il prit son élan, plongea par terre, se réceptionna avec une roulade et prit la direction de la porte tel un joueur de football américain miniature fonçant vers la ligne adverse.

Riley se précipita à sa poursuite sans le lâcher des yeux, bousculant ceux qui se trouvaient sur son passage. Comme elle passait par-dessus le bureau des références, quelque chose lui heurta le dos et lui fit perdre l'équilibre. Elle tomba dans une mer de crayons, de feuilles de papier et de boîtes métalliques. Soudain, elle sentit une déchirure : son jean ne sortirait donc pas indemne de cette mission.

Avançant à quatre pattes, elle s'étira, allongea les bras aussi loin qu'elle le put. De la main droite, elle attrapa le démon par la taille et l'attira jusqu'à elle. Le monstre cria, se tordit dans tous les sens et urina, mais elle refusa de le lâcher. Elle sortit le gobelet de sa poche et fourra le monstre à l'intérieur. La main posée dessus en guise de couvercle, elle s'allongea sur le dos et contempla le plafond. Tout autour d'elle, les lumières clignotaient et les alarmes hurlaient. Sa respiration était saccadée, sa tête la faisait souffrir, et elle avait mal à ses genoux écorchés.

L'alarme se tut soudain, et elle laissa échapper un soupir de soulagement. Le rire sinistre résonna de nouveau. Elle en chercha la source de tous les côtés, en vain. Un grondement grave se fit entendre du côté d'une étagère massive, à sa droite. Obéissant à son instinct, elle roula dans la direction opposée et ne s'arrêta que lorsqu'elle rencontra le pied d'une table. Dans une plainte de métal tordu, l'étagère bascula, décrivit un arc parfait et s'écrasa à l'endroit où Riley se trouvait encore quelques secondes plus tôt, envoyant livres, pages et reliures cassées dans toutes les directions. Alors, les débris qui voletaient dans la salle tombèrent tous au sol, comme si quelqu'un avait éteint un ventilateur géant.

Une douleur vive à la main fit sursauter la jeune fille, qui se cogna la tête contre la table.

— Merde ! jura-t-elle en grimaçant.

Le démon l'avait mordue. Elle secoua le verre pour désorienter le monstre et se releva tant bien que mal. Elle s'appuya contre la table, tandis que le monde tournoyait autour d'elle. Des visages commencèrent à sortir de sous les bureaux et les rayonnages de livres. Quelques filles pleuraient, et un garçon costaud se tenait la tête à deux mains en geignant. Tous les regards étaient posés sur elle.

Elle comprit vite pourquoi tout le monde avait les yeux rivés sur elle. Ses mains étaient maculées d'urine verte, tout comme son tee-shirt favori. Il y avait du sang sur son jean, et elle avait perdu une basket. Quant à ses cheveux, ils pendaient sur son épaule en une masse informe et inextricable.

Elle s'empourpra. *Un partout...*

Lorsque le démon essaya de la mordre de nouveau, elle secoua le verre avec colère, se vengeant sur la bête.

Mais celle-ci se contenta de se moquer d'elle.

La bibliothécaire s'éclaircit la voix.

— Vous avez fait tomber ceci, dit-elle en lui tendant le couvercle.

La femme semblait sortir d'une soufflerie. Sur sa joue était collé un Post-it jaune sur lequel était griffonné « Dentiste, lundi matin à 10 heures ».

Riley prit le couvercle d'une main tremblante et le vissa sur le verre.

Le démon hurla des obscénités et lui adressa deux doigts d'honneur.

J'en ai autant à ton service, connard.

La bibliothécaire contempla le chaos qui les entourait et soupira.

— Dire qu'autrefois, les poissons d'argent étaient notre plus gros souci.

Riley regarda d'un air sinistre les infirmiers embarquer deux étudiants sur des brancards. Le premier portait une minerve, le second marmonnait des inepties sur la fin du monde. Des sonneries de téléphones portables diverses retentissaient périodiquement, tandis que les parents qui avaient eu vent de ce qui venait de se produire prenaient des nouvelles de leurs rejetons. Certains étudiants étaient tout excités et racontaient à leurs géniteurs qu'ils avaient tout filmé et qu'ils posteraient bientôt les vidéos sur Internet. D'autres étaient terrorisés.

Comme moi.

Ce n'était pas juste. Elle avait respecté le protocole à la lettre. Enfin, pas tout à fait, mais les Biblios n'étaient pas censés avoir de pouvoirs psychocinétiques. Les démons de Classe un n'étaient normalement pas capables de générer ce genre de tempête, et pourtant, c'était bien arrivé. Peut-être y avait-il un autre démon dans la bibliothèque, mais ceux-ci ne travaillaient jamais en équipe.

Qui s'est moqué de moi, alors ? Lentement, elle étudia les personnes encore présentes. Mystère… Un des gars sexy qu'elle avait repérés en arrivant fourrait des livres dans son sac à dos. Quand leurs regards se croisèrent, il secoua la tête d'un air désapprobateur comme si elle était une petite fille de cinq ans trop turbulente.

Un gosse de riche. Forcément, puisqu'il était encore étudiant.

Elle sortit un soda tiède de son sac de coursier et en avala quelques longues gorgées. Impossible de faire partir le goût de vieux papier dans son arrière-gorge. Tandis qu'elle rangeait la bouteille, la douleur de la morsure que lui avait infligée le démon se réveilla. Elle commençait à enfler, et son bras la faisait souffrir jusqu'au coude. Seule l'Eau bénite la soignerait, mais les flics lui avaient demandé de ne pas quitter les lieux pour le moment. Sans compter que la bibliothécaire n'apprécierait pas trop qu'elle mouille sa moquette.

Au moins les flics avaient-ils cessé de lui poser des questions. L'un d'entre eux avait bien tenté de la brusquer pour la faire parler, mais cela l'avait rendue folle de rage. Alors elle avait appelé son père et lui avait expliqué que quelque chose avait mal tourné, avant de devoir passer le téléphone au policier.

— Monsieur Blackthorne ? Nous avons un problème, disait l'officier exaspéré.

Riley ferma les paupières et tenta de ne pas écouter. En vain. Le flic évoqua son attitude, mais son père le dissuada de s'aventurer sur ce terrain-là. Il avait peaufiné sa technique en matant des élèves bien plus difficiles au lycée.

Apparemment, les flics du campus aussi étaient sensibles à sa voix. Le policier marmonna des excuses et rendit son téléphone à la jeune fille.

— Papa, je suis désolée…

Ses yeux s'emplirent de larmes. Comme elle refusait de pleurer devant le flic, elle lui tourna le dos.

— Je ne sais pas ce qui s'est passé.

De l'autre côté de la ligne, le silence était absolu. *Pourquoi est-ce qu'il ne dit rien ? Il doit être furieux. Il va me tuer.*

— Riley…, finit par dire son père avant de prendre une profonde inspiration. Tu es sûre que tu vas bien ?

— Ouais.

Inutile de lui parler de la morsure ; il la verrait bien assez vite.

— Bien. C'est tout ce qui compte.

Malheureusement, pensa Riley, *l'université risque de se montrer moins compréhensive.*

— Je ne peux pas me libérer, mais je vais envoyer quelqu'un te chercher. Je ne veux pas que tu rentres en bus toute seule après ce qui s'est passé.

— D'accord.

Encore un silence qui sembla durer une éternité. Son cœur se serra.

— Riley, quoi qu'il arrive, n'oublie jamais que je t'aime.

Clignant des yeux pour ravaler ses larmes, Riley rangea son téléphone dans son sac. Elle savait ce que pensait son père : elle pouvait dire adieu à sa carte d'apprentie.

Mais je n'ai rien fait de mal.

La bibliothécaire s'agenouilla près de sa chaise. Elle était de nouveau impeccablement coiffée et habillée. Riley l'envia pour cela. Le monde pourrait s'arrêter de tourner, mais cette femme serait toujours tirée à quatre épingles. Peut-être que c'était un truc de bibliothécaire, quelque chose qu'on leur apprenait à l'école.

— Vous voudriez bien signer ceci ? demanda-t-elle.

Riley s'attendait à découvrir une longue liste d'objets cassés et de livres détériorés qu'elle devrait rembourser, au lieu de quoi il s'agissait d'une facture classique, du genre de celle qu'on signait quand on avait terminé un travail.

— Mais…

— Vous l'avez attrapé, dit la bibliothécaire en montrant le verre posé sur la table. Par ailleurs, j'ai jeté un coup d'œil à la classification des démons, et vous n'avez pas seulement eu affaire à un tout petit démon de rien du tout, pas vrai ?

Riley acquiesça de la tête et signa le formulaire malgré ses doigts engourdis.

— Bien, poursuivit la femme en écartant une mèche du visage de Riley et en lui souriant timidement. Ne vous en faites pas, tout ira bien.

Et elle s'en fut.

C'était ce que lui avait dit sa mère juste avant de mourir. Et son père après que leur appartement avait été ravagé par le feu. Les adultes faisaient toujours comme s'ils pouvaient tout arranger.

Mais ce n'est pas vrai. Et ils le savent.

Chapitre 2

Forcé d'attendre à l'extérieur de la bibliothèque, Denver Beck laissa échapper un long soupir en passant la main dans ses cheveux blonds et courts. La fille de son mentor venait de gagner le championnat du monde des plus mauvais apprentis. Cela l'embêtait non seulement parce qu'elle allait avoir des tas d'ennuis avec la Guilde, mais aussi parce que le champion du monde déchu, c'était lui. Qui aurait cru qu'elle surpasserait un jour sa capture catastrophe d'un Pyro dans une station de métro en pleine heure de pointe, désastre qui avait nécessité l'intervention des pompiers et d'une équipe de décontamineurs ?

— Et pourtant, tu y es arrivée…, bougonna Beck avec son accent traînant de Géorgie. Merde, ça va nous coûter bonbon, ajouta-t-il, incrédule, en secouant la tête.

Il roula des épaules dans un effort vain pour se détendre. Il était tendu depuis que Paul avait téléphoné pour lui annoncer que Riley était dans le pétrin. Beck s'était mis en route pour la bibliothèque avant la fin de leur conversation. Il devait bien cela à Paul.

Bloqué à l'entrée de la bibliothèque par les flics, il avait pris son mal en patience et discuté avec quelques étudiants présents au moment de la capture. Il n'avait eu aucun mal à obtenir des informations, car il avait à peu près le même âge qu'eux. Quelques-uns lui dirent qu'ils avaient vu Riley attraper un petit démon, mais aucun ne savait vraiment ce qui s'était passé ensuite.

— C'est louche, marmonna Beck dans sa barbe.

Les Biblios pouvaient faire de gros dégâts, mais pas au point d'avoir à appeler le SAMU.

Deux étudiantes passèrent devant lui en le regardant du coin de l'œil. Apparemment, il leur plaisait. Il passa sa main sur sa barbe naissante et leur sourit, même si ce n'était pas vraiment le moment de draguer. D'abord s'assurer que Riley allait bien, ensuite…

— Ça va, les filles? demanda-t-il.

Elles lui sourirent toutes les deux, et l'une d'elles lui adressa même un clin d'œil.

Ça va carrément bien, même.

Un flic du campus, celui qui lui avait ordonné d'attendre, se rapprocha. Les deux hommes avaient eu un échange un peu vif, mais Beck avait jugé plus prudent de ne pas pousser le bouchon trop loin. Comment pourrait-il récupérer la fille de Paul s'il se retrouvait menotté dans une voiture de police?

— Je peux y aller, maintenant? demanda-t-il.

— Pas encore, répondit le flic, peu aimable.

— Et la piégeuse? Elle va bien?

— Ouais. Elle va bientôt sortir. Je n'arrive pas à comprendre que vous envoyiez une fille faire ce genre de boulot…

L'homme n'était pas le seul à se poser cette question.

— L'interroger en dehors de la présence d'un piégeur confirmé n'est pas légal, ajouta Beck.

— Ouais, ouais. Ce sont vos règles, pas les nôtres. Nous, on fait comme ça nous chante.

— Jusqu'au jour où vous vous retrouvez avec un démon au cul! Alors vous nous appelez en chialant!

Le flic prit un air méprisant et mit les mains sur ses hanches.

— Pourquoi vous ne leur bottez pas les fesses comme le font les chasseurs de démons ? Avec vos petites sphères et vos boîtes en plastique, on dirait des gonzesses !

Beck se sentit touché dans sa fierté. Combien de fois avait-il essayé d'expliquer ce qui opposait les piégeurs et les chasseurs ? Piéger un démon nécessitait des talents particuliers. Les types du Vatican, eux, ne se cassaient pas la tête ; ils préféraient les armes. Pour les chasseurs, un bon démon était un démon mort. Ils n'avaient aucun talent. Il y avait d'autres différences, évidemment, mais celle-ci était la plus importante. Ce qui échappait au beauf de base.

Beck résuma cela très simplement :

— Nous avons des techniques, eux des armes. Nous sommes talentueux, eux non.

— Mouais… Je les trouve super efficaces à la télé.

Beck savait à quelle série le policier faisait référence. *Demonland*. Une vision plus que fantaisiste de la chasse…

— Ce sont des conneries, contra Beck. Il n'y a pas de filles chez les chasseurs. Dans la vraie vie, ce sont des moines qui ont autant d'humour que des chiens de garde.

— Jaloux ? le provoqua le flic.

Suis-je jaloux ?

— Sûrement pas. Quand j'ai terminé ma journée de boulot, je peux aller boire une bière et draguer les filles. Eux, non.

— Vous êtes sérieux ?

Beck acquiesça vigoureusement de la tête.

— Je vous l'ai dit, ces types sont des moines.

— Merde. Moi qui croyais qu'ils étaient entourés de belles filles et de voitures de sport.

— Eh bien, non. Maintenant, vous savez pourquoi je suis piégeur.

Georgia on my mind retentit soudain dans la poche de sa veste. Tout le monde, dans le parking, se tourna dans sa direction.

— Paul, répondit aussitôt Beck sans vérifier quel numéro était affiché.

Il ne pouvait s'agir que du père de Riley.

— Que s'est-il passé ? demanda l'homme, manifestement tendu.

Beck lui résuma la situation.

— Préviens-moi dès qu'elle sera sortie, insista Paul.

— Pas de problème. Tu as attrapé le Pyro ?

— Oui. J'aimerais bien m'éclipser, mais je dois terminer le boulot ici.

— Ne t'en fais pas, je m'occupe de tout pour toi.

— Merci, Den.

Beck referma son téléphone et le rangea dans la poche de sa veste. Son ami était inquiet ; il l'avait entendu dans sa voix. Paul se souciait énormément de la santé de ses apprentis, et encore plus de celle de sa fille. C'est pour cela qu'il avait ralenti sa formation à l'extrême, espérant qu'elle changerait d'avis et choisirait une autre voie, plus sûre. Funambule, par exemple.

Ça ne marchera pas. Il l'avait dit à Paul un nombre incalculable de fois, mais l'autre n'avait pas écouté. Riley deviendrait piégeuse, que son père le veuille ou non. Elle était aussi têtue que sa mère.

Beck se tourna vers les équipes de télévision massées devant l'entrée du bâtiment. Il connaissait le journaliste vedette. George quelque chose. Le même qui avait couvert sa catastrophe à lui. Les médias raffolaient de tout ce qui concernait le piégeage de démons. Enfin, surtout quand l'opération avait mal tourné. Une capture sans histoire dans une ruelle n'intéressait personne. Un monstre dévastant une station de métro ou une bibliothèque universitaire, c'était tellement plus passionnant.

Une silhouette solitaire se détacha de la foule. Beck ne la reconnut pas tout de suite. Riley serrait son sac de coursier contre son flanc comme si elle portait les joyaux de la couronne. Les jointures de ses doigts étaient toutes blanches. Ses cheveux châtain foncé étaient emmêlés, et elle boitillait. Même si elle portait sa veste en jean, il voyait qu'elle avait pris du poids à un endroit stratégique qui intéressait particulièrement les garçons. Elle avait grandi aussi ; à vue de nez, elle devait mesurer un mètre soixante-dix. Lui mesurait un peu plus d'un mètre quatre-vingts. En somme, elle n'était plus une gamine, mais une jeune femme.

Tu vas en briser, des cœurs, petite !

Le journaliste fonça aussitôt sur elle, et Beck se prépara à intervenir, à s'interposer si nécessaire. Riley secoua la tête, repoussa le micro et continua à avancer.

Tu es maligne, ma fille.

Le visage de Riley se ferma soudain, et il comprit qu'elle l'avait vu. Quand elle avait quinze ans, elle était tombée amoureuse de lui, alors qu'il était son aîné de cinq ans. Comme il venait d'entrer en apprentissage auprès de son père, il avait réagi de l'unique manière possible : il l'avait évitée en croisant les doigts pour qu'elle s'entiche d'un autre. Cela s'était effectivement produit ; cette histoire ne s'était d'ailleurs pas très bien terminée. Riley avait oublié son premier amour, mais elle refusait de passer l'éponge sur la blessure infligée à sa fierté. D'autant que Beck passait plus de temps qu'elle avec son père.

Il ouvrit son téléphone et appela Paul.

— Elle va bien.

— Dieu merci. Une réunion de crise est prévue dans les locaux de la Guilde. Préviens-la de ce qui l'attend.

— D'accord.

Il rangea son téléphone. Riley s'arrêta à quelques mètres de lui et plissa les yeux. Son jean était déchiré, elle avait une trace de coup rouge sur la joue, et des taches vertes sur le visage, les vêtements et les mains, là où le démon l'avait marquée. Et elle avait perdu une boucle d'oreille.

Beck avait le choix entre deux voies : la compassion ou le sarcasme. La première n'aurait pas été crédible, alors il choisit la seconde.

Il arbora un sourire en coin.

— Alors là, je suis sur le cul, petite. Si tu es capable de faire des dégâts pareils en attrapant un simple Classe un, j'ai hâte de voir ce que tu feras avec un Classe cinq.

Le regard noisette de la jeune femme s'embrasa.

— Je ne suis pas « petite ».

— Pour moi, si. Allez, monte, dit-il en désignant de la tête son vieux pick-up Ford.

— Je ne traîne pas avec les croulants.

Beck mit une demi-seconde à comprendre l'insulte.

— Je ne suis pas vieux.

— Dans ce cas, arrête de te comporter comme un vieux.

Voyant qu'elle n'était pas disposée à coopérer, il lui annonça la mauvaise nouvelle :

— Il y a une réunion extraordinaire à la Guilde.

— Pourquoi n'y es-tu pas, alors ?

— On ira ensemble dès que tu seras montée dans cette putain de bagnole.

La jeune femme finit par comprendre.

— Tu veux dire que la réunion me concerne ?

— Bah ! évidemment.

— Oh !…

Elle attrapa la poignée de la portière et hésita. Beck vit qu'elle ne tenait pas sa main normalement.

— Il t'a mordue ?

Elle hocha la tête à contrecœur.

— Tu as traité la blessure ?

—Non, et arrête de m'emmerder, je n'ai pas besoin de ça.

Marmonnant en lui-même, Beck se pencha sur le siège côté passager, fouilla dans son sac de piégeur et en sortit un demi-litre d'Eau bénite ainsi qu'un bandage. Puis il fit le tour de la voiture.

Riley s'adossa à la portière, lasse, et son regard se perdit dans le vague. Elle frissonnait. Non pas à cause du froid, mais à cause de l'expérience qu'elle venait de vivre.

—Ça va faire un peu mal, annonça Beck en regardant furtivement la camionnette de la télévision. Si tu pouvais te retenir de trop crier, ce serait cool.

Elle hocha la tête, ferma les yeux et se prépara. Il retourna doucement sa main et étudia la blessure. Quoique profonde, elle ne nécessiterait pas de points de suture. Les dents du démon avaient tranché net plutôt que déchiré les chairs. L'Eau bénite ferait l'affaire, et la coupure guérirait toute seule.

Riley grimaça et serra les dents lorsque le liquide entra en contact avec la plaie. Il bouillonna et se vaporisa tel du peroxyde d'hydrogène, faisant disparaître une tache démoniaque. Lorsque l'Eau se fut entièrement évaporée, il examina rapidement le visage de la jeune femme. Elle ouvrit des yeux humides. Aucun cri, pas même un gémissement, n'était sorti de sa bouche.

Forte comme son papa.

Un bandage, un peu de sparadrap, et le tour était joué.

—Voilà, c'est parfait. Allons-y.

Il crut entendre un « merci » peu enthousiaste alors qu'elle montait à bord du pick-up en serrant son sac. Beck s'installa derrière le volant, verrouilla sa portière avec le coude et mit le contact. Il monta le chauffage au maximum ; il crèverait de chaleur, mais Riley avait besoin de rester au chaud.

—Tu te sers vraiment de ce machin ? demanda-t-elle en désignant d'un doigt maculé de vert un morceau de tuyau en acier dépassant du sac marin posé entre eux.

— Bien sûr. Très pratique avec les Classe trois, surtout quand ils deviennent un peu chahuteurs. C'est l'idéal quand ils t'enfoncent une griffe dans la peau.

— Comment ça ?

— On peut s'en servir de levier pour repousser le démon. Évidemment, on arrache la griffe de force, mais a-t-on vraiment le choix ? Dans le pire des cas, la griffe casse et reste dans ton corps, qui se met alors à pourrir. (Il fit une pause pour appuyer son propos.) Ça donne une espèce de matière brune dégueulasse…

Il avait détaillé la description à dessein, afin de provoquer une réaction chez Riley. Si elle était trop délicate, tout pourrait s'arrêter ici et maintenant. Il attendit une réaction, mais il n'y en eut pas.

— Alors, raconte-moi, que s'est-il passé là-dedans ?

La jeune femme se tourna vers la vitre et focalisa son attention sur sa main blessée.

— Comme tu voudras… On aurait pu en discuter, essayer de comprendre ce qui a merdé. J'ai eu tellement de problèmes avec la Guilde que j'aurais pu te donner quelques trucs pour leur tenir tête.

Les épaules de la jeune femme se soulevèrent plusieurs fois, et il crut qu'elle allait se mettre à pleurer.

— J'ai tout fait dans les règles, finit-elle par répondre d'une voix faible et enrouée.

— Raconte-moi.

Il écouta avec attention le récit de la capture du Biblio. Apparemment, elle avait bien respecté le protocole.

— Tu dis que les bouquins volaient dans tous les sens ?

— Ouais, et des étagères se sont décollées du mur. J'ai bien cru qu'elles allaient m'écraser.

L'estomac de Beck se noua. Tout cela était très suspect. Pour se calmer, il repensa à la manière dont Paul s'était occupé de lui après l'incident de la station de métro, alors qu'il était persuadé d'avoir définitivement compromis sa carrière.

— Si tu devais le refaire, qu'est-ce que tu changerais ?

Riley fixa sur lui son regard brumeux.

— Qu'est-ce que ça peut faire ? De toute façon, il n'y aura pas de prochaine fois. Ils vont me virer et se foutre de ma gueule pendant des années. Papa doit être très déçu. J'ai tout fichu en l'air. On ne pourra pas payer les…

Elle se retourna, mais trop tard pour cacher la larme qui dégoulina sur sa joue éraflée.

Les frais médicaux. Les factures qui restaient à payer après la mort de sa mère. Paul lui avait dit qu'ils avaient du mal à joindre les deux bouts. C'est pour cela qu'ils vivaient dans des chambres miteuses converties en appartement et que Riley se donnait tant de mal pour apprendre son métier. Pour cette raison également que Paul acceptait toutes les missions, quitte à ne presque plus voir sa fille unique.

Un silence lourd s'installa tandis que Beck se concentrait sur le trafic et pensait à la réunion à venir. Les piégeurs ne raffolaient pas du changement, et le fait d'accueillir une fille dans leur Guilde n'enchantait pas tout le monde. Riley avait besoin d'en parler, d'encaisser son sentiment de culpabilité avant de les affronter. Ou alors ils la mangeraient toute crue.

Il klaxonna à l'intention d'une Mini Cooper qui venait de lui faire une queue de poisson et bifurqua vers le centre. Devant eux, l'intersection était encombrée de motos et de scooters. Un type poussait un Caddie plein de vieux pneus ; un autre, en rollers, zigzaguait entre les voitures tel un patineur de vitesse, ses longs cheveux volant derrière lui. Les gens se débrouillaient comme ils pouvaient pour circuler en ville. Vu le prix exorbitant de l'essence, acheter un cheval n'aurait pas été plus bête qu'autre chose.

À l'origine de ce chaos, des feux tricolores en panne.

— Qu'ils continuent comme ça, et il ne restera bientôt plus aucun feu rouge dans cette ville, se plaignit Riley.

La plupart avaient en effet été volés par des trafiquants de métaux. Il fallait du cran pour grimper sur ces trucs en pleine nuit et les démonter. Régulièrement, des voleurs finissaient en bouillie sur la chaussée, écrasés par une masse de métal.

Les autorités de la ville faisaient comme si de rien n'était, arguant que, de toute façon, la municipalité n'avait pas les moyens de remplacer tous ces équipements. Il y avait certes bien d'autres problèmes à régler dans cette ville ruinée où s'entassaient cinq millions d'âmes.

Beck faillit renverser un gars en mobylette et dépassa enfin le croisement. Il serrait le volant plus que nécessaire.

Parle-moi, petite. Tu n'y arriveras pas toute seule.

Riley abaissa son pare-soleil et se regarda dans le miroir brisé.

— Mon Dieu! s'exclama-t-elle.

Du coin de l'œil, il la vit effleurer les taches d'urine verte sur sa peau.

— Dans deux jours, tout aura disparu, la rassura Beck.

— Il faut que tout soit parti d'ici à demain soir. L'école reprend!

— Explique-leur que tu es piégeuse. Ça les impressionnera.

— Tu parles! Le but est de se fondre dans la masse, Beck, pas de briller comme une grenouille radioactive.

Il haussa les épaules. Lui ne s'était jamais fondu dans la masse, et il ne comprenait pas pourquoi cela lui paraissait si important. Les filles étaient différentes, il est vrai.

Riley entreprit de démêler sa tignasse en se regardant dans le miroir. Elle se passa un peigne dans les cheveux, ce qui lui arracha quelques larmes. Il lui fallut du temps pour redevenir présentable. Elle mit un peu de gloss sur ses lèvres, avant de décider qu'il se mariait mal avec les taches d'urine et de l'essuyer avec un mouchoir en papier.

Alors seulement, elle se tourna vers lui et prit une profonde inspiration.

— J'aurais dû… asperger la porte de la salle des livres rares d'Eau bénite. De cette façon, le démon n'aurait jamais pu y entrer, même s'il m'avait échappé.

— Exact. À mon avis, c'est la seule erreur que tu aies commise. Apprendre de ses erreurs est le meilleur moyen de devenir un bon piégeur.

— Toi, tu n'apprends jamais de tes erreurs.

— Peut-être, mais ce n'est pas moi qui vais me faire atomiser par la Guilde, ce soir.

— Merci de me le rappeler, j'avais presque oublié. Pourquoi les livres volaient-ils dans tous les sens ?

— Je pense que le Biblio n'était pas seul.

Elle secoua la tête.

— Mon père dit que les démons ne travaillent jamais en équipe, que ceux des Classes supérieures considèrent les plus petits comme des animaux nuisibles, des cafards.

— C'est vrai, mais je parie qu'il y avait un autre démon dans cette bibliothèque. Tu n'as pas senti une odeur de soufre ?

Riley haussa les épaules.

— Personne ne t'épiait ?

Elle lâcha un rire sec et amer.

— Ils m'épiaient tous, Beck. Tous les étudiants avaient les yeux rivés sur moi. Je suis passée pour une abrutie finie.

Il avait vécu cela lui-même et savait très bien ce qu'elle ressentait. Pour le moment, toutefois, ce n'était pas le problème. Pourquoi un démon de Classe supérieure s'amuserait-il avec une apprentie piégeuse ? À quoi bon ? Elle ne représentait aucune menace pour l'Enfer.

Pour le moment, en tout cas.

Riley se renferma sur elle-même et s'abîma dans la contemplation du paysage urbain. Machinalement, elle jouait avec la sangle de son sac. Beck aurait voulu dire tant de choses ; notamment qu'il était fier de la manière dont elle encaissait cette épreuve. Paul disait toujours que la force dans l'adversité était la marque des grands piégeurs, mais Riley n'était pas prête à entendre cela pour l'instant. Pas de la bouche de quelqu'un qu'elle considérait comme son ennemi.

Ils dépassèrent une longue file de gens attendant qu'on leur serve un bol de soupe sur la pelouse de la bibliothèque Jimmy-Carter. La queue était aussi longue que le mois précédent, ce qui signifiait que la situation économique ne s'était pas arrangée. Certains accusaient les démons et leur maître sournois d'être à l'origine de la crise financière dans laquelle était plongée la ville. Beck, pour sa part, accusait les politiciens de se remplir les poches et de ne pas faire leur boulot. Atlanta était sur le point de sombrer en Enfer, ce qui n'était pas pour déplaire à Lucifer.

Quelques minutes plus tard, il se gara dans un parking jonché d'ordures en face du Tabernacle et coupa le contact. Il était habitué à ce qu'on le fasse chier ; la fille, non. Si cela avait été possible, il n'aurait pas hésité une seconde à prendre sa place, mais les choses ne se passaient pas ainsi dans le monde des piégeurs.

—Laisse le démon ici, lui conseilla-t-il. Mets-le sous ton siège.

—Pourquoi ? Je n'ai pas envie de le perdre, protesta-t-elle en fronçant les sourcils.

—La salle de réunion sera protégée par un mur d'Eau bénite. Prends-le avec toi et il crèvera.

—Oh !

Avant chaque réunion de la Guilde, un apprenti dessinait un large cercle d'Eau bénite autour de la salle, barrière

36

sacrée appelée « le mur », qui les protégeait de toute intrusion démoniaque. Beck avait raison. Le Biblio ne pourrait pas le traverser. Elle prit le gobelet, vérifia que le couvercle était bien vissé et obéit.

— Un autre conseil : ne les mets pas de mauvaise humeur.

— Pourtant, c'est ce que tu fais toujours, rétorqua Riley en lui faisant les gros yeux.

— Les règles sont différentes pour moi.

— Tu dis ça parce que je suis une fille, c'est ça ?

Comme il ne répondit pas, elle insista :

— C'est ça, hein ?

— Ouais, admit-il. Ne perds jamais ça de vue.

Elle sauta de la voiture, la verrouilla d'un coup de son poing blessé et claqua la portière assez fort pour lui déchausser les dents.

Tandis qu'il descendait à son tour du pick-up, elle lui enfonça un index vert dans le torse.

— Je ne ferai jamais profil bas. Je suis la fille de Paul Blackthorne. Même les démons me connaissent. Un jour, je serai aussi douée que mon père, et les piégeurs devront faire avec. Et c'est valable pour toi aussi, mon pote.

— Les démons savent comment tu t'appelles ? demanda Beck, surpris.

— Tu m'as bien entendue ! (Elle redressa ses épaules.) Bien, qu'on en finisse. J'ai des devoirs à faire, moi.

Chapitre 3

Riley s'arrêta sur le trottoir ; elle tremblait. Son petit accès de colère lui avait coûté le peu d'énergie qui lui restait. Elle avait besoin d'avaler un morceau et d'aller se coucher, mais elle devait d'abord se coltiner la Guilde. Elle imaginait déjà les sourires suffisants de ses membres, elle entendait leurs ricanements. Puis il y aurait quelques plaisanteries de mauvais goût. Oui, ils étaient forts en plaisanteries de mauvais goût…

Je ne mérite pas ça. Les autres apprentis aussi commettaient des erreurs, mais on ne convoquait pas des réunions extraordinaires pour autant.

Le soleil se couchait. Pendant un instant, elle se persuada que son père ne l'attendait pas, déçu, dans la vieille bâtisse. Un parfum entêtant de viande grillée s'immisça dans ses narines. De fines colonnes de fumée s'élevaient de divers points de Centennial Park, de l'autre côté de la rue. Les pelouses étaient parsemées d'une multitude de tentes colorées, comme au temps des foires de la Renaissance. Une foule de gens arpentaient les jardins tandis que des marchands les interpellaient derrière des étals surchargés. Elle entendit un type à la voix de baryton annoncer qu'il avait du pain frais à vendre.

On l'appelait le marché du Terminus, en référence au nom originel de la ville. Au début, il n'avait été autorisé que le week-end, avant de devenir permanent pour pallier la situation économique désastreuse et les faillites des commerces légaux. On pouvait y acheter ou y troquer n'importe quoi, des poules vivantes aux sphères magiques dont se servaient les piégeurs. Si le marchand n'avait pas la marchandise demandée, il suffisait de revenir le lendemain.

— Un signe des temps, dit Beck à voix basse. On n'y peut rien.

Elle suivit son regard sévère. Un Maccab sur le trottoir, les bras chargés de paquets provenant du marché. Ses vêtements étaient propres, ses cheveux bien peignés, mais il était manifestement mort. Les Maccabs avaient tous le même teint gris cireux et l'air défoncé. À quelques mètres de là, Riley reconnut sa « propriétaire » : elle avait trente ans et des poussières, les cheveux blond et rouge, et elle portait un jean de marque avec les mots « *Smart Bitch* » brodés en fil brillant sur les fesses. Elle puait le fric à plein nez, ce que confirmait sa voiture dépourvue de panneaux solaires sur le toit. Apparemment, elle se fichait pas mal de l'augmentation du prix du litre d'essence. Aucune bosse, aucun point de rouille. Son véhicule était propre et flambant neuf.

J'imagine que c'est le mort qui la nettoie pour elle.

D'après ce que Riley en savait, les Maccabs, reflets tristes d'existences passées, étaient différents des zombies qu'on voyait dans les films. Ils étaient des serviteurs parfaits pour les gens fortunés. Ils ne partaient jamais en vacances et ne demandaient aucun salaire. Un mort sorti de sa tombe par un Nécromancien ne pouvait pas servir plus d'un an, faute de meilleures techniques d'embaumement. Après, on le remettait en terre, dans le meilleur des cas. Les propriétaires les moins respectueux se contentaient de jeter les Maccabs usagés à la poubelle.

—Ce sont des esclaves, dit Riley. On devrait laisser les morts tranquilles.

—Amen, acquiesça Beck avant de s'éclaircir la voix. Toi, tu n'as pas de raison de t'inquiéter ; les Nécromanciens ne veulent pas des piégeurs passés entre les mâchoires des démons.

Quelle bonne nouvelle!

Riley regarda le Maccab ranger les paquets dans le coffre de la voiture. Quand il eut terminé, il monta à l'arrière. Ils étaient parfaits pour les tâches simples ; conduire était un peu trop compliqué pour eux.

La jeune femme se retourna vers le bâtiment de la Guilde. Tout en briques rouges, le Tabernacle était vieux de plus d'un siècle. Avant d'accueillir la Guilde, il avait été une église baptiste, puis une salle de spectacle. Elle y avait assisté à un concert d'Alter Bridge avec ses parents. C'était pour fêter le trente-cinquième anniversaire de son père. Sa mère était vivante, à l'époque. Ses parents étaient enseignants dans une école normale et la vie était belle.

Beck s'arrêta devant l'entrée et s'appuya contre la corde qui servait de garde-corps. La rampe originelle, en métal, avait été volée depuis longtemps. Son sac marin à la main, il se tourna vers elle et la regarda d'un air extrêmement solennel.

—Ce n'est pas juste parce que tu es une fille, expliqua-t-il à voix basse en repensant à leur conversation précédente. Beaucoup de ces types sont vieux et n'apprécient pas de voir débarquer de jeunes piégeurs.

—Comme toi ?

Il hocha la tête.

—Ne t'attends pas à passer un bon moment, OK ? Mais ne les laisse pas non plus te marcher sur les pieds. Tu as accompli ta mission, mais ça ne s'est pas passé sans accrocs. On a tous vécu ça. Ne les laisse pas te dire le contraire.

Puis il la laissa seule dans la rue, mit de la distance entre eux comme s'il ne voulait pas être vu avec elle.

Connard.

Son père l'attendait dans le bâtiment. Qu'allait-il leur dire ? Allait-il s'excuser, admettre qu'il s'était trompé et qu'elle n'était pas faite pour devenir piégeuse ? Ou bien essaierait-il de la défendre ?

S'il le fait, il se fera descendre.

Elle pressa le pas. Pas question que son père affronte cela tout seul. Après tout, c'était son erreur à elle.

Riley monta l'escalier en boitillant, entra dans l'immeuble et referma la porte derrière elle. Rien n'avait changé depuis la réunion précédente : des toiles d'araignées au plafond, de la poussière et des gobelets en plastique par terre. Elle éternua une fois, deux fois. Elle sortit un mouchoir en papier de sa poche et se moucha en se dirigeant vers le grand auditorium. C'était un vaste espace équipé de bancs inconfortables divisés en trois sections, qui s'élevait à l'arrière de la bâtisse et dont la majeure partie était plongée dans l'obscurité. Autrefois, on y trouvait un orgue d'église, lui aussi depuis longtemps disparu. Le métal avait pris tellement de valeur.

Par terre, devant elle, elle vit une ligne humide, un cercle qui entourait l'endroit où allait se tenir la réunion. Riley n'avait jamais compris pourquoi la Guilde se fatiguait à ériger ce mur autour de son assemblée ; aucun démon n'oserait jamais montrer le bout de son nez dans une pièce remplie de piégeurs. Ce serait complètement suicidaire. Il s'agissait toutefois d'une tradition, et il incombait à un apprenti de s'assurer de l'étanchéité du mur. Un jour, ce serait son tour.

C'était seulement la deuxième fois qu'elle se présentait devant la Guilde. La première ne s'était pas très bien passée ; on s'était beaucoup disputé sur la question de son entrée en apprentissage. La plupart des piégeurs n'avaient pas d'avis sur la question, mais quelques-uns avaient vigoureusement manifesté leur opposition à son admission. Non pas à cause de son père, mais de son sexe. Ceux-là seraient ses ennemis ce soir.

Et je leur ai tendu le bâton pour me faire battre.

Seul le sol du département des admissions était éclairé. De la poussière voletait au-dessus de la tête de Riley, dans les faisceaux des projecteurs. Ceux-ci servaient également de source de chaleur. Dans le reste de la bâtisse, il faisait extrêmement froid.

La réunion avait déjà commencé. Paul Blackthorne, son père, était assis les bras croisés à une table ronde. C'était la posture qu'il prenait pour signifier à ses interlocuteurs que sa patience avait des limites. Il portait un blouson Georgia Tech, un sweat-shirt et un jean délavé. Ses cheveux bruns étaient vraiment trop longs. Il ressemblait à un père ordinaire, sauf qu'il gagnait sa vie en piégeant des démons.

—Comment une mission si simple a-t-elle pu dégénérer à ce point ? demanda un vieil homme.

Il avait les tempes grises et une grande cicatrice en forme de croissant sur un côté du visage. Son nez cassé avait été mal soigné. On aurait dit un croisement entre un pirate et un bagnard.

Harper. Le plus important des trois maîtres piégeurs de la Guilde d'Atlanta.

—C'est ce que nous allons justement essayer de comprendre, répondit son père d'un ton haché. Riley devrait arriver très bientôt pour nous raconter tout ça.

—Qu'elle soit là ou non ne fait aucune différence, rétorqua Harper. Pour ce qui me concerne, elle n'a plus rien à faire ici.

Il eut un sourire en coin qui déforma sa cicatrice.

—Nous avons tous commis des erreurs, fit remarquer Blackthorne en s'adressant à un homme noir costaud assis à une table très proche. Morton a détruit un tribunal en essayant de capturer un Classe quatre juste après avoir été nommé compagnon. Ce sont des choses qui arrivent.

— Je ne pouvais pas prévoir, se défendit Morton en écartant les bras.

Morton était un des rares Afro-Américains de la Guilde, et il ressemblait davantage à un agent immobilier qu'à un piégeur de démon.

— L'avocat de la défense s'est comporté en véritable démon, ajouta-t-il. Je suis toujours poursuivi pour cette affaire.

Il y eut des rires étouffés.

Son père hocha la tête.

— Ce que je veux dire, c'est que Riley est intelligente et qu'elle écoute ce qu'on lui dit. Elle apprendra de son erreur, et sa prochaine mission se passera comme sur des roulettes.

— Ce sera toujours mieux que votre apprenti précédent, plaisanta quelqu'un. Lui n'écoutait jamais personne.

— Salut, tout le monde, dit Beck en entrant dans le cercle de lumière.

— Quand on parle du loup. Alors, qu'est-ce que vous en pensez, capitaine ?

À la manière dont Beck se crispa, Riley conclut que ce surnom ne lui plaisait pas beaucoup. Le jeune homme haussa les épaules, s'assit à côté de Blackthorne, sortit deux bouteilles de bière de son sac marin et les posa sur la table. Il en décapsula une, avala une longue gorgée et s'affala sur sa chaise comme s'il était venu assister à un spectacle.

Sale égoïste. Il ne risquait pas de se lever pour la défendre. Combien de fois son père lui avait-il sauvé la mise ? *C'est pas la gratitude qui t'étouffe.*

Riley se mordit l'intérieur de la lèvre inférieure jusqu'à se faire saigner puis entra dans la lumière en clignant des yeux. En la voyant débarquer, quelques piégeurs ricanèrent. Elle resta impassible, les bras le long du corps.

—Voilà Mme Catastrophe, annonça Harper.

—Mollo, Harper, lança le père de Riley en faisant les gros yeux.

—Si elle n'est pas capable de supporter ça, c'est qu'elle n'a rien à faire ici.

—Ça ne coûte rien de rester poli, dit un autre.

Il s'agissait de Jackson, le trésorier de la Guilde. Grand et mince, il arborait un bouc et un catogan. Il travaillait pour la Ville avant la première vague de licenciements. En guise de réponse, Harper cracha par terre et croqua un morceau de tabac à chiquer.

Riley se retint de courir se réfugier dans les bras de son père et prit son temps pour le rejoindre. Elle refusait de se comporter en petite fille effrayée devant ces croulants, même si, au fond d'elle-même, elle avait la trouille.

Son père se leva, posa ses mains sur ses épaules et la regarda droit dans les yeux. Il grimaça en voyant son visage meurtri.

—Tu te sens bien ?

Elle hocha la tête. Il lui serra les épaules pour la réconforter.

—Vas-y, raconte-leur ce qui s'est passé.

Il l'avait traitée en adulte et non en gamine terrorisée. Cette attitude lui donna le courage de les affronter.

Elle examina le cercle d'hommes. Ils étaient une trentaine. La plupart avaient approximativement l'âge de son père. Ils étaient devenus piégeurs après avoir perdu leur boulot, lorsque la crise économique avait eu raison de leur carrière. Ils portaient leur amertume comme un lourd manteau d'hiver.

Riley s'éclaircit la voix et se prépara à parler. Harper claqua des doigts, impatient.

—Allez, crache le morceau. On n'a pas toute la nuit.

—Ne te laisse pas impressionner, lui murmura son père.

Priant pour que sa voix ne tremble pas, elle leur fit son rapport. Ses mots lui parurent si insignifiants dans ce bâtiment caverneux. Elle avait l'impression d'être une souris couinant devant un parterre de lions.

Quand elle eut terminé, Harper fit la grimace et croisa les bras sur sa poitrine, révélant un tatouage rouge sang sur son avant-bras représentant un crâne dans la gueule duquel un démon se tordait de douleur.

—Les démons ne travaillent jamais ensemble, assena-t-il. Tous les apprentis le savent. Sauf toi, peut-être…, ajouta-t-il d'une voix peu convaincue.

—Comment expliquer tous ces dégâts autrement ? demanda Morton.

—Je n'en sais rien et je m'en fous. La ville tout entière se moque de nous et la responsable de cette situation est devant nous.

Des murmures enflèrent dans l'assemblée.

—Ce n'est pas si simple, intervint son père. Si les démons se mettent à travailler en équipe, nous avons besoin de découvrir pourquoi.

—Blackthorne, vous essayez juste de sauver la mise à votre gosse. Si elle n'avait pas été votre fille, jamais elle n'aurait reçu son permis.

Beck se redressa et reposa bruyamment sa bouteille de bière sur la table.

—Pourquoi ça ? Elle remplissait toutes les conditions.

Harper lui lança un regard noir.

—Pourquoi la défendez-vous ? Vous avez des vues sur elle, peut-être ?

Le père de Riley s'agita sur sa chaise, le visage écarlate, sur le point d'exploser. Beck, au contraire, était d'un calme glacial, ce qui surprit énormément la jeune femme.

Il décapsula la seconde bouteille, avala une longue gorgée de bière et fit claquer sa langue.

—Nan, trop jeune pour moi. Elle pourrait même pas m'acheter de la bière.

— Bien parlé, acquiesça quelqu'un. Elle a même pas encore le droit de picoler.

Son père fronça davantage les sourcils.

— Moi je dis qu'il faut visionner les enregistrements des caméras de surveillance de la bibliothèque, proposa Beck d'une voix encore plus traînante qu'à l'accoutumée. Comme ça, on verra s'il y avait un autre démon ou non.

— Les obtenir prendra trop de temps. Il faut voter sans attendre, rétorqua Harper.

— Nous n'avons pas besoin des enregistrements, maître, dit Simon Adler, l'apprenti de Harper.

Il était grand, avait les yeux bleus et de longs cheveux blonds et ondulés. Quand Riley était petite, sa mère avait acheté un ange à accrocher au sommet du sapin de Noël ; ses cheveux étaient de la même couleur que ceux de Simon. Le garçon avait deux ans de plus qu'elle et était vêtu d'un jean et d'un tee-shirt des Blessid Union of Souls. Un crucifix en bois pendait à un épais cordon en cuir autour de son cou.

— Il y a déjà une vidéo de l'incident sur Internet, poursuivit-il en montrant l'ordinateur portable ouvert devant lui.

Riley était étonnée qu'il l'ait apporté dans ce nid à poussière.

Harper le regarda avec fureur.

— Quelqu'un t'a sonné, toi ?

— Je vous prie de m'excuser, je me suis dit que nous voudrions tous connaître la vérité.

— Nom de Dieu ! À l'avenir, tu attendras mon autorisation avant d'ouvrir ta gueule, pigé ?

Simon grimaça en entendant ce blasphème.

— Du calme, intervint Beck. Simon agit en véritable piégeur : il surveille les agissements des démons. C'est ce que vous lui avez appris, nan ?

Le visage de Harper fonça de colère, mettant sa cicatrice en valeur.

—Eh bien, regardons-la, proposa Jackson. Elle nous aidera peut-être à faire notre rapport à l'Église.

L'Église. Les piégeurs ne se chargeaient que de la capture des démons ; l'Église s'occupait du reste. C'était un arrangement complexe, mais qui tenait depuis des siècles. La Guilde s'efforçait toujours d'entretenir de bonnes relations avec l'Église.

Simon pianota sur son clavier, tandis que les hommes se massaient derrière lui. Ils étaient d'ailleurs trop nombreux ; sans doute devraient-ils regarder la vidéo en petits groupes. La vidéo commença, et chacun y alla de son commentaire.

—Waouh ! vous avez vu ce tacle ? s'enthousiasma Morton. Ç'a dû faire mal.

Tu m'étonnes.

—Elle l'a eu ! lança un autre piégeur.

—Mon Dieu ! Regardez l'…

L'étagère. Un puissant bruit d'explosion jaillit des petits haut-parleurs de l'ordinateur. Épuisée, tremblante, Riley s'affaissa sur la chaise la plus proche. Son père poussa une bouteille d'eau dans sa direction. Elle dévissa le bouchon en plastique et avala goulûment le liquide frais. Son estomac gargouilla pour lui rappeler qu'elle n'avait rien avalé depuis le petit déjeuner.

Son père n'avait pas rejoint les autres derrière l'écran. Il ne pouvait y avoir qu'une explication. *Il pense que j'ai foiré.*

Cela lui fit encore plus mal que la morsure brûlante du démon.

Simon finit par poser son ordinateur portable devant Paul Blackthorne.

—Appuyez sur cette touche pour faire démarrer le film, dit-il avant de sourire furtivement à Riley et de retourner à sa place.

Les piégeurs s'agitaient derrière la jeune femme. Les discussions allaient bon train. Beck était parmi eux. Elle serra les dents et se prépara à entendre leur sentence.

—Tu es prête ? lui demanda son père.

Elle acquiesça.

Mais elle n'était pas préparée à cela. Elle avait l'impression de regarder *Demonland* à la télévision, ou plutôt de jouer le rôle principal et de ne pas être doublée dans les cascades. Celui qui avait filmé la scène s'était bien débrouillé, même si l'image tressautait de temps à autre.

Voilà, maintenant tu es partout sur Internet. Même à l'étranger, les gens regarderaient la vidéo et se moqueraient d'elle. Internationalement ridiculisée. Elle n'y échapperait pas.

— Regardez tous ces trucs qui volent! s'exclama quelqu'un.

Beck siffla, impressionné, lorsque l'étagère décida de se suicider. Dans la dernière partie de la vidéo, on voyait Riley sortir en claudiquant de la bibliothèque, tout ensanglantée et meurtrie.

— Mon Dieu, murmura son père en la serrant si fort qu'il lui coupa la respiration.

Il n'était ni en colère contre elle ni déçu. Il ne la serrait aussi fort que lorsqu'il avait peur. Elle le vit sur son visage lorsqu'il la lâcha, même s'il fit de son mieux pour le cacher. Puis il sourit, faisant apparaître de fines ridules au coin de ses yeux.

— Tu t'es très bien débrouillée, Riley. Je suis fier de toi.

Elle ouvrit la bouche, tandis que ses yeux se remplissaient de larmes.

— Pareil, dit Beck en retournant à sa bière.

Elle releva la tête et découvrit que tous les regards étaient posés sur elle. Quelques piégeurs hochèrent la tête avec respect. Jackson lança un regard à Harper puis se tourna vers elle.

— Ce n'était clairement pas un Classe un, affirma-t-il.

— Tout à fait d'accord, acquiesça un de ses collègues. Je parie que c'était un Géo.

— Ça ne change rien, intervint Harper en se redressant. On ne peut pas se permettre de lui donner son permis. Ce ne serait pas bon pour notre image.

—Oh! allez vous faire foutre, Harper, lança Jackson. Vous avez toujours détesté tous nos apprentis. Même les vôtres, que vous traitez comme de la merde. Et je sais de quoi je parle.

—Jackson, vous n'êtes qu'un branleur.

—Et si tu sortais? lui proposa son père en la tirant par la manche. Ça risque de mal tourner, et je préférerais que tu n'entendes pas ça.

—Et mon permis? demanda-t-elle.

—Justement, c'est pour ça que ça va mal tourner.

Oh…

Beck jeta ses clés de voiture sur la table devant elle.

—Tu devrais aller tenir compagnie au démon. Je parie que tu lui manques déjà.

Elle lui fit les gros yeux.

Son père s'interposa.

—Attends dans le pick-up et verrouille bien les portières. Je te rejoins vite. Vas-y. Ça va bien se passer.

Ça va bien se passer…

Une phrase qui sonna comme une malédiction à ses oreilles.

Chapitre 4

Arrivée devant la voiture, Riley donna un coup de pied dans le pneu le plus proche, en imaginant la tête de Beck. C'était stupide, car son pied était une des rares parties de son corps qui ne la faisaient pas souffrir. Il ne servait à rien de se mettre en colère. Si Harper harcelait les autres suffisamment longtemps, on mettrait un terme à son contrat d'apprentissage. Un vote à main levée, et c'en serait terminé de sa carrière. Définitivement.

Et après ? Elle devrait trouver un boulot de serveuse ou autre. *Vraiment pas pour moi…*

Des couinements aigus attirèrent son regard. Elle leva la tête et avisa une volée de chauves-souris ; elles étaient sorties de la toiture du Tabernacle. Elle les regarda disparaître dans le crépuscule, jalousant leur liberté. Au loin retentit un chœur de hurlements. Les coyotes. Ils chassaient toutes les nuits dans les rues de la ville, attendant qu'une proie isolée croise leur route. Lentement, la ville se soumettait à la loi de la jungle.

Elle examina la voiture de Beck. Elle lui ressemblait tellement. Qui d'autre que lui voudrait rouler dans une Ford F-250 couleur rouille avec un autocollant de l'État de Géorgie sur la lunette arrière ? À côté, elle reconnut l'emblème officiel de la Guilde des piégeurs et, en dessous, sa devise officieuse : « Botter le cul de l'Enfer, un démon à la fois. » Le coffre était plein de bouteilles de bière vides qui roulaient dans tous les sens dès que Beck prenait un tournant. Très bientôt, d'autres viendraient les rejoindre.

Elle déverrouilla la portière et monta à bord, pressée d'échapper au froid. L'habitacle avait la même odeur que la veste en cuir de son propriétaire. Elle fourra la main sous son siège et attrapa le démon, qu'elle rangea dans son sac. Elle n'écouta pas sa énième tentative de corruption et ne vit même pas son majeur dressé. Il lui arrivait de regretter que les gobelets pour bébé aient des parois transparentes.

Combien de temps cela prendra-t-il ?

— Foutez-moi dehors, qu'on en finisse, marmonna-t-elle.

Si cela durait trop longtemps, elle serait obligée de démarrer la voiture pour faire tourner le moteur et avoir du chauffage, mais ce serait gâcher de l'essence.

Pour penser à autre chose, elle fouilla la boîte à gants. Comme les armoires à pharmacie, les boîtes à gants révélaient énormément de choses sur leurs propriétaires. Elle y trouva un pistolet, ce qui ne la surprit guère. Les piégeurs s'aventuraient souvent dans des quartiers louches. Elle l'écarta avec circonspection. Puis elle trouva une lampe torche. Elle l'alluma et vit des préservatifs. Il y en avait trois. Des « grande taille ».

Riley renifla avec mépris.

— Dans tes rêves.

Et puis, le gros lot : le *Manuel du piégeur* du chaud lapin.

Les apprentis recevaient leur manuel chapitre par chapitre pour les empêcher de s'attaquer à des démons trop puissants avant d'avoir terminé leur formation. Jusque-là, elle n'avait pu lire que le chapitre sur les Classe un, tels que les Biblios. Denver Beck avait le grade de compagnon. Au-dessus de lui, il n'y avait que les maîtres. Dans ce manuel, il y avait tous les trucs intéressants, sauf ce qui concernait les monstres de premier plan et les Archidémons.

Riley hésita. Ils allaient la mettre dehors, alors à quoi bon ?

Et si jamais ils me gardaient… Une occasion telle que celle-ci ne se représenterait peut-être plus jamais.

Elle tira mentalement à pile ou face, et sa curiosité gagna. Comme chaque fois.

Riley s'assura que les portières étaient bien fermées, se pencha sur le livre et braqua le faisceau de la torche sur les pages. Elle était aussi excitée que le jour où elle était tombée sur les romans érotiques de sa mère.

— « Les démons de Classe trois sont des monstres territoriaux particulièrement connus pour leur aptitude à dévorer un homme en moins de quinze minutes. »

Ce n'est peut-être pas une si bonne idée.

Elle venait de commencer le paragraphe qui expliquait comment capturer les Classe trois lorsque quelqu'un toqua à la vitre de la portière. Riley sursauta, fourra précipitamment le manuel et la lampe dans la boîte à gants et releva la tête. C'était Simon, l'apprenti de Harper. Gênée de s'être fait surprendre, elle descendit, honteuse, de la voiture.

— Désolé de t'avoir fait peur, commença-t-il en reculant un peu.

Il avait compris qu'elle avait besoin d'espace, semblait-il. C'était étonnant, pour un garçon.

— Je voulais voir où tu en étais, comment tu te sentais, ajouta-t-il.

Pourquoi faut-il que je sois couverte d'urine de démon quand un type sexy vient me parler ? L'univers me déteste !

Elle voulut se passer la main dans les cheveux, mais renonça vite à cause de son bandage. Se sentant obligée de dire quelque chose, Riley balbutia :

— Je… je lisais.

Un grand sourire éclaira lentement le visage de Simon tandis qu'il remettait la sacoche de son ordinateur sur son épaule.

—Oui, le manuel. J'ai vu. Mais ce n'était pas le tien ; il était trop épais.

Chopée en flagrant délit ! Elle s'affaissa contre le pick-up.

—C'est celui de Beck. Tu ne diras rien, hein ?

Simon secoua la tête et se rembrunit.

—J'ai fait pareil avec celui de Harper, et c'est lui qui m'a surpris, expliqua-t-il.

—Mon père ne me dit rien. Ça m'énerve.

À peine s'était-elle confiée qu'elle se demanda si elle n'avait pas gaffé. Pouvait-elle avoir confiance en Simon ?

—C'est comme avec Harper. Après, il gueule quand je ne sais pas un truc que je suis censé savoir. (Il fronça les sourcils.) Je deviendrai compagnon uniquement pour lui prouver qu'il avait tort.

—Je n'aurai pas cette chance. Ils vont me foutre dehors.

—On ne sait jamais. Tu en as impressionné quelques-uns.

Il fit une pause, puis ajouta :

—En tout cas, moi, je t'ai trouvée super.

Elle ne s'attendait pas à cela. *Il m'a trouvée super ?*

—Ah… Merci !

Simon sourit et, soudain, elle n'eut plus froid.

Ils entendirent des voix. Beck et son père arrivaient dans leur direction en discutant de façon animée. Ils avaient l'air contrariés. Beck faisait de grands gestes, et elle crut même discerner un ou deux jurons.

Simon s'écarta.

—Je ferais mieux d'y aller. Heureux de t'avoir parlé, Riley.

—Moi aussi, Simon.

Juste avant de traverser la rue, il se retourna. Elle lui fit un signe de la main. Le sourire du garçon s'élargit.

Il est vraiment sexy.

Riley sauta dans la voiture pour attraper le Biblio qui était la cause de tous ses ennuis. La boîte à gants était entourée d'un halo de lumière. La lampe torche était allumée à l'intérieur. Elle régla vite ce problème et attrapa son sac de coursier.

—Je vois que Simon t'a tenu compagnie, dit son père en arrivant à sa hauteur. Je suis content qu'il se soit soucié de toi.

En entendant son père, elle se sentit encore mieux. Si son père appréciait l'apprenti, c'est qu'elle pouvait avoir confiance en lui.

—Alors ? le verdict ? demanda-t-elle en serrant les poings pour encaisser la mauvaise nouvelle.

La douleur de sa main blessée se réveilla aussitôt.

—Ils m'ont virée, c'est ça ?

—Pour l'instant, tu restes apprentie, annonça son père. La vidéo a confirmé qu'il y avait un autre démon dans la salle, un démon que tu n'étais pas capable de capturer. Mais à la prochaine bourde, ce sera la porte.

Mais encore… ?

—Et ?

Son père et Beck échangèrent un regard.

—Ils ont décidé de me sanctionner, ajouta Paul. Si tu perds ton permis, je serai interdit d'apprenti pendant un an.

—C'est Harper qui a imposé cette saleté, grommela Beck. Quel fumier !

Riley était abasourdie. Son père avait l'enseignement dans le sang ; il était aussi bon professeur d'histoire que tuteur d'apprentis piégeurs. Non seulement il risquait de perdre ce qui était une grande source de satisfaction personnelle, mais également l'allocation qui lui était versée pour former des jeunes. Cet argent leur servait à payer leurs factures d'épicerie. Pas d'apprenti, pas de nourriture. C'était aussi simple que cela.

—Pour résumer, tu es toujours membre de la Guilde. On s'inquiétera du reste plus tard, dit son père en la prenant par l'épaule. Rentrons à la maison.

—Ouais, j'ai entendu dire qu'elle avait des devoirs à faire, la taquina Beck.

Elle lui lança un regard noir, mais elle ne se donna pas la peine de répondre. Beck était le moindre de ses soucis.

Ils sortaient du *Grounds Zero Drive*, et le chocolat chaud de Riley fumait contre sa vitre, adoucissant sensiblement cette journée difficile. Le délicieux et chaud breuvage n'expliquait pas à lui seul l'humeur positive de la jeune femme. Elle était en compagnie de son père, et cela lui faisait toujours du bien. Malheureusement, cela ne durerait pas. Dès qu'ils seraient à la maison, il repartirait avec Beck pour une nouvelle nuit de travail. Cela faisait un bout de temps qu'ils essayaient d'attraper un démon de Classe trois dans le quartier de Five Points. C'était devenu une question d'amour-propre, d'honneur.

Riley savait qu'elle n'avait pas le droit d'en vouloir à son père d'être tout le temps absent, qu'ils avaient besoin de cet argent. Elle rêvait de passer plus de temps avec lui, et pourquoi pas en traquant les démons, ce qui n'arriverait pas tant qu'elle ne serait pas capable de piéger des Classe trois. Son père et elle pourraient alors travailler en tandem, et Beck devrait trouver un autre binôme. Elle se demandait si super péquenaud avait déjà envisagé cette éventualité.

Riley triturait la déchirure de son jean d'un air absent. Elle la réparerait. Cela ne la gênait pas de porter un jean rafistolé ; l'urine de démon, en revanche, était plus ennuyeuse, car elle laissait des taches blanches, et elle n'était pas près d'avoir les moyens de se racheter un nouveau pantalon.

Elle posa son chocolat au milieu du tableau de bord et avisa un CD-Rom au milieu d'une multitude d'emballages de chewing-gums. Sans doute les résultats des recherches de son père sur la guerre civile. Pendant son temps libre, c'est-à-dire très rarement, il se rendait à la bibliothèque pour effectuer des recherches sur un de leurs ordinateurs, bien plus rapides que celui qu'ils avaient à la maison.

—De quoi s'agit-il, cette fois? demanda-t-elle en montrant le disque. La bataille d'Antietam ou celle de Kennesaw?

Il parut surpris par sa question et rangea rapidement le CD dans sa poche.

—J'ai quelque chose à te proposer, dit-il. Je récupère l'argent, je prends ma nuit et je t'emmène manger une pizza quelque part. Peut-être même qu'on ira au cinéma.

Elle hocha la tête avec enthousiasme.

—Super! Ce serait génial!

Ce serait encore plus génial tous les soirs. Alors, une pensée lui vint.

—Juste nous. Sans Beck.

—Tu ne l'aimes vraiment pas, pas vrai?

—Ouais. En venant à la réunion, il m'a dit qu'il m'aiderait, mais il n'a rien fait. C'est un lâche.

—Tu ne le connais pas assez bien, rétorqua son père en secouant la tête.

—Tu crois? Il est resté assis à boire sa bière comme si nous étions à un pique-nique. Si j'ai bien compris, sa mère est une ivrogne, et il est en train de suivre son exemple. Je me demande vraiment pourquoi tu perds ton temps avec lui.

Son père ne dit rien et, le front plissé, se perdit dans ses pensées. Riley jura en elle-même. Pourquoi devaient-ils toujours se disputer à cause de ce type?

Comme elle se sentait coupable, elle bredouilla :

—Qu'est-ce que tu penses de Simon?

Paul parut heureux de pouvoir changer de sujet.

—C'est un garçon calme et réfléchi. Un piégeur très méthodique. Il fera une belle carrière, à condition que Harper accepte de signer sa carte de compagnon.

—Je l'aime bien.

—Je crois qu'il t'aime bien aussi. Mais méfie-toi de Harper; il est très dur avec Simon.

Le téléphone de Riley émit des stridulations de criquets. Elle regarda le petit écran et sourit. C'était son meilleur ami.

—Hé! Peter, ça roule?

—Riley! J'ai vu la vidéo! Waouh! Tu as tout déchiré! Tes statistiques explosent, tu te propages comme un virus.

Riley lâcha un grognement. C'était exactement ce dont elle avait toujours rêvé: être la risée de millions de personnes.

Elle entendait le bruit d'un clavier d'ordinateur. Peter faisait toujours plusieurs trucs à la fois. Il était probablement en train d'échanger des messages avec plusieurs de ses amis pendant qu'il lui parlait au téléphone.

—C'était beaucoup moins sympa en vrai, lui assura-t-elle.

—Ouais, mais tu l'as eu, cet enfoiré. Putain, avec tous ces trucs qui volaient partout, on se serait cru dans *Harry Potter*!

Peter adorait Harry Potter. Il collectionnait tous les livres, tous les films.

—Attends une seconde…

Elle entendit une voix lointaine. Probablement la mère de Peter qui voulait savoir à qui il parlait.

—Voilà, je suis de retour. C'était juste la gardienne. Elle voulait voir si je ne m'étais pas évadé.

Riley se tourna vers son père et sourit. Elle aimait beaucoup discuter avec Peter, mais son père ne serait pas là toute la soirée.

—Écoute, Pete, je pourrais te rappeler plus tard? Je suis avec mon père, et comme il va bientôt devoir partir…

—Pas de problème. Appelle quand tu auras le temps. En tout cas, tu déchires grave.

Et il raccrocha.

Son père s'arrêta à un stop, tandis qu'un vieil homme traversait péniblement l'intersection. Attaché à son Caddie, un chien miteux trottinait en tenant quelque chose dans la gueule.

—Tu vois ça? lui demanda son père.

—Quoi? le vieux?

—Tu ne remarques rien autour de lui ? Comme des contours blancs…

Elle ne voyait qu'un vieillard avec son chien.

—C'est un ange, expliqua son père.

—Tu rigoles !

Riley examina l'homme. Il ressemblait à tous les autres sans-abri de la ville.

—Je croyais que les anges avaient des ailes et qu'ils portaient un genre de robe.

—C'est le cas, mais ceux qui s'occupent des nécessiteux peuvent nous ressembler, à moins de décider de nous révéler leur forme véritable.

L'homme-ange monta sur le trottoir, caressa son chien et se remit en route.

—Ils sont de plus en plus nombreux à Atlanta, observa son père.

Quelque chose, dans sa voix, piqua la curiosité de Riley.

—Ils gardent un œil sur les démons. C'est une bonne chose, non ?

—Je ne sais pas, répondit son père dans un haussement d'épaules.

—Ils font vraiment des trucs d'anges, des miracles, tout ça ?

—C'est ce qu'on dit.

Il redevint silencieux pendant quelque temps avant de demander subitement :

—Peter et toi, vous comptez sortir ensemble, un de ces quatre ?

Surprise, elle cligna des yeux. *Où est-il allé chercher ça ?*

—Euh… non.

—Pourquoi ? C'est un bon petit gars.

—Eh bien, parce que… parce que c'est Peter. Je veux dire… (Elle ne savait pas comment expliquer ce qui lui paraissait évident.) C'est mon ami, quoi.

Son père eut un sourire entendu.

—D'accord, d'accord. J'ai connu une fille comme toi quand j'étais au lycée. Il ne me serait pas venu à l'idée d'aller plus loin avec elle.

Son père parlait si peu de son passé ; elle ne put résister.

—C'était qui ?

—Ta mère.

Il haussa plusieurs fois les sourcils comme elle lâchait un grognement incrédule.

—Il m'appelle juste parce qu'il est seul, expliqua-t-elle.

—Ou parce qu'il t'aime beaucoup.

—Bien essayé, papa, mais tu te plantes complètement. Il est amoureux de Simi.

—La serveuse punk du café ? demanda Paul. Celle qui a des cheveux fluo ?

Riley opina du chef.

—Tu aurais dû la voir le mois dernier. Elle avait des rayures noires et blanches et des pointes violettes. Impressionnant, vraiment.

—N'y pense même pas, répliqua son père en haussant un sourcil.

—Aucun risque.

Elle avait suffisamment de problèmes pour éviter, en plus, de se donner des airs de costume d'Halloween raté.

—Comment ça marche, à l'école ? Toujours installée à côté du rayon des produits laitiers ?

—Plutôt bien, répondit-elle en plissant le nez. La boutique pue le fromage moisi, et il y a plein de vieilles publicités accrochées au plafond. Disons que c'est un peu dégueu. Il y a des cafards morts et des souris partout, expliqua-t-elle en mimant les pattes des rongeurs avec les doigts.

Avant que son père perde son travail, avant qu'il se mette à piéger les démons, Peter et elle fréquentaient une école normale.

Par manque d'argent, ils étaient désormais contraints d'aller aux cours du soir trois fois par semaine dans une épicerie désaffectée. La plupart des professeurs avaient un second métier ; certains ramassaient les ordures, d'autres vendaient des hot-dogs dans des supérettes.

— Des collègues enseignants m'ont dit qu'ils risquent de réorganiser les classes, la prévint son père. Il se pourrait qu'on te place ailleurs.

Ce n'était pas une bonne nouvelle.

— Du moment que Peter change de classe avec moi, ça ne me dérange pas.

— Cette fois-ci, tu as eu de la chance de tomber dans une épicerie. Imagine si ç'avait été un vieux boui-boui mexicain. Tes vêtements seraient imprégnés d'une odeur de burritos rances.

— Beurk !

— Moi qui m'étais imaginé que j'aurais un boulot d'enseignant toute ma vie. Je n'ai même pas protesté quand la municipalité a vendu les écoles à Bartwell. Je rêvais de subventions… (Il secoua la tête.) Qu'est-ce que j'ai été naïf.

Riley connaissait cette histoire par cœur. Bartwell Industries louaient les bâtiments des écoles à la Ville et ne cessaient d'augmenter le montant des loyers. En pleine crise budgétaire, incapable de payer, Atlanta avait cédé les baux de certaines écoles à des entreprises non solvables, espérant ainsi faire baisser les exigences du propriétaire. Bartwell s'était rapidement retrouvé en faillite. Les bâtiments s'étaient très vite détériorés et les écoles installées dans des épiceries abandonnées. De nombreux professeurs avaient perdu leur emploi.

— Au moins je peux piéger des démons, ajouta son père d'un ton de regret.

— Moi aussi.

Il hocha la tête. Sans enthousiasme, se dit-elle.

Normalement, Paul était toujours pressé de repartir, de piéger d'autres démons. Ce soir-là, cependant, ils prirent leur temps et traversèrent tranquillement le parking de leur immeuble.

— Le fait que je sois dans la partie ne t'oblige pas à devenir piégeuse, remarqua son père.

Riley réfléchit en zigzaguant entre des motos et des scooters rouillés.

— Je veux vraiment faire ce boulot, papa, finit-elle par dire en prenant sa main et en la serrant. Je ne veux pas me retrouver derrière un bar ou un truc comme ça. Je ne suis pas faite pour ça.

Paul prit un air résigné.

— J'ai longtemps espéré que tu changerais d'avis, mais j'ai compris ce soir que ça n'arriverait pas. Tu as tenu tête à Harper, et ça demande du cran.

— Quel connard, celui-là. On dirait qu'il déteste tout le monde.

— Il a subi de grandes pertes, il a beaucoup souffert. On a tous un point de rupture, et lui a dépassé le sien il y a longtemps.

— Toi, non.

Il sourit et serra la main de sa fille.

— Parce que je t'ai, toi.

Il lui passa le bras autour de la taille et, ensemble, ils montèrent l'escalier.

Un jour, il restera tout le temps à la maison. Alors la vie sera vraiment parfaite.

Chapitre 5

Après le départ de son père, Riley passa un long moment sous la douche. À son grand soulagement, le savon fit disparaître de sa peau la majeure partie des taches vertes. Avec un peu de maquillage et de créativité, elle réussirait peut-être à passer pour humaine le lendemain soir. Elle espérait seulement qu'aucun de ses camarades de classe n'aurait vu la vidéo. En dehors de Peter, évidemment.

Tu peux toujours rêver.

Chaque soir, elle nettoyait l'appartement. Ce soir-là ne fut pas différent des autres, en dehors du fait qu'elle avait l'impression d'avoir été plaquée au sol par un sumotori. Le ménage ne prenait jamais très longtemps : l'appartement, aux dimensions de maison de poupée, se résumait à deux chambres d'hôtel aux murs d'un beige industriel. La salle de bains supplémentaire avait été divisée en deux parties et transformée en placard. Il y avait donc trois pièces au total : un séjour de quatre mètres sur cinq avec kitchenette, une salle de bains et une minuscule chambre à coucher. Un climatiseur réversible décrépit dispensait un peu de chaleur ou de fraîcheur, mais Riley et son père s'en servaient très rarement parce qu'il était très bruyant.

Quand je deviendrai compagnon, nous emménagerons dans un bel appartement, rêvait Riley. Elle savait déjà à quoi il ressemblerait, car elle l'avait vu en photo dans un magazine : du parquet partout, de grandes fenêtres et des équipements en inox rutilant. La photo était collée au vieux réfrigérateur, ce qui faisait beaucoup rire son père. Toutefois, il ne lui serait pas venu à l'idée de la retirer, car lui aussi avait des rêves.

Riley s'affala dans le canapé et appela son ami. Peter répondit dès la première sonnerie.

—Eh! Riley, tu sais qu'on est censés rendre notre devoir demain?

Des bruits de papiers froissés…

—Je sais, je vais travailler dessus ce soir.

—Je viens de terminer le mien.

Elle entendit un bruit d'aspiration, comme s'il buvait avec une longue paille.

—J'ai complètement démonté le postulat des sudistes selon lequel l'esclavage était nécessaire à leur survie.

Peter aimait parfois endosser le costume du nerd, même s'il n'en était pas vraiment un. Il n'avait pas beaucoup changé depuis qu'ils avaient fait connaissance en primaire. Avec son visage rond, ses cheveux châtain clair et ses lunettes, il ressemblait à un comptable ou à un programmeur informatique.

—Ça m'a l'air balèze, dit-elle. Tu crois que M. Houston va aimer?

—J'ai fait un plan en béton. Il ne pourra pas ne pas me mettre une bonne note.

Tu parles. M. Houston avait un accent du Sud encore plus épais que le smog d'Atlanta et parlait toujours de « la guerre d'agression du Nord ». Peter ne risquait ni de recevoir un A pour son devoir ni de devoir le lire devant toute la classe.

—Et toi, tu as choisi quel sujet? demanda-t-il.

Il tira de nouveau sur sa paille, ce qui donna soif à Riley. La jeune fille avala ce qui restait de son chocolat chaud avant de répondre:

—Le général Sherman vu comme un terroriste.

À l'autre bout de la ligne, Peter lâcha un sifflement impressionné.

— Waouh ! Je n'avais jamais vu les choses de cette façon !

— J'ai eu envie de tenter le coup. Je pourrai utiliser ton imprimante, demain ?

— Bien sûr. Je me fais trouer et remplir le matin. Tu n'as qu'à passer après 16 heures. Avec un peu de chance, les goules seront de sortie.

Les goules étaient les petits frères jumeaux de Peter. Il les appelait ainsi depuis qu'ils étaient capables de marcher. Notamment parce qu'ils le suivaient partout. Même dans la salle de bains.

— Ah ! j'ai compris, tu as rendez-vous chez le dentiste, dit-elle en souriant.

— Sinon, j'ai une meilleure idée : envoie-moi le fichier ce soir, et j'imprimerai tout pour toi.

— Cool ! Ça marche. À demain soir, alors.

— À plus tard, Riley.

Elle s'installa à la table de jeu qui lui servait de bureau et ouvrit un fichier intitulé « Général Sherman : héros de guerre ou terroriste ? » Taper son texte se révéla plus difficile que prévu. La blessure à sa main droite était douloureuse. Et puis la touche N sauta du clavier et atterrit sur la moquette tachée.

— Eh merde ! se plaignit-elle. L'univers tout entier m'en veut, ou quoi ?!

Elle chercha sous la table, trouva la touche et la remit soigneusement en place en laissant une traînée de N sur son moniteur. Au moins l'étoile dorée qu'elle avait collée dessus lui facilitait-elle la tâche quand la touche décidait de se faire la malle.

Dans les moments comme ceux-là, elle repensait avec regret à l'ordinateur qui avait brûlé dans l'incendie de leur précédent appartement, un Mac équipé de haut-parleurs et de tout ce qu'il fallait. Désormais, elle devait se contenter de matériel de récupération, car la compagnie d'assurance avait uniquement remboursé l'hypothèque de l'appartement et payé quelques meubles d'occasion.

Son père avait acheté l'unité centrale dans un magasin d'occasion, et ils avaient trouvé le clavier dans les poubelles d'une boutique. Elle avait passé beaucoup de temps à le nettoyer, mais il puait toujours le désinfectant et l'oignon.

Des grattements lui parvinrent de la porte. Elle n'y prêta pas attention, plongée qu'elle était dans la lecture de la biographie de Sherman. Le général s'était fait la main sur les Séminoles, avant de brûler une grosse partie du Sud, dont Atlanta en 1864.

— Un pyromane, ce mec.

Un e-mail de Peter apparut sur l'écran. « Regarde ça ! » disait le titre.

Le message contenait un lien vers une autre de ses vidéos, déjà visionnée plus de cent mille fois.

— Pire qu'un virus, grogna-t-elle.

Pas question qu'elle la regarde. Elle ferma la page et retourna à Sherman.

Encore des grattements. Il devait s'agir de Max, le Maine Coon de Mme Litinsky. C'était un chat énorme à l'épais pelage blanc, brun, gris et noir. Son odorat hypersensible de félin devait avoir senti la présence d'un démon dans l'appartement.

Elle ouvrit la porte et découvrit l'animal en train de gratter le palier. Riley s'agenouilla et le caressa. L'animal ronronna comme un moteur de mobylette. Certains soirs, elle le laissait entrer pour qu'il lui tienne compagnie. Mais pas ce soir-là.

— Désolée, mais tu vas saccager la cuisine en cherchant mon stock partout.

Il était certes abusif de qualifier de stock les trois Biblios cachés dans un placard avec les conserves de fayots. Le lendemain, son père irait chez le repreneur de démons pour les échanger contre du cash. Alors, Max serait de nouveau le bienvenu chez elle.

Riley câlina encore un peu le chat, le repoussa doucement avec sa chaussure et prit soin de bien refermer la porte. Elle se laissa tomber sur son fauteuil de bureau qui émit un craquement, puis elle bâilla et s'étira avec circonspection. Quelque chose craqua dans son dos et elle eut soudain moins mal. Vu la violence avec laquelle elle avait atterri sur le sol de la bibliothèque, elle pouvait s'estimer heureuse de ne pas s'être transformée en hématome géant.

Elle reposa les mains sur le clavier et se rendit compte que le N avait de nouveau disparu. Elle regarda rapidement par terre. Rien.

—C'est bizarre.

Elle vérifia sous la table une deuxième fois, mais elle ne trouva qu'un trombone rouillé et un cafard défunt. Riley se laissa retomber contre son dossier et essaya de comprendre ce qui se passait. L'étoile dorée collée sur la touche disparue lui mit la puce à l'oreille.

Pas possible! Afin de mettre sa théorie à l'épreuve, elle examina le sommet du vieux vaisselier qui trônait dans la chambre et découvrit que la boucle d'oreille en argent en forme de coquillage qu'elle avait trouvée au Centennial Park l'été précédent avait disparu aussi.

Riley sourit. Il n'y avait pas d'autre explication : il y avait bien un démon dans l'appartement. Elle pourrait peut-être se racheter en le capturant. Par ailleurs, un monstre supplémentaire lui rapporterait 75 dollars, ce qui les rapprocherait davantage de leur soirée pizza et cinéma.

Elle retourna dans la pièce principale, prit son *Manuel du piégeur* dans la bibliothèque et compulsa directement la seconde partie, celle qui traitait des différents types de créatures de l'Enfer. Parcourant la liste d'un doigt à l'extrémité verdâtre, elle trouva :

Klepto (Pie voleuse, Cambrioleur de l'Enfer): haut de huit centimètres, peau marron clair, oreilles pointues. Souvent vu en tenue de ninja portant son butin dans un petit sac. Ne résiste pas aux bijoux, pièces et autres objets scintillants.

Il devrait être assez facile à attraper. Ou pas. Au moins ces démons-là ne passaient-ils pas leur temps à jurer et à vous uriner dessus. Leurs activités démoniaques se limitaient au vol d'objets brillants.

Que fait-il dans notre appartement? C'était le dernier endroit où un démon voudrait être surpris.

Riley s'affala dans le canapé bordeaux usé et fouilla la petite pièce du regard. Le démon pouvait être n'importe où, mais plus probablement à la recherche d'objets scintillants. Rien près de la bibliothèque de fortune construite avec des tasseaux de récupération. Rien autour des photos de famille alignées sur l'étagère la plus haute de la bibliothèque. Un des cadres était pailleté, mais également trop gros pour que le petit démon l'emporte.

— Où es-tu? chantonna-t-elle.

Rien ne bougea. Mais elle était piégeuse, après tout. Après avoir tourné quelques pages de son manuel, elle trouva le chapitre qui traitait de la capture des Pies voleuses. Elle parcourut le texte pour se rafraîchir la mémoire. Elle devait le trouver à tout prix. Impossible de terminer son devoir sans la touche N, notamment à cause du nom du personnage historique qu'elle avait choisi d'étudier.

Un sifflement aigu retentit dans le couloir. Puis un grognement. Le démon s'était-il glissé hors de l'appartement? Riley attrapa sur le placard un gobelet pour bébé que son père avait tapissé de paillettes dans l'éventualité où se serait présentée une occasion de ce genre. Elle entrouvrit la porte et vit Max à quelques mètres de là. Les poils de son dos étaient tout hérissés et ses moustaches en alerte.

La chose était accroupie près du panneau indiquant le numéro de l'étage. Il s'agissait bien d'un Cambrioleur de l'Enfer. Mesurant approximativement la même taille que les Biblios, il était doté de mains humaines et d'une queue fourchue. Ses yeux étaient rouges, mais pas de ce rouge infernal qui la déstabilisait. Comme le lui avait rappelé le manuel, le démon était habillé en ninja et portait même des bottes. Il essayait désespérément de faire passer son sac en toile à travers la grille d'aération. Riley voyait bien qu'il n'y arriverait pas, mais il refusait de laisser son butin derrière lui. Les « babioles » étaient tout pour eux.

Max fit un pas en avant, et ses grondements se firent encore plus graves. À la place du Cambrioleur, un Biblio aurait donné un coup de poing dans le nez du chat, lui aurait envoyé une giclée d'urine dans l'œil et aurait pris ses jambes à son cou. Les Cambrioleurs survivaient en se cachant, mais celui-ci n'avait nulle part où aller.

— Max.

Des tremblements parcoururent le dos du chat, qui ne lâcha pas sa cible du regard.

— Tu ne peux pas le manger. Ça te rendrait malade. Tu perdrais tous tes poils, tu aurais des convulsions. Chat *kaputt*, tu comprends ?

Le félin gronda, et le démon lui répondit en sifflant aussi fort.

— Allez, Max, laisse tomber.

Dans un ralenti exagéré, le chat fit un pas en avant.

Soudain, une porte claqua quelque part. Le chat sursauta, lâchant momentanément sa proie du regard. C'était la diversion dont avait besoin Riley. D'un coup de pied, elle envoya le chasseur à plusieurs mètres de là, puis agita les bras en baragouinant des paroles inintelligibles pour l'effrayer. Le félin s'en fut.

Lorsqu'elle se retourna, le démon était toujours en train d'essayer de faire passer son sac dans le conduit d'aération. Elle s'agenouilla, ouvrit le gobelet et saupoudra quelques paillettes par terre. Les Cambrioleurs étaient programmés pour être attirés par tout ce qui brillait. Il suffisait donc d'avoir de quoi les appâter.

Le démon se figea. Il avisa les paillettes et, aussitôt, sa respiration s'accéléra et ses doigts s'agitèrent d'excitation. De longues secondes s'écoulèrent. Soudain, il se jeta sur les paillettes sans se soucier du danger. Riley l'agrippa juste avant qu'il attrape la dernière paillette et le jeta dans le verre. Au lieu d'une flopée d'injures ou d'une tentative de corruption, elle entendit un long soupir torturé. Puis le démon s'assit et entreprit de classer les paillettes par couleurs...

On aura tout vu.

Elle vissa le couvercle sur le gobelet, saisit le sac du démon et se hâta de retourner dans l'appartement avant que Max ait trouvé le courage de revenir.

Avant de se remettre au travail, Riley examina le butin du monstre et découvrit sa boucle d'oreille, ainsi que la touche N. Le monstre tapota contre la paroi du verre et désigna son sac d'un air inquiet. Elle le comprenait. C'était un peu comme si elle regardait quelqu'un se maquiller avec son rouge à lèvres préféré.

— D'accord, Flash, j'ai compris.

Elle dévissa le couvercle, le souleva avec circonspection, rendit son sac au démon et referma sa prison. Le Cambrioleur en sortit aussitôt un penny rutilant et une épingle à cravate. Il gratifia la jeune femme d'un sourire reconnaissant, quoique démoniaque, se pelotonna contre son trésor et s'endormit.

Satisfaite de la tournure des événements, elle envoya un message à son père.

«J'ai attrapé un Cambrioleur de l'Enfer dans notre appartement! Un point pour moi!»

Riley attendit, mais il n'y eut pas de réponse. Il était sans doute occupé à essayer de capturer ce Classe trois. Lorsqu'elle finit par éteindre l'ordinateur deux heures plus tard, elle n'avait toujours rien reçu.

—Prépare-toi pour le ciné, papa.

Chapitre 6

Sifflant *God Rest Ye Merry Gentlemen* plus fort que nécessaire, Beck attendait au milieu d'Alabama Street tandis que la nuit tombait. Le morceau de tuyau coincé dans son jean le gênait, mais il préféra le laisser là où il était, dans son dos. Avec un peu de chance, il aurait très vite l'occasion de le sortir. Paul était caché derrière une poubelle, à sa droite. Armé lui aussi, il attendait leur proie.

Force était de reconnaître que Five Points était un de ses terrains de chasse favoris. « Demon Central », comme l'appelaient les piégeurs. L'endroit idéal pour trouver des Classe trois. Ceux-ci adoraient ces labyrinthes complexes de bâtiments éventrés, ces trous en apparence sans fond, le béton éclaté, les conteneurs débordants d'ordures. Les quelques immeubles encore intacts avaient des barreaux à toutes les fenêtres et à toutes les portes pour maintenir à distance les créatures de l'Enfer. C'était la seule partie de la ville où il restait de grandes quantités de métal, car le coin était dangereux, même pour les voleurs. Cela n'empêchait pas certains de tenter leur chance, mais ils finissaient toujours par le regretter.

Sur le moindre mur de béton, on trouvait des traces de griffes à partir d'un mètre vingt de hauteur ; les Classe trois aimaient marquer leur territoire. On croisait aussi fréquemment des monceaux immondes d'excréments démoniaques si acides qu'ils rongeaient le bitume. Au moins l'odeur était-elle un peu plus supportable à cause du froid.

Beck tentait d'attirer leur proie de diverses manières : tout d'abord, les Classe trois détestaient les chants de Noël, et puis ils ne pouvaient pas résister aux entrailles de lapin, surtout quand elles étaient un peu faisandées. Ils étaient obsessionnels : ils mangeaient tout ce qui bougeait, et même ce qui ne bougeait pas, par sécurité. Quand ils chassaient, c'est-à-dire dès qu'il faisait nuit, ils déchiquetaient tout ce qui croisait leur route. Ils étaient devenus si féroces que la plupart des piégeurs ne se risquaient plus à les traquer en solo.

Beck vit quelque chose bouger près d'un des innombrables trous qui constellaient la chaussée. Un rat. Probablement le seul à un kilomètre à la ronde. C'était le seul bon côté de la présence des Classe trois : la population de rats et de pigeons avait diminué de façon importante.

Beck commençait à s'impatienter sérieusement, mais il se força à tenir sa position. Il retira sa casquette de base-ball et se lissa les cheveux. Ils étaient trop longs à son goût, mais il n'avait pas le temps d'aller chez le coiffeur. Et puis, ses deux dernières petites amies avaient apprécié sa coiffure. Elles n'étaient certes pas restées très longtemps, mais il s'en trouvait toujours une pour remplacer l'ancienne.

Tandis qu'il attendait, Beck eut l'impression que le sol s'enfonçait tout autour de lui. Construite au XIXᵉ siècle, cette partie de la ville s'était affaissée au cours de la décennie passée. Des gouffres étaient apparus à mesure que la chaussée s'effondrait. Puis les gouffres s'étaient élargis. Le dernier était apparu près de la station de métro de Five Points. Seuls les démons semblaient se réjouir de cette situation.

Beck regarda du coin de l'œil le conteneur bosselé qui se trouvait à cinq mètres de là. Malgré la lumière faible dispensée par un lampadaire solitaire, il reconnut l'air serein que Paul arborait toujours lorsqu'il piégeait. Comment parvenait-il à rester si calme ? C'était un mystère pour Beck, mais cela expliquait sans doute que son partenaire ait survécu à une rencontre avec un Archidémon.

Ça ne risque pas de m'arriver.

Il y eut un bruit, et un Classe trois se hissa hors d'un trou qui abritait Dieu seul savait quoi.

— Démon à une heure, murmura Beck.

Paul hocha la tête et garda le silence.

Alors qu'elle aurait dû être uniformément noire, la bête arborait des taches blanches, telle une vache Holstein carnassière. L'Eau bénite agissait sur les Classe trois comme de l'eau de Javel. Ce démon-ci en avait été aspergé de nombreuses fois, mais il paraissait néanmoins fort vigoureux.

La bave aux lèvres, la bête s'accroupit près de l'offrande et la goba. Puis elle releva la tête, et ses yeux rouge laser scrutèrent les environs à la recherche de sa véritable proie : Beck.

— Piégeuuuuuur, siffla le démon.

— Démooooooon, répondit Beck.

Il attendit que le monstre charge. Ils chargeaient toujours en hurlant et en agitant leurs pattes armées de griffes pareilles à des cimeterres. Au lieu de quoi la bête attrapa une bouteille de bière. C'était une tactique inédite. Habituellement, ils se ruaient sur leur proie et s'agitaient frénétiquement jusqu'à l'avoir jetée à terre.

— Alors, j'attends ! le provoqua Beck avant de se baisser pour esquiver la bouteille. Ha ! Avec un lancer comme celui-là, tu n'arriverais même pas à toucher le gros cul de ta mère !

— Je vais te briser les os ! hurla la bête en agitant ses bras velus au-dessus de sa tête comme un orang-outan enragé.

Beck imita son geste et ricana.

— Cause toujours. Si l'Enfer n'a rien de mieux que toi à proposer, ce n'est pas étonnant que ton patron ait été viré du Paradis à coups de pied au cul.

— Ne parle pas de lui! cria le démon en reculant.

C'était le point faible de ceux qui étaient tenus en laisse par Lucifer : ils n'aimaient pas qu'on le leur rappelle. Alors Beck eut une idée.

— Mais comment s'appelle-t-il, déjà? demanda-t-il en se tapotant le front, l'air de réfléchir. Ah! oui, ça me revient!

Il sourit et commença à déclamer :

— Consonne : L! Voyelle : U! Consonne : C!…

Fou de rage, le démon lui envoya toute une volée de bouteilles. Un seul des projectiles faillit le toucher. Beck bâilla avec ostentation, ce qui alimenta encore la colère du monstre. De derrière le conteneur, Paul désapprouvait son comportement, il le sentait bien. Le maître n'était jamais très content quand son élève faisait le fanfaron, comme il disait.

Mais qu'est-ce qu'on s'amuse!

Le bruit des pattes griffues sur la chaussée défoncée ramena Beck à la réalité. Il fixa son regard sur la créature qui se précipitait sur lui. Sept mètres. Cinq. Trois. Des gouttes de sueur perlèrent sur son front. Beck se rappela la sensation de ces griffes s'enfonçant dans sa chair. La puanteur âcre dans son nez. Le cliquetis des incisives tentant d'atteindre sa gorge.

— Maintenant! cria-t-il en brandissant son tuyau en acier.

Une sphère transparente décrivit un arc dans les airs et frappa la bête sur le sommet de la tête. Le verre se brisa, et l'Eau bénite s'écoula sur le visage recouvert de fourrure du démon. Celui-ci se mit à sauter partout et à s'agiter comme pour combattre un ennemi invisible. Puis il s'affaissa.

Paul sortit de sa cachette et, restant à une distance respectable, étudia la bête. Si besoin était, il était prêt à jeter une seconde sphère d'Eau bénite.

—Balèze, lança Beck, admiratif. Moi, je n'arrive jamais à les toucher quand ils courent comme ça.

—Ça se travaille. Fais attention, le mit en garde son maître.

—Pas de souci, je me suis déjà fait avoir une fois, et on ne m'y reprendra plus.

Avec précaution, Beck enfonça son tuyau dans le flanc de la bête. Celle-ci ne respirait pas, ce qui signifiait qu'elle s'apprêtait à attaquer.

—Attention !

Le monstre se releva en une fraction de seconde. Beaucoup plus vite que prévu, en tout cas. D'une patte, il agrippa le tuyau. Beck ne commit pas l'erreur de tirer dessus. La fois précédente, le démon l'avait attiré jusqu'à lui de sa seconde patte griffue. Il lâcha donc le tuyau, mais le monstre tendait déjà les bras pour l'attraper, le feu de l'Enfer brillant dans ses yeux. Le piégeur donna un coup de chaussure coquée dans l'épaule de son assaillant. Le monstre tourna sur lui-même et, ce faisant, accrocha l'ourlet du jean de Beck, qui perdit l'équilibre. S'il tombait au sol, il mourrait.

Comme le démon faisait volte-face, une nouvelle sphère le frappa dans le dos. Il hurla aussitôt en tapotant sa fourrure trempée. Sans laisser aux piégeurs le temps de réagir, il courut vers le trou le plus proche, plongea dans les ténèbres et disparut.

—Merde ! cracha Beck.

Paul le rejoignit en remettant son sac sur son épaule. Il semblait mécontent.

—Vas-y, dis-le, l'encouragea Beck.

—À quoi bon ? Tu n'écoutais déjà rien quand tu étais apprenti, et il n'y a aucune raison que ça change.

Beck attendit. Il y avait toujours une suite.

Paul secoua la tête.

—Tu ne peux pas faire dans la simplicité ? Toujours à fanfaronner ! Un jour, tu finiras par y passer, Den.

Beck connaissait cette leçon par cœur. Il l'avait entendu tant de fois.

—C'est juste que…

Il avait besoin de frôler la mort pour se sentir en vie, pour rendre son existence plus intéressante. Toutefois, il ne jugea pas nécessaire de s'expliquer.

—L'Eau bénite ne lui a presque rien fait, reprit-il. Il aurait dû être KO pendant quelques minutes au moins.

—Ça arrive de plus en plus souvent.

—Tu sais pourquoi ? demanda Beck en haussant un sourcil.

—Non, répondit son compagnon en secouant la tête. Non, mais j'y travaille. (Paul scruta l'allée.) Il faut revoir notre stratégie. Au moins pour ce démon-ci.

Beck ramassa son tuyau, marqué de quatre nouvelles empreintes de griffes.

—Ouais, c'est clair.

Ils firent demi-tour et retournèrent vers la camionnette. Tous les deux étaient à cran. Cela rappela à Beck son expérience dans l'armée, les patrouilles passées à attendre une première rafale d'arme automatique ou une explosion sur le bord de la route. Ici, on essuyait des attaques de démons griffus, mais l'effet était le même. Un piégeur qui ne faisait pas attention était un piégeur blessé ou mort.

—Ce Classe cinq, à la bibliothèque, tout à l'heure…, commença Paul de façon inattendue.

Beck se demandait quand le sujet allait revenir sur le tapis.

—Pourquoi s'en est-il pris à ma fille ?

—Aucune idée. Tu devrais l'empêcher de bosser le temps que ça se tasse.

—Je ne vois pas comment, mais je peux l'obliger à traquer en binôme, avec l'un de nous deux. Le temps d'en apprendre davantage.

— Envoie-la sur le terrain avec moi, et elle me filera à bouffer au premier démon de Classe trois venu, dit Beck pour détendre l'atmosphère.

— Elle n'est plus amoureuse de toi et ça t'emmerde.

— Oh! je sais bien qu'elle n'est plus amoureuse de moi. Elle me déteste, même. Je me demande ce qui est le mieux.

Paul lâcha un grognement approbateur.

— Tu penses que le Classe cinq a pris l'apparence d'un étudiant? reprit Beck.

— Ce n'est pas impossible. Ils ne changent pas de forme très souvent, mais ça s'est déjà vu. Pour que ça fonctionne, il faut juste que ses pieds ne touchent jamais le sol.

Le vent se leva, souleva de la poussière de béton. Beck en eut la chair de poule. Il lança un regard inquiet à son compagnon.

— C'est le vent, le rassura Paul. Un Classe cinq ne s'en prendrait jamais à deux piégeurs à la fois.

— Explique ça à ce fumier, dit Beck, le doigt pointé vers le bout de l'allée.

Un Géo de Classe cinq se matérialisa à une dizaine de mètres d'eux; il planait à environ cinquante centimètres du sol. Beck estima sa taille à plus de deux mètres dix. Son visage noir charbon était dominé par de longues canines et encadré par une paire de cornes qui naissaient sur les côtés de son crâne avant de s'incurver vers le haut comme celles d'un taureau. Son torse était massif, pareil à celui d'un haltérophile qui aurait abusé des stéroïdes. Son regard rouge et brillant était rivé sur eux, clignotant dans la pénombre.

C'était un costaud. S'ils ne se montraient pas extrêmement prudents, il les réduirait en sushis.

— Beurk! Il est pas beau, marmonna Beck.

Paul attrapa une sphère d'Eau bénite.

— Eh! abruti, cria Beck. Tu as saccagé des livres, aujourd'hui?

Le rire du démon transperça l'atmosphère nocturne comme une lame de rasoir.

— La fille de Blackthorne... presque à moi !

Le calme légendaire de Paul vacilla.

— Planque-toi derrière la bagnole, pressa-t-il Beck à voix basse. Je vais me débrouiller tout seul.

— Mon cul, ouais !

C'était exactement ce que Beck avait dit à Blackthorne la première fois qu'il était venu assister à son cours d'histoire.

Après un froncement de sourcils inquiet, Paul reprit :

— Démon, c'est ta dernière chance.

Sa dernière chance ? Les piégeurs ne donnaient jamais de dernière chance aux démons. *Qu'est-ce qu'il fout ?*

En guise de réponse, le Géo fit de petits gestes avec les mains, comme s'il époussetait ses vêtements. Des nuages bleu-noir se formèrent, gonflèrent, se préparant à donner un assaut météorologique. Le monstre rit de nouveau, le regard brillant d'excitation.

— Euh... qu'est-ce qu'on fait ? demanda Beck, la gorge sèche.

— On se replie doucement.

Un grognement résonna dans leur dos. Beck regarda par-dessus son épaule. Le Classe trois était de retour, il bavait et faisait cliqueter sa mâchoire.

— Merde.

— C'est impossible, lâcha Paul en secouant la tête.

— On dirait qu'ils s'en moquent, répondit Beck en se retournant doucement et en collant son dos contre celui de Paul sans lâcher des yeux le démon carnivore qui coupait leur retraite. Tu as un plan B ? demanda-t-il en soupesant son tuyau en acier.

— Non.

Paul jeta sa sphère vers le Classe cinq. Soudain, une violente bourrasque, pareille à une tempête d'été, souffla dans leur

78

direction, et la sphère se désintégra en plein vol. Une pluie violente et des grêlons s'abattirent sur eux, tandis que retentissait un violent coup de tonnerre qui leur boucha les oreilles. Beck glapit et lâcha en jurant son tuyau crépitant d'étincelles. Lentement, ils reculèrent vers le démon affamé, qui n'avait même pas besoin de se déplacer pour aller chercher son dîner.

Paul fouilla dans son sac marin et en sortit une boule bleue de mise en terre, qu'il donna à Beck. Puis il en prit une pour lui.

— Tu vises sa gauche, OK ? À trois…

Beck prit une profonde inspiration, l'estomac noué par la peur.

— Un… deux… trois !

Il lança sa sphère à sa gauche, tandis que Paul jetait la sienne dans la direction opposée. Le verre se brisa et le contenu des sphères jaillit dans un éclair de lumière bleue. La magie de mise en terre fila dans toutes les directions, se propageant dans tout ce qui était métallique, le faisant fondre. Elle parcourut une clôture rouillée, sauta sur le conteneur bosselé, puis sur une bicyclette déglinguée. Si les deux courants de magie se touchaient, ils formeraient un cercle qui maintiendrait le Géo au sol, l'empêchant d'utiliser les forces de la nature contre eux.

Le démon hésita, comprenant leur plan, puis s'éleva plus haut. Les bras en l'air, il forma deux nouveaux tourbillons. Les vortex aspirèrent divers débris, tels de puissants aimants attirant de la limaille. Clous, morceaux de verre, esquilles de bois et morceaux de briques tournoyèrent en un large cercle.

Beck attrapa un morceau de tasseau en plein vol et grimaça lorsque des échardes s'enfoncèrent dans sa main.

— Les yeux ! cria Paul en cassant une sphère de protection à ses pieds.

Malgré ses paupières fermées, Beck vit l'explosion de lumière blanche les envelopper. Lorsque la lumière faiblit, il ouvrit les yeux avec précaution. Un voile blanc se dressait autour de lui et de son ami pour les protéger de la tempête. Toutefois, il ne durerait pas longtemps.

Les deux tourbillons pressèrent avec violence le bouclier, l'attaquant avec une myriade de débris dans un vacarme d'averse de grêle. Comme la tempête s'intensifiait, des vrilles de magie, longs tentacules bleus, se déroulèrent vers le Géo. À la façon d'un dieu vengeur, celui-ci se défendit contre la magie de mise en terre avec le vent, la neige et les éclairs qu'il générait.

Soudain, le bouclier blanc s'évapora. Une seconde plus tard, Paul hurla et s'affaissa sur Beck, qui tomba au sol. Le jeune homme roula sur le côté, se releva tant bien que mal et s'accroupit, prêt à en découdre. Son cœur battait à tout rompre, inondant son organisme d'adrénaline, rendant sa vision plus claire, sa respiration plus profonde. Il se sentait vivant.

Il y eut un gémissement final lorsque le démon de Classe cinq fut plaqué au sol derrière eux. Les sphères de mise en terre leur avaient sauvé la mise. Comme le vent cessait de souffler, une pluie de débris urbains retomba tout autour d'eux.

— Nom de Dieu ! s'exclama Beck en expirant par saccades.

Il tendit le bras, lâcha le tasseau et agrippa son morceau de tuyau. Sans lâcher le Classe trois des yeux, il recula avec circonspection, pas à pas, et rejoignit son ami. Son camarade piégeur était à genoux, plié en deux, comme s'il priait.

— Paul ?

Pas de réponse.

— Paul, tu vas bien ?

Son mentor releva lentement la tête. Son visage était bleu-gris. Dans la lumière déclinante de la sphère magique, Beck avisa un point rouge de la taille d'une pièce de monnaie sur la partie gauche du torse de Paul.

L'homme inspira avec difficulté et force sifflements. Son corps tout entier fut secoué de tremblements.

—Des mensonges…, lâcha-t-il, les yeux emplis de terreur. Riley… Oh! mon Dieu, Riley…

Tandis que l'homme s'affaissait dans les bras de Beck, le démon de Classe trois chargea.

Chapitre 7

Beck commença sa lente ascension. Jambe droite. Jambe gauche. Droite. Gauche. Il resta concentré sur ce mouvement, gravissant deux volées de marches, soit seize marches, montant au premier étage où dormait Riley Blackthorne. Il y avait une marche pour chaque année qu'il avait vécue avant de rencontrer le père de la jeune fille et de voir sa vie changée pour toujours.

Beck ne se rappelait rien de ses deux premières années sur terre, et c'était sans doute mieux ainsi. Depuis ses trois ans, toutefois, il avait accumulé beaucoup trop de souvenirs. Les nuits passées, seul, dans une chambre sans chauffage. Sa maman absente. Quand elle finissait par rentrer à la maison, elle était tellement soûle qu'elle ne le reconnaissait même pas. Pas de nourriture, pas même un câlin. Nuit après nuit, il se pelotonnait dans un lit de fortune constitué de vêtements sales, pensant qu'il avait fait quelque chose de mal pour que sa mère le déteste à ce point. Il revoyait sa mère évanouie sur le canapé à carreaux usé, dans le salon. C'était le jour de ses cinq ans. L'homme qu'elle avait amené à la maison refermait sa braguette. Lorsque le petit garçon qu'il était lui avait dit que c'était son anniversaire, le type avait éclaté de rire avant de lui ébouriffer les cheveux et de lui donner un billet de un dollar. Ce soir-là,

Beck s'était endormi en pleurant et en se demandant pourquoi il n'avait pas reçu de vrais cadeaux comme les autres enfants.

À l'âge de dix ans, il savait que son père n'était qu'un fantôme, un gars qui avait payé l'addition de sa mère au bar le soir où il avait été conçu. Sans doute sur ce satané canapé à carreaux. Il savait aussi ce qu'était sa mère : une pute alcoolique. Non, même pas. Les prostituées vendaient leur corps pour joindre les deux bouts. Sa mère était juste bourrée et ne voulait pas savoir qui la baisait.

Quand il eut onze ans, il comprit que sa mère ne voulait plus de lui. Toutefois, il refusa de partir. Cela aurait été trop facile pour elle. Arrivé à la treizième marche, il se rappela les corrections. Un des hommes qui avaient emménagé avec eux lui avait appris que les poings pouvaient être des armes redoutables. Cette leçon, Beck l'avait ensuite enseignée à d'autres gosses. À tous ceux qui le provoquaient. Ses deux anniversaires suivants, il les avait passés en détention.

À l'âge de seize ans, il avait rencontré Paul Blackthorne. Ce professeur d'histoire ne l'avait pas traité comme certains de ses collègues de l'école. Il ne lui avait pas dit qu'il était un moins-que-rien destiné à vivre une courte vie en prison avant de mourir jeune. À sa manière, Paul avait su exploiter le désir de vengeance de Beck. Car il rêvait d'une vengeance ultime : devenir meilleur que sa putain avinée de mère.

Un dix-septième pas, et Beck atteignit le palier. Comme il avait atteint son dix-septième anniversaire : en sortant trop tôt du lycée, se hissant péniblement sur la dernière marche de sa scolarité. Pendant les trois années suivantes, dans l'armée, il avait combattu un ennemi qu'il ne comprenait pas, voyant ses camarades tomber autour de lui en pleurant leur mère, en implorant Dieu. Beck ne croyait ni en l'une ni en l'autre. À l'âge de vingt ans, il rentra à Atlanta. De retour avec Paul, la seule personne au monde à s'être jamais souciée de Denver Beck.

À la fin, malheureusement, il avait prouvé à son professeur qu'il s'était trompé. Le gosse sans avenir à la langue bien pendue ne valait pas mieux que sa mère ou les connards qui l'avaient sautée.

Il s'arrêta devant la porte de l'appartement, sentit le sang séché sur son visage, la brûlure douloureuse à sa main droite et l'éclat de verre dans son genou gauche. Il voulut frapper, mais son poing resta suspendu dans les airs. Il ne voulait pas franchir cette dernière étape. Finalement, il toqua à la porte. Une décennie entière s'écoula. La voix ensommeillée de Riley demanda qui c'était. Il répondit.

—Papa ? appela-t-elle. Tu es là ?

Comme il ne répondait pas, elle déverrouilla frénétiquement la porte.

—Papa ?

Elle ouvrit la porte en grand, et leurs regards se croisèrent.

Le cœur de Beck se transforma en cendres.

—Qu'est-ce que tu veux ? demanda Riley.

Il ne dit rien. Alors elle sortit sur le palier sans se soucier d'apparaître en chemise de nuit.

—Papa ?

Il n'y avait personne d'autre dans le couloir.

Elle fit volte-face.

—Où est-il ? Il est blessé ?

Un frisson parcourut le corps de Beck.

—Il est parti, murmura-t-il avant de baisser les yeux.

—Comment ça, parti ?

—Je suis désolée, ma grande.

La confusion céda la place à la colère.

—C'est un pari à la con, c'est ça ? l'accusa-t-elle en lui enfonçant l'index dans le torse. Pourquoi est-ce que tu me fais ça ?

—J'ai essayé, mais ils étaient deux… Il est parti, Riley.

Il ne vit pas sa main partir. Il ne fit aucun effort pour bloquer la claque, qui atterrit bruyamment sur sa joue. Sans lui laisser le temps de le frapper de nouveau, il l'attrapa par le bras et l'attira contre lui. Elle se débattit, jura, mais elle ne parvint pas à se libérer.

— Putain de merde ! l'entendit-elle murmurer.

Il la serra si fort qu'elle ne pouvait plus respirer. Puis il la relâcha.

Incapable de réfléchir à ce que cela signifiait, elle le repoussa et se rendit compte que ses mains étaient collantes de sang.

Alors seulement elle vit les marques sur les mains et le visage de Denver, les longues déchirures dans sa veste en cuir, qui révélaient son tee-shirt en lambeaux. Son jean aussi était déchiré et rigide de sang séché.

La part rationnelle de son esprit examina froidement ces blessures, les catalogua et en conclut que, si Beck était si gravement amoché, son père ne rentrerait probablement plus jamais à la maison.

Mais son cœur refusait d'accepter ces conclusions.

Non. Il est en vie. Il rentrera demain matin et...

Chaque seconde qui passait voyait la pression augmenter à l'intérieur de son corps. Elle s'enroulait autour de sa poitrine, se frayait un chemin jusque dans sa gorge. Riley se dégagea, se précipita dans l'appartement et fonça en titubant dans sa chambre. Alors seulement elle hurla dans la masse de ses oreillers, elle cria à s'en déchirer la gorge, jusqu'à n'avoir plus du tout d'air dans les poumons. Puis vinrent les larmes, chaudes et salées. Elle essaya de ne pas les laisser la submerger, en vain. Ses sanglots l'étouffèrent pendant qu'elle martelait le lit de ses poings.

Des images de son père affluèrent devant ses yeux : le jour où il lui avait appris à faire de la bicyclette ; celui où, lorsqu'elle avait cinq ans, il l'avait réconfortée après qu'elle fut tombée tête la première dans l'escalier ; la manière dont il l'avait tenue par la main aux funérailles de sa mère.

Pas ça, s'il vous plaît. Pas lui.

Elle n'aurait su dire pendant combien de minutes ou d'heures elle pleura. Elle avait complètement perdu la notion du temps. Quand Riley eut enfin repris son souffle, elle s'essuya les yeux et se moucha dans un mouchoir en papier pris sur sa table de chevet. Elle entendit de l'eau couler dans la salle de bains. Lorsque le bruit s'arrêta, elle entendit des sanglots graves derrière la cloison peu épaisse.

Beck.

Son père était vraiment mort.

Plus tard, quand elle roula sur le dos dans son lit, elle découvrit un Beck assis sur une chaise près de la porte. Les yeux rouge foncé, enflés, il regardait devant lui sans rien voir et sans se rendre compte que les blessures de son visage continuaient à suinter. Il ne se redressa que lorsqu'elle finit par s'asseoir contre la tête de lit.

Beck racla sa gorge à vif.

—On a essayé d'attraper ce… Classe trois. Il s'est enfui. On marchait vers… le pick-up quand…

Sa voix se brisa, et il s'abîma dans la contemplation du sol, les coudes posés sur les genoux. Il avait retiré sa veste en cuir. Il avait des traces de griffes sur la poitrine.

—Un Classe cinq est arrivé de nulle part. Et puis le Classe trois est revenu. Ils nous ont pris en tenaille.

Ce n'était pas ce qu'elle voulait entendre.

—Comment est-ce qu'il… ?

—Un morceau de verre a traversé notre bouclier. Le docteur a dit qu'il l'a touché en plein cœur.

Maintenant, elle savait, mais elle ne se sentait pas mieux.

—Où est-il ?

Il leva les yeux.

—Au cimetière d'Oakland. Aucune morgue ne veut accueillir un piégeur.

—Je veux le voir, dit-elle en posant les pieds par terre.

—Pas avant demain matin.

—Je ne veux pas qu'il reste seul, rétorqua-t-elle en ramassant ses chaussettes.

—Il ne l'est pas ; Simon est avec lui.

Elle fit comme si elle ne l'avait pas entendu.

—Riley, s'il te plaît. Simon le veillera. Toi, reste ici.

Beck avait raison, mais elle aurait préféré avoir quelque chose à faire pour ne pas rester seule à souffrir comme elle n'avait jamais souffert.

Riley s'affaissa sur le lit.

—Je n'ai plus personne, maintenant. Personne.

—Moi, je suis là.

Elle lui lança un regard noir. Comment osait-il croire une seconde qu'il pouvait remplacer son père ?

—Je ne veux pas de toi ! aboya-t-elle. Si je comptais vraiment pour toi, mon père serait encore en vie, et toi tu…

Beck prit une profonde et subite inspiration, comme si elle avait brisé quelque chose en lui. Riley lui tourna le dos et laissa ses larmes couler. Une porte se ferma, puis ce fut le silence.

Quelques minutes plus tard, la jeune femme sursauta en sentant quelque chose lui effleurer le genou. C'était Max. Le chat s'allongea à côté d'elle, se colla tout contre elle, ronronnant plus fort que jamais. Au début, elle n'eut pas envie de sa présence, mais il insista et continua à se frotter à elle. Finalement, elle s'avoua vaincue et le serra contre elle. Son épaisse fourrure s'imbiba de larmes.

—Riley, ma petite, je t'ai préparé une tisane, murmura Mme Litinsky.

Riley décolla son visage de la fourrure de l'animal. Sa vieille voisine se tenait dans l'encadrement de la porte, une tasse à la main.

—Non… merci.

—C'est de la camomille. Ça t'aidera à te reposer. Tu en as besoin.

Sachant que Mme Litinsky ne céderait pas si facilement, Riley s'assit et accepta la tasse. Les herbes sèches sentaient bon et lui débouchèrent le nez.

Vêtue d'une robe de chambre, la vieille femme s'assit sur le bord du lit. Ses cheveux blancs immaculés et nattés lui descendaient presque jusqu'à la taille. Elle avait quelque chose d'éthéré, de quasi féerique.

—M. Beck est parti, dit-elle. Je lui ai ordonné d'aller faire soigner ses blessures. Elles ne sont pas belles à regarder.

Et papa, à quoi ressemble-t-il ?

À cette pensée, Riley faillit s'étouffer. Elle se força à avaler un peu de tisane. Elle était chaude et sucrée ; il y avait du miel dedans, semblait-il. Elle en but une autre longue gorgée. Mme Litinsky hocha la tête d'un air approbateur.

—M. Beck m'a demandé de te dire qu'il avait emporté les démons. Ils faisaient trop de bruits.

—Quoi ?

—Les petits démons, dans le placard, précisa la femme.

—Oh !

Voilà pourquoi Max se vautrait sur le lit au lieu de mettre la cuisine à sac. Elle tendit le bras et caressa son épaisse fourrure.

—Il va rester avec toi cette nuit, dit la voisine. Il assurera ta sécurité.

C'était idiot. Comment un chat pourrait-il l'aider ?

Son bâillement la prit par surprise. Elle termina sa tisane et rendit la tasse d'une main tremblante.

— Je dors à côté, sur le canapé, annonça la voisine. Si tu as besoin de moi, n'hésite pas à m'appeler.

Sans laisser à Riley le temps de protester, elle sortit de la chambre en traînant ses chaussons et referma la porte derrière elle. La jeune femme attrapa une photo sur sa table de chevet : son père et elle, l'été précédent. Le cadre, acheté dans un bazar, était orné de chatons orange. Un peu gnangnan, mais pas cher.

Ce jour-là, ils avaient pique-niqué. Tous les deux. Elle avait préparé des sandwichs, des cupcakes et de la limonade. Elle pouvait encore sentir le parfum des citrons frais et voir le ciel bleu déroulé au-dessus d'eux. La photo avait été prise par un jeune homme venu avec sa nouvelle femme. Tous les deux avaient passé la journée l'un sur l'autre. Embarrassant, pour son père. Mignon, selon elle.

Son père paraissait plus jeune sur la photo, satisfait, comme si les factures et les soucis n'existaient pas. Elle serra le cadre contre sa poitrine, regrettant que le temps ne se soit pas figé ce jour d'été, dans le parc. Son père et elle, réunis pour toujours.

Max vint tout près d'elle, se colla contre son ventre. Ses ronronnements se propagèrent dans tout son corps. Elle s'allongea autour de l'animal et serra le cadre contre son cœur. Elle s'endormit tandis que le chat lui léchait la main et que son père lui murmurait d'une voix rassurante que tout irait bien.

Chapitre 8

Riley fut réveillée par des bruits de cuisine : des casseroles s'entrechoquant et l'eau coulant dans l'évier. Son père lui préparait son petit déjeuner, comme d'habitude, malgré la fatigue accumulée durant la nuit.

Elle frotta ses yeux pleins de sommeil et s'étonna d'être à ce point fatiguée. Quelque chose tomba par terre dans un bruit mat. Elle se pencha par-dessus le bord du lit et avisa la photo encadrée. Son cœur se serra.

— Papa ? appela-t-elle. Papa ? !

Les bruits cessèrent dans la cuisine, et elle entendit des pas lourds dans le couloir, le son dur des bottes de travail de son père sur le plancher en bois.

— C'était un cauchemar, chuchota-t-elle.

Un cauchemar bien laid. *Mais pourquoi m'a-t-il paru si réel ?*

Lorsque le visage mal rasé et meurtri de Beck apparut dans l'embrasure de la porte, Riley se jeta sur son lit et ravala un sanglot. Il retourna dans la cuisine sans dire un mot. Elle se plaqua une main sur la bouche, sentant les larmes qui lui dégoulinaient sur les joues. Ce n'était pas un cauchemar, autrement, Beck ne serait pas là. Son père était mort.

Elle pleura abondamment. Sa gorge était à vif, son nez coulait, et son cou était trempé. Quand elle réussit enfin à se traîner jusqu'à la salle de bains, elle ne reconnut pas la personne dans le miroir. Des yeux vides, bouffis, cernés de rouge, la regardaient fixement. Elle se passa de l'eau froide sur les joues, se moucha et serra ses cheveux dans une pince sans se soucier de ressembler à un porc-épic. Elle enfila des sous-vêtements et son dernier jean propre puis fouilla dans le panier de linge propre à la recherche d'un tee-shirt. Elle en trouva un orné d'une pierre tombale sur le devant.

Elle le jeta avec un couinement de dégoût. Elle chercha encore et en trouva un autre, uni. Il avait appartenu à son père. Elle le passa, le coton fin effleurant sa peau comme un murmure.

Les premiers. Ses premiers souvenirs sans son père. Le premier petit déjeuner, le premier jour, la première semaine, le premier mois. Elle avait déjà effectué cette comptabilité morbide après la mort de sa mère. Au bout de quelques mois, elle avait cessé de compter, mais ce matin-là, elle ne put s'en empêcher.

Son visiteur lui tournait le dos. Il se rendait utile, cuisinait quelque chose sur le gaz malgré sa main bandée. Pendant un instant, elle fut tentée de croire qu'il s'agissait de son père, même si la taille et la couleur de cheveux ne corres-pondaient pas.

Beck regarda par-dessus son épaule, en ruinant définiti-vement l'illusion.

—Je t'ai préparé ton petit déjeuner.

—Tu n'es pas mon père, rétorqua-t-elle d'un air de défi.

—Même si je voulais le remplacer, je n'y arriverais pas.

Il désigna la table du menton. Comme elle ne réagissait pas, il remplit un bol de flocons d'avoine et le posa à côté d'une assiette d'œufs brouillés et de saucisses. Suivirent des couverts dépareillés.

—Allez, petite, il faut manger un peu.

Elle fixa la nourriture du regard, regrettant de ne pouvoir la faire disparaître instantanément en même temps que le gars qui l'avait préparée. Lorsque Beck tira la chaise de son père pour s'asseoir en face d'elle, elle aboya :

— Ne t'assieds pas là !

Il parut surpris pendant une seconde, avant de hocher la tête comme s'il avait compris que le problème ne se résumait pas à la seule question du choix d'une place autour de la table.

— Tu fermeras bien la porte d'entrée à clé, et si tu as besoin de quelque chose, appelle-moi, lui dit-il. Je serai de retour à 16 heures. La cérémonie aura lieu à 16 h 30. Prépare un sac pour le cimetière. Tu vas passer la nuit là-bas.

— Pourquoi est-ce que je…

Mais il était déjà sorti. Riley attendit d'entendre ses pas dans l'escalier pour verrouiller la porte. Pour faire bonne mesure, elle donna aussi un coup de pied dans le battant, se faisant mal aux orteils.

Il avait planifié les funérailles sans la consulter. Comment avait-il pu faire une chose pareille ? Marmonnant à voix basse, elle retourna dans la cuisine. La chaise inoccupée de son père semblait la provoquer. Elle la poussa jusqu'à ce que le dossier soit collé contre la table pour que personne, plus jamais, ne se serve de ce siège.

La veille, épuisé par sa nuit de traque, son père s'était assis à côté d'elle pour boire un café pendant qu'elle prenait son petit déjeuner. Ses cheveux étaient encore humides de la douche qu'il venait de prendre, et il sentait le shampooing bon marché.

Elle avait gâché leur dernière matinée ensemble. Elle l'avait ennuyé avec les histoires de Peter avec sa mère dictatoriale et le dernier épisode de *Demonland*, cette série complètement débile. Il l'avait patiemment écoutée, comme si ce qu'elle disait avait une véritable importance.

Quand ses yeux avaient commencé à se fermer tout seuls, il lui avait déposé un baiser sur le front avant d'aller se coucher. De prendre son « tour de sommeil », comme il disait. Comme il dormait toujours très profondément, elle en avait profité pour essayer de dénicher son manuel. Celui-ci était toujours très bien caché. Tellement bien qu'elle se demandait désormais si elle le trouverait un jour.

Leur dernière matinée ensemble, mais ils ne le savaient pas.

Quand Riley regarda son assiette, la nourriture était froide, le gras figé. Un « bip » attira son attention. Elle tourna la tête et avisa le téléphone portable de son père posé entre la salière et la poivrière. Beck devait le lui avoir laissé. En plus de l'alarme occasionnelle, un voyant clignotait, signifiant que la batterie avait besoin d'être rechargée. Elle l'ouvrit et compulsa ses messages. Celui qu'elle lui avait envoyé à propos du Cambrioleur était au sommet de la liste.

Il n'avait même pas eu le temps de le lire.

Il était presque 14 heures quand arriva un nouveau visiteur. Il s'agissait d'une femme, une grande brune portant un sac à dos orné du logo de la Guilde. Ses cheveux étaient soigneusement tressés, et ses paupières cerclées de rouge. Elle portait un pantalon et un col roulé noirs, ainsi qu'une veste à la doublure vermillon.

— Riley, je suis Carmela Wilson, commença-t-elle. Je suis médecin de la Guilde. J'étais… une amie de votre père.

Comme la jeune femme ne répondait rien, elle poursuivit :

— Den m'a demandé de passer voir comme vous vous sentiez.

Riley mit quelques secondes à comprendre qu'elle parlait de Beck.

— Je me sens bien, finit-elle par répondre, pensive.

Il valait mieux mentir un peu histoire de ne pas faire paniquer tout le monde. Elle voulut refermer la porte, mais Carmela l'en empêcha en glissant sa botte dans l'embrasure.

— D'autres vous croiraient peut-être, mais pas moi. La mort de Paul est loin de m'avoir laissée indifférente, aussi j'imagine que vous devez souffrir énormément. J'ai raison ?

Riley hocha la tête sans réfléchir.

— Je m'en doutais.

Riley recula. La femme entra dans l'appartement, procéda à un inventaire rapide de l'espace surchargé, puis elle se rendit dans la cuisine et posa sa sacoche sur la table. Elle s'affaissa sur la chaise la plus proche. Celle de Riley.

— Pour commencer, je veux voir la morsure de démon que vous avez reçue hier, dit-elle d'un ton qui ne souffrait aucune contestation.

Je n'ai pas besoin de ça. Pas maintenant. Riley entreprit de se replier vers sa chambre.

— J'ai perdu mon père quand j'avais dix ans, reprit Carmela en croisant le regard de la jeune femme. Je sais ce que vous ressentez, et je ne suis pas venue pour jouer la comédie devant vous.

Riley se figea, tiraillée entre un besoin de remplir le vide à l'intérieur de son corps et l'envie d'enfoncer sa tête dans son oreiller.

— Laissez-moi jeter un coup d'œil à votre blessure, insista la femme, mal à l'aise, en changeant de position sur sa chaise. Je vous promets que ça ne fera pas très mal.

À contrecœur, Riley s'assit sur la chaise de son père. Le médecin se mit aussitôt au travail, en sortant de sa sacoche un bandage propre, un flacon d'Eau bénite et du sparadrap. Après avoir retiré le pansement souillé, elle piqua, tritura, pinça la zone qui entourait la blessure. Riley serra les dents, car c'était très désagréable.

— C'est pas mal du tout, dit la femme. Den craignait que votre main ne soit en train de pourrir.

— Il aurait pu me poser la question.

— Lui auriez-vous répondu la vérité ?

— Probablement pas.

Carmela hocha la tête. Elle comprenait.

— Et puis, on se parle plus facilement entre filles, poursuivit-elle. Les garçons ne comprennent pas la moitié de ce qu'on dit, même quand on parle trèèèèèèèèès lentement.

Riley étudia la femme de plus près.

— Vous ne vous laissez pas marcher sur les pieds, pas vrai ? demanda-t-elle.

— Exact. Et je sens que vous allez être pareille. Oh ! ils se plaindront, geindront un peu, mais ils vous respecteront.

— Oui. Pas question que je me laisse faire.

Pas dans cette vie, en tout cas.

Carmela décapsula le flacon d'Eau bénite et le lui tendit.

— Ça va piquer. La blessure n'a qu'un jour.

Riley prit le flacon et se rendit au-dessus de l'évier pour nettoyer sa blessure. La doctoresse n'avait pas menti. Ce truc était fort et lui arracha une grimace. Le bruit de l'Eau dans la tuyauterie raviva de vieux souvenirs. Combien de fois avait-elle soigné les blessures de son père ? Des blessures toujours moins graves que la sienne. Sauf quand il débutait dans le métier. En ce temps-là, c'était sa mère qui s'occupait de lui. Pour plaisanter, il disait tout le temps qu'aucun démon ne pourrait jamais rien contre lui.

Il a suffi d'un.

Lorsque le flacon en plastique fut vide, Riley retourna à table. Le médecin tritura encore une fois la blessure puis prit un air satisfait. Apparemment, la plaie était déjà refermée ; ne subsistait qu'un fin cercle rouge là où les dents du démon avaient rencontré sa chair.

Et papa, à quoi ressemble-t-il ?

— Vous l'avez vu après…, commença-t-elle, mais sa gorge se serra aussitôt.

— Den m'a appelée pour que je constate la mort de Paul, répondit la femme, l'air sérieux et neutre. (Elle laissa échapper un long soupir et cligna plusieurs fois des yeux comme pour contenir ses larmes.) Il a été tué par un éclat de verre dans le cœur. Ç'a été très rapide. (Elle ajusta maladroitement le bandage.) Paul a l'air endormi et pas…

Mort.

— Et les démons ? Beck les a-t-il attrapés ? les a-t-il tués ?

Avant de répondre, Carmela nettoya la table pour gagner du temps.

— Non. Ils ont simplement réussi à maintenir le Classe cinq à terre. Le Classe trois a sacrément amoché Den, mais il était hors de question qu'il le laisse approcher du corps de ton père. Ce qui signifie que tu dois prendre une décision.

— Quelle décision ? demanda Riley sans comprendre.

Quand la femme releva la tête, il y avait de la pitié dans ses yeux.

— Le corps de ton père est en bon état. En si bon état qu'il constitue une matière première de qualité pour les Nécromanciens.

L'estomac de Riley se souleva. Elle eut tout juste le temps d'atteindre la salle de bains pour recracher son déjeuner dans la cuvette des toilettes. Les spasmes se succédèrent jusqu'à ce qu'elle n'ait plus rien à expulser.

Une main fraîche se posa sur son front et la fit sursauter.

— Ah ! merde, murmura Carmela. Je suis désolée. J'aurais dû vous annoncer ça différemment.

Riley tira la chasse, rabattit le couvercle et s'affaissa sur la cuvette. Le goût acide du vomi lui brûlait la gorge. Carmela lui tendit un linge humide avec lequel elle se tamponna le visage.

—Pourquoi Beck ne me l'a-t-il pas dit? demanda-t-elle. Il était le partenaire de mon père.

—Il n'a pas pu. Ça lui fait mal autant qu'à vous.

Tu parles.

—Quelle décision dois-je prendre, exactement?

Le médecin s'assit sur le rebord de la baignoire et se frotta les bras comme s'il faisait froid. Elle ne lâchait pas ses bottes des yeux.

—Si le corps de votre père reste en l'état, commença-t-elle d'une voix à peine audible, les Nécros vont essayer de le voler. À moins que vous preniez la décision de le leur vendre.

—Le leur vendre? Sûrement pas! gronda Riley. Jamais!

Son estomac menaça encore de se retourner, mais elle tint bon.

Carmela plongea son regard dans le sien.

—Dans ce cas, vous devrez monter la garde devant sa tombe toutes les nuits jusqu'à la prochaine pleine lune.

—Que voulez-vous dire?

—Vous devrez tracer un cercle magique autour de la tombe pour empêcher les Nécromanciens de ramener votre père à la vie. Après la pleine lune, ils ne pourront rien contre lui… Mais il y a une autre façon de procéder…

Riley attendit qu'elle veuille bien la lui exposer.

—Vous pouvez demander à un piégeur de… (Elle prit une profonde inspiration.) Vous pouvez demander à un piégeur de faire en sorte que le corps de votre père ne soit plus en un seul morceau. De cette façon, les Nécros n'en voudront plus.

Riley écarquilla les yeux, horrifiée.

—Vous voulez que Beck découpe mon père?

—Non, pas Den, répondit Carmela, tendue.

—Peu importe qui! protesta Riley. On pourrait l'incinérer ou quelque chose comme ça.

—La législation de l'État ne nous autorise pas à incinérer un piégeur tué par un démon. Pour une sombre histoire de contamination, semble-t-il.

C'était un cauchemar.

—Donc, soit je monte la garde toutes les nuits, soit je fais… démembrer mon père ? C'est tellement médiéval, archaïque !

—Cela ne se discute pas. La décision vous revient. Dans tous les cas, il faudra en assumer les conséquences.

Il n'y avait qu'une réponse possible.

—Nous le mettrons en terre tel quel, et je jure devant Dieu que personne ne le touchera.

Le médecin laissa échapper un soupir de soulagement grave.

—C'est ce que j'aurais décidé aussi. Comprenez néanmoins que les prochaines semaines vont être difficiles.

—Ça ne pourra pas être pire que maintenant.

La femme repoussa délicatement une mèche de cheveux du front de Riley.

—Oh ! si, ma puce…

Chapitre 9

Riley attrapa une robe noire et la tint contre elle. Elle ne l'avait pas touchée depuis la mort de sa mère. Elle lui arrivait au-dessus des genoux, à présent. Elle se rappelait le jour où son père la lui avait apportée. Une robe toute simple. Trop grande, aussi, car son père ne savait pas quelle taille acheter. Désormais, elle lui irait parfaitement, comme si son père avait prévu qu'elle la porterait de nouveau.

Un frisson remonta le long de sa colonne vertébrale et s'engouffra à la base de son crâne.

Non, il ne pouvait pas savoir.

Alors qu'elle aurait préféré s'allonger sur le canapé et se rouler dans l'épaisse couette pour ne pas penser à la soirée à venir, Riley se fit violence et commença à se préparer. Collants noirs. Robe noire. Bottes noires. Elle souleva le couvercle de sa boîte à bijoux ornée d'une minuscule ballerine et trouva le médaillon en forme de cœur que son père lui avait donné pour son seizième anniversaire. Il y avait une photo de ses parents à l'intérieur. Elle embrassa le métal froid.

— Merci, papa, murmura-t-elle, tandis que ses larmes disparaissaient dans sa robe, absorbées par le tissu.

C'était peut-être pour cela qu'on portait du noir lorsque quelqu'un mourait.

On frappa à la porte.

C'était Beck. Ils se regardèrent d'un air grave pendant un long moment, comme s'ils craignaient d'entendre ce que l'autre avait à dire. C'était la première fois qu'elle le voyait en costume. Lorsque sa mère était morte, Beck était en permission, aussi était-il venu aux funérailles en uniforme. Il s'était rasé, ce qui, à cause de ses coupures, n'avait pas dû être facile. Le noir, sous ses yeux, lui révélait qu'il n'avait pas dormi plus qu'elle. Elle reconnut une odeur d'après-rasage ; de pin, peut-être.

— C'est l'heure, dit-il d'une voix grave et rauque.

Elle attrapa le manteau en laine de sa mère. Malgré son épaule douloureuse, Beck l'aida à l'enfiler. Il prit également le sac à dos qu'elle avait préparé pour le cimetière. Tandis qu'elle fermait à clé la porte de l'appartement, elle crut entendre son père lui dire « au revoir ».

La voiture de Beck avait changé depuis la veille : il l'avait lavée, avait jeté à la poubelle les bouteilles de bière qui jonchaient le coffre, avait passé l'aspirateur sur les tapis et nettoyé le tableau de bord. L'habitacle sentait le désodorisant à la pêche tout neuf suspendu au rétroviseur.

Pourquoi a-t-il fait tout ça ? Il était trop tard pour que son père en profite.

Elle attacha solennellement sa ceinture et tourna son visage vers l'extérieur.

— Riley…, commença-t-il.

Elle secoua la tête. À quoi bon parler ? Il ne risquait pas de rendre la situation plus supportable. Au contraire. Beck comprit le message et garda le silence. Seul le bruit des pneus sur la chaussée et le « tic-tac » occasionnel des clignotants accompagna leur trajet. Un peu comme lorsqu'ils s'étaient rendus au cimetière pour les funérailles de sa mère. Sauf que, ce jour-là, Beck était assis sur la banquette arrière, et que ses cheveux étaient coupés si court qu'il paraissait chauve. Chaque fois qu'il bougeait, elle entendait les frottements du tissu rigide de son uniforme.

Ils se garèrent devant le cimetière d'Oakland, rejoignant d'autres voitures et camionnettes dans le parking. La plupart des véhicules arboraient l'emblème de la Guilde sur la lunette arrière. Riley sortit du pick-up et lissa sa robe. Elle connaissait assez bien cet endroit. Situé à l'est du Capitole de l'État, le cimetière était bordé au sud par Memorial Drive et au nord par une ligne de métro. Toutes les cinq minutes environ, un train quittait la station la plus proche et passait en vrombissant derrière le mur du cimetière.

Ils passèrent sous l'arche en briques et s'engagèrent sur la voie asphaltée qui longeait la partie la plus ancienne du cimetière. Celle-ci datait des années 1850. Quelques-uns des plus illustres habitants d'Atlanta étaient enterrés ici, comme la femme qui avait écrit *Autant en emporte le vent*.

Et mon père.

Beck s'éclaircit la voix.

— Il y aura une courte cérémonie, puis ce sera l'enterrement à proprement parler, expliqua-t-il. Après ça, tu te changeras, et on s'occupera du cercle.

— On ?

— Simon et moi. Il a proposé de rester avec toi cette nuit pour te protéger.

Elle ne s'attendait pas à cela, mais, au lieu de s'attarder sur cette question, elle demanda :

— Comment fonctionne le cercle ?

— Je ne sais pas trop, répondit-il en secouant la tête. Sa magie empêchera les Nécros de ramener ton père à la vie, et c'est tout ce qui compte.

Comme ils passaient devant la maison en briques rouges du gardien, elle voulut savoir :

— Pourquoi ne m'as-tu pas parlé des Nécros tout de suite ?

Il s'arrêta au milieu de la chaussée.

— Je ne pouvais pas. J'ai demandé à Carmela de t'expliquer. Si tu avais décidé de le mutiler…

— Je n'aurais jamais fait ça, tu le sais bien, l'interrompit-elle, étonnée qu'il ait pu penser une seconde qu'elle aurait été capable de faire découper son père en morceaux pour s'épargner quelques nuits désagréables au cimetière.

— Je n'en étais pas sûr, admit-il. Si tu m'avais demandé de le faire, je… (Beck secoua la tête.) Non, pas possible…

— Pour moi non plus.

Ils se remirent en marche, et la tension entre eux diminua, comme s'ils avaient franchi une frontière invisible. Autour d'eux, les oiseaux se posaient sur les arbres, et des feuilles séchées froufroutaient tandis qu'un écureuil sautillait entre deux rangées de pierres tombales.

— Ton père avait une assurance vie, dit Beck, comme ils tournaient à gauche. L'argent ne sera pas débloqué tout de suite. Ce ne sera pas énorme, mais ça paiera les funérailles et ça te permettra de voir venir.

Il fit une pause avant d'ajouter :

— Les autres ont organisé une quête pour acheter quelques fleurs.

La gorge de Riley se serra.

— Merci. Je n'avais pas pensé à ça.

— Moi non plus, dit-il avec un sourire triste.

Le Clocher, le bâtiment de deux étages qui abritait les bureaux du cimetière, était blanc et simple. Elle avisa bientôt Simon qui les attendait. Lui aussi portait un costume.

Après avoir croisé le regard de Beck comme pour lui demander la permission, Simon fit un pas en avant.

— Riley, commença-t-il doucement.

Sans hésiter il la prit dans ses bras. Cela lui fit du bien.

— Merci d'avoir monté la garde auprès de mon père, dit-elle.

Elle le sentit hocher la tête contre sa joue.

— Il est en bas, intervint Beck en désignant de la main une volée de marches conduisant au sous-sol.

Après avoir pris une profonde inspiration, la jeune femme lui emboîta le pas en serrant dans ses mains quelques mouchoirs en papier trouvés dans les poches de son manteau.

L'odeur des lys la frappa aussitôt. Il y avait un grand vase dans l'entrée. Elle détestait ces fleurs. Pour certains, les lys étaient synonymes de résurrection ; pour Riley, ils étaient signe de mort et de perte.

À l'extrémité de la pièce trônait un simple cercueil en pin juché sur un genre de socle. Le couvercle en était abaissé.

Papa.

Riley se figea. Elle pourrait continuer à se mentir jusqu'à ce que quelqu'un soulève ce couvercle et qu'elle le voie gisant dans ce cercueil. Alors tous ses mensonges s'envoleraient.

Beck s'éclaircit la voix.

— Riley ?

— Donne-moi une minute, lui répondit-elle comme si cela pouvait faire une différence.

— C'est toujours aussi difficile.

Elle se retourna, surprise par l'émotion contenue dans sa voix.

— Je me rappelle encore l'enterrement de mon grand-père, poursuivit-il. J'avais dix ans, et mon oncle est venu me chercher à Waycross pour me conduire en Géorgie du nord. J'ai pleuré comme un bébé.

— Comment était ton grand-père ? demanda-t-elle, curieuse, car Beck ne parlait jamais de sa famille.

— Elmore était un vieillard soupe au lait. Il vivait dans les collines où il distillait de la gnôle. Il m'a appris à attraper les écureuils et à rouler les cigarettes, ajouta-t-il en la regardant.

— Choses que tout môme de dix ans se doit de savoir.

— On n'a pas tous les mêmes priorités, continua-t-il en haussant les épaules, mais c'était un homme bien. Il me répétait tout le temps que, dans la vie, tout était possible. À condition de s'en donner les moyens. (Il regarda le cercueil.) Ton père avait la même philosophie.

La douleur enfla dans son cœur.

— Mon père... t'aimait vraiment beaucoup.

Les yeux de Beck s'emplirent de larmes. Il les essuya aussitôt comme s'il ne voulait pas faire l'étalage de sa faiblesse.

— J'ai toujours voulu qu'il soit fier de moi, dit-il.

Sans réfléchir, elle lui prit la main et la serra fort sans se soucier de ses blessures.

— A-t-il dit quelque chose avant de...

— Ton prénom.

Mon Dieu. Les épaules de Riley tressautèrent, et elle ne put retenir ses sanglots. Les larmes suivirent. Beck libéra sa main et passa le bras autour de ses épaules, serrant contre lui la jeune femme dont les larmes mouillèrent la veste de son costume.

Quand elle finit par s'écarter de lui, ils se dirigèrent lentement vers le cercueil. La pièce l'enveloppait, l'oppressait ; Riley suffoquait dans la puanteur de ces maudites fleurs. Elle se boucha le nez avec un mouchoir en papier.

Sur le couvercle du cercueil, elle avisa une plaque en cuivre. Les caractères étaient plus alambiqués que prévu, mais elle les déchiffra sans difficulté :

PAUL A. BLACKTHORNE
MAÎTRE PIÉGEUR, GUILDE D'ATLANTA

Il était bien plus que cela, mais il n'y avait pas assez de place sur ce morceau de métal pour l'expliquer au monde.

— Prête ? demanda Beck.

Non. Jamais. Mais elle acquiesça de la tête, et il souleva lentement le couvercle.

À présent, elle savait pourquoi Beck avait fouillé dans le placard pendant qu'elle était dans la salle de bains ; il cherchait des vêtements pour enterrer son père. Celui-ci était vêtu de son plus beau costume et de sa cravate préférée, celle qu'elle lui avait achetée pour Noël quelques années auparavant. Comme l'avait dit Carmela, il avait l'air endormi.

Riley se pencha et embrassa sa joue pâle. Elle était si froide ; elle eut l'impression d'embrasser une pierre. Elle lissa une mèche de ses cheveux bruns, celle qui lui tombait tout le temps dans les yeux.

— Il est avec maman, maintenant, dit-elle tandis que des larmes piquantes lui coulaient sur les joues. Il se moque de ses talents de cuisinière et de son goût pour les feuilletons débiles.

Ces feuilletons qu'il aimait aussi, sans vouloir l'admettre.

Beck se mordit l'intérieur de la lèvre. Ses paupières étaient fermées et ses joues trempées. Son corps tout entier tremblait de chagrin.

Peu importe ce qu'elle pensait de lui, son père s'était toujours soucié de Denver Beck. Et cet amour était semble-t-il réciproque.

Riley suivit le ruban d'asphalte jusqu'au caveau familial. Il ressemblait à une cathédrale miniature en pierre rouge, avec des flèches. Les deux portes en bronze étaient dotées de poignées en forme de têtes de lions. L'arrière de la bâtisse était arrondi et orné de cinq vitraux colorés illustrant chacun un verset de la Bible.

Dans les années 1880, sa famille avait pas mal d'argent, comme en attestait ce mausolée. Un Blackthorne avait été banquier et avait fait fortune avant la guerre civile. De cette fortune ne subsistait plus que ce caveau familial.

Comme le mausolée était plein, son père serait enterré à côté de sa mère, à l'ouest du bâtiment, d'où ils pourraient regarder le soleil se coucher tous les soirs. Cela avait été le choix de sa mère.

Riley se retourna en entendant des bottes frotter contre l'asphalte. Cinq piégeurs portaient avec circonspection le cercueil vers le caveau. Ce n'était pas facile, et les hommes manœuvraient très lentement. En dépit de ses blessures, Beck se trouvait en tête du cortège en compagnie de Simon. Un des porteurs se mit à chanter, et sa voix porta dans tout le cimetière :

Swing low, sweet chariot,
Coming for to carry me home…

Son père avait toujours aimé cette chanson, surtout le passage sur les anges. Il n'y avait pas d'anges ce soir-là, du moins pas d'anges visibles, mais il n'était pas seul pour autant. Les piégeurs étaient parfaitement alignés, dignes, les mains jointes devant eux. Les deux derniers maîtres attendaient dans la première rangée. Harper refusa de croiser le regard de Riley, contrairement à Stewart. Celui-ci était en tenue écossaise et portait une cornemuse.

Un groupe d'hommes qu'elle ne connaissait pas se tenait un peu plus loin. Remarquant son trouble, Carmela se pencha vers son oreille.

— Ce sont des trafiquants de démons, lui dit-elle. Celui qui porte un costume bleu foncé, c'est Jack le pompier. C'était un bon ami de ton père.

Le regard de Riley se posa sur l'homme dont parlait Carmela. Celui-ci hocha la tête. À présent qu'elle le voyait, elle se rappelait que son père disait souvent que Jack portait des bretelles rayées bleu, blanc, rouge, qu'elles étaient sa marque de fabrique. Elles devaient être cachées sous sa veste…

Riley sentit une main lui toucher le coude. C'était celle de Mme Litinsky. Elle portait une veste bleu roi, et ses cheveux tressés étaient enroulés en un chignon épais au sommet de son crâne. Beck la gratifia d'un sourire blême. Au mieux, il y avait trente ou quarante personnes. Riley aurait été prête à échanger leur présence à tous contre la possibilité d'entendre une dernière fois la voix de son père.

Une fois le cercueil posé, Beck vint se positionner à côté d'elle. Il lui proposa maladroitement sa main, qu'elle accepta. Le jeune homme était de nouveau parvenu à contenir ses émotions. Riley se demanda comment il y arrivait si facilement.

Le prêtre de la Guilde, le père Harrison, se tenait devant le cercueil. Il était jeune, avait presque l'air d'un adolescent, avec ses cheveux et ses yeux noirs. La tradition voulait que ce genre de cérémonie soit présidé par un prêtre, même si le défunt n'était pas catholique.

Il commença par parler de son père, par rappeler combien il aimait partager son expérience avec les piégeurs plus jeunes, et à quel point il avait la conviction d'accomplir son destin.

—Face à la perte d'un tel homme, certains pourraient douter de la miséricorde de Dieu. Je pense pour ma part que Paul a été rappelé auprès du Seigneur parce qu'il avait accompli sa mission sur terre. Il a combattu les armées des ténèbres et péri dans la bataille, mais il restera à jamais dans nos cœurs. Seigneur, dans ta grande miséricorde, accorde-lui le repos éternel.

—Amen, murmura Riley avec les autres.

Le père Harrison se tourna vers Beck.

—Seigneur, nous te sommes également reconnaissants d'avoir épargné ce jeune homme.

Beck baissa les yeux, presque embarrassé de toujours respirer.

Et s'il était mort aussi ?

Riley frissonna. Beck passa un bras autour de son épaule, pensant qu'elle avait froid. Mais son malaise était plus profond que cela.

—Seigneur, notre Père à tous, reprit Harrison en la regardant, veillez sur Riley, qui va reprendre le combat contre les forces du mal qui arpentent le monde.

—Amen.

Tandis que le prêtre parlait de résurrection et de Paradis, ils descendirent le cercueil dans la fosse. Durant la dernière prière, elle préféra lever les yeux au ciel plutôt que de regarder en bas. Son père était quelque part là-haut, d'où il veillerait sur elle. Aucun démon ne pourrait plus lui faire du mal, et, dès la prochaine pleine lune, aucun Nécro non plus. Il l'avait protégée pendant toutes ces années. À présent, c'était son tour de veiller sur lui.

Je t'en fais la promesse.

Beck et Simon retirèrent leur veste, la tendirent à un collègue piégeur puis entreprirent de boucher la fosse.

—C'est la tradition, expliqua Carmela. Les piégeurs en ont beaucoup. Certaines sont d'ailleurs justifiées.

Beck s'arrêta rapidement, son visage étant devenu un masque de douleur. Jackson prit sa place, tandis que Simon cédait sa pelle à Morton. Et cela continua. Piégeur après piégeur, le cercueil fut recouvert d'argile rouge de Géorgie.

Alors les fossoyeurs prirent le relais et pendant qu'ils finissaient leur travail, les piégeurs s'en furent un à un, en commençant par les moins importants. Une autre tradition, apparemment. La cornemuse de Stewart se réveilla, et la mélodie d'*Amazing Grace* emplit l'atmosphère. Riley baissa la tête. Lorsque la dernière note mourut, ceux qui n'étaient pas encore partis affluèrent vers elle.

Un à un, ils se présentèrent. Certains étaient des professeurs qui connaissaient son père depuis de longues années ; d'autres d'anciens clients. Tous avaient une histoire à lui raconter. Son père avait chassé un démon de leur cave, sauvé leur cher doberman des griffes d'un Classe trois affamé, capturé un incube qui terrorisait une école de jeunes filles.

Son père avait tant fait, et elle savait si peu de chose sur lui.

—Riley ?

Elle se retourna et découvrit un Peter à la mine effondrée. Il avait les yeux rouges et portait un costume trop grand pour lui.

—Peter ?

Ils se serrèrent mutuellement dans les bras. Le jeune homme bafouilla qu'il était désolé.

—Mon fils…, intervint une femme qui se tenait à côté de lui.

—Excuse-moi, c'est ma mère, dit-il, embarrassé.

Ah ! la gardienne de prison. Riley n'avait encore jamais rencontré cette femme et ne s'en était jamais plaint. Désireuse de faire bonne impression, ne serait-ce que pour rendre service à son ami, elle lui serra poliment la main.

—Toutes mes condoléances, dit Mme King. Avec qui vas-tu habiter, maintenant ?

Quoi ? C'était une question très directe.

—Je n'y ai pas réfléchi.

—Tu ne peux pas rester toute seule, poursuivit la femme. Il te reste de la famille ?

Peter s'agita, manifestement gêné par la curiosité de sa mère.

Elle pensait sans doute bien faire, mais la voix de Mme King agissait comme un abrasif sur les nerfs de Riley.

—J'ai une tante à Fargo.

Une tante qui me déteste.

—J'imagine que tu vas déménager, alors ?

—Non ! s'exclama Peter. Tu ne peux pas quitter Atlanta !

Riley prit la main de son ami et la serra doucement.

—Je ne sais pas encore. J'ai trop de problèmes immédiats à régler.

Cela le calma. Lorsque Mme King annonça qu'ils devaient partir, Peter protesta, mais cela ne servit à rien. Il serra une dernière fois Riley dans ses bras et s'en fut.

Beck la rejoignit.

— Sa mère ne t'aime pas beaucoup.

— Depuis toujours. Elle doit penser que je suis une enfant sauvage ou un truc de ce genre.

Beck renifla de mépris.

— Si seulement elle savait. (Il se tourna vers la tombe rebouchée.) Ton père a eu un bel enterrement. Je crois qu'il aurait été content.

Comme elle ne répondit pas, il lui tendit le sac qu'elle avait préparé pour la nuit à venir.

— Tu ferais mieux de te changer. Il faut que le cercle soit terminé avant le coucher du soleil.

Ça y est, ça commence.

Chapitre 10

Riley regarda à travers la grille d'une des portes en bronze du mausolée et suivit du bout des doigts les contours en métal froid d'une tête de lion. Les félins l'avaient toujours fascinée, contrairement aux gargouilles perchées très haut sur le toit de la structure. Elles aussi avaient des visages de lions, sauf qu'elles étaient vraiment effrayantes. Son père disait qu'elles protégeaient les morts.

Maintenant, c'est toi qu'elles protégeront.

Quand elle était petite, sa famille venait souvent au mausolée pour rendre visite aux défunts aïeux. Sa mère nettoyait les vitraux et balayait le sol. Son père lui racontait la vie de certains des personnages qui étaient enterrés là. Après quoi ils pique-niquaient dans l'herbe à la façon de leurs ancêtres de l'ère victorienne qui avaient créé ce cimetière.

Comme elle regardait à l'intérieur de la bâtisse, les derniers rayons du soleil transpercèrent quelques vitraux, projetant une mosaïque de couleurs primaires sur les dalles de pierre. Riley déverrouilla les portes et les ouvrit avec force grincements. Elle entra dans le mausolée et effleura du bout des doigts un des tombeaux.

John Harvey Blackthorne
Né le 17 août 1824
Mort le 4 janvier 1888

« Je n'abandonnerai pas ce combat mental,
Ni ne laisserai mon épée s'endormir dans ma main… »[1]

Sa mère lui avait dit que ces vers étaient extraits d'un vieux poème. Bizarre, pour le tombeau d'un banquier. À l'arrière de la bâtisse se trouvait une plate-forme surélevée couverte d'un placage en similipierre qui dissimulait soigneusement une sorte de coffre. Elle en souleva le couvercle à grand-peine. Une minuscule araignée en sortit et prit ses pattes à son cou, perturbée dans son sommeil.

À l'intérieur, rien n'avait changé depuis quelques semaines et la dernière visite de son père. Elle sortit les sacs de couchage de leur boîte et les déroula un à un. Elle aurait besoin d'eux ce soir.

— Excellent choix pour un refuge, observa Beck depuis l'encadrement de la porte.

Les piégeurs leur donnaient des noms différents : refuges, sanctuaires, bunkers. La plupart des collègues de son père en possédaient un en cas d'insurrection démoniaque. Ils étaient toujours situés en terre sanctifiée et contenaient des réserves de nourriture, des vêtements, de l'eau et des fournitures médicales. Certains étaient également des caches d'armes. Son père leur avait dit, à sa mère et elle, quoi faire si les démons venaient à leur déclarer la guerre. À elle à présent de prendre soin de ce refuge et de l'approvisionner régulièrement.

---

1. *"I will not cease from Mental Fight, Nor shall my Sword sleep in my hand"*, vers extraits de *And Did Those Feet in Ancient Time*, de William Blake. (*NdT*)

— Le mien se trouve dans le sous-sol d'une église, ajouta Beck.

Comme elle ne réagissait pas, il poursuivit :

— C'est calme, ici. Ça me plaît. Le mien n'est pas calme du tout ; il est juste à côté de la chaufferie.

Apparemment, il n'avait pas l'intention de se taire. Peut-être sa nervosité l'empêchait-elle de garder le silence. Quoi qu'il en soit, il commençait à l'agacer sérieusement.

— Dommage que ton père ne soit pas inhumé ici. Ç'aurait été plus facile de le surveiller.

Riley fourra sous son bras les sacs de couchage et quelques couvertures.

— Je dois me changer. Tu peux sortir, s'il te plaît ?

— Oh ! excuse-moi.

La jeune femme referma les portes en bronze et retira sa robe et ses bottes. La pierre nue était froide sous ses pieds. Elle garda son collant pour avoir plus chaud et enfila un jean et un épais sweat-shirt. Puis elle remit ses bottes, sautant d'un pied sur l'autre en remontant leur fermeture à glissière. Enfin, elle passa un lourd manteau, celui de sa mère n'étant pas assez chaud.

Lorsqu'elle ressortit du mausolée, le soleil éclairait à contre-jour la coupole dorée du Capitole.

— C'est l'heure ! lança Simon.

Lui aussi était vêtu d'un jean et d'un sweat-shirt. Il se tenait à l'intérieur d'un cercle de cierges qui entourait les tombes des parents de Riley. Les bougies étaient espacées d'une trentaine de centimètres.

Les deux piégeurs levèrent la tête lorsque Riley les rejoignit. Beck arborait une mine déterminée. Simon, lui, était plein de compassion.

— Vous pensez vraiment qu'ils vont venir le chercher ? demanda-t-elle.

— Ils lisent les journaux comme tout le monde, répondit Beck.

Elle n'avait pas pensé à cela. Quelle place avait pris la mort de son père dans les journaux ? Avait-elle été relatée en une ? *Sûrement pas. Dans les profondeurs du canard, probablement.* Sous les petites annonces et les animaux perdus. Les piégeurs n'avaient droit à la une que lorsqu'ils saccageaient une bibliothèque universitaire.

Riley se demanda à quoi ressemblerait cette nuit. Mieux valait tard que jamais. Supporter le froid et rester à ne rien faire n'étaient pas ses activités favorites. Elle n'avait jamais aimé le camping. Et puis il y avait Simon. Elle ne le connaissait pas vraiment. Et s'il était sinistre ? bizarre ? Elle écarta aussitôt cette idée, car son père semblait tenir le garçon en bonne estime. Alors, un autre sujet d'inquiétude la rattrapa.

— Et si... (Elle soupira.) Et si j'ai besoin d'aller aux toilettes ?

Beck ne ricana pas comme elle s'y attendait.

— Il y a des toilettes au sous-sol du bâtiment blanc. La porte est verrouillée. Le code est là-dedans, ajouta-t-il en désignant le carnet que tenait Simon.

Oh!

Beck prit une profonde inspiration.

— Quoi que tu fasses, ne brise jamais le cercle. Si tu renverses un cierge, si tu sors du cercle sans respecter le protocole, c'est foutu. Tu comprends ?

Elle hocha la tête.

— Tu es sûre de comprendre ? insista-t-il.

— Je ne suis pas débile ! répondit-elle en lui faisant les gros yeux.

Simon sourit furtivement, avant d'être surpris par l'autre piégeur.

— Ce n'est pas si facile. Les Nécros sont capables de vous jouer tout un tas de vilains tours. Simon, ce soir, c'est toi le chef.

Riley serra les dents.

—Je les protégerai tous les deux, promit Simon, diplomate.

—J'espère bien.

Beck tourna les talons et fila vers son pick-up, alimenté par une émotion que Riley n'arrivait pas à comprendre.

—Quel con! marmonna-t-elle.

—Non, répondit Simon. Il est juste inquiet pour toi et ton père. (Le jeune piégeur alluma une lampe au kérosène, qu'il posa par terre.) Il m'a dit que c'était la première fois, pour toi.

Elle acquiesça d'un signe de tête.

—Ma mère est morte d'un cancer. Ce n'était pas joli à voir.

Le regard du jeune homme s'adoucit.

—Je suis désolé.

Elle haussa les épaules comme si ce n'était pas grave, mais c'était faux.

—Tout ce que tu as besoin de savoir est dans ce petit carnet, reprit-il. Il y a des exemples d'invocations, à moins que tu préfères en utiliser une qui compte spécialement pour toi.

—C'est-à-dire?

—Certaines personnes font apparaître le cercle en invoquant des Archanges, d'autres des équipes de football. C'est l'intention qui compte.

L'intention.

—Ah!...

—Le pouvoir des Nécros est multiplié la nuit; c'est pour ça qu'il faut réactiver le cercle chaque soir. Qu'il fasse beau, qu'il vente ou qu'il pleuve.

—Et durant la journée?

—Des volontaires arpentent le cimetière et montent la garde quand il fait jour.

—Ça coûte quelque chose ?

L'argent était plus que jamais un problème.

—C'est la Guilde qui paie. Comme elle n'a pas assez d'argent pour payer une surveillance continue, elle laisse les familles se débrouiller seules la nuit.

—J'ai compris. (Elle réfléchit pendant quelques secondes.) Pourquoi est-ce qu'aucun Nécro n'est venu chercher mon père avant qu'il soit enterré ?

—D'après ce qu'on m'a dit, si le Nécro fait revenir à la vie le défunt le jour de sa mort, le sortilège ne fonctionne pas bien. Il doit attendre le coucher du soleil.

—Oh !… Comment est-ce que ça marche, au juste ? demanda-t-elle, de plus en plus nerveuse à l'idée de commettre une erreur fatale.

Simon regarda son carnet puis désigna un bidon de cinq litres en plastique.

—Il faut tracer un cercle d'Eau bénite à l'intérieur du cercle de cierges.

Riley brisa le sceau, dévissa le bouchon et versa l'Eau comme il lui avait dit de le faire. Rester courbée à hauteur de gnome n'était pas confortable ; le temps de terminer le cercle, son dos était presque bloqué.

—Maintenant, tu recommences, mais dans l'autre direction.

Riley lâcha un grognement, mais obtempéra.

—Ce ne sont pas des cierges ordinaires, dit-elle en en examinant un.

La mèche semblait faite de métal tressé et non de fibre naturelle. Et le cierge était court, pareil à une bougie votive.

—Non, ils sont spéciaux. Il y en a d'autres, si tu veux étendre le cercle. Le cimetière ne les facture pas, même si une donation est toujours la bienvenue. (Il continua à lire les instructions.)

Il faut déplacer les cierges sur le cercle d'Eau bénite en veillant à conserver le même espacement.

Se plier en deux, encore… Elle s'interrompit pour se reposer, mais Simon la poussa à continuer. Le soleil avait presque disparu derrière la ligne d'horizon.

—Parfait! dit-il. Maintenant, allume un cierge sur deux dans le sens des aiguilles d'une montre pendant que je récite l'invocation. Quand tu auras terminé, tu allumeras les autres cierges dans le sens opposé. Surtout ne t'interromps pas. Et quoi qu'il arrive, ne prononce pas un mot tant que je n'aurai pas terminé l'invocation.

Riley paniqua, se demandant si elle allait retenir toutes ces instructions.

—Ne t'inquiète pas, tout va bien se passer, la rassura-t-il dans un sourire.

—Qu'est-ce que tu vas réciter?

—Le Notre Père.

Elle inspira profondément et entreprit d'allumer une bougie sur deux. Sa main tremblait, et la crampe menaçait à cause de la morsure du démon. Les mèches s'allumaient violemment, avant de brûler plus calmement d'un éclat blanc. Derrière elle, la voix de Simon emplissait l'atmosphère nocturne, tandis que le jeune homme récitait le Notre Père.

« *Pater noster, qui es in caelis,*
Notre Père, qui êtes aux cieux,
Santificetur nomem tuum…
Que Votre nom soit sanctifié… »

Il ne buta pas sur le latin, au contraire. On aurait presque dit que c'était sa langue maternelle. Lorsque Riley eut terminé d'allumer tous les cierges, elle s'immobilisa de peur de faire quelque chose de stupide et de tout gâcher.

Simon leva les bras au ciel.

— Au nom du Père, de Son Fils unique et des anges saints, que tout ce qui se trouve à l'intérieur de ce cercle soit à l'abri du mal. Amen.

— Amen, dit-elle avant de faire la grimace.

Elle n'était pas supposée parler. Avait-elle tout gâché ?

À son grand soulagement, un éclair brillant sauta de cierge en cierge jusqu'à ce que le cercle soit fermé. Les flammes s'élevèrent très haut, envoyant des vrilles au-dessus de sa tête, formant un genre de coupole lumineuse autour et au-dessus d'eux. Elle ressentit une étrange sensation de confinement, et ses oreilles se bouchèrent. La coupole scintilla pendant quelques secondes, puis les flammes redescendirent au niveau du sol, émettant une faible lueur éthérée.

— Waouh ! on dirait de la magie, s'exclama-t-elle.

Simon secoua la tête.

— C'est l'amour de Dieu. Un amour plus puissant que toutes les magies. Quand les flammes brillent de cette façon, c'est que l'invocation a marché. Sinon, il faut tout recommencer.

— Comment sort-on du cercle sans le briser ?

— Ah ! bonne question. Tu t'approches des cierges, tu vides ton esprit, et tu imagines que tu passes entre les flammes sans abîmer la barrière.

Hein ?

— Et si je renverse un cierge ? demanda-t-elle.

— Ce ne serait pas très bon. Attends, laisse-moi te montrer.

Simon se leva, s'approcha de la barrière, murmura quelque chose et enjamba les flammes.

— D'accord. Et pour revenir ?

— J'ai besoin de ta permission. (Il désigna le carnet.) Page cinq, dernier paragraphe.

Riley trouva le passage en question et lut :

— « Si vous ne nous voulez aucun mal, entrez. »

Simon passa par-dessus les flammes et retourna à sa place sur son sac de couchage.

—Et si tu m'avais voulu du mal…

—Le cercle ne m'aurait pas laissé entrer.

—Comment peut-il reconnaître les méchants?

Il haussa les épaules.

—C'est un peu comme un mur d'Eau bénite. Le Mal ne s'en approche pas.

Pas très convaincant, comme explication. Mais bon, si Simon et Beck ont foi dans les pouvoirs de ce cercle, c'est qu'il doit fonctionner.

—Et si je le brisais accidentellement?

—Eh bien, il faudrait tout recommencer à partir de l'invocation. Ah! tous les soirs, il faut déplacer les cierges sur un nouveau cercle d'Eau bénite. La plupart des gens le font plus petit.

Il y avait tant de détails à retenir.

—Et s'il pleut?

—La pluie ne peut pas briser le cercle. Le vent non plus, d'ailleurs, même si on le sent souffler à l'intérieur. Ce qui compte, c'est de garder le cercle intact et d'avoir une idée très claire de son rôle. (Il s'assit sur son sac de couchage et fit craquer une à une les articulations de ses doigts. Il semblait satisfait de lui.) Voilà, maintenant, on attend le lever du jour.

—Je ne pensais pas que ce serait si long et si complexe, lança Riley en s'asseyant à côté de lui.

Sans son aide, elle n'y serait jamais arrivée.

—Quand on l'a fait plusieurs fois, ce n'est pas si compliqué. Évidemment, c'est plus dur quand on est seul.

—Comment as-tu appris tout ça? lui demanda-t-elle en se tournant vers lui.

—Comme j'ai une grande famille, il y a tout le temps quelqu'un qui meurt. Alors, mon oncle m'a appris à réciter les invocations. Il est prêtre.

Une grande famille. Elle ne savait pas ce que c'était. Elle avait toujours été seule. Sa mère avait l'habitude de dire en plaisantant qu'elle n'avait pas eu d'autres enfants parce qu'elle avait atteint la perfection avec Riley ; toutefois, la jeune femme avait toujours pensé que cela cachait quelque chose.

— Moi, je suis fille unique, regretta-t-elle en grimaçant.

Simon le savait déjà, mais il ne réagit pas comme si elle avait dit quelque chose de stupide.

— Et moi, j'ai souvent regretté de ne pas être fils unique. J'ai quatre sœurs et trois frères.

— À quoi ressemble ta maison, avec ces gens partout ?

— À une ruche. On avait un planning pour utiliser les deux salles de bains, mais quand mes sœurs y entraient, on ne savait jamais quand elles allaient en sortir.

Riley gloussa et se demanda s'il n'exagérait pas. Vu la coiffure soignée de Simon, lui-même ne devait pas se contenter d'un shampooing rapide et d'un coup de sèche-cheveux. Elle arrangea son manteau de façon à couvrir ses jambes. Par chance, il n'y avait ni vent ni pluie. Les cierges ne craignaient peut-être rien, mais ce n'était pas le cas des personnes qui se trouvaient à l'intérieur du cercle. Au loin, une aura pâle était suspendue au-dessus de la ville. Riley distinguait les gratte-ciel du centre d'Atlanta. En tout cas ceux, peu nombreux, qui étaient encore éclairés la nuit. Les gémissements aigus du train métropolitain se dirigeant vers l'est résonnèrent autour d'eux.

Elle attendit que Simon dise quelque chose, mais le garçon regardait dans le vide. La nuit risquait d'être longue s'il n'était pas disposé à discuter.

— Tu as quel âge ? lui demanda-t-elle, pressée de briser le silence.

— Je viens d'avoir vingt ans. Et toi ?

— Dix-sept.

— Tu es un peu plus jeune que ma sœur Amy. Elle s'est mariée l'été dernier. Que comptes-tu faire, maintenant que tu es seule ? lui demanda-t-il avec un regard interrogateur.

Toute seule.

— Je ne sais pas. Il ne me reste qu'une tante. La sœur de ma mère. Elle habite à Fargo.

— Tu pourrais poursuivre ton apprentissage là-bas.

— Elle ne serait pas d'accord. Elle croit mon père responsable de la mort de sa sœur, comme s'il lui avait lui-même implanté ce cancer. C'est une mauvaise femme. Je ne pourrais pas vivre avec elle. Hors de question.

— Avec qui vas-tu habiter, alors ?

— Je ne sais pas. Il n'y a personne d'autre.

— En tout cas, je suis sûr que Beck fera son possible pour t'aider.

Il y eut des bruits de pas. L'homme qui était en train d'approcher était aussi petit que large. Son trench-coat traînait presque par terre, et il portait un borsalino.

— C'est un Nécro ? chuchota Riley.

— Ce n'est pas impossible. Reste sur tes gardes, ils sont malins.

L'homme s'arrêta juste devant le cercle de cierges et souleva son chapeau.

— Bonsoir à vous, commença-t-il.

— Bonsoir, répondit Simon qui était poli avec tout le monde, même avec quelqu'un qui gagnait sa vie en vendant des cadavres.

— Je m'appelle Mortimer Alexander, et je suis Invocateur agréé.

— Zut, moi qui attendais un livreur de pizzas.

Un sourire furtif traversa le visage de l'homme.

— Pas de bol. (Il redevint aussitôt sérieux.) Tout d'abord, je voudrais vous présenter mes sincères condoléances.

—Ah!… Merci.

— Redevenons pragmatiques… Votre cher père est parti, poursuivit le Nécromancien en désignant vaguement le ciel, mais son enveloppe charnelle peut encore servir et contribuer à rendre meilleure notre société. (Il fouilla dans sa poche et en sortit un morceau de papier.) Je vois qu'il arrivait à M. Blackthorne de donner aux bonnes œuvres. Nous pourrions peut-être verser une somme en son nom, en échange de quoi votre père travaillerait comme domestique pendant une certaine période.

— Ah!…, fit Riley.

Pourquoi l'avait-on mise en garde contre ces gens ? Ce monsieur lui semblait fort raisonnable. Son père avait toujours été du côté des opprimés. Accepterait-il de les aider, de là où il se trouvait ?

— Riley ?

Comme elle ne répondait pas, Simon lui toucha le bras. Puis il la poussa.

— Riley !

— Quoi ! aboya-t-elle.

— Il utilise une magie de persuasion. Ils sont prêts à tout pour arriver jusqu'à ton père.

— Compris.

Simon se détendit et retira sa main, ce qu'elle regretta.

Le Nécro montra quelques feuilles de papier.

— Je suis conscient que ce serait un sacrifice, et je suis tout à fait préparé à effectuer des versements mensuels sur un compte en… compensation de l'exhumation de votre père. Au bout d'un an, nous lui offrirons des obsèques dignes de ce nom, qui seront bien entendu entièrement à notre charge.

Riley repensa au Maccab qu'elle avait vu porter des paquets pour une riche dame. Et si cela avait été son père ? Elle eut un frisson.

— Sûrement pas, répondit-elle en croisant les bras sur sa poitrine en signe de défi.

— Ah ! je vois que vous n'êtes pas encore convaincue. Je m'y attendais. Il est vrai que c'est une décision impor...

— C'est non. Vous pouvez partir.

— S'il vous plaît..., ajouta Simon.

Elle se demanda s'il était aussi poli avec les démons lorsqu'il les capturait.

— Je comprends, acquiesça Mortimer, l'air abattu. Je dois cependant vous avertir que, de tous les Invocateurs que vous rencontrerez d'ici à la prochaine pleine lune, je suis le plus respectueux de l'éthique. L'honnêteté est ma vertu première, d'où mon impopularité dans le milieu. (Il posa une carte de visite en bordure du cercle de feu.) Au cas où vous souhaiteriez me contacter.

— Il y a peu de chances que ça arrive, rétorqua Riley.

— Je comprends. Merci de m'avoir accordé de votre temps. Encore une fois, je vous présente mes sincères condoléances.

Et il s'en fut d'un pas traînant en compulsant ses papiers. Après le bâtiment de bureaux, il bifurqua vers l'ouest et le parking du cimetière.

Riley lâcha un soupir de soulagement.

— Ouf ! c'est terminé.

Simon secoua la tête.

— Comme il l'a dit, il y en aura d'autres.

— Pourquoi ? s'étonna-t-elle.

— Les riches aiment bien posséder des choses uniques. Dans le cas de ton père, ce serait un célèbre maître piégeur, qu'ils emploieraient comme serviteur. Personne d'autre n'en aurait un, ce qui le rendrait encore plus spécial.

Merde.

— Pas étonnant que les gens fassent découper les cadavres de leurs proches.

Simon lui lança un regard horrifié.

—Non ! Tu as fait ce qu'il fallait. La mutilation est sacrilège, expliqua-t-il. (Il sembla regretter de s'être laissé emporter.) Désolé, c'est un sujet sensible, pour moi.

—Ah bon ?

—Ouais, admit-il. Bon, plus que douze nuits comme celle-là.

Riley leva les yeux au ciel. *Douze loooongues nuits pleines de Nécromanciens menteurs, à se geler les fesses et à ne pas pouvoir dormir.*

Merci beaucoup, papa.

Chapitre 11

— Qu'est-ce que je vous sers ? demanda le barman dont le tatouage du biceps affirmait avec fierté qu'il appartenait à « L'Élite ».

Un marine. Beck n'avait jamais vraiment aimé les *Semper Fi* [1], mais au moins savait-il comment les appréhender.

— Une Shiner Bock. Et mettez-la sur ma note.

— Je dois voir votre carte d'identité avant.

— J'ai l'âge de boire, protesta Beck en fronçant les sourcils.

— Je n'en doute pas une seconde, mais c'est la loi, maintenant. Je suis obligé de fliquer tout le monde, même si le mec se pointe avec un putain de déambulateur.

Beck sortit son permis de conduire et le jeta au barman. L'homme le regarda rapidement et le lui rendit.

— Vous avez l'air plus vieux. Je vous donnais la trentaine.

— C'est pas ma faute, c'est l'armée.

— Vous avez servi où ?

— En Afghanistan.

— Merde, répondit l'homme dans un sourire. Je vous offre votre première bière. Je suis allé là-bas, moi aussi.

---

1. De *Semper Fidelis*, «toujours fidèles» en latin. Devise du corps des *marines*. (*NdT*)

Le barman posa une bouteille de Shiner Bock sur le zinc. Il attrapa un verre, mais il se ravisa.

—Ouais, les soldats n'ont pas besoin de verre, acquiesça Beck.

Il leva sa bouteille de bière et lança :

—À ceux qui ne sont pas rentrés à la maison. (Il avala une gorgée et brandit de nouveau la bouteille.) Et à Paul Blackthorne. Qu'il repose en paix.

Il vida la moitié de la bouteille d'une longue traite pour calmer sa douleur.

—C'est le type qui s'est fait buter à Five Points ? demanda le barman.

—Ouais, et c'était un gars bien.

Les gars bien meurent toujours avant les connards.

—Vous êtes piégeur ? s'enquit l'homme en le regardant de biais.

Pourquoi le cacher ?

—Ouais.

—Je ne suis pas très fan des piégeurs.

—Et moi je ne suis pas accro aux marines, comme ça, on est quittes.

Le cafetier renifla. Il prit un verre de scotch derrière lui et le leva bien haut.

—À ceux qui sont rentrés à la maison.

—Amen, approuva Beck avant de finir sa bière.

—Pas d'histoires, OK ?

—Je ne suis pas venu pour ça. Tout ce que je veux, c'est me soûler et, éventuellement, finir dans le pieu d'une nana. Dans cet ordre.

—Joli programme. Je vous en sers une autre ?

—Carrément.

C'était son deuxième bar. Beck avait commencé la soirée au *Six Feet Under & Fish House*, le tripot préféré des piégeurs.

Il y avait bu deux verres en l'honneur de Paul comme le voulait la tradition, avant de décider qu'il n'avait pas envie de finir la nuit là. Il préférait ne pas être présent lorsque l'un des leurs l'accuserait d'être responsable de la mort de son ami. Jusque-là, personne n'avait rien dit. Ils avaient mieux à faire que de s'aventurer sur ce terrain, mais ils n'en pensaient pas moins. En plus, il était d'accord avec eux.

Ce bar-ci ne faisait pas partie des établissements qu'il avait l'habitude d'écumer, mais il servait sa bière préférée. Lorsqu'il en fut à sa sixième bouteille, deux voix se mirent à se disputer son attention. Paul lui répétait qu'il aurait dû être en train de travailler et non de boire. Il avait des responsabilités, désormais, car Riley avait besoin de lui.

Ses responsabilités nouvelles, cependant, ne faisaient pas le poids à côté de la rouquine anorexique assise à côté de lui. Une rouquine qui savait comment lui causer. Et comment l'exciter. Il avait justement besoin de cela pour ne pas penser à des choses douloureuses.

—Tirons-nous d'ici. Emmène-moi chez toi, insista-t-elle en faisant glisser sa main vers un endroit stratégique.

Ses cheveux étaient un camaïeu cuivré, et ses yeux étaient vitreux à cause de l'excès d'alcool. Ce qui ne le dérangeait pas non plus.

Règle numéro un : ne jamais emmener une fille à la maison. En tout cas, pas une fille de ce genre. Si elle chipotait, il louerait une chambre dans un hôtel miteux du coin, sinon, le pick-up ferait l'affaire.

Il se dit qu'il se devait d'en apprendre un peu plus sur elle avant de la baiser.

—Comme tu t'appelles ?

—Qu'est-ce que ça peut faire ? gloussa-t-elle.

—Ça m'intéresse.

Un peu.

—Jamie.

—Tu fais quoi dans la vie?

—Pas grand-chose, répondit-elle dans un sourire, comme si cela n'avait pas beaucoup d'importance. Je rencontre des gars sympas qui m'offrent à boire.

—Et après?

—Après on va quelque part et on baise.

Cela ne plut pas trop à Beck.

—Tu couches pour pouvoir boire, dit-il d'une voix neutre.

Elle ricana.

—C'est ce qu'on fait tous, non?

Mauvaise réponse. Deux ou trois décennies plus tôt, Sadie était pareille. Elle accostait des types pour se faire offrir à boire et pour passer la nuit avec eux. Beck avait été conçu pendant une nuit de ce genre, et il ne se voyait pas reproduire ce schéma. Pas ce soir. Pas sans réveiller un tas de mauvais souvenirs.

Il descendit de son tabouret, pressé de s'éloigner d'elle. Trop d'images du passé se bousculaient dans sa tête, le genre de vignettes qui lui donnaient envie de taper sur quelque chose ou quelqu'un.

—Qu'est-ce qui ne va pas? lui demanda-t-elle en le retenant par le bras.

Il s'agissait de son bras blessé, et la douleur lui éclaircit les idées.

—Tout! gronda-t-il.

Il jeta de quoi régler sa note sur le comptoir et fila vers la porte. La fille l'appela, mais il fit comme s'il n'avait rien entendu. Lorsqu'il eut atteint la sortie, il se retourna en espérant qu'elle ne l'avait pas suivi.

Il n'avait pas de souci à se faire. Elle avait déjà alpagué un autre gars qui, lui, ne dirait pas «non».

Sur une échelle de un à dix, sa cuite atteignait sept. Il était bien amoché, mais pas encore trop chargé. Il avait appris à encaisser l'alcool à l'armée. Le but était d'être tout juste assez intoxiqué pour se sentir bien sans risquer de ne pas pouvoir répondre à l'appel.

Ce soir, la partie « se sentir bien » du deal ne fonctionnait pas vraiment, et ce à cause des souvenirs de la salope que tout le monde continuait à appeler sa mère. Il claqua la portière du pick-up et mit le contact. La radio hurla aussitôt. Il l'éteignit. Une seconde avant d'appuyer sur l'accélérateur, il vit un flic d'Atlanta adossé à sa voiture de patrouille en train de surveiller les alentours.

— Merde.

Il n'osait pas conduire. Pas dans cet état. Ces porcs ne faisaient pas de cadeau aux conducteurs alcoolisés, car c'était un business lucratif, surtout avec les nouvelles lois. Non seulement ils vous foutaient en taule, mais ils vendaient votre bagnole pour payer les frais de justice. Un pick-up à 5 000 dollars pour une amende de 1 000 dollars… Et la Ville fauchée ne vous rendait jamais la monnaie.

Quelques années plus tôt, il aurait pris le risque, il se serait moqué des flics, mais désormais, il devait penser à Riley.

Beck grogna.

— Putain, comment est-ce que je me suis retrouvé dans cette galère ?

En ne parvenant pas à sauver Paul. Tout était parti de là. À présent, il était responsable de Riley. Du moins jusqu'à ses dix-huit ans, ou jusqu'à ce qu'un membre de sa famille se manifeste et la prenne en charge. Il ne se sentait pas une âme de grand frère.

Beck sortit de sa voiture, verrouilla les portières et se dirigea vers le *Stop & Rob* le plus proche. Une fois à l'intérieur, il déambula dans les allées et contourna des vieux types qui achetaient des cigarettes. Comment pouvaient-ils se le permettre, à 100 dollars la cartouche ? Et on lui demandait pourquoi il avait cessé de fumer…

Il avait besoin de se remettre dans le bain le plus vite possible, mais se risquer à piéger dans l'état où il était lui vaudrait très certainement de rejoindre Paul sous terre. Il attrapa un pack de six boissons énergisantes et un sachet de cacahouètes. Salées. Celles-ci lui donneraient soif, et le liquide qu'il serait obligé d'ingurgiter diluerait l'alcool.

— Une boîte de capotes, demanda-t-il à la vendeuse. Grande taille.

Pourquoi diable les gardaient-ils derrière le comptoir ?

La vendeuse, une jeune Noire, lui lança un regard coquin. Il lui sourit en retour. Même si d'aucuns trouvaient cela sacrilège, les préservatifs étaient destinés à accueillir de l'Eau bénite. Il s'en servait là où les boules de verre étaient proscrites, comme dans les piscines ou les centres commerciaux. Bien sûr, il n'en dirait rien à la vendeuse ; pas question de briser ses rêves.

Une fois de retour dans le pick-up, il attaqua les cacahouètes et la boisson énergisante. Il se rappelait le temps où celle-ci était vendue dans des canettes en aluminium. Désormais, les canettes étaient faites d'un plastique si fin et cassant, que Beck préférait transvaser la boisson dans une bouteille de whisky vide.

Tandis qu'il buvait, la douleur sous sa clavicule se réveilla. Il aurait aimé croire que ce n'était qu'un muscle froissé, mais ce n'était pas le cas. Ce mal, il l'avait déjà ressenti quand son grand-père était mort. Chaque fois qu'il perdait quelqu'un qui comptait pour lui, une petite part de lui-même s'en allait avec le défunt. Un jour, il ne resterait plus grand-chose de lui.

À présent que Paul n'était plus, il lui faudrait travailler toutes les nuits pour subvenir aux besoins de Riley et aux siens. En tout cas jusqu'à ce que sa tante rapplique. D'après ce que Paul lui en avait dit, celle-ci était un véritable poison. Néanmoins, elle était de la famille, et c'était ce qui comptait.

— Terminé, le billard, marmonna-t-il en secouant la tête.

Terminées, toutes ces choses qu'aimaient les gars de son âge. Il n'avait pas eu d'enfance à cause de l'alcoolisme de Sadie, et il s'apprêtait à sacrifier d'autres années de sa vie pour s'occuper de la fille de Paul. Il dévissa le bouchon d'une autre bouteille, avala une longue gorgée, puis une poignée de cacahouètes. Son estomac gargouilla, se plaignant de cet excès.

Le temps d'avaler une troisième bouteille de boisson énergisante, il avait élaboré un plan. Un plan très simple : débusquer le putain de démon qui avait tué son ami et lui régler son compte. C'était un plan complètement fou, mais Beck s'en moquait.

— Je vais te faire bouffer tes dents, espèce d'enfoiré. Je vais envoyer un message à l'Enfer.

Pour ce faire, il lui faudrait s'attaquer aux démons de plus faible rang, jusqu'à ce que l'un d'entre eux balance le Classe cinq ou lui donne un indice sur l'endroit où il aurait des chances de le trouver. Paul ne l'encouragerait certainement pas à chercher vengeance, mais ce n'était pas grave. Beck était décidé à le faire payer.

Et pas seulement à cause de la petite.

Si cela continuait, Riley aurait bientôt besoin de bouchons pour les oreilles. Apparemment, les Nécros avaient des discours différents et bien rodés. Un peu comme des commerciaux. Mortimer n'avait pas menti : il était bien le plus poli. Les quatre suivants avaient été toujours plus malins et vicieux. À part Mortimer, tous avaient tenté de briser le cercle, avant de repartir avec des chaussures brûlées et de mauvaise humeur.

Elle avait chassé le dernier sans lui laisser le temps d'ouvrir la bouche, tant elle était fatiguée et irritable. Cela lui avait valu un flot d'injures et d'insanités à faire pâlir un rappeur. Simon s'était aussitôt levé pour ordonner au type de s'en aller, et ce dans un langage parfaitement mesuré. À sa grande surprise, le Nécro avait obtempéré.

Après cet accès de colère exceptionnel, son camarade était retourné se coucher, roulé dans son duvet, la main posée sur le visage, tel un chat. De temps à autre, elle l'entendait marmonner quelque chose, mais sans comprendre ce qu'il disait.

Environ deux heures plus tard, Riley fut contrainte de le réveiller. Elle refusait de faire pipi dans son pantalon…

— Je resterai éveillé jusqu'à ton retour, promit-il, les yeux mi-clos. Fais attention.

Elle prit une profonde inspiration et fit exactement comme il le lui avait expliqué, enjambant le cercle de feu avec une grimace. Rien ne se produisit à part une étincelle et ce changement de pression dans ses oreilles, comme si elle avait traversé une barrière invisible. Riley trottina jusqu'à l'immeuble de bureaux. L'ambiance y était bizarre. Les gens de la période victorienne étaient apparemment férus de symboles, d'anges éplorés et d'obélisques synonymes de résurrection et de vie éternelle. Cela ne fit qu'alimenter sa trouille. Il faisait vraiment sombre, car c'était une nuit sans lune. Plus d'une fois, elle se retourna en entendant bruisser des feuilles. Ne manquaient plus qu'une brume épaisse et les hurlements d'un loup pour parfaire ce décor de film d'horreur.

Après qu'elle eut terminé et que Simon l'eut autorisée à revenir dans le cercle, le jeune homme s'éloigna pour uriner derrière le mausolée.

Pour les garçons, c'est plus facile.

À son retour, il se remit à parler.

— Quand tu seras toute seule, tu devras faire encore plus attention. Les Nécros peuvent se faire passer pour des

132

employés du cimetière, des flics ou autres, et te demander de briser le cercle ou de les inviter à l'intérieur. Tout le monde n'en a pas après le corps de ton père, évidemment, mais méfie-toi quand même.

Elle réprima un frisson. Dès qu'il eut terminé de la mettre en garde, Simon retourna dans son sac de couchage et se rendormit. Elle aurait aimé en faire autant, au lieu de quoi elle s'enveloppa dans son duvet et regarda le ciel nocturne. Une chouette en train de chasser la survola quelques fois, avant de se poser sur un arbre, marquant son territoire. Elles s'observèrent toutes les deux pendant un long moment.

Lorsqu'une souris s'aventura sur une allée, l'oiseau décolla et, au terme d'une trajectoire parfaitement étudiée, attrapa l'animal stupéfait avec ses serres.

Comme son dos commençait à la faire souffrir, Riley se leva et marcha jusqu'à la tombe de sa mère. Les fleurs qu'ils y avaient déposées deux semaines plus tôt étaient fanées, victimes des gelées nocturnes. Riley s'agenouilla et, d'un geste de la main, balaya les pétales et les feuilles qui jonchaient la plaque de granit. Cela faisait presque trois ans que Miriam Henley Blackthorne les avait quittés. Pas un seul jour n'était passé sans que la jeune femme ne pense à sa mère. Riley se tourna vers la tombe de son père, et le parfum de la terre fraîchement retournée lui emplit les narines. Les fleurs posées sur le monticule noir étaient couvertes d'une fine couche de givre.

Sa mère attendait sans doute son mari de l'autre côté. Riley fit la grimace. Leurs retrouvailles risquaient d'être houleuses. Son épouse avait fait promettre à Paul de prendre soin de leur fille, et voilà qu'il lui faisait faux bond.

Ouais, maman va être très en colère.

Elle toucha la terre froide et pensa à son père, gisant en dessous.

Ils sont ensemble, maintenant. Mais cela ne la réconforta pas. Ils étaient ensemble, mais elle était seule. Plus personne n'était là pour rire de ses blagues, la serrer dans ses bras. L'aimer.

Un puits sans fond s'ouvrit sous ses pieds, et un sanglot étouffé jaillit de sa gorge, puis un autre, pendant que des larmes chaudes lui dégoulinaient sur les joues. Elle se plia en deux, pleurant plus pour elle que pour ses parents.

Quelqu'un la toucha, et elle sursauta. C'était Simon. Il ne dit rien et se contenta de la prendre dans ses bras. Elle se laissa faire et continua à pleurer. Il lui murmura des mots rassurants, mais elle ne les entendit pas. Elle était dans ses bras, et c'était tout ce qui comptait. Quand elle n'eut plus de larmes à pleurer, elle s'écarta et se moucha, embarrassée de s'être à ce point laissé aller devant lui.

—Désolée… je…

—Ils savent que tu les aimes et qu'ils te manquent. C'est très important.

—Qu'est-ce que je vais faire, sans eux ?

—Tu t'en sortiras, j'en suis sûr.

Simon la prit par la main, la conduisit à leur sac de couchage et l'aida à s'y installer. Puis il se coucha à son tour et se tortilla jusqu'à ce que leurs deux duvets se touchent. Il lui proposa de poser sa tête sur son bras, ce qu'elle fit volontiers. Elle lui était reconnaissante d'être si gentil avec elle.

—Ton bras va être congelé, dit-elle en reniflant.

—Tu as raison.

Il prit une couverture, se le couvrit et reprit sa position initiale. Elle se blottit contre lui, où elle se sentit au chaud et en sécurité pour la première fois depuis la mort de son père. Le fait qu'elle ressente cela pour lui en disait long sur Simon.

—Merci. C'est vraiment très… gentil.

—Avec quelqu'un comme toi, ce n'est pas très dur. Maintenant, dors. Le soleil va se lever dans quelques heures, chuchota-t-il.

Sachant qu'il était là pour veiller sur elle, Riley sombra dans un sommeil agité, peuplé de Nécros vicieux, de Cambrioleurs de l'Enfer, et résonnant de rires sinistres.

La montre de Simon sonna. Le jeune homme se redressa et s'étira.

—Bonjour, dit-il.

Riley cligna des yeux puis se les frotta pour en chasser le sommeil. Quand elle se leva, ses cheveux lui parurent bizarres. Elle se passa les doigts dedans et fut rassurée de constater qu'ils n'étaient pas gelés.

Dormir dehors, ce n'est vraiment pas terrible.

—Ça sera de plus en plus facile de nuit en nuit. Du moment que tu ne marches pas dans ton sommeil.

Il se rendit de nouveau derrière le mausolée pour arroser l'herbe.

C'est tellement injuste.

À son retour, il s'assit en tailleur, sortit un chapelet et commença à prier. C'était un GPC, un « gentil petit catholique », comme les appelait sa mère. Poli, tout le contraire d'un débauché. Pas étonnant qu'il ait plu à son père.

Après quelques minutes de prière, il reposa son chapelet.

—Au fait, rebonjour, dit-il d'un ton plus enjoué, cette fois.

—Euh, ouais… bonjour, répondit-elle en s'asseyant tant bien que mal.

—Tu es d'humeur massacrante tous les matins ?

—Je me sens le droit d'être de mauvaise humeur. J'ai mal aux fesses, je suis fatiguée, j'ai froid et je veux rentrer chez moi. J'ai passé une des pires nuits de ma vie.

—Oh ! fit-il d'un ton légèrement blessé.

Riley se donna une claque sur le front.

—Désolée ! Qu'est-ce que je peux être bête. Je te remercie d'être resté avec moi. Toute seule, je serais morte de trouille.

Simon recouvra aussitôt sa bonne humeur et son sourire, comme si elle n'avait jamais été horriblement ingrate avec lui.

— Heureux d'avoir pu t'aider.

Ce garçon est-il réel ? Le cas échéant, il devait avoir une petite amie et cinq ou six autres prétendantes.

— Tu as réussi à dormir ? demanda-t-il.

— Un peu. J'ai fait des rêves bizarres avec des démons qui se faisaient passer pour des anges. (Elle s'interrompit, pensive.) Tu en as déjà vu ? des anges, je veux dire ?

— Un ou deux. Ils n'enlèvent leur masque que quand ils en ont envie, regretta-t-il.

— Mon père disait qu'ils étaient entourés d'un genre d'aura, mais pour moi, ils ressemblent à des gens ordinaires.

— Peut-être qu'un jour on les reconnaîtra au premier coup d'œil, dit Simon d'une voix mélancolique. Moi, ça me plairait.

Ils entendirent une voix. Comme le jour se levait, il devait s'agir d'un employé du cimetière. Du moins l'espérait-elle.

Il s'approcha jusqu'au cercle de bougies et sourit de toutes ses dents.

— Bonjour, je m'appelle Rod. J'appartiens à l'équipe de jour. Je prends le relais. Vous êtes mademoiselle Blackthorne ?

— Ouais.

— Heureux de vous rencontrer. Ne vous inquiétez pas, je fais ça depuis des années, et aucun corps n'a jamais été volé pendant que j'étais de service.

— C'est une bonne nouvelle.

Une excellente nouvelle, même.

Le volontaire attendit que Simon l'invite à l'intérieur, et enjamba le cercle lumineux. Les flammes des cierges vacillèrent puis redevinrent normales.

Riley laissa échapper un soupir de soulagement.

Le nouvel arrivant se débarrassa de son manteau, révélant un épais sweat-shirt. Il déplia une chaise de campeur à côté de laquelle il posa un sac sur lequel on pouvait lire « Matériel de surveillance ».

— Ce sera pour ce soir, expliqua-t-il. Pour recréer un cercle.

— Merci, répondit-elle.

Elle n'avait pas pensé au matériel. L'homme sortit un journal ouvert à la page des sudokus, un crayon et une grande Thermos verte de son sac à dos.

Thermos = chocolat chaud. Elle prit note d'en apporter une le soir suivant.

Pendant que l'homme s'installait, Riley roula son sac de couchage, et Simon plia sa couverture. Lorsqu'elle fut enfin prête à partir, le volontaire était confortablement assis sur sa chaise, son journal posé sur les genoux.

— Qui avez-vous vu, cette nuit ? demanda-t-il d'un ton guilleret.

— Un certain Mortimer et d'autres types qui ne se sont pas présentés. En revanche, ils m'ont pas mal injuriée.

— Je me doutais que Mort passerait, dit le volontaire dans un sourire. C'est le moins pire de la bande.

— C'est ce que j'ai cru remarquer.

— N'oubliez pas d'arriver avant le coucher du soleil. En cas d'urgence, appelez le bureau.

— Compris.

Riley enjamba le cercle avec circonspection et sentit ses oreilles se déboucher. *Je ne m'y habituerai jamais...* Elle rangea les sacs de couchage et la couverture dans le mausolée, dont elle referma les portes à clé. Par habitude, elle les secoua pour s'assurer qu'elles étaient bien verrouillées.

Simon la rattrapa tandis qu'elle se dirigeait vers le parking.

— Félicitations, tu as survécu à la première nuit, dit-il, apparemment fier d'elle.

— Ouais, j'ai survécu. Au fait, tu es motorisé ?

Il hocha la tête.

—Beck m'a demandé de te déposer chez toi. Il a dit qu'il serait trop fatigué pour venir ce matin.

Trop fatigué ? Tu parles ! Je parie qu'il a la gueule de bois.

Quelques minutes plus tard, elle montait dans la voiture du jeune homme et se retrouvait face à un saint Christophe suspendu au rétroviseur et à un saint Jude collé au tableau de bord. Après qu'elle lui eut indiqué la route, Simon redevint silencieux. Cela ne la dérangea pas, car elle commençait à s'habituer aux longs silences de son escorte.

Il ne retrouva sa langue que lorsqu'il gara la voiture dans le parking de son immeuble.

—On dirait un ancien hôtel.

—Bien vu. Ils l'ont converti en immeuble d'habitation il y a quelques années. Rien de grandiose.

—En tout cas, tu as un toit sur la tête. Si tu as besoin d'aide ce soir, appelle Beck.

On aurait dit qu'il était content de se débarrasser d'elle.

—Tu en as déjà assez de moi ? demanda-t-elle, blessée.

—Oh ! non, pas du tout, se défendit-il, embarrassé. On ne s'est pas bien compris. Ce soir, je dois assister maître Harper dans une mission, et Beck m'a dit qu'il serait disponible pour te filer un coup de main.

L'autre péquenaud ? Non, merci !

—Je me débrouillerai très bien toute seule. Merci de m'avoir montré comment faire.

Elle descendit de la voiture, ce qui lui demanda un effort considérable. Dormir par terre, ce n'était plus de son âge.

Simon abaissa sa vitre.

—Surtout, n'écoute pas les Nécros. Ils sont aussi mauvais que les démons.

—En tout cas, merci pour tout.

Elle posa la main sur son bras.

—Pas de souci.

138

Simon démarra et lui fit un signe de la main. Elle lui répondit.

Il est vraiment sympa.

Riley traversa le parking en traînant les pieds et monta péniblement l'escalier. Elle se rappelait comme si c'était hier le jour où ils avaient emménagé dans cet appartement. Un soleil brûlant brillait dans le ciel d'Atlanta. Une fois leur travail terminé, ils étaient descendus manger une glace. Son père lui avait acheté un sundae et avait éclaté de rire quand elle s'en était mis sur le nez.

Le temps d'atteindre son étage, les clés cliquetaient dans sa main tremblante. Pour la dernière fois, elle pouvait s'imaginer que tout allait bien. Son père serait assis dans le canapé à classer de la paperasse, une tasse de café à la main. Il lèverait les yeux et lui sourirait en la voyant entrer. Il lui ferait de la place sur le canapé et lui demanderait comment s'était passée sa journée. C'était ce qu'il faisait toujours. Il lui consacrait toujours du temps. Il l'aimait.

La porte pivota sur ses gonds rouillés. Le canapé était vide. Elle entendait le robinet de l'évier goutter dans la casserole qui avait servi au petit déjeuner de la veille, le bourdonnement à peine perceptible du réfrigérateur. Elle avisa une boule de poils perdus par Max sous la table de la cuisine. Le voyant du répondeur clignotait de façon frénétique. Sans doute des Nécromanciens trop fainéants pour se rendre au cimetière.

Son père lui avait dit à quel point il s'estimait heureux de l'avoir, de partager cet appartement avec quelqu'un, alors que tant de gens étaient seuls.

Comme moi.

Riley referma la porte et tourna méthodiquement tous les verrous afin de tenir à distance le monde qui avait fait d'elle une orpheline.

—Ce n'est pas juste! siffla-t-elle en donnant un coup de poing dans le bois. Pourquoi mes deux parents ? Tu m'avais déjà pris maman ! Ça ne t'a pas suffi ?

Pas de réponse. Pas de « je suis désolé » cosmique. Rien que le vide. Ses yeux s'emplirent de larmes, qu'elle laissa couler volontiers.

Lorsque Riley eut terminé de pleurer et qu'elle se fut mouchée, elle prit un marqueur et entoura la date de la prochaine pleine lune sur le calendrier. Juste à côté, elle écrivit également un grand J, pour le jour où son père serait enfin libre.

Je ne les laisserai pas arriver jusqu'à toi. Je te le jure.

Chapitre 12

Beck souleva tant bien que mal ses paupières et examina lentement les environs. Le parking était désert ; les deux Caddie rouillés et la pile de vieux pneus ne comptaient pas. Un endroit dégagé et calme, comme il les aimait. Il n'avait d'ailleurs pas vraiment le choix, car les deux démons qui gisaient sur la plate-forme du pick-up limitaient ses possibilités.

La matinée n'était pas son moment de la journée favori, surtout quand il avait l'impression d'avoir des fouines enragées dans le crâne. Les boissons énergétiques et l'alcool ne faisaient pas bon ménage. Dans son organisme, en tout cas. Dès qu'il s'était senti assez lucide pour travailler, il s'était mis en chasse du premier Classe trois qui avait croisé sa route. Cela n'avait pas été très difficile ; la bestiole fouillait les poubelles d'une boucherie. Trop occupée qu'elle était à avaler goulûment des morceaux de gras et du bœuf avarié, elle ne l'avait pas entendu approcher et s'était fait capturer sans résister. En revanche, elle avait refusé de révéler la moindre information sur le Classe cinq qui avait tué Paul. En colère, Beck s'était mis en quête d'un autre démon pour le même résultat : une flopée de jurons, des menaces d'éviscération, mais aucune information.

— L'honneur des démons, grommela-t-il. C'est louche…

Au moins les Classe trois n'offraient-ils rien en échange de leur libération. Il aurait eu du mal à ne pas réagir violemment, surtout si l'un d'entre eux lui avait proposé de dénoncer le tueur de Paul.

Grognant à cause de sa tête douloureuse, il éteignit la radio, posa trois cachets d'aspirine sur la paume de sa main et les avala avec un peu d'eau. La dose précédente ne lui avait fait aucun effet, et il n'était pas plus optimiste pour celle-ci.

Dormir. Voilà ce dont il avait besoin, mais ce ne serait pas facile vu la dose massive de caféine qu'il avait ingurgitée durant la nuit. Avec un peu de chance, il s'assoupirait dans l'après-midi. Sinon, ce serait pour le lendemain.

Son téléphone sonna. Il le sortit de la poche de sa veste.

— Beck.

— Simon à l'appareil. Elle est chez elle en sécurité.

Il soupira de soulagement.

— Merci, mec, je te revaudrai ça.

— Ça ne m'a pas dérangé.

Beck replia son téléphone et fronça les sourcils.

— Le contraire m'aurait étonné.

Il ne savait pas trop quoi penser de Simon Adler. Le fait qu'il soit croyant ne voulait pas dire qu'il ne risquait pas de craquer pour Riley. N'importe quel type normalement constitué craquerait pour elle. Elle était belle, aucun doute là-dessus.

— Dans d'autres circonstances, j'aurais pu moi aussi…

Mais pas maintenant.

Beck s'appuya contre son dossier et ferma les paupières, ne serait-ce que pour se protéger les yeux de la lumière du jour qui se levait. Au loin, il entendit un camion poubelle attraper et malmener un conteneur en métal. Après un long bâillement, il examina une nouvelle fois le périmètre. Cette fois-ci, le parking n'était plus désert.

— Des types à dix heures, dit-il en se redressant.

Il fit glisser le morceau de tuyau en acier plus près de lui, avant de faire de même avec son SIG 9 mm. Si le tuyau ne suffisait pas, il pourrait toujours user de son arme.

Il se trouvait dans un quartier de la ville où la population se divisait en deux catégories : les prédateurs et les proies. Lui savait à quelle catégorie il appartenait, mais certains habitants du coin avaient peut-être la mémoire courte. Comme les trois jeunes qui approchaient nonchalamment de son pick-up. « La jeunesse urbaine », disait Paul. On aurait dit une affiche vantant les mérites d'un Atlanta multiethnique. Un Blanc, un Noir et un Café au lait.

Tous les trois complètement cons. Comme l'attestait leur démarche assurée. Ils étaient habillés à la dernière mode, le jean remonté, révélant des chaussures montantes aux lacets rouges. La couleur des lacets était censée indiquer à quel gang ils appartenaient, mais Beck n'en avait cure. Pour lui, ils étaient des losers.

Ils commencèrent à échanger des blagues et à rire en le pointant du doigt. Ils supposaient probablement qu'il était complètement soûl et qu'il dormait. Ils ramasseraient un peu de blé, récupéreraient la bagnole et botteraient le cul de son propriétaire juste pour rire.

— Rien dans le ciboulot, murmura Beck en secouant la tête.

Quand ils ne furent plus qu'à sept ou huit mètres du pick-up, il sauta à terre en laissant le tuyau à portée de sa main, sur le siège. Avec un peu de chance, il n'aurait pas besoin de se comporter en homme préhistorique avec ces types.

— Salut ! commença-t-il.

L'un d'entre eux le bouscula. Les doigts de Beck se refermèrent sur le tuyau. Il raffermit sa prise, mais il ne montra pas tout de suite son arme.

— Ce n'est pas très poli. Ta mère ne t'a pas appris les bonnes manières ?

—Qu'est-ce que tu fous là, connard ? demanda le gamin.

Il dégaina un couteau, et les autres l'imitèrent.

—J'attends qu'on me livre un petit déj'. Vous avez quelque chose pour moi ?

—On n'est pas un putain de McDo !

Ils se déployèrent, prêts à attaquer.

—Le petit déj', ce n'est pas pour moi, trou du cul. C'est pour eux. (Beck cogna contre le flanc de sa voiture.) À table, les enfants !

Les démons grognèrent et s'agitèrent dans leurs filets en acier, vacarme impressionnant dans l'atmosphère matinale et calme. L'un d'entre eux sauta juste assez haut pour que les losers le voient, toutes griffes et dents dehors.

—Putain, merde, ce sont des…

—Démons, confirma Beck. Et ils ont la dalle. Vous ne pourriez pas vous approcher un peu, histoire de leur faciliter la tâche ? leur demanda-t-il, sérieux.

Le trio paniqua et prit ses jambes à son cou. L'un d'entre eux, tomba, roula et se releva aussitôt sans même prendre le temps de reprendre son souffle. Aux Jeux olympiques, Beck lui aurait mis 9,8, voire 9,9. Pas 10, en tout cas, car le gosse avait perdu son arme.

Il se tourna vers les démons.

—Désolé, les gars. On dirait que votre petit déjeuner a pris la poudre d'escampette.

Encore des grondements et des jurons.

Beck se rapprocha du couteau à cran d'arrêt qui gisait sur le béton. Il le ramassa.

—Cool, dit-il, tout sourires. Et il est à moi, maintenant.

Vers 9 heures, Beck escalada avec lassitude l'escalier qui conduisait au bureau de Jack le pompier dans une ancienne caserne. Le trafiquant de démons était à sa table de travail, un mug de café fumant posé devant lui. Ses bretelles bleu blanc rouge contrastaient joliment avec sa chemise en peau de chamois noire et son jean. Une épaisse pile de documents trônait sur le bureau. Quand il n'achetait pas des démons, Jack portait sa casquette d'avocat et s'occupait de la paperasse de la Guilde.

— Beck ! Comment ça va ?

— Jack.

Le piégeur s'affaissa sur la chaise la plus proche et, épuisé, se frotta les yeux.

— Vous n'avez pas l'air en forme, observa son hôte.

— Bien vu. Je suis réveillé depuis beaucoup trop longtemps, je crois.

— Café ?

— Mon Dieu, non, plus de caféine, répondit-il en pesant de tout son poids sur le dossier de la chaise, qui protesta avec force craquements.

Jack ouvrit le miniréfrigérateur à côté de son bureau et offrit une bouteille d'eau à Beck.

— Merci. Ça m'aidera peut-être.

Beck vida la moitié de la bouteille sans reprendre sa respiration.

— Alors, que m'avez-vous apporté, ce matin ?

— Deux Gastros.

— Deux ? Vous avez bien travaillé, dit Jack en souriant. Avec qui faites-vous équipe, à présent ?

— Avec personne.

— Vous avez capturé ces démons tout seuls ?

— Ouais. Je sais, ce n'était pas très malin. Je ne voulais pas avoir à partager l'argent avec un autre piégeur. Le temps qu'elle touche l'assurance vie de Paul, sa gamine va avoir besoin de cash pour vivre.

Jack se leva, ouvrit son coffre, compta les billets, puis les posa devant Beck, qui les fourra sans attendre dans une poche

145

de son jean. Après avoir signé divers papiers, il les fit glisser vers Jack, afin que celui-ci finalise la transaction.

—Qui sera son nouveau maître ? demanda Jack en se rasseyant.

—Stewart, j'espère, répondit Beck en empochant une copie du reçu. Il serait parfait pour elle. Il n'est pas comme Harper ; il ne gueule pas sur tout ce qui bouge.

—J'aimerais bien savoir qui a enfoncé une bogue dans le cul de Harper il y a des années de ça. Personnellement, je filerais ce type à bouffer au premier démon que je croiserais.

—Vous n'êtes pas le seul.

—Comment va Riley ?

Beck secoua la tête.

—Elle est paumée. On le voit à son regard. Elle essaie de rester forte, mais elle souffre beaucoup.

—Perdre ses deux parents presque coup sur coup… Cela doit être difficile.

—C'est naze, mais c'est comme ça.

Alors que Jack s'apprêtait à répondre, le téléphone de Beck sonna. Il le déplia sans même regarder qui l'appelait.

—Ouais ?

—Oh mon Dieu ! Ils vont le déterrer !

—Hein ? Riley ? Qu'est-ce qui se passe ?

—Un type d'une société de recouvrement ! Il a dit qu'ils allaient déterrer mon père pour le vendre.

Beck mit quelques secondes à comprendre ce qu'elle venait de dire.

—Quelle société de recouvrement ?

—C'est à cause des factures médicales de maman. Les Recouvreurs unis, qu'ils s'appellent. Le type a été vraiment odieux.

Un incendie se déclencha dans la poitrine de Beck. La gosse venait d'enterrer la seule famille qui lui restait, et des parasites la harcelaient déjà pour une question d'argent.

— Tu as signé quelque chose ? demanda-t-il.

— Bien sûr que non ! Je ne suis pas stupide !

— D'accord, d'accord. Calme-toi. Je vais demander à Jack ce qu'il faut faire.

— Jack le pompier ?

— Ouais, c'est lui l'avocat de la Guilde. Attends une seconde.

Il couvrit le micro du téléphone et expliqua la situation. Jack l'écouta sans l'interrompre et, le front plissé, griffonna quelques notes sur un carnet. Lorsque Beck eut terminé, il se pencha en avant et joignit ses doigts.

— Tout d'abord, elle est mineure, donc elle n'est pas responsable des dettes de ses parents. Qu'elle ne se sente surtout pas obligée de payer le moindre cent.

— D'accord. Et pour l'exhumation ? Ils ont le droit de faire ça ? le pressa Beck.

— Oui, si c'est écrit dans le contrat que Paul a signé. Ils n'ont qu'à présenter les papiers signés au cimetière, et il est à eux.

Beck secoua la tête.

— Pourquoi est-ce qu'il aurait signé un truc de ce genre ?

— Il pensait probablement que les démons l'amocheraient trop pour que les Nécromanciens veuillent de lui. Malheureusement, ça n'a pas été le cas.

— Alors, qu'est-ce qu'on fait ? demanda Beck.

— Je demanderai une copie du contrat à la société de recouvrement pour voir quelle est notre marge de manœuvre. Si nous n'en avons pas, Paul sera rapidement exhumé, et sa fille ne récupérera pas un cent.

— C'est tout ce que vous pouvez faire ?

Jack hocha sèchement la tête.

— Pas étonnant que tout le monde déteste les avocats, ajouta Beck.

— Ne m'en parlez pas.

Beck résuma la situation à Riley. Il l'imaginait, arpentant son appartement coquet, effrayée à l'idée de perdre une nouvelle fois son père.

— Désolée, j'ai paniqué, avoua-t-elle. Je venais de m'endormir quand l'autre m'a réveillée. J'ai flippé.

Il lui en avait certainement beaucoup coûté de lui avouer qu'elle avait eu peur, pensa Beck.

Ce connard a eu de la chance que je ne sois pas là.

— Ne t'en fais pas, ton père restera sous terre quoi qu'il arrive.

Une promesse qu'il ne serait peut-être pas capable de tenir, mais, pour le moment, elle avait besoin d'être rassurée.

Il entendit un « merci » tout faible, et elle raccrocha.

— Décidément, ça s'aggrave de jour en jour, grommela-t-il avant de ranger son téléphone dans sa poche.

— S'ils ont les papiers qui les autorisent à le ranimer, que ferez-vous ? s'enquit Jack.

— Pas envie de penser à un truc si horrible.

Leurs regards se croisèrent.

— Si vous voulez absolument les empêcher de vendre Paul, il n'y a qu'une solution, et vous la connaissez aussi bien que moi. Ils ne voudront pas de lui s'il n'est pas entier.

Beck déglutit difficilement. Son estomac menaça de se retourner.

— Faites votre possible et envoyez-moi la facture. Je suis prêt à payer.

— Cette affaire concerne la Guilde. C'est à elle que j'enverrai la facture.

Beck lâcha un long soupir de soulagement.

— Merci.

— Allons décharger ces démons. Après, vous irez dormir un peu. Je n'ai pas envie d'assister aux funérailles d'un autre ami avant longtemps, vous m'avez compris ?

— Ouais, j'ai compris.

Chapitre 13

La voix de Peter s'éleva, indignée :

— Hein ? Tu te fiches de moi ? Ils veulent vendre le corps de ton père ?

— Ouais, c'est ce qui est prévu, répondit Riley en tenant le téléphone entre son oreille et son épaule pendant que son ordinateur démarrait. Le type a dit que mon père était un actif fon…

— Fongible, l'aida Peter. Ça veut dire interchangeable. Dans ce cas précis, ça signifie qu'il remplace l'argent que vous leur devez.

— Peu importe. Beck en a discuté avec l'avocat de la Guilde. Il va essayer de les en empêcher.

— Merde, Riley, ça craint.

— Bienvenue dans ma nouvelle vie. Plus pourri, y a pas.

Il y eut un silence maladroit.

— Comment ça va, toi ?

Riley prit le temps de réfléchir avant de répondre.

— Tout est trop calme. Avant, je savais que mon père rentrerait le matin, et le calme ne me dérangeait pas. Maintenant, c'est… pour toujours.

— Non, pas pour toujours. Tu pourrais prendre une colocataire.

—Combien de personnes ont envie d'habiter avec quelqu'un qui stocke des démons dans le placard de la cuisine ?

—Un point pour toi.

Le silence, encore.

—Qu'est-ce que tu fais, en ce moment ? demanda-t-il, pressé de changer de sujet.

—Mon ordinateur s'est remis à déconner. Je crois que j'ai intérêt à sauvegarder mon disque dur.

—Déconner comment ?

—Il plante tout le temps, et je perds des trucs.

—Ouais, il est temps de faire une sauvegarde. Je peux essayer de passer ce week-end pour m'occuper de ça.

Tu vas venir ici ? Peter n'était jamais venu à l'appartement. *Que vas-tu en penser ?*

—Tu crois que ta gardienne va te laisser sortir ?

Un soupir torturé sortit du haut-parleur.

—Je ne sais pas. En fait, elle n'est pas super fan de toi, Riley.

—J'ai cru remarquer. Pourquoi est-ce que ta mère ne m'aime pas ?

—Parce que je t'aime bien.

Riley cligna des paupières deux ou trois fois.

—Waouh ! c'est radical.

—Mais c'est vrai. Après ce qui est arrivé à Matt, notre marge de manœuvre est très réduite.

Matt était le frère aîné de Peter, celui qui avait commis l'erreur de mélanger alcool et automobile. Sa petite amie avait fourni les bouteilles et s'en était sortie avec quelques égratignures seulement. La mère de Pete ne le lui avait jamais pardonné.

—Nous sommes juste des amis, pas comme Matt et Sarah.

—Pour elle, ça ne fait aucune différence. Elle considère que toutes les filles représentent une menace pour ses fils. Ça l'aide à tenir le choc.

— Je suis désolée pour toi, Peter. Ça doit être super dur.

— Ça l'est. Mais ne t'en fais pas, je trouverai un moyen de passer te voir.

— Cool.

Enfin une bonne nouvelle. Peut-être qu'elle préparerait une pizza.

Riley avisa un disque jaune à côté du clavier de l'ordinateur. Apparemment, son père l'avait laissé là avant de partir travailler. *Avant de…*

Elle repoussa cette pensée, la cacha derrière un rideau opaque afin de ne pas inonder le clavier de larmes. Elle glissa le disque dans le lecteur, et son contenu apparut sur l'écran. Un seul fichier, nommé « Recherches », s'afficha dans la fenêtre.

— « Mot de passe » ? Qu'est-ce que c'est que ce truc ? marmonna-t-elle.

— Riley ? demanda Peter. Tu es là ? Que se passe-t-il ?

— C'est étrange. Mon père n'avait pas l'habitude de restreindre l'accès à ses documents. Je veux dire, qui peut avoir envie de lire des trucs sur la bataille de Shiloh ?

— Alors, quel est le mot de passe ?

Riley en essaya quelques-uns : son prénom, celui de sa mère. Rien ne se produisit.

— Aucune idée. Merde, maintenant, je vais me demander ce qu'il y a dans ce machin.

— Apporte le CD à l'école. Je vais te le débloquer, mais j'aurais besoin de vos dates de naissance, de ce genre d'infos ordinaires. La plupart des gens se contentent de mots de passe simples.

— D'accord.

Elle sortit le disque jaune, fouilla dans une boîte à chaussures posée à côté de l'unité centrale et en trouva un bleu qu'elle inséra dans le lecteur. Celui-là n'était pas protégé. L'ordinateur ronronna, et la sauvegarde démarra.

Riley avisa l'heure sur le moniteur.

—Je dois te laisser. J'ai besoin de temps pour préparer mes affaires pour le cimetière. Il me faut des vêtements beaucoup plus chauds.

Ce soir, le «bon petit catholique» ne serait pas là pour qu'elle se blottisse contre lui. *Dommage.*

—Méfie-toi des gros méchants Nécromanciens, plaisanta Peter.

—Pas de problème.

Je ne ferai pas attention à eux, et ils s'en iront d'eux-mêmes.

Plutôt que de garer la voiture à côté du mausolée, Riley préféra la laisser sur le parking et se charger comme un baudet. Tandis qu'elle se dirigeait péniblement vers la tombe de son père, l'air qu'elle expirait formait des nuages dans l'atmosphère fraîche. Se remuer de la sorte lui fit du bien, mais cela raviva aussi des douleurs consécutives à sa partie de cache-cache avec le démon de la bibliothèque.

Le volontaire qu'elle avait croisé dans la matinée n'était plus là, et elle découvrit une femme assise dans une chaise longue. Elle portait une très longue robe, un manteau chaud et des chaussures orthopédiques aux semelles très épaisses. Le tout était noir. Ses cheveux gris clair étaient ceux d'une femme de soixante-dix ans, peut-être davantage.

—Salut! lança la volontaire d'un ton enjoué.

Qu'est-ce qu'ils ont tous? Ils prennent des cachets qui rendent heureux, ma parole!

—Au fait, je m'appelle Martha.

Sans laisser à Riley le temps de répondre, elle poursuivit:

—Il pourrait pleuvoir. Vous avez prévu un parapluie?

—Il est là quelque part, je crois, dit Riley en désignant le paquet qu'elle portait contre son flanc.

— Bien. Vous devriez vous procurer des bâches en plastique. Ça vous aiderait à rester au sec, et vous ne seriez pas obligée de vous asseoir sur un sol mouillé.

— Merci du conseil, répondit sincèrement Riley.

Les yeux de la vieille femme scintillèrent.

— On apprend au fil des ans. Si le temps devient vraiment mauvais, élargissez le cercle et abritez-vous dans le mausolée.

Riley prit note de ce conseil aussi.

— Ça vous plaît vraiment de faire ça ? s'enquit-elle.

— Oh ! oui. Je prends l'air et j'aide les gens en même temps, expliqua Martha. J'adore ce vieux cimetière. Il n'y a pas meilleur endroit au monde.

Riley décida de ne pas la contredire sur ce point.

Martha se redressa.

— Si vous ne nous voulez aucun mal, entrez.

Riley souleva avec circonspection son matériel par-dessus les cierges et entra à l'intérieur du périmètre.

— Vous avez besoin que je vous aide à refaire un cercle ? demanda la volontaire.

Riley faillit répondre « oui », mais elle changea d'avis. Elle avait besoin de se lancer.

— Non, merci.

— Dans ce cas, que votre nuit soit bonne et sûre, ma chère.

La chaise repliée sous un bras, un sac tricoté aux motifs *paisley* dans l'autre, la femme se dirigea vers la sortie d'un pas vif. On aurait dit qu'elle n'avait que la moitié de son âge.

— Bien, murmura Riley. À moi de jouer, maintenant. C'est très faisable, dit-elle, alors qu'elle avait l'impression que son estomac était plein de papillons monarques volant dans toutes les directions à la fois. Ce n'est pas si difficile. Je termine le tracé du cercle, je prononce les invocations, et c'est fini.

Cela ne pouvait pas être si facile.

Riley fouilla dans le sac de toile marqué «Matériel de surveillance».

—De combien de cierges vais-je avoir besoin?

Elle compta rapidement ceux qui étaient déjà en place et en ajouta quelques-uns au cas où. Après un coup d'œil nerveux au calepin, elle commença le rituel. L'Eau bénite dans une direction, puis dans l'autre. Elle aligna soigneusement de nouvelles bougies sur le sol humide, à l'intérieur de l'ancien cercle, en veillant à ce que l'écartement soit bien régulier. Le calepin et le briquet empruntés à Mme Litinsky à la main, elle alluma les cierges en récitant le Notre Père en anglais. Elle ajouta «Veillez sur nous» et attendit. Tous les cierges s'éteignirent d'un seul coup, même ceux de l'ancien cercle.

—Mon Dieu! Non, pas ça!

Son père ne bénéficiait plus d'aucune protection.

Riley paniqua. La nuit allait bientôt tomber, et il était trop tard pour se permettre la moindre erreur.

Je vais appeler Simon. Non, il est parti piéger. Beck? Sûrement pas. Il va se dire que je suis incapable de me débrouiller seule.

Elle prit deux profondes inspirations pour se calmer et ouvrit le calepin.

—Merde!

Simon, pourtant si sérieux, avait omis de lui donner une information vitale. S'il n'y avait qu'une personne pour établir le cercle, elle devait allumer les cierges d'abord, puis prononcer les invocations. Apparemment, l'invocation n'était pas obligatoire, mais il était primordial que le cercle sache qui repousser.

Elle ralluma les cierges et fit une pause. Le Notre Père était efficace, mais il ne lui convenait pas tout à fait. Mais alors quoi dire? Elle sursauta en entendant claquer une portière. Le moment était peut-être mal choisi pour chipoter.

—Ah! Dieu, je m'excuse de vous déranger, mais c'est Riley... Blackthorne. Vous pourriez assurer la sécurité de mon père à l'intérieur de ce cercle ? Je veux dire, ce serait cool si vous pouviez empêcher les Nécromanciens de l'emporter. J'apprécierais vraiment beaucoup.

Les bougies ne s'embrasèrent pas comme elles étaient supposées le faire. Peut-être n'avait-elle pas été assez précise. Ou bien n'avait-elle pas insufflé suffisamment de force et d'envie dans ses mots.

Elle inspira profondément et reprit :

— Si quelqu'un veut nous faire du mal, ne le laissez pas entrer dans ce cercle !

Les flammes enflèrent brusquement avant de redevenir toutes petites. La pression atmosphérique changea et ses oreilles se bouchèrent.

— Cool !

Elle se rendit alors compte qu'elle transpirait en dépit de la fraîcheur de l'atmosphère. Riley eut un gloussement nerveux.

— Tu as vu ça, papa ? Je l'ai fait toute seule. Je suis trop forte !

Elle jubilait encore d'autosatisfaction lorsque Mortimer fit son apparition. Il souleva poliment son chapeau et lui refit le même numéro monotone de commercial que la veille. Riley l'écouta et prit le temps de l'étudier. Il devait avoir dans les trente-cinq ans et était le genre de gars à habiter chez sa mère veuve et à collectionner les timbres.

Lorsqu'il eut terminé, elle secoua la tête.

Mortimer accepta son refus de bonne grâce.

— Eh bien, merci quand même de m'avoir donné de votre temps, dit-il en posant une carte de visite devant le cercle, comme la nuit précédente.

— Vous travaillez pour une société de recouvrement ? lui demanda-t-elle en plissant les yeux.

— Non, répondit-il en secouant la tête avec dégoût. À mon sens, une réanimation ne devrait profiter qu'aux héritiers du défunt.

Un Nécro avec une conscience ? C'était original.

— Je crois que je commence à vous apprécier, Mortimer.

Il parut embarrassé.

— Prenez garde, je vous en prie. Ne faites confiance à aucun d'entre nous.

— Pas même à vous ?

— J'ai des scrupules, répondit-il fièrement. Je vais déjà bien assez loin en ramenant les morts à la vie.

— Dans ce cas, pourquoi… ramenez-vous les morts à la vie ?

— À vrai dire, je ne sais rien faire d'autre.

Il souleva une nouvelle fois son chapeau et s'en fut, la laissant seule dans son anneau de cierges.

— Si tous les Nécromanciens étaient comme toi, ce serait facile.

Tellement plus facile, en effet. C'était la seconde fois que Mortimer la mettait en garde au sujet des autres.

Finalement, elle n'aurait peut-être pas dû venir ici toute seule.

Chapitre 14

Un bruit aigu d'étincelles réveilla Riley, qui s'assit brusquement dans son sac de couchage, le cœur battant la chamade. Pendant une seconde, elle se dit qu'elle avait rêvé, mais les cierges lui confirmèrent que non. Les flammes étaient hautes, culminant à près de sept mètres tel un champ de forces activé pour repousser quelque chose de vraiment mauvais. Lentement, la luminosité retomba à son niveau normal.

Une feuille, peut-être. Sauf qu'il n'y avait pas de vent. Riley chercha son téléphone portable puis secoua la tête. Même si elle appelait quelqu'un, il faudrait trop de temps à cette personne pour la rejoindre ici. Et puis, il s'agissait de son père, et il lui revenait d'accomplir cette mission seule.

Comme ses yeux s'habituaient à l'obscurité, elle distingua la silhouette. Elle se tenait juste devant le cercle, vêtue d'une longue cape noire de magicien.

Il essaie juste de me faire peur.

— Sympa, votre cape, dit-elle d'un ton faussement confiant. Vous faites vos courses chez *Nécro & co* ou un truc comme ça ?

Un rire étrange retentit sous la capuche. Elle pensa aux spectres qui pourchassaient les héros dans *Le Seigneur des Anneaux*. Elle ne voyait pas le visage de l'inconnu, mais la sueur froide qui descendait le long de sa colonne vertébrale lui disait que ce type-là était très différent de Mortimer.

—Fille de Paul Blackthorne, tonna la voix. Brisez le cercle. Tout de suite.

—Non.

—Brisez le cercle, répéta-t-il avec un peu plus d'intensité.

Son esprit commença à lui murmurer qu'elle devrait peut-être lui obéir. Qu'y aurait-il de mal à cela ? Après tout, son père était mort. Cela ne le gênerait pas. Elle pourrait dormir dans son lit toutes les nuits. Personne ne lui en voudrait.

—Bien sûr, l'encouragea la voix. Et vous garderez l'argent pour vous.

—Combien ? ne put-elle s'empêcher de demander.

—Cinq mille dollars. Je sais que vous avez besoin de cet argent.

Cinq… mille. C'était une belle somme. De quoi vivre un bon bout de temps.

—C'est ce que voudrait votre père. Brisez ce cercle, et tout deviendra beaucoup plus facile. Vous en avez envie et vous le savez.

Sans s'en rendre compte, elle ouvrit le pendentif que lui avait offert son père. À l'intérieur, était encastrée une photo de ses parents à Lincoln Park. Elle avait été prise en plein été. Entre eux était assise une Riley encore bébé.

Leurs adorables visages lui éclaircirent aussitôt les idées.

—Sûrement pas, lâcha-t-elle. Allez-vous-en.

—Vous allez briser ce cercle ! lui ordonna le Nécromancien.

—Vous perdez votre temps. Mon père ne bougera pas d'ici.

Elle referma le pendentif et le serra fort dans sa main, espérant que le souvenir de ses parents serait plus fort que la magie de persuasion du Nécromancien.

—Vous refusez de m'écouter, dit la voix, plus grave, désormais. C'est une grossière erreur.

— Et ce ne sera pas la dernière.

Si le cercle lâche, ce type va me faire ma fête.

Le personnage pencha la tête sur le côté, comme s'il choisissait entre plusieurs options particulièrement déplaisantes.

— La magie du sang fonctionnera peut-être.

Il fouilla sous sa cape et sortit quelque chose de petit. Quelque chose qui se tortillait en sifflant.

C'était un chaton tout mignon, couleur crème avec des taches noires.

— Vous rêvez! Vous croyez que vous allez me corrompre comme ça? Fichez le camp et laissez-moi dormir un peu.

Même sans lune dans le ciel, elle vit une lame scintiller. Elle semblait générer sa propre lumière. Elle ne ressemblait aucunement à celle des couteaux qu'on trouvait dans les tiroirs d'une cuisine. Il s'agissait plutôt d'un couteau de rituel, comme dans les films d'horreur. Le type de couteau qu'on utilisait pour pratiquer une magie très sérieuse.

Il n'oserait pas…

Le Nécromancien positionna la lame à deux centimètres de la gorge de l'animal.

— Qu'est-ce que vous faites? s'emporta Riley en se levant.

— Soit vous brisez le cercle, soit je lui tranche la gorge. À vous de choisir. Votre père a trop de valeur pour que nous le laissions en terre, mon enfant.

— Vous ne pouvez pas faire ça!

— Et pourquoi pas?

Le chaton couina piteusement et se tortilla pour essayer de planter une griffe dans la main de son tortionnaire.

Papa pour un chat? En plus, il ne les aimait pas tant que ça.

Elle ne pouvait pas laisser ce type lui faire du mal, si? S'il tuait la pauvre créature, que ferait-il ensuite? Il la tuerait elle?

Comme Riley ne réagissait pas, la lame s'approcha de sa victime.

— C'est votre dernière chance. Brisez le cercle ou il mourra. Vous ne voulez pas de son sang sur vos mains, n'est-ce pas ?

— Fumier ! cria-t-elle.

Il eut un rire effrayant, comme si elle venait de lui faire un compliment.

Riley traîna les pieds jusqu'au cercle, s'arrêtant juste devant les cierges. Elle regarda la tombe de son père par-dessus son épaule puis se tourna vers l'étranger. Elle serra les poings et se pencha vers la barrière. Le chaton lui lança un regard désespéré. Elle seule avait le pouvoir de le sauver.

Un éclair de lumière verte étincela dans ses pupilles.

— Non.

Riley ferma les yeux et se dit qu'elle était un monstre. Elle entendit un grondement sifflant, suivi par un couinement de douleur.

— Chienne sans cœur, lança le Nécro. Je suis impressionné.

Riley souleva ses paupières au moment où il jetait le chaton au sol, juste devant le cercle.

Elle lâcha un lourd soupir de soulagement.

— Le corps de votre père sera à moi, mon enfant. Ce n'est qu'une question de temps.

Il fit tournoyer sa cape comme un méchant de cinéma et s'en fut. Lorsqu'il eut parcouru la moitié du chemin qui le séparait de la sortie, il disparut dans un tourbillon de feuilles mortes.

Flippant…

Le chaton tremblotait et geignait en bordure du cercle.

— Pauvre petite chose, dit-elle en s'en approchant.

Peut-être s'était-elle trompée au sujet de ses yeux. Peut-être s'était-il agi d'une illusion d'optique, d'un tour joué par la lumière, même s'il n'y en avait pas beaucoup.

— Tout va bien, maintenant, il est parti. Il ne peut plus te faire de mal.

Il aurait eu besoin d'un câlin. Elle pouvait au moins faire cela. Et puis, il lui tiendrait compagnie, l'aiderait à se sentir moins seule.

La voix de Simon résonna dans sa tête : « *Ils feraient n'importe quoi pour arriver jusqu'à ton père.* »

C'était louche. Le chaton aurait dû prendre ses jambes à son cou dès que l'homme l'avait lâché. Il aurait dû chercher un endroit où se cacher. Au lieu de quoi il semblait attendre devant le cercle.

C'est moi qu'il attend. Ces yeux… À présent, ils brûlaient dans la nuit d'un éclat bleu. Riley recula lentement.

— Finalement, non.

La bête siffla beaucoup trop fort pour sa taille et donna un coup de patte dans le cierge le plus proche. Le cercle réagit immédiatement, projetant des flammes blanches aveuglantes à une dizaine de mètres du sol. Le chaton glapit et disparut dans un regain d'énergie. Le vent se leva, poussant branches et feuilles contre la barrière. Avant de retomber brusquement. Les flammes des bougies recouvrèrent leur taille normale.

— Bien essayé, crétin ! cria-t-elle en retournant dans son sac de couchage.

Elle fut soudain prise de tremblements et dut croiser fort les bras sur sa poitrine pour se calmer. Elle venait de tenir tête non pas à un beau parleur désireux de la convaincre de lui céder le corps de son père, mais à un vrai magicien.

De la magie noire. Et j'ai failli me faire avoir.

À 4 heures du matin, elle avait eu le même nombre de visites que Scrooge la veille de Noël, à condition de compter Beck dans le lot. Il se déplaçait avec une lenteur délibérée, comme s'il était au-delà de la fatigue, comme s'il était quasi anéanti. Il trimballait le même sac marin qu'il semblait ne jamais quitter.

Je suis sûre qu'il dort avec.

Lasse du jeu joué par les Nécros, elle le regarda approcher, craignant que ce ne soit une nouvelle illusion.

— Riley, commença-t-il.

Comme elle ne répondait pas, il ajouta :

— Ç'a été dur ?

— Non, génial. Surtout le chaton démoniaque.

Il ne parut pas surpris. Elle l'invita à entrer, et il enjamba le cercle sans difficulté. Il arrivait vraiment au bon moment, car il était temps pour elle de faire une pause pipi.

— Je reviens tout de suite, promit-elle en se dirigeant vers la barrière de cierges.

— Tu as quelque chose sur toi ? une arme ?

— Nan, je vais juste aux toilettes.

Il fourra la main dans son sac et en sortit son tuyau en acier.

— Prends ça.

Riley leva les yeux au ciel, mais obtempéra. Tandis qu'elle s'enfonçait dans les ténèbres, elle l'entendit se jeter sur le sac de couchage et bâiller. Le bougre avait réussi à l'effrayer alors qu'elle voulait juste faire pipi.

Merci...

Elle alluma la lumière des toilettes et regarda dans les deux cabinets pour se rassurer. Comme elle ressortait dans la nuit, une mite lui effleura le visage, lui arrachant un couinement de panique. Elle se sentit bête. Par chance, Beck ne pouvait pas la voir, autrement, elle n'aurait pas fini d'en entendre parler.

Il n'était plus seul. Un homme de forte stature se tenait à distance respectable du cercle. Sa tenue était voyante et quelque peu inappropriée pour un cimetière : costume bleu, chemise rose et bagues scintillantes. Il ressemblait plus à un proxénète qu'à un Nécro.

Riley se hâta d'aller à l'opposé du visiteur et attendit que Beck l'invite à entrer. Lorsqu'elle passa la barrière, les flammes s'élevèrent, la poussant presque à l'intérieur.

— Lenny, gronda Beck.

Apparemment, le Nécro avait essayé d'en profiter pour pénétrer lui aussi dans le cercle, mais il avait échoué.

— Il fallait que j'essaie, se défendit l'homme dans un haussement d'épaules.

— Mouais…

Beck récupéra son tuyau et le jeta près de son sac.

— Vous vous connaissez, tous les deux ? s'étonna Riley.

— Évidemment, répondit Beck comme si elle était complètement stupide. On joue au billard ensemble à l'*Armageddon Lounge*. Lenny n'a pas un mauvais fond.

— Merci ! dit l'homme. Venant de toi, c'est un sacré compliment. (Il se tourna vers elle en polissant les bagues de sa main droite sur la manche de son manteau.) J'étais en train d'expliquer à Beck que votre père avait besoin de gagner sa vie et que, pour ça, il valait mieux qu'il sorte de terre. Qu'en pensez-vous ?

— Aucune chance.

— Dommage. Quelques nuits de plus dans le froid, et vous aurez une vision différente de la situation. À plus tard, mec, ajouta-t-il en lança un regard à son ami.

— À plus, Lenny.

Riley s'assit sur le sac de couchage le plus loin possible de Beck. Il avait peut-être été le partenaire préféré de son père, mais quelque chose en lui la mettait mal à l'aise. Pas au point de l'effrayer, comme un genre de pervers. Non, c'était juste qu'on ne savait jamais ce qui lui trottait dans la tête.

— Tu traînes avec les Nécros ? demanda-t-elle. Ce sont des… pourritures.

— Certaines personnes en disent autant des piégeurs. (Il s'installa sur la couverture.) Alors, que s'est-il passé cette nuit ?

Elle fit comme si elle n'avait pas entendu, prit une bouteille d'eau et but longuement.

—Allez, l'ennemi, ce n'est pas moi. Je sais que je ne te reviens pas, mais j'ai promis à ton père de m'occuper de toi.

—Pas besoin de ton aide. Je me démerde très bien toute seule.

—Sans doute, petite.

Elle lui fit les gros yeux.

—Pourquoi tu m'appelles toujours comme ça?

—Quoi?

—Pourquoi tu dis «petite»? Je n'ai plus douze ans.

—Je sais, je sais. C'est juste que c'est plus facile, bafouilla-t-il.

—Hein?

Cela ne voulait rien dire.

—Tu te rappelles, reprit-il, le front barré d'une ride, quand j'ai quitté l'armée, comment tu étais folle de moi?

Folle de lui? L'humeur de Riley ne s'arrangea pas.

—Tu rêves, mon pote!

—Le moins qu'on puisse dire, c'est que tu ne me lâchais pas des yeux.

Elle sombra dans un silence froid, car il avait raison. Beck était revenu d'Afghanistan bronzé, musclé et beaucoup plus mignon qu'il l'était avant de partir. Un vrai beau gosse. Elle avait craqué.

Et tu m'as jetée comme une malpropre.

—Alors j'attends, pourquoi «petite»? insista-t-elle, en savourant sa colère.

Il la regarda durement.

—Tu sais bien que je ne pouvais pas faire ça! Je travaillais avec ton père, tu n'avais que quinze ans, t'étais toute mignonne…

Sa voix se tarit et il baissa les yeux.

Riley contint son sourire. Elle avait touché un point sensible, autrement, il n'aurait pas eu autant de mal à s'expliquer.

—D'accord, d'accord, j'ai compris.

En s'efforçant de la considérer comme une gamine, il faisait l'économie d'un douloureux conflit d'émotions, ce qu'elle comprenait et ce qui lui convenait parfaitement. Quant au fait qu'il la trouvait « mignonne »… Elle préférait ne pas y penser pour le moment.

—À l'avenir, évite de m'appeler « petite », tu veux bien ?

—Sinon ? demanda-t-il d'un ton plein de défi.

Il lui avait suffi d'un battement de cœur pour reprendre ses esprits.

—Sinon je vais redevenir « folle », quoi que cela veuille dire.

Beck parut peser le pour et le contre.

—Marché conclu, finit-il par dire.

Il sortit une bouteille de son sac marin. « Johnnie Walker », lut Riley sur l'étiquette. Il en avala une longue gorgée et fit claquer sa langue.

—Qu'est-ce que tu fais ? lui demanda-t-elle. Fais gaffe ou tu vas finir comme ta mère.

Il lui lança un regard à glacer le sang. Les flammes mesuraient trente centimètres, désormais, suivant l'intensité de sa colère. Une telle chose était-elle possible ?

Soudain, elle ne se sentit plus vraiment en sécurité avec lui à l'intérieur du cercle.

—Laisse cette… Enfin, laisse-la hors de ça, cracha-t-il en fourrant la bouteille dans le sac. Et puis, ce ne sont pas tes oignons.

Riley se recroquevilla dans son sac de couchage. Elle avait mal à l'estomac. Jamais elle n'aurait dû lui dire une chose pareille. Il n'était pas responsable de ce qu'avait fait sa mère.

Eh bien, excuse-toi…

—Beck…

—Quoi ? fit-il d'une voix étouffée.

Même dans l'obscurité, elle distinguait les rides qui lui striaient le visage. Elles le vieillissaient énormément, laissaient le sentiment qu'il avait encaissé tout ce que la vie pouvait produire de malheurs.

—Je suis désolée, avoua-t-elle. Je n'aurais pas dû dire ça.

Il inspira profondément et ses épaules se soulevèrent par saccades.

—Dors un peu.

—Je n'y arrive pas, rétorqua Riley en s'emmitouflant dans sa couverture.

—Ce n'est pas parce que c'est une ivrogne que j'en suis un moi aussi, grogna-t-il.

—Bien sûr. Je ne recommencerai pas.

Il se tourna vers elle.

—C'est une boisson énergétique, expliqua-t-il avant de bâiller longuement. Ça m'aide à tenir le choc quand je n'ai pas le temps de dormir. Enfin, en théorie.

Elle se sentit vraiment mal.

—Pourquoi la mettre dans une bouteille de whisky?

—Comme ça.

Ce n'était pas si simple, et ils le savaient tous les deux.

—Ç'a quel goût? demanda-t-elle.

Il lui tendit la bouteille. Riley goutta le breuvage avec circonspection et faillit s'étouffer. Le liquide était un mélange de café extra-fort et de kérosène pur.

—Beurk!

—On s'y habitue.

—Pas envie de m'habituer à ce truc! Quand as-tu dormi pour la dernière fois?

—Aucune importance.

—Un piégeur fatigué est un piégeur mort. C'est ce que disait mon père.

—Il me disait la même chose, répondit Beck en la regardant.

—Dans ce cas, dors! le pressa-t-elle.

— Tu en as plus besoin que moi. (Il avala une autre gorgée de son breuvage.) J'ai vendu tes démons, ceux du placard de la cuisine. L'argent est sous le four à micro-ondes. J'avais oublié de te le dire.

— Merci, dit-elle à contrecœur.

Le Cambrioleur lui manquerait, mais elle avait absolument besoin de cet argent.

— Qui va s'occuper de ma formation, maintenant ? reprit-elle.

— Je ne sais pas encore. (Il bâilla de nouveau.) J'essaierai de t'aider autant que possible, mais j'ai besoin de piéger pour payer mes factures. Il faut qu'on te trouve un endroit où habiter.

— Quoi ? demanda-t-elle, prise de court.

— Tu ne peux pas rester toute seule, et tu peux encore moins emménager chez moi.

C'est clair. Elle imaginait parfaitement son appartement, jonché jusqu'aux chevilles de vieilles boîtes de pizza et de bouteilles de bière vides.

Alors, elle repensa à la première partie de sa phrase.

— Pourquoi est-ce que je déménagerais ? Je suis chez moi, là-bas, protesta-t-elle.

Ce n'était pas grand-chose, mais elle n'avait aucune envie de perdre ce dernier petit lien qui l'unissait à son père.

— La Guilde ne versera pas tout de suite l'argent de l'assurance vie de ton père, et je n'ai pas les moyens de payer deux loyers. Appelle ta tante et vois si elle ne peut pas t'héberger en attendant.

Merde. Il devait avoir entendu sa conversation avec Peter.

— Je ne déménagerai pas, répéta-t-elle plus fort.

Beck errait dans le champ de mines de son esprit, se répétant qu'elle allait avoir besoin de vêtements, de nourriture, de poursuivre sa scolarité…

Tu refuses de comprendre, espèce de péquenaud. Ma place est dans cet appartement.

Son combat avait commencé.

Chapitre 15

Le matin venu, Riley trouva de nouvelles factures dans sa boîte aux lettres et Max sur son paillasson. Elle accueillit le chat de bonne grâce, mais pas la pile d'enveloppes à fenêtre. Au moins, aucune d'entre elles n'était marquée « Rappel ».

Pas encore.

Max s'installa aussitôt sur le canapé, se lécha une patte et se mit en boule, tel un énorme tatou poilu. Il se comportait comme si le sommeil était la solution à tous les problèmes du monde.

À condition de ne pas rêver.

Riley étudia d'un air sinistre les enveloppes dans la cuisine.

— Bienvenue dans ta nouvelle vie.

Apparemment, celle-ci serait beaucoup plus difficile que la précédente, où il lui restait au moins un parent. Elle avait perdu son père et les revenus qui allaient avec. La première perte était extrêmement douloureuse. La seconde ne faisait qu'aggraver les choses.

Max ronfla et s'agita dans son sommeil. Au moins n'étaient-ils pas tous les deux malheureux. La télévision était allumée sans que personne la regarde. Encore un de ces talk-shows locaux, où on parlait de la hausse du nombre de suicides chez les adolescents, des effets de la crise sur la jeunesse. Des effets dévastateurs.

Riley avait foncé dans le mur de la dépression tant de fois qu'elle n'imaginait même pas qu'il puisse exister une autre voie. La mort de sa mère, puis l'incendie de l'appartement, et à présent son père.

Avec un long soupir, elle commença avec la première facture : le loyer. Celle-ci n'était pas optionnelle, à moins qu'elle se résolve à emménager dans une cabane ouverte aux quatre vents sous un pont humide. Cette facture-ci était à mettre sur la pile « Tu paies ou tu morfles ». Idem pour l'électricité, le gaz et l'eau.

Elle continua à ouvrir les enveloppes. Cotisations mensuelles aux fonds local et national de la Guilde, abonnements câble et téléphonie mobile, et, pour finir en beauté, les soins médicaux de sa mère.

— Cinquante-quatre mille trois cents dollars et soixante-quinze cents ? lut-elle en écarquillant les yeux.

Elle savait que la facture était énorme, mais pas à ce point. Durant les trois dernières années, son père avait péniblement réduit sa dette, qui s'élevait initialement à 65 000 dollars. Les intérêts seuls représentaient une partie non négligeable de cette somme. Encore sept ans d'emprunt à rembourser…

Elle aurait vingt-quatre ans lorsqu'elle aurait enfin terminé d'éponger cette dette. Dans ce futur qui lui paraissait si lointain, elle serait maître piégeur.

Riley posa la facture sur la pile « Quand j'aurai payé tout le reste ».

— Désolée, papa, mais je n'ai pas le choix.

Utilisant son téléphone pour effectuer quelques calculs, elle en arriva à la conclusion que, même en laissant de côté les frais médicaux, elle serait dans le pétrin dans cinq jours, moment où le loyer devrait être payé. À moins que le montant de l'assurance vie lui soit versé et…

La vie ne fonctionne pas comme ça. Riley l'avait appris en voyant son père lutter pour les maintenir à flot mois après mois. Un besoin pressant de manger du chocolat se fit sentir. Elle fouilla rapidement l'appartement, mais elle n'en trouva pas. Alors elle mangea une banane. Pas comparable…

Durant ses recherches, elle trouva l'argent sous le micro-ondes, là où Beck lui avait dit qu'il serait, soit 225 dollars accompagnés d'un reçu émanant d'un trafiquant appelé Roscoe Clement. Riley avait entendu parler de ce type. Son père lui avait dit un jour que c'était un « minable ».

Je parie que Beck et lui jouent au billard ensemble.

Elle s'affaissa sur une chaise et compta l'argent qu'elle avait retiré de sa « banque » située dans un des trois coussins du canapé. Son père avait l'habitude de répéter en plaisantant qu'ils ressemblaient à des dealers avec leurs liasses de billets de 5, de 10 et de 20 dollars sur la table de la cuisine. Garder son argent dans un coussin n'était pas une excellente idée, mais ils n'avaient pas réellement eu le choix. Tout ce qui se trouvait sur leur compte était immédiatement siphonné par les connards qui les tenaient à la gorge à cause du prêt qu'ils avaient contracté pour payer les soins médicaux. Ils l'avaient appris à leurs dépens ; pendant un mois tout entier, ils avaient survécu en mangeant des nouilles japonaises.

Riley refit les calculs.

— C'est mieux, mais il me manque encore 300 dollars.

Si elle réussissait à les trouver, elle pourrait payer le loyer, les factures courantes et s'acheter un peu à manger. Pour le reste, elle verrait plus tard.

Son père avait affronté ces difficultés tous les jours, toutes les semaines, mois après mois. En sa présence, il était toujours de bonne humeur, mais elle le savait abattu à l'intérieur. Elle se tourna vers sa chaise. Vide. Plus de sourires, plus de rires. Ce vide se propagea dans tout l'appartement telle une brume étouffante.

Riley s'étendit sur le canapé à côté de Max. Elle donna un coup de pied dans la caisse d'emballage qui servait de table basse, ce qui fit sursauter le chat.

— Où est-ce que je vais trouver ces 300 dollars ? geignit-elle.

Max répondit d'un bâillement, révélant une longue langue rose. Puis il se remit en boule.

— Je pourrais les emprunter à Beck…

Elle secoua aussitôt la tête. Il essayait déjà de prendre les rênes de sa vie ; lui devoir de l'argent reviendrait à lui donner encore plus de pouvoir sur elle.

Elle devait absolument se débrouiller toute seule ou Beck finirait par la rendre folle.

Le regard de Riley se posa sur le sac de piégeur de son père posé près de la porte. Beck le lui avait apporté. Elle se leva pour le prendre et retourna sur le canapé. Elle l'examina. Il avait quelques déchirures sur les côtés, ainsi que des taches de sang. Elle ouvrit la fermeture à glissière. Son père le préparait chaque soir, remplaçant le matériel qu'il avait utilisé la veille. Comme il n'était plus là, c'était à elle d'accomplir ce rituel.

Un plan se forma lentement dans son esprit. Un plan audacieux, fou même, mais si elle parvenait à le mettre en œuvre…

Paul Blackthorne ne pouvait plus piéger.

— Mais sa fille, si.

Riley se gara sous un des rares lampadaires encore fonctionnels à proximité de la vieille épicerie. Il était branché sur un groupe électrogène et clignotait à intervalles irréguliers. Plus loin étaient garés d'autres véhicules dont les vitres étaient embuées parce que leurs occupants étaient occupés à se peloter.

Cette soirée promettait d'être difficile. Ses camarades avaient sans doute tous entendu parler des événements de la bibliothèque, voire de la mort de son père. Elle n'avait pas envie d'être prise en pitié. Ni insultée. Il risquerait d'y avoir des blessés.

Riley laissa tourner le moteur et resta quelques minutes dans la voiture. Et si elle n'y allait pas ? Beck n'en saurait rien. Elle pourrait être à Five Points en train de traquer les démons au lieu de perdre son temps ici.

Elle avisa Peter devant la porte. Il l'attendait, comme il le faisait tous les soirs. Il tenait quelque chose dans sa main. Son devoir ? Lui faire faux bond ne serait pas correct après tout le travail qu'il avait fourni pour elle. Et puis, il y avait le mystère du disque protégé. Plus elle y pensait, plus cela la tracassait. Un peu comme des cadeaux de Noël posés sous le sapin. Sauf que secouer un disque ne lui apprendrait rien sur son contenu.

Peter la vit sortir de la voiture et lui fit un signe de la main. Riley mit son sac sur son épaule et entreprit de le rejoindre.

Il m'aidera à traverser cette épreuve.

— Eh, Riley ! commença-t-il lorsqu'elle fut plus près.

À voix basse, remarqua-t-elle. Pour que les autres ne l'entendent pas

— Heureux de te voir parmi nous !

— Pas le choix, répondit-elle avant de le regretter aussitôt. Ça va ?

Le visage de Peter se crispa un peu.

— J'étais inquiet pour toi.

Il la serra dans ses bras, et elle lui rendit volontiers son étreinte.

Peter recula, ouvrit la bouche puis se ravisa en secouant la tête, comme s'il savait que rien de ce qu'il pourrait dire ne pouvait guérir ses blessures.

— Tiens, dit-il en lui tendant un paquet de feuilles bien net. Ton devoir.

— Tu es vraiment un mec sympa, tu sais ? lança-t-elle d'un ton sérieux.

— Oh que oui ! Destiné à devenir célèbre et à faire fortune, plaisanta-t-il. D'ailleurs, je pense que mon devoir est meilleur que le tien.

— Tu parles.

— Eh, Blackthorne ! l'appela un autre élève. T'as saccagé une nouvelle bibliothèque, aujourd'hui ?

Alors qu'elle était sur le point de répondre, un camarade de l'abruti donna un coup de coude à ce dernier et lui murmura quelque chose à l'oreille. L'autre écarquilla les yeux.

— Désolé, je savais pas pour ton père, marmonna-t-il.

Autour d'eux, d'autres élèves la regardaient nerveusement, se demandant si elle allait craquer.

Riley lui tourna le dos. Pas de larmes. Pas ici. Elle sentit la main de Peter sur son bras, qu'il serra doucement pour la rassurer.

— Au fait, tu as apporté le CD ? lui demanda-t-il.

Il essayait de lui changer les idées. C'était gentil de sa part.

Riley trouva le disque au fond de son sac de coursier et le posa dans les mains avides de son ami en même temps qu'une liste de dates d'anniversaire et autres informations personnelles.

— Cool. Avec tout ça, je vais pouvoir pirater ton compte en banque, dit-il en clignant de l'œil.

— N'hésite pas. De toute façon, nous… Enfin, je n'ai pas un rond.

— Dis-moi tout…, l'encouragea-t-il, la tête penchée sur le côté. Tu as de quoi t'acheter à manger, au moins ?

— Il me manque 300 billets pour le loyer, admit-elle. Je pourrais demander à Beck, mais… (Elle secoua la tête.) Je préfère ne pas en arriver là.

—J'ai presque 100 dollars à te prêter, si tu veux.

Elle étudia son visage. Il paraissait sérieux. Elle savait qu'il économisait de l'argent pour se payer un nouveau disque dur, et pourtant, il le lui avait proposé sans hésiter une seconde.

—Non, répondit-elle. (*Je dois me démerder toute seule. Je ne vais quand même pas ponctionner mes amis!*) Merci, mais je vais me débrouiller.

Peter conserva sa mine inquiète.

—Tu as quelque chose derrière la tête?

Un petit séjour à Demon Central. Au lieu de quoi elle préféra répondre:

—J'ai l'intention de me trouver un boulot à temps partiel.

Ce n'était pas vraiment un mensonge. De toute façon, Peter ne cautionnerait jamais sa reconversion dans le piégeage solitaire. Beck non plus, d'ailleurs.

Alors je ne leur dirai rien. Du moins pas avant d'avoir capturé son premier Classe trois.

Quand Riley laissa tomber son devoir sur le bureau de M. Houston, le vieil homme leva la tête et la regarda sans la voir. Il lui murmura ses condoléances puis retourna à ses papiers. Cela la mit en colère. Elle ne voulait pas de sa compassion. Son père était plus important que quelques mots qui ne voulaient rien dire.

Riley tira sa chaise et s'assit, sombrant dans un silence torturé malgré les tentatives de Peter de lui remonter le moral. Le nouveau système imposait aux professeurs d'enseigner des matières multiples, même s'ils ne les comprenaient pas. M. Houston en était un bon exemple. Il était super en anglais, mais très moyen dans les autres disciplines.

En maths, par exemple.

Tandis qu'il abordait d'un ton monocorde le calcul du volume d'un cylindre, elle était à des années-lumière de l'école et du son de la voix de l'enseignant. Tout était prétexte à l'émergence de souvenirs de son père ; comme le fait d'être en classe, par exemple. Petite fille, elle avait assisté à quelques-uns de ses cours d'histoire. Lui était un super professeur, pas comme Houston, dont les cours pourraient endormir des cailloux. Elle avait rencontré Beck à l'un de ces cours. Il l'avait regardée et avait éclaté de rire. Il s'était moqué de ses tresses et de ses genoux cagneux sans savoir qu'elle était la fille du prof.

—Vous plaisantez ! s'exclama Peter.

Riley revint dans le présent.

—Quoi ? fit-elle en se demandant ce qu'elle avait raté.

Peter était rarement aussi emphatique quand il s'agissait des maths.

—Ils ferment cette école, dit-il en se penchant vers l'enseignant.

Houston tenait une pile d'enveloppes dans ses mains percluses d'arthrite.

—Ce sont vos nouvelles affectations, expliqua-t-il. Désormais, vos cours auront lieu dans ces endroits.

—Pourquoi ferment-ils cette école ? demanda un autre élève.

—C'est comme ça. (Houston jeta un regard sur les bestioles mortes et sur l'écheveau multicolore de fils qui sortait du rayon des produits laitiers.) N'importe quel endroit sera mieux qu'ici.

—Ce n'est pas faux, chuchota Peter.

Une enveloppe atterrit sur le pupitre de Riley. Les nouvelles officielles arrivaient toujours dans des enveloppes blanches avec des étiquettes soigneusement imprimées. Celle-ci n'était pas différente.

BLACKTHORNE, RILEY A. (I^{RE})

Elle se tourna vers Peter, et ils ouvrirent leur enveloppe simultanément.

—J'ai classe l'après-midi, maintenant, dit-elle.

Comment est-ce possible ? Elle avait toujours eu classe le soir.

—Où ? demanda Peter en se penchant pour voir sa feuille.

—Dans la 14e rue. Dans un vieux *Starbucks*.

Le silence.

—Peter ?

—Merde, marmonna Peter, effondré, en lui montrant sa lettre.

C'était de pire en pire. Peter n'était plus dans sa classe. Désormais, il aurait cours quelque part sur Ponce de Leon Avenue, dans un endroit appelé le *Paradis des enfants* !

Riley lui rendit la lettre en s'efforçant d'encaisser cette mauvaise nouvelle. En vain.

—On a toujours été ensemble depuis l'école élémentaire, se plaignit-elle.

—Peut-être que si on leur demandait de changer…, commença-t-il avant de secouer la tête. Je parie que ma mère est derrière tout ça.

Si c'était le cas, Mme King avait trouvé une façon vraiment cruelle de les séparer.

Peter prit un air faussement enjoué.

—On se parlera tous les soirs après les cours, s'exclama-t-il en tâchant de donner une tournure positive au désastre. On aura deux fois plus de trucs à se raconter, tu verras.

—Ouais.

Peter se donnait du mal, mais cela ne fonctionnait pas.

—Riley ?

Elle se tourna vers son ami.

—Quoi qu'il arrive, tu pourras compter sur moi, l'assura-t-il.

Pas si tu es à l'autre bout de la ville.

Chapitre 16

Riley était comme rivée au siège de sa voiture. Elle s'était garée à l'entrée de Demon Central, tout près du quartier commerçant d'Underground Atlanta. Son père lui avait dit que le coin était en perte de vitesse, mais c'était bien pire que cela. Les choses avaient bien changé. Quand sa mère était vivante, ils venaient par ici pour fêter la nouvelle année. C'était vraiment génial. Désormais, le quartier était une décharge à ciel ouvert. L'endroit idéal pour trouver un démon, en somme.

Riley avait tout ce dont elle avait besoin : le matériel de son père, ainsi qu'un filet spécial en acier pour emprisonner les démons de Classe trois. Elle avait dépensé presque 48 dollars pour une bouteille d'Eau bénite et trois sphères chez un armurier de Trinity Avenue. Ne lui manquait plus qu'une chose : du courage.

Je peux y arriver. Cela faisait dix minutes qu'elle se répétait la même chose, dix minutes qu'elle avait appelé Beck pour lui servir un mensonge.

Je n'ai pas menti ; c'est vrai que je suis fatiguée.

Elle avait seulement menti à propos de son cours qui avait fini plus tard que d'habitude et sur son besoin impérieux de dormir un peu. Elle avait donc demandé à Beck de surveiller la tombe de son père jusqu'à minuit.

Il avait accepté tout de suite sans poser de question. Elle aurait eu moins de scrupules s'il s'était montré plus réticent. Au lieu de quoi il avait eu l'air de s'inquiéter sincèrement pour elle, ce qui avait rendu son mensonge encore plus difficile à assumer. Elle avait l'impression d'avoir une pierre dans le ventre. Serait-ce réellement la fin du monde si elle lui empruntait de l'argent ?

Oui.

Le temps passait.

Riley pianotait sur le volant. Elle était la fille de Paul Blackthorne, oui ou non ? Alors pourquoi se rendait-elle malade dans cette voiture au lieu de traquer des démons dans ce quartier pourri ? Quand allait-elle prendre sa vie en main ? Quand allait-elle cesser d'attendre que les autres se bougent pour elle ?

Elle attrapa la poignée d'une main tremblante.

— Je vais juste aller voir à quoi ça ressemble avant de prendre ma décision, dit-elle, raisonnable, en espérant que la pierre de son sentiment de culpabilité ne pèse pas trop lourd sur son estomac.

Elle ouvrit le coffre de la voiture et mit le sac de son père sur son épaule. Il lui sembla plus lourd que lorsqu'elle l'avait soulevé à l'appartement.

— Maintenant, je comprends pourquoi il faisait de la musculation, grommela-t-elle en laissant tomber le sac.

Il y eut un bruit de verre cassé.

— Ah ! merde.

Elle avait brisé une de ses sphères. Celles-ci étaient conçues pour se briser facilement, et elle n'en avait que trois. Elle s'accroupit pour regarder dans le sac et constata effectivement qu'une des boules était en miettes, inondant l'intérieur d'Eau bénite.

Elle ramassa avec circonspection les morceaux de verre en prenant garde de ne pas se couper le doigt et les jeta dans le caniveau. Après avoir retiré le reste de son équipement du sac, elle le retourna et vida l'Eau bénite par terre, éclaboussant ses tennis. Aussitôt, ses pieds se mirent à la picoter. Ils seraient donc froids et sanctifiés toute la nuit.

Son sandwich au jambon était détrempé. Ce n'était pas grave. Lorsqu'elle attraperait un démon, elle l'apporterait à Jack le pompier et repartirait avec son argent. Alors, pour fêter cela, elle irait au McDonald's et s'offrirait un petit plaisir avant de se rendre au cimetière. Peut-être même s'offrirait-elle une grande portion de frites.

Un froufrou étrange attira son attention. Elle regarda par-dessus le coffre ouvert de la voiture. Un vieil homme marchait dans sa direction sur le trottoir défoncé. Il était engoncé dans plusieurs couches de vêtements, comme s'il portait tout ce qu'il possédait. Il avançait courbé à cause du froid et, de temps en temps, regardait par-dessus son épaule comme s'il craignait quelque chose.

Quand il l'eut dépassée, Riley rangea dans son sac ce dont elle aurait besoin et le remit sur son épaule. *C'est mieux.* Elle claqua la portière, empocha les clés et se mit en marche avec l'intention de s'enfoncer dans les profondeurs de Demon Central. Son cœur battait fort dans sa poitrine.

Elle n'avait parcouru qu'une vingtaine de mètres lorsqu'elle s'arrêta.

— Des trous, évidemment…, marmonna-t-elle.

Elle détestait les trous. Des choses vivaient dans ces trous. Des choses qui adoreraient la dévorer.

Elle s'avança jusqu'au gouffre le plus proche pour l'étudier. Ses parois étaient rocailleuses, hérissées de morceaux de métal semblables à des piquants de porc-épic. C'était profond. Elle crut entendre de l'eau couler en contrebas.

C'était l'endroit idéal pour un Classe trois : des détritus partout et très peu de lumière. L'éclairage encore fonctionnel semblait timide, réticent à l'idée d'illuminer le centre de la chaussée et les coins. Elle plissa les yeux pour transpercer les ténèbres, mais c'était impossible. N'importe quoi pouvait être en train de l'observer, d'attendre le bon moment pour lui sauter dessus.

À quelques rues de là, un coyote à la voix haut perchée et gutturale se mit à hurler. Immédiatement, d'autres se joignirent à lui pour former un chœur puissant et sauvage. Riley frissonna.

Beck était-il si effrayé lors de sa première sortie ?

Elle n'en était pas certaine. Beck semblait n'avoir jamais peur de rien, mais il est vrai qu'il piégeait avec son père, ce qui faisait une énorme différence.

Riley se remit en marche et écrasa quelque chose. Des morceaux de verre et de la poudre blanche dessinaient un grand arc sur l'asphalte usé. Des débris s'étaient accumulés en tourbillonnant autour de l'arc de cercle comme dans l'œil d'un cyclone. Riley avança de quelques pas et découvrit des empreintes dans la poudre. Elle s'agenouilla. La poudre provenait d'une sphère de protection, et les empreintes avaient été laissées par des chaussures de sécurité. Du genre de celles que portaient les piégeurs. Il y avait des taches brun rouille partout, comme si quelqu'un avait secoué un pinceau encore recouvert de peinture. Elle ramassa un ruban de cuir marron maculé de sang séché et le regarda de près.

Il provenait du blouson de Beck. Le blouson qu'il portait la nuit où son père avait été tué. Elle le revoyait, sur le palier de son appartement, vêtu de ce blouson lacéré, déchiré, couvert de sang.

Riley se releva précipitamment, tituba en arrière et ravala à grand-peine un cri d'angoisse.

C'était l'endroit où son père était mort.

Qu'est-ce que je fous ici ?

Beck et son père travaillaient en équipe. Et ce n'était pas juste parce qu'ils avaient besoin de compagnie. Les apprentis ne s'attaquaient aux Classe trois qu'au bout de six mois de formation, et toujours avec l'aide de leur maître. Ce qui ne les empêchait d'ailleurs pas de mourir.

Fous le camp d'ici !

C'était la voix de son père, qui résonnait au plus profond d'elle-même.

Riley tourna sur elle-même aussi lentement que possible, sans lâcher les trous des yeux, s'attendant à tout moment à voir une créature à fourrure sortir de terre. Malgré son envie de courir, elle se força à se déplacer calmement. Les démons chassaient leurs victimes ; si elle se comportait comme si elle maîtrisait la situation, peut-être qu'ils n'oseraient pas s'en prendre à elle.

Quatre pas plus tard, elle entendit le bruit.

— C'est juste un rat, chuchota-t-elle.

Elle n'en avait vu aucun, mais il y en avait forcément dans ces gouffres, non ?

Le bruit s'intensifia en un genre de grognement liquide. Les muscles tendus, le cœur menaçant d'exploser, Riley regarda par-dessus son épaule. Un démon de Classe trois était accroupi devant un des trous béants. La bête semblait tout droit sortie d'un film de science-fiction. Haute d'un mètre vingt, patchwork de fourrure blanche et noire ébouriffée, elle était dotée de griffes en forme de cimeterres et de crocs horriblement pointus qui saillaient sous sa mâchoire inférieure. La créature se redressa et s'étira comme si elle sortait d'un cours de gymnastique. Elle l'examina avec ses yeux rouges menaçants.

— Oh... mon... Dieu...

— Fille de Blackthorne ! aboya-t-elle, avant de passer son épaisse langue sur ses lèvres.

Un filet de bave coula sur son menton.

—Gentil démon… Voilà, reste où tu es…

Riley fouilla dans son sac et trouva les entrailles de vache qu'elle avait sorties du congélateur. Elle jeta le paquet aussi fort qu'elle le pouvait; il atterrit en faisant un bruit humide sur l'asphalte. Les grognements du démon s'amplifièrent. Dans un même mouvement – bien trop rapide pour une créature de cette taille –, il sauta sur les entrailles et n'en fit qu'une bouchée. Sans retirer l'emballage en plastique.

—Mon Dieu…, murmura Riley en titubant à reculons.

Son unique diversion venait de disparaître dans l'estomac de la créature. Sa main se referma sur une des sphères.

—Bon, eh bien, je m'en vais. J'espère que vous ne serez pas fâché, M. le Démon.

—Mmh… te briser les os! hurla la bête en agitant les bras en l'air.

L'instant d'après, la masse blanche et noire hérissée de dents et de griffes lui fonça dessus à une vitesse effrayante. Elle tituba, faillit tomber, jura, lança la sphère, mais elle manqua le monstre. La boule explosa sur la chaussée tout près de l'endroit où son père avait perdu la vie.

Riley prit ses jambes à son cou, son sac de coursier rebondissant en rythme contre son flanc. Une fois à l'abri dans la voiture, la chose cesserait de la poursuivre, n'est-ce pas?

Mais la bête avait d'autres projets pour elle. Elle gagnait du terrain et persistait à l'appeler par son nom. Elle grogna, agrippa sa veste et la fit pivoter. La jeune femme tomba violemment, et ses poumons se vidèrent sous le choc. Elle parvint néanmoins à rouler dans sa chute pour protéger sa dernière sphère et hurla lorsque le démon lui plongea dessus, la manquant de peu. Les griffes raclèrent la chaussée avec force étincelles juste à côté de son visage. La bête hurla de frustration. Riley se releva une seconde avant que le monstre se jette sur elle, visant son ventre avec ses pics luisants couleur ébène. Riley brandit son sac devant elle pour bloquer le coup mortel. Le monstre mordit dans la toile, gronda et grogna tandis qu'elle essayait de trouver la dernière sphère.

Une patte épaisse contourna le sac et frappa sa cuisse gauche, enfonçant profondément ses serres dans sa chair. Riley cria de douleur et plongea la sphère dans la gueule ouverte de la bête. Les morceaux de verre taillèrent dans sa main et dans la muqueuse du monstre. Au ralenti, le démon retira ses griffes de sa cuisse et s'affaissa, ensanglanté et immobile.

Riley tomba à genoux et eut des haut-le-cœur. L'adrénaline qui inondait son organisme faisait battre son cœur si vite qu'elle craignait de s'évanouir. Des étoiles lumineuses dansaient autour de son champ de vision. Elle fit l'effort de ralentir sa respiration et étudia la forme immobile. Le démon respirait rapidement par la bouche ; ses yeux rouge laser regardaient dans le vague. Du sang noir coulait sur sa langue et sa gorge. Riley se releva tant bien que mal et, les mains tremblantes, déplia le filet en acier.

Comment je fais pour mettre ce truc là-dedans ?

Elle commença par les pattes puis poussa le corps et les bras dans le sac, comme si elle enfilait une fourrure puante dans une taie d'oreiller. L'odeur de soufre et de viande pourrie lui retournait l'estomac, provoquant des remontées acides et brûlantes dans son œsophage. Elle se servit principalement de sa main gauche, car la droite saignait. Des vagues de douleur lui remontaient le long du bras.

Au prix d'un effort considérable, elle replia les deux pinces qui fermaient le sac. Elle avait réussi. Elle avait capturé son premier démon de Classe trois.

Riley se redressa et vacilla pendant quelques secondes. L'adrénaline s'était tarie, son estomac la brûlait et un marteau cognait régulièrement l'intérieur de sa boîte crânienne. Alors seulement, elle eut le courage d'examiner sa cuisse. Un sang épais coulait abondamment de six trous dans son jean, un pour chaque griffe. Sensation bizarre, sa jambe était engourdie. Elle s'attendait plutôt à souffrir horriblement.

— Un point pour... moi, dit-elle d'une voix faible.

Enfin presque. Elle attrapa la poignée du sac et tira le corps inerte d'une main. Elle progressait très lentement, car le démon était plus lourd qu'elle l'avait imaginé.

Comment vais-je faire pour le hisser dans le coffre ? Pas question qu'il voyage à côté d'elle sur le siège du passager.

— Un problème à la fois, dit-elle en refusant de s'avouer qu'elle ne pourrait pas y arriver seule.

Riley considéra sa prise. Elle avait hâte de voir la tête de Beck.

Eh ! le péquenaud, devine ce que j'ai fait ce soir ?

Ce serait un moment délicieux.

Elle entendit un rire. Au début, il ne lui parut pas menaçant.

— Eh, ma poule ! appela quelqu'un.

Riley fit volte-face et découvrit que deux types la suivaient. Le premier était trapu, un peu comme Beck, mais bardé de lard. Une casquette défraîchie couvrait ses longs cheveux gras.

— Elle est plutôt pas mal pour une piégeuse, dit le second, un type petit et sec avec une cigarette collée à la lèvre inférieure.

Juste deux connards de la Guilde qui essaient de me faire peur.

Riley prit un air assuré.

— Je suis avec Beck. Il ne sera pas content quand il apprendra que vous vous en êtes pris à moi.

— Et il est où, ce type ? demanda le premier en mâchouillant énergiquement une chique de tabac.

— Là-bas, mentit-elle en désignant le bout de la rue.

Le gros type trapu cracha par terre.

— Y a personne là-bas. T'es toute seule.

— Ça tombe bien pour nous, non ? ajouta le second.

185

La situation tournait mal. Ces gars n'étaient pas des piégeurs. Ils étaient trop pauvrement vêtus et ne transportaient aucun équipement.

— Qu'est-ce que vous voulez? demanda Riley en serrant plus fort la poignée de son filet en acier.

L'air concupiscent que prit alors le gros lui donna des frissons jusque dans les orteils.

— Le démon… pour commencer.

— Pas question, lança Riley en secouant la tête. Attrapez-en un vous-mêmes.

— C'est ce qu'on vient de faire. Cette bestiole vaut un paquet de pognon.

— Vous ne pouvez pas vendre de démons, protesta-t-elle. Vous n'êtes pas piégeurs.

— T'as entendu ça, Dodger? Elle dit qu'on ne peut pas vendre de démons. (Il pouffa.) Jusqu'à maintenant, ça ne nous a jamais posé de problème. Cette bête va nous rapporter dans les 500 billets, c'est sûr.

Cinq cents? Qui paie autant pour un Classe trois?

Le petit maigre entreprit de la contourner.

— On pourrait partager, ma poule, hein?

— Ouais, acquiesça l'autre. Après, on s'achèterait de la gnôle, de la coke, et on ferait la fête. Tous les trois.

Mon Dieu…

— Je veux passer le premier, ajouta-t-il. J'aime bien être le premier à passer…

Riley fut prise de panique et d'horreur. Impossible de s'échapper avec le démon, il était beaucoup trop lourd. Même si elle appelait les secours, les flics mettraient trop de temps à arriver. Sans compter qu'il lui faudrait d'abord les convaincre de venir jusqu'à Demon Central. Et pendant ce temps…

Le démon ou ces pervers malades?

Déversant un torrent de jurons démoniaques, Riley lâcha le sac et fila aussi vite que le lui permettait sa cuisse blessée. La douleur se réveilla, se propageant dans toute sa jambe. Si seulement elle avait eu un tuyau en acier ou n'importe quoi pour les tenir en respect. Pour les empêcher de la toucher…

— Allez, cours, ma poule ! la provoqua Dodger en se lançant à sa poursuite.

Ses lourdes bottes martelèrent le trottoir, se rapprochant de leur proie à chaque pas. Il jouait avec elle. Jamais elle ne pourrait leur échapper.

Un bruit étrange, mélange de hurlements gutturaux et de grognements graves et éraillés, enfla dans l'atmosphère.

— Merde ! cria le gros. La chose est réveillée. Viens m'aider !

Riley risqua un regard par-dessus son épaule. Le plus petit des deux voyous gagnait du terrain. Derrière lui, le démon se roulait par terre et attaquait le filet en acier à coup de griffes et de dents tel un chien enragé.

L'homme allait bientôt la rattraper. Elle ramassa un morceau de bois calciné et fit volte-face pour affronter son ennemi. Une centaine de mots lui vinrent sur le bout de la langue, mais elle avait trop peur pour émettre la moindre syllabe.

Le gros type était en train de perdre sa bataille.

— Putain, Dodger, laisse tomber la fille ! Elle ne vaut pas 500 dollars !

Avec un grognement qui aurait impressionné n'importe quel monstre de l'Enfer, Dodger abandonna sa poursuite et courut à toutes jambes en sens inverse pour aller aider son complice.

Riley se remit à courir tant bien que mal. Avant de disparaître derrière un virage, elle vit ses deux agresseurs se démener avec le démon décidé à se libérer du filet en acier.

— Vas-y, démon ! lança-t-elle en ravalant ses larmes de colère.

Peut-être parviendrait-il à déchirer le sac et à déchiqueter ces deux losers. À les manger tout crus.

— Ce ne serait que justice.

Lorsqu'elle eut enfin atteint la voiture, Riley tremblait comme un chien pris dans un orage. Elle avait l'impression que son sang bouillonnait à l'intérieur de sa jambe, endolorie de l'aine à l'extrémité des orteils. Elle ouvrit le coffre, attrapa le flacon d'Eau bénite, le décapsula, et le versa sur sa cuisse, imbibant son pantalon. Désormais, elle avait l'air de s'être fait pipi dessus. Au lieu de l'intense douleur qu'elle attendait, elle ne ressentit que des picotements, qui s'estompèrent rapidement.

Ce n'est peut-être pas si grave, finalement.

Riley déglutit deux fois et s'efforça de respirer lentement et profondément. Les battements de son cœur continuaient à résonner dans ses oreilles, et son estomac menaçait de se vider à chaque instant. Au moins les griffures ne s'infecteraient-elles pas, même si elle ne se sentirait sans doute pas très bien pendant quelques jours. Ce serait un peu comme une mauvaise grippe, lui avait dit son père.

— Et tout ça pour rien ! grogna-t-elle en jetant la bouteille vide dans le coffre et en refermant celui-ci avec plus de force que nécessaire.

Elle n'avait pas eu le choix. Si elle avait tenté de leur résister, ils l'auraient maîtrisée et…

— Bande de connards ! cria-t-elle en frappant le coffre de son poing meurtri.

Elle avait capturé son premier démon de Classe trois, et ces fumiers le lui avaient volé comme des brutes rackettant un gosse à la sortie de l'école.

Si papa avait été là…

Ses yeux s'emplirent de nouveau de larmes. Si son père avait été là, ils auraient chargé le démon dans la voiture, et ces deux voyous auraient compris leur douleur. Au lieu de quoi ils s'étaient amusés avec elle et avaient gagné.

Foirade intégrale.

— Beck va me tuer.

Le démon aurait été sa meilleure défense contre lui. Beck l'aurait disputée, mais, au bout du compte, il l'aurait respectée.

Plus maintenant. Jamais plus il ne me fera confiance. Il va encore raccourcir ma laisse.

Au lieu de rouler vers le cimetière, elle fila vers l'appartement en tenant le volant d'une main, le visage maculé de larmes glacées. Ses muscles la faisaient souffrir et ses dents se mirent à claquer. Elle coupa le chauffage. Malgré la fraîcheur de l'atmosphère nocturne, elle transpirait abondamment.

Une fois à la maison, elle appellerait Beck et lui raconterait tout. Alors, son calvaire commencerait réellement.

— Un jour…, marmonna-t-elle entre deux accès de tremblements.

Un jour, elle retrouverait ces types et elle leur ferait payer. Un jour, ils comprendraient qu'ils n'auraient jamais dû s'en prendre à Riley Blackthorne.

Un jour, mais pas aujourd'hui.

Chapitre 17

Le cadran de la montre de Beck émettait une lumière bleutée dans le jour naissant. Plus qu'une demi-heure avant le lever du soleil. D'heure en heure, il s'était retenu de composer le numéro de téléphone portable de Riley pour la tirer du lit. La petite devait être épuisée. Le contrecoup de la mort de son père. Beck était passé par là.

Il ressentait de la tristesse chaque fois qu'il pensait à Paul. L'homme aurait facilement pu le rejeter, le traiter comme les autres, mais Paul avait vu une étincelle dans son regard, une envie de l'inciter à devenir meilleur. Il n'était jamais venu à l'esprit de Beck de contredire son mentor. Celui-ci avait une manière si intelligente d'expliquer les choses que tout ce qui sortait de sa bouche était parole d'évangile.

Beck soupira, sentant une fois de plus cette douleur sourde dans sa poitrine. Il espérait encore entendre son téléphone sonner et voir que c'était Paul qui l'appelait. Juste pour discuter un peu. Mais cela n'arriverait plus jamais. Désormais, il était bel et bien livré à lui-même. *Comme Riley.*

Dans la nuit calme, le tourbillon de feuilles mortes attira immédiatement son attention. Mortimer, aussi poli qu'à son habitude, était déjà passé. Lenny lui avait rendu visite peu après 2 heures, et un autre Nécromancien appelé Christian était venu vers 3 heures ; on aurait dit qu'ils s'étaient tous concertés pour ne pas se marcher sur les pieds. Les feuilles s'amalgamèrent juste devant le cercle, ravivant les flammes des cierges comme si le type n'était pas un Nécro mais un démon de haut rang.

—Vous perdez votre temps, lui dit Beck.

La forme vacilla pendant quelques secondes avant de prendre des contours plus définis. Cape noire, bâton en chêne sculpté : tous les accessoires théâtraux d'usage.

—Je peux vous donner ce que vous désirez le plus, commença la voix sous la capuche d'un ton sibyllin.

—Allez au diable, répondit le piégeur, trop fatigué pour être poli. Vous pouvez me donner une nuit dans le lit de Carrie Underwood ? Elle est belle et en plus elle chante bien. Ou alors une nouvelle bagnole ? Ce serait cool.

—Rien de si trivial… Je peux vous livrer le démon qui a tué Paul Blackthorne.

Le rythme cardiaque de Beck augmenta brusquement. Il redevint aussitôt sérieux.

—Vous autres ne vous intéressez qu'aux morts, pas aux monstres de l'Enfer.

—Je suis disposé à faire une exception dans ce cas précis.

—Pourquoi Blackthorne est-il si important à vos yeux ?

Le personnage s'appuya sur son bâton d'un air pensif.

—Il l'est, contentez-vous de l'accepter. Et puis, nous ne comptons pas employer M. Blackthorne pour l'éternité.

Il n'avait pas tort. Paul serait de retour dans sa tombe dans un an tout au plus, et le démon serait mort. Il pourrait cacher la vérité à Riley, surtout si elle partait habiter chez sa tante. La tombe était toute fraîche, il lui serait facile d'exhumer le corps et de reboucher le trou sans que la jeune femme s'en rende compte.

—J'imagine que vous désirez que le coupable soit puni, poursuivit le personnage. Et que tout soit fait pour l'empêcher de venir chercher la dernière Blackthorne.

C'était ce que Beck craignait le plus au monde, et ce salaud le savait. La seule manière d'assurer la sécurité de Riley était de tuer ce démon de Classe cinq et de signifier à Lucifer qu'il devait se tenir à carreau. Beck voulait cela plus que tout au monde. Plus que coucher avec sa chanteuse de country préférée.

Il se leva et s'avança d'un pas hésitant vers le cercle de lumière.

Le personnage garda le silence, l'attirant encore plus près. Lentement, Beck se retourna vers le monticule de terre. Que penserait Paul de lui s'il perturbait son repos ? Que dirait Riley si elle apprenait qu'il l'avait trahie ?

— Ce serait pour la bonne cause, insista le Nécromancien. Vous devez assurer la sécurité de la jeune femme. Elle a une forte personnalité, et cela lui a joué des tours cette nuit.

Beck fit volte-face.

— Comment ça ?

— Elle est allée piéger à Five Points. Toute seule. J'ai entendu dire que cela s'était très mal passé.

— Vous mentez.

— Et si je ne mentais pas ? rétorqua le Nécro d'une voix trop assurée au goût de Beck. Si elle était en train de mourir ? Continueriez-vous à garder cette tombe si Mlle Blackthorne était en train de courir vers la sienne ?

— Jamais elle n'irait à Five Points toute seule…, dit Beck avant d'admettre que c'était faux.

Merde, tu n'aurais quand même pas osé ! Il fronça les sourcils, et la vérité le frappa aussi fort qu'un crochet dans le foie. *Mais si, juste pour le plaisir de me désobéir.*

Le Nécro avait d'abord dit que le démon risquait de lui faire du mal, avant d'affirmer qu'elle avait été blessée, qu'elle était mourante, même.

Il ment.

Beck se fit violence et retourna s'asseoir.

—Je ne gobe pas vos mensonges.

La cape se souleva dans ce qui parut être un haussement d'épaules.

—Alors vous serez responsable, répondit le Nécromancien sans la moindre trace de déception dans la voix. Avant la pleine lune, ce cadavre sera à moi, soyez-en assuré.

La silhouette disparut dans un tourbillon de feuilles mortes, que la brise légère dispersa rapidement.

Riley était injoignable ; il ne cessait pas de tomber sur sa messagerie. Quelques minutes plus tard, le volontaire du cimetière vint le relever, et Beck se précipita vers son pick-up.

Riley ouvrit péniblement les paupières. Au plafond de la chambre à coucher, la lumière du soleil dansait comme un kaléidoscope. De toutes les couleurs. C'était joli. Au prix d'un effort considérable, elle se redressa en se demandant quelle heure il pouvait être. Elle hoqueta et se remit à frissonner. Sa fièvre était en train de monter.

Sa cuisse gauche était enflée, et son jean était imbibé d'un liquide brun. Sa jambe tout entière palpitait au rythme des battements de son cœur.

L'Eau bénite était censée neutraliser le poison.

—Tu parles, dit-elle en retombant sur son oreiller.

Le temps ralentissait.

Riley savait ce qui se passait. Elle avait entendu son père en parler à sa mère ; les parents croyaient naïvement que les enfants n'écoutaient pas leurs conversations… Sa jambe s'infecterait en quelques heures, et le poison se propagerait dans tout son corps. Il finirait par la tuer.

C'est peut-être mieux comme ça. Elle rejoindrait ses parents. Elle passerait ses journées à faire ce que font les anges. Elle n'aurait plus à se soucier de ses finances, de l'école ou des démons.

Un bruit désagréable la tira de ses pensées fiévreuses. C'était la sonnerie de son téléphone portable. Elle se rendormit, mais le téléphone sonna de nouveau. Riley l'ouvrit de ses mains transpirantes. Quelqu'un lui parlait d'une voix frénétique.

— Riley ? Tu te sens bien ?

— Malade…

— Qu'est-ce qui s'est passé ?

— Ils l'ont… volé.

— Ils ont volé quoi ?

— Le démon m'a eue… Désolée. Tu avais… raison.

Elle raccrocha et laissa le téléphone tomber à côté d'elle sur le lit, sachant que Beck retrouverait son corps et l'enterrerait à côté de ses parents.

Même pas besoin de me faire surveiller…

Violant le code de la route des dizaines de fois, Beck fonça vers l'appartement tout en passant une série de coups de téléphone. Il commença par Carmela ; il tira le docteur du lit, ce qui lui valut une flopée d'injures, jusqu'à ce qu'il expose la situation. Après, il appela le prêtre de la Guilde ; le père Harrison venait de sortir de la douche, mais il promit de faire aussi vite que possible.

Après avoir littéralement créé une place de parking, Beck sauta du pick-up et monta les marches de l'immeuble quatre à quatre. Il martela la porte de l'appartement, mais n'obtint aucune réponse. Il appela Riley. Rien. Il essaya la porte de Mme Litinsky, avant de se souvenir qu'elle était partie rendre visite à ses parents de Charleston.

Pendant une seconde, il eut l'idée de forcer la porte d'un coup de pied, mais il se ravisa. Paul avait passé beaucoup de temps à la renforcer, car il avait peur de laisser Riley toute seule la nuit. Il devait trouver une clé.

Jurant dans sa barbe, il descendit deux étages jusqu'à la porte marquée « Concierge ». Il frappa. Le temps passa. Enfin, un visage décharné et mal rasé apparut dans l'embrasure de la porte. Beck força l'homme à monter l'escalier et le menaça du regard pendant qu'il essayait de trouver la bonne clé.

À son grand soulagement, Riley n'avait pas mis la chaînette de sécurité. Dès que la porte fut ouverte, il bouscula le concierge et se précipita dans l'appartement en appelant Riley. Elle n'était ni dans le salon ni dans la cuisine. Il la trouva dans la chambre, masse informe et fiévreuse trempée de transpiration.

C'était plus grave que prévu.

Elle était tout habillée, ses cheveux emmêlés sur l'oreiller et son visage cramoisi. L'humeur brune qui imbibait son jean était à l'origine de son état. Le Nécro n'avait pas menti : elle s'était attaquée à un Classe trois. Ceux-ci adoraient agripper leurs proies avec leurs serres mortelles pour pouvoir les ronger tranquillement.

Son tee-shirt était couvert de grandes taches de sueur. Elle avait les yeux fermés et gémissait chaque fois qu'elle expirait. L'odeur sucrée et douceâtre de l'infection emplissait la pièce. Toutefois, ce n'était pas elle qui donnait la nausée à Beck, mais la jambe de la jeune femme, qui avait doublé de volume. Beck était passé par là, lui aussi. Son premier Classe trois l'avait griffé de la même façon. Il était tombé malade, mais pas à ce point. Paul s'était occupé de lui.

Le concierge avisa la jeune femme et prit ses jambes à son cou.

Beck jeta sa veste dans un coin et ouvrit la fenêtre rouillée pour faire entrer un peu d'air frais. Il inspira goulûment pour ne pas vomir. Il savait ce que signifiait cette odeur douceâtre : elle était en train de pourrir de l'intérieur.

Il entendit quelqu'un l'appeler.

— Par ici ! répondit-il.

Carmela s'arrêta dans l'encadrement de la porte.

— Den ? commença le médecin en regardant tour à tour Riley et Beck. Nom de Dieu !

— En effet.

Carmela appuya sur l'interrupteur situé près de la porte puis posa une mallette orange sur le lit. Elle l'ouvrit et en sortit son matériel médical comme un écureuil déterrerait des glands. Bandages, ciseaux, sacs à déchets vides, pochette de perfusion et autres tubes formèrent un monticule sur le lit.

— Mon Eau bénite est vieille de plusieurs jours, dit-elle. Il nous en faut de la plus récente.

— Harrison est en route.

Beck attrapa une paire de ciseaux chirurgicaux et entreprit de découper le jean de la patiente en s'efforçant de garder son calme. Il s'était déjà occupé de camarades blessés au front. D'abord s'attaquer à ce qui risquait de tuer, à savoir le poison qui se répandait dans le système sanguin de Riley. Sauf qu'il ne s'agissait pas d'un jeune soldat de l'Ohio, mais de la fille de Paul, de la gamine qui le suivait partout comme un petit chien.

— Eh ! ne faites pas l'idiot, lui dit Carmela en lui jetant des gants en latex. Vous avez vraiment envie de vous retrouver avec cette merde dans le système ! Une microcoupure suffit…

— Merci.

Comment avait-il pu oublier ? Il enfila les gants en tremblant, ce qui ne lui facilita pas la tâche.

Allez, on se réveille ! En entendant la voix de Paul, Beck se ressaisit. Il se pencha sur la malade et termina de découper le jean ; il ne laissa que quelques centimètres en haut de la cuisse pour préserver l'intimité de la jeune femme. Il examina les blessures : six marques de griffes enflées et suppurantes.

— C'est du sérieux, annonça le médecin.

Carmela introduisit doucement un thermomètre électronique dans l'oreille de Riley et siffla en voyant le résultat apparaître sur l'écran.

—Ah! 40,15 degrés. J'attendais un maximum de 39,5. Il se passe quelque chose.

Carmela saisit la cheville de Riley et lui souleva la jambe avec précaution. La jeune fille gémit.

—Mettez des sacs en plastique et des serviettes jetables en dessous, dit-elle à Beck. Quand nous aurons terminé, cet endroit ressemblera à une marée noire.

Beck obtempéra et essaya de ne pas grimacer chaque fois que Riley gémissait.

—Que s'est-il passé? demanda le médecin.

—Elle a voulu piéger du démon toute seule.

—Pourquoi diable n'a-t-elle pas traité sa blessure?

Il n'en savait rien.

—Beck?

Ils se retournèrent et trouvèrent père Harrison dans l'encadrement de la porte. Il était vêtu de son habituel costume noir à col blanc et tenait un grand sac à dos dans sa main.

—Mon père. Merci d'être venu si vite.

Le prêtre avisa Riley et se signa d'un air sinistre.

—Combien vous en faut-il? demanda-t-il.

—Disons deux litres pour commencer, répondit Carmela, qui lui tournait le dos.

À la troisième tentative, le docteur trouva une veine correcte dans le bras droit de Riley. Une fois l'intraveineuse en place, elle ouvrit le goutte-à-goutte à fond et lui appliqua un bandage.

—Ça l'empêchera peut-être de tout arracher. Ça promet d'être difficile.

—Ouais.

Plus l'Eau bénite était fraîche, plus son contact avec une substance démoniaque était intense et douloureux. La petite allait énormément souffrir.

Carmela le regarda longuement.

—Je sais ce que vous pensez, mais faites-moi confiance, l'Eau bénite peut vaincre la mort même.

—Peut-être qu'elle veut mourir, justement.

—Ce serait une bien vilaine façon de partir.

—Vous croyez qu'elle va s'en sortir ? demanda Beck, qui avait cru déceler de l'optimisme dans la voix du médecin.

—Je ne sais pas. Son jeune âge joue en sa faveur.

—Et Dieu est de son côté, ajouta père Harrison, qui se tenait toujours près de la porte.

Il lui tendit deux bouteilles d'Eau bénite.

—Oui, Dieu, acquiesça Carmela.

Elle prit les flacons puis tendit une paire de gants au prêtre. Lorsque l'homme lui lança un regard étonné, elle expliqua :

—Tenez-lui la jambe. Den, plaquez-la contre le lit. Je me charge de la soigner.

Comme il se penchait sur Riley pour lui maintenir les épaules sur le matelas, Beck lui murmura à l'oreille :

—Désolé, petite. Ça va faire super mal.

Père Harrison ferma les yeux et se mit à prier, sa voix monocorde emplissant la chambre d'espoir. Beck se demanda si cela suffirait.

Le jeune homme entendit le docteur marmonner quelque chose en inondant la première griffure. La voix du prêtre changea, se fit plus puissante.

—Au nom du Père, du Fils et du Saint-Esprit, nous t'implorons humblement de guérir cette jeune femme qui t'a vaillamment servi en combattant les légions de l'Enfer. Nettoie son corps du poison qui la tue, et purifie son âme…

Beck déglutit difficilement comme le liquide sacré emplissait les plaies.

La réaction fut immédiate. Riley décolla du matelas en lâchant un hurlement qui faillit lui transpercer les tympans. Il la força à rester couchée tandis qu'elle criait et enfonçait ses ongles dans la chair de ses deux bras. Il grimaça de douleur lorsqu'elle trouva ses blessures pas encore cicatrisées. Toutefois, Beck savait que sa douleur n'était rien comparée à ce que Riley endurait.

Allez, petite, tombe dans les pommes, tu veux bien?

Mais elle ne perdit pas connaissance et continua à lui arracher la peau. Carmela s'occupa de la plaie suivante, et ainsi de suite. L'Eau bénite bouillonnait et sifflait, produisant une vapeur épaisse qui flottait un temps dans l'atmosphère avant de se dissiper.

Père Harrison continua à prier, le visage aussi blanc que son col.

—Non! Non! cria Riley.

Comme elle se tortillait dans tous les sens en hurlant, Beck savait exactement ce qu'elle ressentait: elle avait l'impression qu'on lui brûlait les os de l'intérieur.

—Ah! voilà l'origine du problème, annonça Carmela, soulagée. Une serre cassée. Pas étonnant qu'elle soit dans cet état.

Le médecin sortit des tenailles de chirurgien de son sac et se concentra sur la plaie.

Lorsque Carmela arracha la griffe de sa chair, Riley lâcha un hurlement strident qui emplit toute la pièce. Alors, les ténèbres la réclamèrent.

Les muscles douloureux d'avoir fourni un effort intense, Beck s'adossa contre le mur. Son estomac menaçait de se vider de son contenu. Il déglutissait régulièrement pour ne pas vomir. Riley l'avait regardé droit dans les yeux en l'insultant. Elle ne lui pardonnerait jamais.

—Doux Jésus, murmura-t-il.

—Ouais, répondit Carmela.

Père Harrison se signa lentement et termina sa prière.

— Elle est entre les mains de Dieu ? demanda Carmela avec ce détachement propre aux médecins.

— Nous le sommes tous, dit le prêtre, le front toujours barré d'une ride. Avez-vous besoin de davantage d'Eau bénite ?

— Je ne pense pas. Au moins, la prochaine fois sera-t-elle moins douloureuse.

Beck retira ses gants, les jeta sur le lit et se rendit à la fenêtre pour inspirer de grandes bouffées d'air frais et s'éclaircir les idées. Lorsqu'il se retourna, Carmela était assise à côté du lit sur une chaise en bois. Elle avait les lèvres pincées et la mine sinistre.

— Dites-moi que nous n'avons pas fait ça pour rien, la supplia-t-il.

— Il est encore trop tôt, répondit-elle en haussant un sourcil.

Quelqu'un frappa à la porte de l'appartement, et le prêtre alla ouvrir. Quelques paroles furent échangées, et il revint dans la chambre.

— Les locataires du dessous. Ils ne sont pas contents d'avoir été réveillés. Je leur ai assuré qu'ils seraient tranquilles à partir de maintenant.

Beck renifla. Il se retourna et regarda par la fenêtre pendant un long moment en écoutant les gémissements faibles qui provenaient du lit, derrière lui.

Et si elle mourait ? À cette seule pensée, son sang se glaça dans ses veines.

— Den ?

— Oui ?

Carmela était en train de rassembler ses affaires. Le lit était nettoyé, et un sac-poubelle trônait près de la porte.

— Vous partez ? demanda-t-il d'un ton paniqué qui ne lui ressemblait pas.

— Pour quelques heures. J'ai d'autres personnes à aller voir.

Comme il ne répondit rien, Carmela pencha la tête sur le côté et ajouta :

— Vous vous sentez bien ?

Il lui fit signe de partir. Pas question de lui révéler ce qu'il ressentait vraiment à ce moment précis.

— Vous savez comment changer l'intraveineuse, donc je ne vous embêterai pas avec ça. Je lui ai fait un bandage à la main. On dirait qu'elle s'est coupée avec quelque chose. Ça devrait tenir.

— Je ne l'avais même pas vu, admit Beck.

— Vu l'état de sa cuisse, il est normal que sa main soit passée inaperçue. C'est un sachet d'un litre, et j'ai réglé le goutte-à-goutte à cent cinquante par heure. Si jamais elle urinait, diminuez la dose. Mais le problème ne se posera sans doute pas. (Elle se gratta le menton.) Je m'occuperai de remplir les fiches de taxe pour l'Eau bénite.

— Ouais, ça serait dommage de ne pas filer ce pognon à la Ville, lâcha Beck d'un ton amer.

— Je serai là à midi et nous pourrons tout recommencer.

— Midi. Ça marche. (Il se sentait capable de tenir jusque-là.) Harrison est toujours là ?

— Non. Il s'est dépêché de partir ; il a une messe ce matin.

Carmela referma sa mallette sans le lâcher du regard, ce qui le mit mal à l'aise.

— En tout cas, merci beaucoup, dit-il. Je vous revaudrai ça.

— J'espère bien, acquiesça le médecin en hochant la tête. (Elle se tourna vers Riley.) Si l'Eau bénite fait son effet, elle vivra, sinon…

Sa phrase resta suspendue dans les airs, telle une épée tirée de son fourreau.

Quand Beck entendit la porte d'entrée se refermer dans un bruit sourd, il s'affaissa sur une chaise, à côté du lit. Ses paupières tombèrent aussitôt, le stress et l'épuisement le faisant sombrer dans un oubli dont il avait bien besoin.

Riley appela son père. Puis sa mère. Cela lui brisa le cœur. Il prit sa main moite dans la sienne et la serra aussi doucement que possible.

—Désolé, petite, mais ils ne sont plus là.

Tu n'as plus que moi.

Chapitre 18

Riley se réveilla dans la pénombre. Elle n'était plus brûlante. C'était bon signe. Son esprit était encore ralenti par la fièvre, et tous ses muscles la faisaient souffrir comme si elle avait couru un marathon. Elle mit du temps à se rendre compte qu'elle était dans son lit. Une chaise en bois grinça. Quelqu'un était en train de lire à côté d'elle dans la lumière tamisée.

— Papa ?

— Non, Riley, c'est Carmela.

— Carmela ?

Son cerveau refusait de coopérer. Il semblait englué dans un pudding vieux d'une semaine.

Comme elle ne réagissait pas, la femme ajouta :

— Le médecin de la Guilde.

— Oh ! oui, désolée, s'excusa Riley en essayant de s'asseoir. Où est mon père ?

Le médecin ne répondit pas, mais la mémoire de Riley s'en chargea, transperçant les ténèbres d'une terrifiante clarté.

Papa n'est plus. Ses larmes ne venaient pas.

Pourquoi ne suis-je pas morte ? Je m'y étais préparée.

D'autres mauvais souvenirs déferlèrent comme une armée vengeresse : elle avait attrapé un démon, avant de le perdre. Et de manquer de mourir. Riley essaya de bouger sa jambe, mais elle n'y parvint pas. Elle ne la sentait plus. Peut-être l'avait-on amputée. Ils lui avaient sans doute installé une de ces prothèses en titane qu'on mettait aux soldats.

Je ne trouverai jamais de chaussures à ma taille.

—Ma jambe… elle est…

—Elle est toujours là. Elle est engourdie à cause de l'Eau bénite. Mais c'est pour la bonne cause… Pourquoi n'avez-vous pas soigné vos blessures, Riley?

—Je l'ai fait et ça n'a presque servi à rien. Alors que quand vous vous en êtes occupée…

Elle eut un frisson.

—Votre Eau bénite devait être vieille. La nôtre était de première fraîcheur, car c'est le père Harrison qui nous l'a apportée. Elle venait d'être consacrée.

Ils ont appelé un prêtre? Cela donnait à réfléchir. Riley essaya de nouveau de se redresser. Difficile de bouger quand sa jambe était un poids mort.

—Tenez.

Carmela lui tendit un verre de soda, dont elle avala une longue gorgée. Le liquide frais lui fit du bien et emporta le goût désagréable qu'elle avait dans la gorge.

—Que s'est-il passé? demanda le médecin en s'asseyant sur le bord du lit.

Ses cheveux étaient noués en chignon derrière sa tête, et elle était vêtue d'un jean et d'un chemisier orange clair.

Comme elle avait le sentiment que la femme ne la jugerait pas, Riley lui raconta tout.

—J'ai attrapé un Classe trois toute seule, mais après, c'est lui qui m'a eue. Et puis, ils me l'ont piqué…

—Qui ça, «ils»?

—Deux types. Au début, je les ai pris pour des piégeurs.

—Ils vous ont volé le démon? s'étonna Carmela en fronçant les sourcils.

— Ouais. Je leur ai dit que j'étais avec Beck, mais ils ne m'ont pas crue. Ils voulaient faire la fête.

Elle se mordit la lèvre en repensant à la manière dont les deux hommes l'avaient reluquée.

— Dites-moi tout, l'encouragea Carmela. Ils vous ont fait du mal ?

— Non, répondit Riley en secouant la tête et en arrangeant les draps sur ses genoux. Je n'avais pas le choix. Si je n'avais pas abandonné mon démon, ils m'auraient…

Le médecin lui toucha doucement le bras.

— J'ai compris. À quoi ressemblaient-ils ?

Riley les décrivit et précisa que l'un d'entre eux s'appelait Dodger.

— Je le dirai à Den.

Riley fronça les sourcils.

Tout le monde semble croire que Beck est ma baby-sitter…

— Je n'ai pas besoin de son aide, aboya-t-elle. Ce démon, je l'ai attrapé toute seule, non ?

— Oui, rétorqua Carmela en plissant le front, mais vous êtes revenue avec six plaies dans la cuisse. Den se chargera d'eux. Il leur apprendra le respect.

— Pourquoi se donnerait-il cette peine ? Il ne me doit rien.

Le visage de Carmela se détendit. Pensive, elle se pencha vers Riley.

— Den n'a pas eu de père. Le vôtre a un peu joué ce rôle pour lui. Je crois qu'il vous voit un peu comme sa petite sœur, et il ne laissera personne vous faire du mal.

— Il se comporte comme s'il savait tout.

Carmela gloussa.

— Oh ! les hommes sont tous comme ça. Vous devriez déjà le savoir, non ?

Riley eut un petit sourire qui fendit ses lèvres gercées.

— Il est en colère ?

— Oui ! Il est fou de rage. Préparez-vous à morfler. Vous lui avez fichu une sacrée trouille. Je ne l'avais jamais vu dans cet état.

— Si vous le dites.

Le doc se faisait des idées. Beck pensait que le monde devait lui obéir au doigt et à l'œil. Il était énervé parce que Riley refusait de se soumettre.

Carmela lui prit le verre de la main et alla le remplir dans la cuisine. Riley en but la moitié d'une longue gorgée.

— Alors, vous avez un petit ami ? demanda la doctoresse en mettant les pieds sur le lit. Je suis curieuse.

Riley pensa aussitôt à Peter.

— J'ai juste un ami qui est aussi un garçon.

Il y a aussi Simon. Elle ne parvint pas à contenir son sourire.

— Ah ! je connais ce regard. Vous avez des vues sur quelqu'un. C'est une bonne chose.

Riley n'en était pas certaine.

— Ça n'ira pas bien loin, nous deux. C'est l'apprenti de Harper.

— Simon Adler ?

Riley hocha la tête.

— Mignon, reprit Carmela. Vous avez bon goût.

— Il est très bien.

— C'est clair qu'il ne risque pas de se montrer trop entreprenant. Certains garçons…

Carmela secoua la tête avec dégoût.

La vessie de Riley se réveilla et envoya un message urgent à son cerveau.

— Je pourrais me lever pour faire pipi et prendre une douche ? Je ne sens pas très bon, ajouta-t-elle en plissant le nez.

— Oui pour les toilettes, non pour la douche, répondit Carmela en se levant. Votre jambe doit vous faire l'effet d'un morceau de bois, et je n'ai pas envie de foirer cette intraveineuse. Mais vous pouvez vous laver assise devant le lavabo.

—Combien de temps dois-je la garder? demanda Riley en montrant le tube transparent relié à son bras.

—Puisque vous allez uriner, jusqu'à demain matin. Les plaies ont déjà bien meilleure allure.

—Je peux les voir?

Carmela attrapa le pansement de la jeune femme.

—Prête?

—C'est vraiment moche? demanda Riley en faisant la grimace.

—Assez, mais beaucoup moins qu'il y a deux jours.

—Deux jours? s'étonna Riley. J'ai été malade si longtemps?

Le docteur acquiesça de la tête et tira sur la gaze.

—Ta-da!

Riley sursauta. On aurait dit un paysage lunaire. Les griffures étaient entourées de peau rouge et enflée, mais au moins n'y avait-il plus trace de pus.

—Terminés, les shorts.

—Eh! au contraire, vous devriez montrer ces cicatrices. Combien de filles peuvent se vanter d'avoir capturé un démon?

—Oui, sauf qu'on me l'a piqué, se plaignit Riley.

—Ce n'est pas le problème. Vous avez bel et bien attrapé un Classe trois. Ça demande du cran. La prochaine fois, demandez à Den de vous assister. Il donnera une leçon de bonnes manières à ces voleurs.

C'était effectivement un bon plan, même s'il impliquait Beck. Elle imaginait bien ce que le péquenaud armé de son tuyau en acier aurait fait à Dodger et à son acolyte.

—Ça guérit vraiment vite, remarqua-t-elle en examinant les blessures.

—C'est grâce à l'Eau bénite. Elle n'a pas beaucoup d'effet sur les blessures ordinaires, mais c'est un traitement de choix quand on s'est fait croquer par une créature de l'Enfer. (Carmela regarda autour d'elle comme si elle cherchait quelque chose.) Il y avait une serre dans une des plaies. Je l'ai retirée. Elle est par là, quelque part.

Beurk.

Tandis que Carmela la tenait par le bras et l'aidait à rallier la salle de bains, Riley se demanda si elle avait vraiment envie de voir cette serre. Soudain, elle aperçut son reflet dans un miroir et gémit.

—J'ai la coiffure de la Méduse. Quelle horreur !

—C'est grave, mais ça se guérit bien.

Riley écarta une mèche graisseuse de son visage. Alors, une pensée désagréable la frappa.

—Simon ne m'a pas vue dans cet état, n'est-ce pas ? Je veux dire, il n'est pas venu ici et…

Le rire de Carmela emplit la petite pièce.

—Je ne vous aurais pas fait ça. Bon, faites pipi et dépêchez-vous de vous laver. Vous n'en aurez bientôt plus la force.

Riley ne voulait pas le lui dire, mais il était déjà trop tard.

Le matin suivant, la poche de perfusion terminée, Riley put prendre une longue et chaude douche. Deux, même, quoiqu'une seule aurait suffi. L'Eau bénite la picotait encore un peu, et les plaies cicatrisaient rapidement. Carmela avait trouvé des draps propres dans un tiroir, et la jeune femme eut l'impression de se trouver au paradis lorsqu'elle retourna se coucher.

Elle se réveilla en fin d'après-midi pour découvrir Beck, assis sur une chaise, les bras croisés sur sa large poitrine. Avec sa barbe de trois jours et sa mine très renfrognée, il la regardait fixement comme une gargouille malfaisante.

Il avait clairement fini de s'inquiéter pour elle.

—Ç'a l'air d'aller beaucoup mieux, dit-il d'une voix encore plus traînante que d'habitude, ce qui n'était pas bon signe.

— Merci, répondit-elle faiblement.

Elle se redressa et s'assit à contrecœur en arrangeant les draps autour de sa taille. Comme il ne bougea pas le petit doigt pour l'aider, elle comprit qu'elle allait y passer.

— Tu sais que j'ai dû faire une croix sur une nuit entière de boulot juste pour que tu puisses te faire une cure de sommeil ?

Riley resta muette. Elle savait d'expérience que vouloir se défendre trop vite ne ferait qu'attiser sa colère.

— Sauf qu'au lieu de pioncer, tu as décidé de jouer à la piégeuse et que tu as filé en douce à Five Points. Demon Central, rien que ça.

Elle se mordit l'intérieur de la joue et s'efforça de ne pas bouger.

— Et tu es allée là-bas *toute seule*.

Riley étudia les motifs géométriques du drap en attendant que les cris commencent. Elle détestait quand les gens criaient.

— Raconte-moi ce qui s'est passé ! aboya-t-il.

La jeune femme cligna des yeux et voulut s'exécuter.

— J'ai attrapé un Classe trois et…

— Non ! l'interrompit Beck en bondissant de sa chaise et en regrettant que la pièce ne soit pas assez grande pour y faire les cent pas. Je veux entendre l'histoire depuis le début. Pourquoi tu es allée là-bas et tout.

Elle prit une profonde inspiration et lui raconta toute l'histoire, sans omettre l'épisode des deux connards qui lui avaient volé son démon. Lorsqu'elle eut terminé, elle releva la tête et le regarda. Les rides qui lui barraient le front étaient encore plus profondes qu'à l'accoutumée.

— Ils ne t'ont pas touchée, hein ? demanda-t-il d'une voix aussi froide que l'acier.

— Non, mais ils avaient l'intention de le faire.

—Et ça t'a fichu une putain de trouille?

Elle hocha la tête. Lorsqu'elle y repensait, sa peur était encore vive. Que lui auraient-ils fait si le démon ne s'était pas réveillé?

—Bien. Au moins, tu n'es pas complètement abrutie, ajouta-t-il d'un ton moqueur. Et ce démon, alors?

—Il était plus rapide que prévu. Il m'a agrippé le bras, alors que je lui écrasais une sphère sur la tronche.

—Tu étais supposée la lancer.

—C'est ce que j'ai fait, mais je l'ai raté.

Il se laissa tomber dans la chaise.

—Autre chose?

Comme elle ne répondait pas, il répéta sa question un peu plus fort.

Elle prit une profonde inspiration.

—Je me l'étais imaginé différemment. Normalement, ils sont noirs. Celui-là était tout tacheté.

—Il avait une grande tache blanche sur la gorge?

—Ouais. Il était super lourd et il puait vraiment.

—Ça, c'est normal. C'est à cause de ce qu'ils bouffent.

Au lieu des entrailles de vache, cela aurait pu être elle. Elle frissonna.

—Ta petite virée nocturne t'a appris quelque chose?

Maintenant, elle était censée demander pardon, promettre d'être une bonne fille et de ne jamais recommencer.

Va te faire foutre.

—J'ai appris que l'Eau bénite doit être récente, que le lancer de sphère se travaille, et que j'ai besoin que quelqu'un protège mes arrières si je ne veux pas que des connards me piquent mes démons.

L'expression de Beck alternait entre la colère et un sentiment qu'elle ne parvenait pas à identifier. On aurait presque dit... de la fierté.

—Tu m'as menti et tu t'es mise en danger. Si le démon ne t'avait pas agrippée, les deux types se seraient chargés de toi. Tu dois m'écouter, petite. Je suis passé par là avant toi.

Riley ricana.

—Quoi, ces mecs voulaient faire la fête avec toi ?

Elle regretta immédiatement sa plaisanterie, mais il était trop tard.

Le visage de Beck vira au rouge foncé, et des veines enflèrent dans son cou.

—Tu vas arrêter tes conneries, maintenant ! Je dois à ton père de m'occuper de toi, mais je n'y arriverai pas si tu te fous tout le temps de ma gueule !

Riley se mit en colère elle aussi.

—Tu sais quoi ? Je te libère, mon pote ! Je suis parfaitement capable de me démerder toute seule !

—Ouais, comme avec ce démon.

—Je me suis très bien débrouillée avec mon premier Classe trois, protesta-t-elle. J'ai commis des erreurs, mais j'ai fini par le capturer. Et sans aide !

Il gloussa.

—Ouais, eh bien, à partir de maintenant, tu n'iras nulle part dans cette ville sans être accompagnée d'un maître.

—J'ai besoin de bosser pour payer mon loyer !

—Je te prêterai de l'argent.

—Sûrement pas, lâcha-t-elle en secouant la tête. Tu crois déjà que je t'appartiens. Si tu me prêtais du pognon, ce serait encore pire.

Les muscles de la mâchoire de Beck se crispèrent.

—Je suis trop claqué pour discuter avec toi, petite. Je vais demander à quelqu'un de surveiller la tombe de ton père. Toi, tu ne bouges pas d'ici jusqu'à nouvel ordre.

Il brandit deux porte-clés. Riley reconnut immédiatement ses clés de voiture et celles de son père.

— Je garde ça, reprit-il. Juste au cas où tu serais prise d'une folle envie de faire un tour à Five Points.

— Tu ne peux pas me cloîtrer ici ! protesta-t-elle.

— Oh que si !

Il sortit de la chambre et, quelques secondes plus tard, claqua la porte d'entrée. Les cadres accrochés aux murs du séjour tressautèrent.

— Espèce de sale fils de…

Elle donna un coup de poing dans son oreiller, mais cela ne la calma pas. Pourquoi était-il si furieux ? Pensait-il vraiment qu'elle allait le laisser s'occuper d'elle comme si elle était une petite fille sans défense ?

Riley glissa sous les couvertures, les tirant au-dessus de sa tête.

Vie. De. Merde.

Et tant que Beck resterait en travers de sa route, cela ne changerait pas.

Chapitre 19

La colère de Beck commença à s'apaiser quand il arriva à Cabbagetown et qu'il prit la direction de sa maison. Ce qui ne l'empêcha pas de continuer à maudire Riley.

Elle est comme moi au même âge : tout dans l'attitude, et une grande gueule. Sauf que lui passait son temps à picoler et à draguer. Jeune adulte, Beck était persuadé que s'il ne couchait pas avec deux filles différentes par semaine, le monde courrait à sa perte.

Il n'avait pas pu le lui dire, mais il était sacrément fier qu'elle ait réussi à attraper un démon de Classe trois sans aucune aide. Elle l'avait surclassé. Néanmoins, tout cela lui fichait une sacrée trouille. Elle ne réfléchissait pas assez, et cela avait failli lui coûter la vie.

Si Harper entend parler de ta petite aventure, tu vas morfler, petite. Le maître avait tout fait pour lui retirer son permis et, cette fois-ci, il pourrait bien y arriver.

Remarque, ce ne serait pas plus mal. Mais ce serait aussi injuste. Le démon de Classe trois qu'elle avait capturé était celui que Paul et lui avaient pourchassé pendant pratiquement une semaine. Elle avait maté cette saloperie toute seule, et ce en commettant toutes les erreurs typiques des débutants.

— Putain, Riley, ma fille, t'as vraiment des couilles, marmonna-t-il en secouant la tête, étonné.

Toutefois, ce métier nécessitait aussi de la matière grise. Il convenait d'évaluer les situations, et non pas de foncer dans le tas.

— Ça y est, je parle comme Paul, dit-il.

Quelle ironie!

Après une douche et un rapide passage au McDonald's, il comptait faire une virée à Five Points. Riley lui avait parlé d'un vieux noir à la démarche claudicante. Il s'agissait probablement d'Ike. Le vétéran saurait peut-être ce qui s'était passé cette nuit-là.

Beck avait toujours cru que les sans-abri qui vivaient autour de Forsyth Street en avaient plus dans le ciboulot que les politiciens qui siégeaient dans le capitole de l'État. Ike en était un exemple parfait. Il était « de passage », comme disaient les huiles de la ville, qui espéraient donc les voir partir rapidement pour Birmingham ou Chattanooga. Mais le vieillard n'en avait cure ; sa famille vivait à Atlanta depuis la guerre civile. Quand on connaissait les rouages du système, rester en ville n'était pas un problème.

L'expérience sociale mise en place par la municipalité n'avait pas fonctionné comme prévu. Quelques années plus tôt, la mairie avait installé dans tout le centre-ville des « donations-mètres », un genre de parcmètres jaune et bleu, afin de recueillir l'argent des passants, qui cessèrent dès lors de donner leur monnaie aux mendiants qui les importunaient. L'argent était censé être collecté et reversé à des foyers spécialisés mais, les caisses de la Ville étant vides… Même si les donateurs étaient moins nombreux qu'avant, Ike avait découvert qu'il pouvait réunir de quoi payer sa gnôle en se servant avant la Ville. Un bon pied-de-biche faisait souvent l'affaire.

Beck partit à la recherche du vieux, ce qui n'était pas une tâche très difficile. Mieux valait ne pas l'effrayer ; Ike avait connu l'Enfer durant la première guerre du Golfe, et il en faisait toujours des cauchemars. Tous les deux avaient donc quelques points communs.

— Ike, commença-t-il poliment en posant son sac marin par terre.

Le vieil homme ne le regarda pas, mais un sourire tout en dents lui illumina le visage.

— Denver, heureux de te voir.

Ike était maigre comme un whippet sous ses couches de vêtements crasseux et dépareillés ; des vêtements récupérés au foyer, comme sa casquette de supporter des Steelers. Ses doigts étaient déformés par l'arthrite, et sa démarche bizarre donnait l'impression qu'il titubait en avant et sur le côté à la fois.

Beck sortit un sachet McDonald's de son sac.

— Je me suis dit que tu aurais peut-être faim.

Le sourire s'élargit encore.

— De la bouffe, ça ne se refuse jamais. Attends une seconde, tu veux ? Je dois d'abord passer à la banque.

Après s'être assuré que personne ne le regardait, Ike posa la main sur le donations-mètres. Quelques instants plus tard, il la mit en dessous et attendit. La trappe située sous l'appareil s'ouvrit, crachant des pièces de monnaie. Le clochard les fourra dans ses poches, en laissa tomber quelques-unes, puis attrapa quelque chose à l'intérieur de la machine. Quelque chose qu'il rangea aussitôt dans sa poche… Il n'avait même pas eu besoin d'un pied-de-biche.

Ike referma la trappe et sourit.

— Et voilà.

Beck fronça les sourcils en essayant de comprendre.

— Alors, ça y est, t'as compris ? demanda le vétéran.

Il y eut un déclic.

— Un démon ?

Ike hocha la tête.

— Je l'ai trouvé qui fouillait les ordures d'un casino. On a conclu un marché. Il m'aide à récupérer le pognon de ces satanées machines, et moi, je fais en sorte qu'il ait régulièrement de jolies choses à ajouter à son trésor.

Il sortit le démon de sa poche. Le Cambrioleur portait un bandana et s'accrochait à son petit sac, comme tous les Kleptos.

— Je l'appelle Norton.

Beck étudia la créature, qui le considéra avec un froncement de sourcils ; elle savait reconnaître un piégeur quand elle en voyait un.

— Salut, Norton.

Le démon couina et agrippa son sac encore plus fort, comme s'il craignait que Beck ne le lui prenne. La situation était certes délicate, les piégeurs étant supposés capturer toutes créatures de l'Enfer, même celles qui nourrissaient leurs amis.

Ike lui lança un regard perçant, comme s'il avait lu dans ses pensées.

— Tu ne vas pas me le prendre, hein ?

Le monstre lâcha un couinement inquiet.

Beck détacha aussitôt son regard du Cambrioleur de l'Enfer.

— Te prendre quoi ? Je ne vois rien.

Ike gloussa et rangea un Norton soulagé dans sa poche.

— Merci, mec. Les prêtres me disent que je vais aller en Enfer pour ça.

— L'Enfer ? On y est déjà, rétorqua Beck en désignant la ville.

Ike pouffa.

— Remontons la rue. J'aime bien passer un maximum de temps en terre consacrée, surtout quand je mange.

Malin. Les sans-abri apprenaient cette leçon rapidement : à moins de vouloir se faire bouffer par un démon de Classe trois, mieux valait rester en terre consacrée. Voilà pourquoi on trouvait des bandes de pouilleux sur les marches de presque toutes les églises du centre.

Un pâté de maisons plus loin, ils passèrent devant une boîte aux lettres. Ike lâcha son démon, qui ne perdit pas de temps pour escalader la boîte et se faufiler dedans. Beck imaginait à peine le bon temps que le monstre allait prendre au milieu de ces lettres et colis.

Ils s'installèrent sur les marches de l'église de l'Immaculée Conception sur Central Avenue. Beck tendit à l'homme son cheeseburger XXL, ses frites et son milk-shake à la vanille. Plus c'était calorique, mieux c'était. Ike ressemblait à un cure-dent en ébène.

— Pas d'oignons ! Bien joué, mec, dit Ike en soulevant son pain aux graines de sésame. Tu as bonne mémoire.

Beck sortit son dîner, quasi identique à celui d'Ike, si ce n'est qu'il avait demandé un supplément de fromage pour augmenter son apport en protéines. Ils mangèrent en silence, car ils avaient trop faim pour être bavards. Beck attendit qu'ils aient terminé les burgers et qu'il ne leur reste presque plus de milk-shake pour poser sa question.

— Il y a quelques nuits de ça, deux losers s'en sont pris à une collègue pas loin d'ici. L'un d'entre eux s'appelle Dodger. Tu connais ces types ?

— Ouais. Ils traînent dans les parages à la recherche de victimes à dépouiller. La plupart du temps, ils s'attaquent aux clients du casino. (Il gloussa.) Les abrutis, ils attaquent leurs victimes à la sortie du casino, quand ils ont perdu tout leur pognon !

— Il paraît qu'ils se sont lancés dans le trafic de démons ; tu en as entendu parler ?

—Je ne sais pas. En tout cas, je les ai vus avec un monstre, l'autre soir. La bête était prisonnière d'un filet en acier identique à ceux que vous utilisez. Ils le traînaient dans la rue en jurant et en se plaignant de son poids. Mec, le démon braillait, je te dis que ça.

—C'était dimanche soir ? demanda Beck.

Ike hocha la tête et tira longuement sur sa paille.

—Il y avait une fille, aussi.

—Oh ! oui. Toute jeune. Elle sortait un sac du coffre de sa bagnole. Il avait l'air lourd pour elle.

—C'était la fille de Paul Blackthorne.

—Ah ! j'ai entendu parler de cette histoire, dit Ike, la mine triste. Je suis désolé. Je sais que vous étiez proches, tous les deux.

—Ouais, c'est vrai.

—Pourquoi tu l'as laissée venir ici toute seule ? Tu sais comment c'est dans le coin ! l'accusa Ike en agitant un doigt osseux. T'as perdu la boule, ou quoi ?

—Je surveillais la tombe de son père. Je ne savais pas ce qu'elle avait derrière la tête.

—Elle va bien ?

Beck haussa les épaules.

—Elle s'est fait attraper, mais elle s'en sortira. Ces deux connards lui ont volé son démon. Je veux leur faire comprendre que ce n'était pas très poli de leur part.

—J'imagine comment tu vas t'y prendre, dit Ike avec un sourire en coin, avant de partir d'un gloussement sifflant. Tu veux que je garde un œil sur eux ?

—S'il te plaît. (Beck se leva, chiffonna son sac en papier et le tordit comme s'il s'agissait du cou d'un ennemi.) Mais fais attention, d'accord ?

—Ne t'inquiète pas. Elle est mignonne, la petite. Tu as des vues sur elle ?

Beck hésita. Il ne savait pas quoi répondre.

—Elle est vraiment très jeune.

—Tu t'es regardé dans un miroir, mec? Tu n'es pas tellement plus vieux qu'elle.

—Là-dedans, si, rétorqua Beck en se tapotant la tempe.

—C'est vrai que les autres ne sont pas allés *là-bas*, acquiesça Ike. Le reste du monde ne peut pas comprendre.

—C'est la pure vérité. (Beck sortit un billet de 20 de sa poche et le lui donna.) Merci pour ton aide.

—Pas de problème, dit Ike en empochant le billet. Tu pourrais me conduire au foyer? C'est trop loin pour mes vieux os.

—Bien sûr. Je vais chercher le pick-up.

Comme il s'éloignait du vétéran, Ike fut pris d'une impressionnante quinte de toux qui secoua sa carcasse menue comme un tremblement de terre.

Un jour, je serai comme lui.

Chapitre 20

—Tu as attrapé quoi ? demanda Peter, confus.

Riley l'avait appelé pour se plaindre de Beck et, surtout, de la perte de son démon.

—Un Gastro. Tu n'as qu'à chercher sur Internet.

Elle avait sautillé jusqu'au canapé, où elle dégustait un reste de pizza trouvé dans le réfrigérateur. Une pizza végétarienne. Il ne pouvait donc s'agir de celle de Beck.

—Où en es-tu avec le mot de passe du disque ?

—Il me résiste. J'ai testé tous les trucs évidents. Mais je finirai par l'avoir. Ce n'est qu'une question de temps, promit-il en pianotant sur son clavier. Merde ! Ces monstres sont vraiment flippants !

Avant que Riley ait eu le temps de répondre, une voix résonna à l'autre bout du fil. La mère de Peter lui demandait pourquoi il criait. *Elle est planquée derrière la porte ou quoi ?* Il lui servit une excuse peu crédible et reprit leur conversation.

—Désolé, c'était ma gardienne.

—Elle a vu le démon sur ton moniteur ?

—Non ! Déjà qu'elle ne t'aime pas beaucoup. Si elle savait que tu fréquentes ce genre de bestiaux, elle ferait une syncope.

—Oh ! celui-là était tout mignon. Il ressemblait à un diable de Tasmanie géant.

—Il fait aussi des tas de bruits bizarres ?

Riley rit.

—Presque.

Juste avant de te bouffer.

—Beck a été impressionné ?

—Euh, pas vraiment.

Elle lui résuma les événements en évitant de lui dire qu'elle était passée tout près de rejoindre ses parents.

Il y eut un silence prolongé à l'autre bout de la ligne. D'abord, elle se dit qu'il devait être en train d'envoyer un message à un de ses amis, sauf qu'elle n'entendait aucun bruit de clavier.

—Peter ?

—Tu es complètement timbrée ou quoi ?

—J'ai besoin d'argent.

Le silence, encore.

—Peter ?

—Avant, ton père était là pour s'occuper de toi, mais là… c'est plus dangereux.

—Ne t'inquiète pas. Je vais devenir l'apprentie d'un maître piégeur, et j'aurai bientôt mon permis. Alors j'irai chercher ce Géo.

—Ah ! je dois te laisser, Riley, s'excusa Peter d'une voix étrange. Tu me raconteras comment est ta nouvelle école. Bon… à plus… salut.

Il venait de lui raccrocher au nez. Jamais il ne l'avait plantée ainsi, même quand sa mère le harcelait.

—Merci, mon pote. Je savais que je pouvais compter sur toi…

Elle éteignit le téléphone et le jeta sur le canapé à côté d'elle. Lorsque l'objet rebondit sur un coussin et tomba par terre, elle le visa avec un pistolet imaginaire et le cribla de balles. Il fallait être piégeur pour comprendre ce qu'elle ressentait.

Et à partir de maintenant, elle consacrerait sa vie à ce métier. Elle continuerait à aller à l'école et obtiendrait son diplôme, mais elle consacrerait le restant de sa vie aux démons. Il y aurait toujours des gens comme Peter pour ne pas comprendre. Jamais ils ne sauraient les sensations que procurait la capture d'un Classe trois. Jamais plus elle ne serait normale.

L'ai-je jamais été ?

Riley s'affala dans le canapé et son regard se perdit dans le lointain, tandis que son esprit vagabondait. Jusqu'à ce que, à la périphérie de sa vision, quelque chose bouge. Elle se redressa et aperçut une petite créature qui se déplaçait furtivement sur une étagère chargée de livres en portant un petit sac en toile.

Le Cambrioleur était revenu. En tout cas, celui-ci ressemblait beaucoup à celui qu'elle avait capturé l'autre soir sur le palier.

— Comment t'es-tu échappé ?

Le démon sourit et s'assit sur le rebord de l'étagère en balançant ses jambes d'avant en arrière comme un enfant. Il défit son sac et entreprit d'en sortir tout un tas d'objets scintillants avec une révérence étudiée. Elle reconnut notamment la touche N de son ordinateur. Riley pariait que sa boucle d'oreille en argent avait aussi disparu de son armoire.

Elle pourrait le capturer ; il lui rapporterait 75 dollars, une somme dont elle avait bien besoin. S'il était un as de l'évasion, il reviendrait et elle le recapturerait, ce qui ferait encore 75 dollars. Ce petit monstre pourrait lui permettre de payer son loyer.

Le temps de se lever, le démon avait déjà disparu en emportant son trésor. Il ne lui avait pas semblé si rapide, l'autre jour.

— Waouh ! Tu es supersonique, toi, dit-elle au monstre qui avait manifestement décidé de rester dans l'appartement. Surtout, reste caché, lui conseilla-t-elle. Mais rends-moi tout de suite ce N !

Un éclair vers le clavier, puis vers l'étagère. La touche était revenue à sa place. Sans qu'elle entende le moindre juron.

— Tu n'es pas comme tes cousins Biblios.

Beck venait d'entrer dans le Tabernacle et de choisir une table pour assister à la réunion de la Guilde lorsque Simon vint le voir.

— Comment va-t-elle ? demanda le jeune apprenti à voix basse. Le docteur Wilson m'a tout dit, ajouta-t-il en voyant la mine étonnée de Beck.

— Elle va mieux.

— J'aimerais bien lui rendre visite. Tu crois qu'elle voudra bien ?

Elle, oui, mais moi, c'est moins sûr. Il ne savait pas encore quoi penser de ce Simon, qui ne se cachait même plus d'avoir des vues sur la fille de Paul.

Et puis merde.

— Ouais, vas-y. Ça lui fera du bien de discuter avec quelqu'un qui ne l'énerve pas.

Le visage de Simon s'éclaira.

— Je l'appellerai plus tard.

— Quelqu'un d'autre est au courant ? demanda Beck en jetant un regard circulaire sur l'assistance.

— Harper, non, en tout cas, si c'est ce que tu veux savoir.

Simon traversa l'espace ouvert et alla prendre place derrière son maître. Par habitude, Harper lui fit les gros yeux et aboya quelque chose.

Beck s'assit et s'immobilisa comme un sniper dans un arbre. En plus de ses habituelles bouteilles de bière, il avait apporté la pièce à conviction n° 1 : la griffe de sept centimètres que le médecin avait extraite de la jambe de Riley.

Juste au cas où il faudrait mettre les points sur les I.

La première partie de la réunion fut consacrée aux affaires courantes : la petite cuisine de la Guilde, comme aimait à les appeler Paul. Collins, le président de la Guilde, annonça une augmentation des cotisations justifiée par la nécessité de couvrir le coût de ces réunions au Tabernacle. Un chœur de grognements s'éleva aussitôt. Puis on accusa certains piégeurs de ne pas s'occuper de leur paperasse avec suffisamment de sérieux. Comme d'habitude.

—Quelqu'un a eu des soucis avec l'Eau bénite? demanda Collins.

—Oui, moi, répondit Beck. Elle n'a pas eu l'effet désiré sur un Classe trois.

—Était-elle récente?

—Ouais. Elle était de la veille.

—Ça marche mieux quand on touche le démon, caporal, le provoqua un collègue.

Beck n'était pas d'humeur.

—Paul l'a mise en plein dans le mille, mais ça n'a pas fonctionné.

La mention du maître décédé calma ceux qui étaient d'humeur taquine.

—À ce sujet, reprit Collins, pourquoi ne nous raconteriez-vous pas ce qui s'est passé la nuit où Paul a perdu la vie?

C'était le moment tant craint. Par respect pour son mentor, Beck se leva. Le silence se fit aussitôt.

—C'est difficile, commença-t-il, tandis que ses larmes commençaient à lui picoter les yeux.

Il cligna des paupières, prit une longue et profonde inspiration, et livra son rapport d'une voix calme et mesurée, comme s'il se trouvait devant des officiers supérieurs. Lorsqu'il eut terminé, il resta debout au cas où il y aurait des questions.

—Vous dites que les bestiaux agissaient de concert? demanda maître Stewart.

—Ouais, le timing était parfait. Ce n'était pas une coïncidence.

— Foutaises! lança Harper en le regardant de travers. Il dit ça parce qu'il a merdé et que son partenaire a été tué.

Le cœur de Beck se mit à battre dans ses oreilles. Les poings serrés, il se força à rester où il était au lieu de traverser la salle pour attraper Harper et le mettre dehors.

— Je n'ai pas merdé. J'ai tout fait dans les règles ; malgré ça…

Il desserra les poings et posa les paumes sur la table pour se calmer.

Autant leur dire maintenant.

— C'était le même Classe cinq qui s'en est pris à la fille de Paul à la bibliothèque.

Harper pouffa.

— Qu'est-ce que vous en savez ?

— Je lui ai demandé. Cette saloperie nous a ri au nez comme si nous étions insignifiants… (Il hésita avant de livrer son dernier secret.) Pour la première fois, j'ai vu Paul avoir peur d'un démon.

Quelques piégeurs s'agitèrent nerveusement en murmurant. Si un Géo avait pu venir à bout de quelqu'un comme Paul, alors ils étaient tous en danger.

Même Harper. Et le vieux maître le savait.

— D'autres questions ?

Le silence se fit.

— Merci, Beck. Désolé pour Paul… Jackson, c'est à vous.

Le trésorier de la Guilde se leva.

— Il semblerait que quelqu'un vende des démons illégalement ; vous en avez entendu parler ?

— Jack le pompier m'a parlé de cette affaire, l'autre jour, répondit Morton.

Celui-ci n'était toujours pas maître, car Harper avait refusé de signer sa demande, aussi les relations entre les deux hommes étaient-elles tendues.

—Ce pédé ? gloussa Harper. Je ne crois pas un traître mot de ce qu'il dit.

—Du moment qu'il est honnête avec nous, je me fiche de savoir quelle église il fréquente, rétorqua Jackson.

—Ça ne m'étonne pas de vous.

Beck secoua la tête. Harper était réellement stupéfiant. Un connard de première catégorie.

Jackson se racla la gorge deux fois. C'était sa manière de prendre sur lui.

—J'ai vérifié auprès de plusieurs trafiquants. L'un d'entre eux s'est plaint qu'un Classe trois ait été revendu 500 dollars au début de la semaine. Il ne connaît pas l'identité de l'acheteur et se demande pourquoi la Guilde laisse faire ce genre de chose.

—Nous ne laissons rien faire tu tout, contra Harper d'un ton irrité. L'un d'entre vous a-t-il capturé un Classe trois cette semaine ?

—Moi, répondit un piégeur en levant la main. Je l'ai revendu à Jack pour 300 billets.

—Quelqu'un d'autre ?

Sept autres hommes se manifestèrent ; tous affirmèrent avoir revendu leur démon au tarif habituel.

—J'en ai vendu deux, ajouta Beck.

—Cette histoire n'est donc que pure invention, conclut Harper. Passons à autre chose.

Ils ne sont pas au courant pour le démon que s'est fait piquer Riley. Beck tâcha d'évaluer la situation. Il pourrait enterrer la désagréable aventure de la jeune femme et faire en sorte que personne n'apprenne jamais rien, mais cela ne changerait rien au fait que quelqu'un volait des démons et les revendait illégalement. Un jour ou l'autre, cet épisode risquait de revenir les hanter.

Mieux valait se débarrasser sans attendre des sujets délicats.

Désolé, petite, mais je vais cracher le morceau.

— Un autre Classe trois a été attrapé cette semaine.

— Par qui ? demanda Collins.

— La fille de Paul. Elle en a capturé un à Demon Central dimanche soir.

Harper éclata d'un rire gras.

— Ha ! Elle est bien bonne, celle-là !

— Je ne plaisante pas. Comme elle était inquiète de ne pas pouvoir payer son loyer, elle a pris le matériel de son père et est partie piéger du démon. Elle a capturé un Classe trois… toute seule.

— Non ! s'exclama Jackson. Pour de vrai ?

— Pour de vrai.

— C'est elle qui vous a dit ça ? demanda Harper.

Beck hocha la tête.

— Alors, elle vous a menti.

Beck se crispa. Il pencha la tête d'un côté, de l'autre, puis d'avant en arrière pour se détendre comme un combattant se préparant à monter sur le ring. Harper le vit et ricana.

— Les six blessures qu'elle a à la cuisse prouvent le contraire, rétorqua Beck. Et juste au cas où vous penseriez que c'est moi qui mens…

Il brandit bien haut le fragment de griffe afin que tous puissent le voir. Le piégeur le plus proche de lui grimaça.

— Doc Wilson lui a extrait ça de la cuisse, ajouta-t-il.

— Ces griffures ne prouvent pas qu'elle a attrapé ce monstre, protesta Harper.

— Une fois que le démon vous a chopé, vous n'avez plus que deux possibilités : soit vous le capturez, soit il vous bouffe. Il n'y a pas d'autre option. Un maître doit savoir ce genre de chose, conclut Morton en regardant durement Harper.

Ce dernier cracha par terre de dégoût.

— J'ai mené ma petite enquête, reprit Beck. Apparemment, deux petits losers traînent dans les parages et dépouillent qui

227

ils peuvent. Riley a capturé le Classe trois, alors ils sont apparus. Ils lui ont dit qu'ils pourraient en tirer 500 dollars.

— Vous voulez dire qu'ils lui ont volé le démon ? s'étonna Jackson.

Beck acquiesça de la tête.

— Ça n'a pas été très difficile. Une jeune femme toute seule. L'occasion de ramasser un peu de blé et de faire la fête. Riley a dû abandonner le démon pour ne pas passer à la casserole.

— C'est injuste ! lança quelqu'un dans le fond de la salle. Ces deux types ont besoin d'une bonne correction !

— Carrément ! intervint une autre voix.

— Comment va la petite ? demanda Collins en se tournant vers Beck.

— Elle est en convalescence. Et très énervée.

De nombreux piégeurs hochèrent la tête dans toute la salle. Beck sourit intérieurement. Ces gars étaient des durs. Loi n° 1 du piégeur : Personne ne devait se mêler de votre job. Loi n° 2 : Personne n'avait le droit de s'en prendre à un collègue. Contrevenir à une de ces deux lois de base revenait à s'attirer de très gros ennuis.

Pensif, Jackson fronça les sourcils.

— Qui peut bien acheter des démons à ce tarif ? Les trafiquants savent ce qu'ils risquent en magouillant au noir.

— Qu'est-ce qu'ils en font après les avoir achetés ? s'interrogea Morton. Ils sont obligés de les remettre à l'Église, mais sans la paperasse officielle, c'est impossible.

— Il faut éclaircir cette histoire, dit Collins. Stewart, vous pourriez vérifier auprès de l'archevêché ? Peut-être savent-ils quelque chose.

— Ça marche, répondit le maître.

— Et la gosse de Blackthorne, alors ? intervint Harper. Elle a travaillé illégalement ; on ne peut pas laisser passer ça.

Stewart gloussa et se leva en prenant appui sur sa canne.

—Oh! que si. Paul était un des meilleurs piégeurs que j'aie eu l'honneur de connaître. Si sa gamine est capable d'attraper un Classe trois à ce stade de sa formation, moi je dis que le talent se transmet par le sang.

—Vous accepteriez de vous charger de sa formation? demanda Collins. Elle m'a l'air déterminée.

—Absolument. Je serais heureux de m'occuper d'elle. Elle a juste besoin d'être un peu cadrée.

Beck respirait enfin. Stewart était un type bien. Un peu plus lent qu'avant depuis qu'il s'était collé un Archidémon, il est vrai, mais un type bien. Beaucoup plus gentil que l'autre. *Et beaucoup moins prisonnier de ses préjugés.*

—Non! aboya Harper. Je suis le plus gradé d'entre nous et j'ai le droit de choisir mes apprentis. C'est moi qui me chargerai de la formation de la fille Blackthorne.

Stewart regarda fixement son rival.

—Vous allez vous montrer juste avec elle?

—Aussi juste qu'elle le méritera, répondit Harper avec un sourire vicieux qui en disait long.

Simon devint tout pâle. Il lança à Beck un regard désespéré, mais il n'y avait rien à faire. Harper était le chef.

Merde. Son plan était tombé à l'eau.

Collins toisa longuement Harper.

—Nous voulons des rapports réguliers sur ses progrès.

Le sourire satisfait de Harper s'élargit encore.

—Oh! vous les aurez, vos rapports, ne vous en faites pas.

—Bien, passons au sujet suivant. Certains d'entre vous ont encore piégé des démons dans un centre commercial sans prévenir la sécurité… Merde, vous connaissez les règles, pourtant.

Chapitre 21

Riley entendit le claquement des bottes dans le couloir avant qu'on frappe à sa porte. Il était presque 20 heures. Elle n'attendait pas Simon avant 21 heures, ce qui signifiait qu'il s'agissait probablement de Beck. Sans doute voulait-il encore lui faire la leçon…

—Eh ! petite, t'es réveillée ?

Riley baissa le son de la télévision et sautilla jusqu'à la porte. Avec un grognement, elle défit les verrous et entrouvrit la porte. Pas assez, toutefois, pour laisser entrer sa Némésis.

—Qu'est-ce que tu veux ?

Beck agita un sac devant elle. Elle reconnut le logo de *Grounds Zero*.

—Je t'ai acheté des brownies. Je croyais que tu aimais ça.

—Oui, mais j'aime moins le livreur.

—C'est ballot. Alors, tu m'invites à entrer ou je les balance à la poubelle ?

Choquée par l'évocation de ce sacrilège, Riley lui fit signe d'entrer. Beck se laissa tomber sur le canapé et posa le sachet sur la table basse de fortune. Il avait toujours l'air fatigué, comme si le sommeil ne lui suffisait plus.

—Nouveau manteau ? demanda-t-elle.

Son ancien manteau était marron foncé. Celui-ci était beige et lui allait très bien.

Beck hocha la tête.

—Je l'ai trouvé au marché. Il est d'occasion, mais je les préfère comme ça. Sont plus souples. C'est mieux pour bouger.

Il la regarda sans rien dire pendant quelques secondes avant de demander :

—T'aurais du soda ?

Riley se traîna jusqu'à la cuisine, attrapa une canette et se mit à fulminer. Après tout, c'était elle qui avait la jambe en compote, non ? Pourquoi ne bougeait-il pas ses fesses ? À son retour dans le séjour, elle comprit pourquoi. Il avait sorti le brownie enveloppé dans de la cellophane et posé dessus une enveloppe ornée d'un smiley.

Il m'a acheté une carte ?

Elle lui tendit sa boisson et s'empressa d'ouvrir l'enveloppe.
Oh !

La carte n'était pas de lui, mais des serveurs du café. Ils avaient tous signé d'une couleur différente. Il y avait d'autres smileys. Elle reconnut la signature de Simi en orange clair.

Riley se força à sourire quand même.

—Cool.

—Je me suis dit que ça te ferait plaisir…

Il posa quelque chose à côté du brownie. Un autocollant de démon. Elle en recevrait un pour chaque Classe trois capturé. La plupart des piégeurs les collaient sur leur véhicule comme les pilotes de chasse pendant la guerre. Le pick-up de Beck en était constellé. Il disait en plaisantant que c'étaient eux qui empêchaient sa vieille voiture de se disloquer.

Elle l'examina et sourit.

—C'est génial ! Merci !

—Tu l'as mérité.

Il avala une longue gorgée de soda, rota et ne s'excusa pas. Une enveloppe blanche atterrit à côté de l'autocollant.

—Pour le loyer, ajouta-t-il. Disons que c'est un prêt.

231

— Combien ?

— Cinq cents.

Cinq cents raisons de plus pour que tu penses que je t'appartiens.

— Merci, marmonna-t-elle.

Elle accepterait l'argent pour ne pas avoir à dormir dans la rue. Il n'y avait pas de dilemme.

Riley déroula le plastique qui enveloppait le gâteau. Du moment qu'elle avait sa dose de chocolat, elle pouvait tout supporter.

— Qui surveille papa, ce soir ?

— Un compagnon. Ne t'en fais pas, il ne se passera rien.

Il semblait si sûr de lui.

— Comment s'est passée la réunion ?

— Qui t'a dit qu'il y avait une réunion ? demanda Beck en fronçant les sourcils.

— Carmela. Elle est passée pour s'assurer que je n'étais pas devenue toute poilue ou un truc comme ça.

— Non, il n'y a aucun risque. Enfin, pas avant la prochaine pleine lune. J'ai hâte de voir ça, d'ailleurs.

— Ne sois pas si pressé ; tu figures en tête de la liste de mes futures victimes.

Cela ne sembla pas l'inquiéter outre mesure.

— Alors, cette réunion ? insista-t-elle.

Simon avait répondu à côté lorsqu'elle l'avait cuisiné au téléphone, ce qui signifiait probablement que les nouvelles n'étaient pas très bonnes.

Beck avala encore une gorgée de soda, mais s'abstint de roter. Affalé dans le canapé, il avait posé un pied botté sur la boîte d'emballage qui faisait office de table basse, comme s'il regardait un match de football.

— Tu as eu des nouvelles de Simon ? demanda-t-il, changeant de sujet.

Elle hocha la tête.

—Il va venir te rendre visite ?

Elle hocha de nouveau la tête.

Il sombra dans le silence, et elle se demanda si sa réaction avait quelque chose à voir avec la venue prochaine de Simon.

—Bon, je vais t'aider un peu, dit-elle en posant à contre-cœur le brownie sur ses genoux. Quand je te demande : « Alors, cette réunion ? », toi, tu es supposé répondre : « La réunion s'est passée… »

D'un geste, elle l'invita à terminer sa phrase. Ce qui ne l'amusa pas beaucoup.

—La réunion ne s'est pas super bien passée. Harper a joué son rôle habituel de connard en chef, et la Guilde sait que tu as voulu piéger toute seule.

—Tu as cafté ?

Tu n'as pas pu t'en empêcher, hein ?

—Ouais.

À en croire son expression, il n'y avait pris aucun plaisir.

—Et la Guilde n'est pas très contente de toi, poursuivit-il.

—Sans déconner…

Elle ne s'attendait effectivement pas qu'ils lui réservent une *standing ovation*.

Le parfum entêtant du chocolat monta à ses narines. Elle ferma les yeux et savoura ce moment, tandis qu'un gémissement à peine audible s'échappait de ses lèvres.

—Je me demande ce que les filles ont avec le chocolat, grommela Beck après une nouvelle rasade de soda. Pour moi, ça a un goût de café brûlé.

Elle ouvrit aussitôt les yeux, furieuse qu'il ait gâché ce délicat moment.

—Un jugement pareil de la part d'un gars qui picole des boissons énergisantes dans des bouteilles de whisky recyclées !

—C'est meilleur que cette merde en tout cas.

Cette conversation ne les mènerait nulle part.

—Bon, que s'est-il passé?

Il soupira et se passa la main dans les cheveux, dont une mèche resta à la verticale.

—Tu ne seras pas autorisée à piéger autrement qu'avec un maître. Point barre.

Ce n'était pas si terrible. Riley prit une bouchée de brownie pour fêter cela. Le chocolat explosa dans sa bouche comme une bombe sucrée.

Le Paradis!

—Qui va s'occuper de ma formation? demanda-t-elle, la bouche pleine.

Son visiteur ne répondit pas, absorbé qu'il était par la lecture de la liste des ingrédients de son soda.

Alerte!

—Harper?

Hochement de tête sec.

—C'est lui le plus ancien. Il en a le droit.

—Mais il me déteste! Il fera tout pour que j'échoue. Ce n'est pas juste.

Beck disparut dans la cuisine en avalant ce qui restait de son soda. La bouteille de verre atterrit bruyamment dans le bac de recyclage. À son retour, son sourcil droit était soulevé.

—Pas juste? Si tu veux de la justice, princesse, choisis un autre métier.

Princesse?

Beck s'arrêta près de la porte.

—Si tu es douée, tu survivras. Sinon…

Il haussa les épaules comme si ce n'était pas bien grave.

Merci de ta compassion…

—Et pour mes clés de voiture? demanda-t-elle.

—Prends le bus, c'est bon pour l'environnement.

Et il s'en fut en martelant l'escalier de ses rangers.

Riley soupira et se gratta la cuisse à travers son jean. Ses cicatrices la torturaient de toutes les façons imaginables. Les démangeaisons étaient incessantes.

—Attends une minute, dit-elle dans un début de sourire.

Devenir l'apprentie de Harper le Grand n'avait pas que des mauvais côtés. Le bon côté s'appelant Simon… En effet, le jeune homme s'entraînerait avec elle pendant quelques mois, le temps de terminer sa formation de compagnon.

—Peut-être n'est-ce pas si horrible, finalement.

Si elle survivait aux brimades et au caractère de cochon de Harper, elle deviendrait la première piégeuse diplômée de l'histoire d'Atlanta.

—Alors je pourrai te botter le cul, petit péquenaud.

Trois tenues plus tard, Riley décida enfin ce qu'elle allait porter. Simon l'avait vue après le désastre de la bibliothèque, tout auréolée de sa gloire jaune pipi, mais, ce soir, elle avait l'occasion de changer d'image. Elle se tourna vers le réveil posé sur sa table de chevet. Plus que vingt minutes avant qu'il débarque.

—S'il te plaît, ne sois pas en avance, marmonna-t-elle.

Beck était resté plus longtemps que prévu. Heureusement, le brownie avait donné un regain d'énergie à la jeune femme.

Riley sautilla jusqu'à la salle de bains et se maquilla. Au moins, Simon ne l'avait pas vue quand elle était en état de décomposition avancée. Aucun fond de teint, aucun gloss n'aurait pu effacer cette vision d'horreur de sa mémoire.

Elle se regarda dans le miroir. Ses cheveux étaient redevenus normaux, c'est-à-dire qu'ils avaient recouvré leur volonté propre, et le rose de ses joues n'avait plus rien à voir avec une quelconque fièvre. Après avoir badigeonné ses cicatrices d'une dose généreuse de lotion dans l'espoir vain de calmer ses démangeaisons, elle enfila un pantalon noir, un col roulé rouge et des bottes noires.

Elle prit la pause devant le miroir en pied fixé derrière la porte de sa chambre, ajusta les manches de son col roulé, ses cheveux et le reste. Tout lui semblait de travers.

SON REFLET : Tu t'affoles pour rien, ma fille. Ressaisis-toi !

ELLE : Évidemment, que je m'affole. C'est Simon, quand même. Il est trop mignon…

SON REFLET : C'est clair. Mais alors, où est le problème ?

ELLE : Pourquoi est-ce qu'il vient me voir ? Il a sûrement une petite amie. Il est trop beau gosse pour être célibataire.

SON REFLET : Et alors ? Peut-être qu'il est disposé à la tromper ! Et puis, tu n'as qu'à lui demander s'il est pris.

ELLE : Sa réponse risque de me déplaire.

SON REFLET : Réponse honnête.

ELLE : Oh ! la ferme.

Il n'y avait qu'une façon d'être fixée : lui poser la question sans sombrer dans le pathétique. Alors il répondrait que, oui, il était pris, et le problème serait réglé.

Et je pourrai penser à autre chose.

Simon était tout sourires lorsqu'elle le découvrit dans l'encadrement de la porte, vêtu d'une veste noire, d'une chemise bleu marine et d'un jean. La couleur de sa chemise allait bien avec ses cheveux dorés et ses yeux d'un bleu profond. Comme à son habitude, il arborait fièrement son crucifix en bois.

Pendant une demi-seconde, Riley se surprit à le dévisager, à se noyer dans ses yeux. *Miam.*

— Tu es très jolie, dit-il.

— Merci. Ça fait du bien de ne plus être toute verte.

C'est nul ! Pourquoi tu as dit ça ?

— Ça te dirait d'aller boire un chocolat chaud ?

—Oui. OUI! Je n'en peux plus de cet appartement!
s'exclama-t-elle.

Riley attrapa son sac près de la porte. Quelque chose tomba
par terre avec un bruit métallique. Les deux jeux de clés. Beck
les lui avait rendus sans le dire.

Quel tordu, celui-là.

Dès qu'elle eut fermé à clé la porte de l'appartement, Simon
lui offrit son bras. C'était un peu désuet, mais pas forcément
inutile compte tenu de l'état de sa jambe; en effet, elle pouvait
être prise de crampes à tout moment.

—Dommage que l'ascenseur soit en panne, dit-il. Ce serait
beaucoup plus facile pour toi.

Il pensait toujours aux autres.

—Je pourrais te porter jusqu'en bas, proposa-t-il. Tu n'es
pas bien lourde.

Il ne plaisante même pas.

—Non, non, ne t'en fais pas. Il faut que je m'habitue. Et
puis, ça va déjà beaucoup mieux, je t'assure.

Il la laissa passer devant tant bien que mal et, par sécurité,
la prit par la taille. Ce qui plut beaucoup à Riley...

—Alors, raconte, qu'est-ce que tu as fait depuis que Beck
t'a enfermée dans ce donjon? demanda-t-il.

—J'ai essayé de trouver le manuel de papa.

À chaque pas, sa cuisse se crispait, et la douleur lui remontait
dans l'aine.

—J'ai fouillé tous les tiroirs, toutes les étagères, j'ai regardé
dans toutes les boîtes, continua-t-elle en essayant d'oublier sa
jambe, mais impossible de mettre la main dessus.

—Tu as essayé dans sa voiture? Genre, sous la roue de
secours?

Riley le regarda avec des yeux ronds.

—Je l'ai vu ranger son manuel là après une de nos réunions.
Il m'a fait promettre de ne rien te dire, mais maintenant...

À présent, cela n'avait plus d'importance.

— Merci ! Je n'aurais jamais pensé regarder sous la roue de secours !

— Eh bien, justement, c'est pour ça qu'il l'a caché là ! lança Simon avec un large sourire.

Elle lui donna un coup de coude.

— Alors, quoi de neuf avec Harper ?

— J'ai entendu dire qu'il avait un nouvel apprenti, répondit-il. Enfin, une apprentie. Jolie, paraît-il.

— Tu crois qu'il va être dur avec moi ?

La bonne humeur de Simon s'évanouit aussitôt.

— Oui. Il va te démolir. Il fait ça à tous ses apprentis, mais ce sera pire avec toi à cause de ton père.

— Que s'est-il passé entre eux ?

— Aucune idée, répondit-il dans un haussement d'épaules. En tout cas, Harper refuse d'oublier.

— Et maintenant, il aura une nouvelle Blackthorne à torturer.

— Il t'attend demain matin à 9 heures. Je te donnerai des conseils.

Quand ils eurent atteint sa voiture, Simon lui ouvrit la portière. Elle monta à bord, ce qui se révéla plus ardu que prévu. Elle finit par comprendre qu'elle devait d'abord s'asseoir, puis utiliser la console comme appui pour pivoter dans la bonne position.

— Aïe, aïe, aïe ! fit-elle en frottant sa jambe victime d'une crampe.

Simon s'agenouilla à côté d'elle, l'air inquiet.

— Je peux faire quelque chose pour t'aider ?

— Conduis-moi là où on sert du chocolat chaud et ce sera parfait.

Le visage de Simon se décrispa.

— Je te conduirai où tu voudras.

Son amie Simi changeait de couleur de cheveux encore plus souvent que de petit ami, ce qui voulait tout dire. Ce soir-là, ils étaient anthracite avec des mèches violettes. Sur n'importe qui d'autre, cela aurait été particulièrement laid, mais le visage exotique de Simi autorisait toutes les excentricités pour un résultat toujours remarquable. En effet, son amie avait du sang libanais, chinois, irlandais et amérindien.

— Eh, Blackthorne! l'appela la serveuse.

Les têtes se tournèrent vers Riley, qui grogna intérieurement. La clientèle n'était pas très nombreuse, mais elle préférait rester anonyme. Son nom de famille avait trop souvent fait la une des journaux locaux, ces derniers temps.

— Je me suis évadée! répondit-elle en levant les bras en signe de triomphe.

— Apparemment. Tu m'impressionnes. Tu as eu notre carte?

— Oui, merci!

— C'était une idée du piégeur. Il nous l'a apportée et nous a demandé de la signer, avoua Simi.

C'est Beck qui a acheté la carte? Pourquoi ne m'a-t-il rien dit?

— Euh, il est casé, ton ami? demanda Simi. Il est vachement mignon.

Beck, mignon? Peut-être… Son attitude déplorable l'empêchait de l'envisager sous cet angle. Au lieu de répondre, elle désigna Simon d'un geste.

— Ce jeune homme a proposé de m'offrir tout le chocolat chaud que je serai capable d'ingurgiter, dit-elle avec un sourire radieux.

— Pas mal, approuva Simi en haussant un sourcil noir.

Le chocolat ou Simon?

— Je te sers la même chose? demanda Simi à Simon sans le lâcher des yeux.

—Oui, s'il te plaît.

—Vraiment pas mal, enchérit la serveuse avant de commencer à préparer les boissons. Comment va ta jambe ?

—Mieux, répondit Riley, mais ça me démange beaucoup. J'ai l'impression d'avoir été piquée par un moustique de deux cents kilos.

Simi hocha la tête d'un air compatissant.

—Le piégeur m'a dit que tu étais partie travailler toute seule. C'est vrai ?

Riley opina du chef.

—Ce n'est pas ce que j'ai fait de plus intelligent.

Elle entendit Simon grogner son accord.

Le regard de Simi s'éclaira pour une raison que Riley avait devinée dès que son amie avait mentionné sa mésaventure.

—Non, je n'ai pas regardé *Demonland* hier soir, dit Riley en espérant en vain passer tout de suite à un autre sujet.

—Oh ! c'était génial, affirma Simi. Blaze a rempli un Caddie de Walmart de cadavres de démons.

Pour un producteur, mettre Walmart, des démons et une Bible dans un même épisode revenait à chercher les ennuis ; toutefois, l'idée que se faisait Hollywood des chasseurs de démons du Vatican était beaucoup plus glamour que la réalité.

—Je parie que Blaze portait encore ses talons aiguilles de péripatéticienne, grommela Riley en s'appuyant, dépitée, contre le comptoir.

—Tout à fait. Et sa tenue moulante en cuir. Tu sais, celle qui lui couvre à peine les fesses. C'était vraiment génial.

—Normalement, il n'y a pas de femmes chez les chasseurs de démons, protesta Simon, perplexe.

Simi le regarda comme s'il venait d'écraser son chiot préféré.

—Tu n'as jamais regardé cette série, n'est-ce pas ?

Simon secoua la tête et monta en flèche dans l'estime de Riley.

—Donc tu ne peux pas juger, ajouta la serveuse en retournant à sa préparation. En tout cas, le dernier épisode de la saison précédente était vraiment énorme.

Simon haussa les sourcils et se tourna vers Riley.

—Un des chasseurs a bousillé un méga démon sur le toit de la basilique Saint-Pierre, expliqua cette dernière.

—Saint-Pierre est un lieu consacré, commença Simon. Aucun démon ne…

—Tu bosses pour la censure ou quoi? le coupa Simi.

Riley les laissa et sautilla jusqu'au box le plus proche. Elle glissa sur la banquette, soulagée de pouvoir reposer sa jambe, dans laquelle couvait un incendie.

Sans y penser, elle se tourna vers *sa* place, située à l'autre bout de la salle, où son père et elles s'installaient toujours. La lame familière de la culpabilité s'enfonça un peu plus profondément. Comment pouvait-elle être ici avec Simon alors qu'elle était censée veiller sur la tombe de son père? Beck ne lui permettrait sans doute pas de passer la nuit au cimetière tant que sa jambe ne serait pas guérie, mais elle se sentait néanmoins égoïste.

—Non, papa ne m'en veut pas, dit-elle d'une voix assurée.

Il aimait bien Simon.

Son escorte la rejoignit avec le chocolat chaud.

—Qui a gagné? demanda-t-elle en regardant la serveuse du coin de l'œil.

—Match nul. En tout cas, ça s'est joué à pas grand-chose.

Pendant les minutes qui suivirent, ils burent en silence. Riley savoura l'exquis breuvage et vit son courage s'étioler. Jamais elle n'oserait lui poser LA question.

—Merci, dit-elle. Il est vraiment bon.

—Il y en a encore, si tu veux.

Simon ne donnait pas l'impression de regretter de ne pas être ailleurs et ne vérifiait pas toutes les cinq minutes s'il avait reçu un message sur son téléphone.

Vas-y, demande-lui.

— Tu sors avec quelqu'un, en ce moment ? bredouilla-t-elle.

Ben voilà, ce n'était pas si difficile.

— Peut-être, répondit Simon, le front plissé.

— Oh !… soupira-t-elle.

Bien sûr qu'il a une copine. Il est beaucoup trop cool pour être célibataire.

— On commence à peine à se fréquenter, poursuivit-il.

C'était encore pire.

— C'est une fille super gentille, continua-t-il en lui effleurant les doigts. Elle a des yeux marron magnifiques et, en plus, elle est super intelligente.

— Oh !

Ce n'est pas moi, donc.

— On a un point commun tous les deux : on piège les démons.

Il lui fallut quelques secondes pour comprendre qu'il parlait bien d'elle.

— Moi ?

Il opina du chef. *Moi !*

— C'est génial.

Parfait, même. Elle le gratifia d'un sourire.

— Mais Harper ne devra pas l'apprendre, ou il te rendra la vie encore plus difficile. (Il se mordilla la lèvre pendant un moment.) Tu veux bien me promettre quelque chose ?

— Quoi ? demanda-t-elle, surprise par son sérieux.

— Promets-moi de ne plus piéger toute seule, du moins tant que tu ne seras pas compagnon.

Hein ? Quel rapport ?

— Je ne peux pas te promettre ça, Simon, répondit-elle en retirant sa main.

— Riley, tu es très courageuse, mais tu es une…

— Une fille ? s'emporta-t-elle.

— Une apprentie, la corrigea-t-il d'une voix dure.

— Oui, et une fille ?

Elle recula. C'était toujours la même chose avec ces types. Elle ne serait jamais l'une d'entre eux.

— Non ! protesta-t-il avec emphase. Ça n'a rien à voir avec le sexe. C'est une question de sécurité.

Les yeux de Riley percèrent des trous dans sa tasse. Dire qu'elle le trouvait sympa… En réalité, il essayait de la brider exactement comme Beck.

— Tu crois que je suis folle de vouloir exercer cette profession ? lui demanda-t-elle.

— Oui, répondit-il en fronçant les sourcils. (Voyant qu'elle s'apprêtait à dire quelque chose, il leva la main pour l'en empêcher.) Je comprends parfaitement que tu aies très envie de nous rejoindre. Crois-moi, je le comprends parfaitement.

Il ne veut pas me dominer ; il s'en fait pour moi, c'est tout.

Cette prise de conscience la stupéfia. Simon lui reprit la main et la serra, lui caressa doucement la paume avec le pouce.

— Je veux juste que tu sois prudente, d'accord ? C'est tout ce que je te demande.

Sa voix était si douce.

— À condition que tu me promettes la même chose.

— Promis.

Ils se tinrent par la main encore une minute, puis il se leva pour aller chercher encore un peu de chocolat. Quand il eut passé commande, il la regarda par-dessus son épaule et lui sourit. Le reste de la salle devint tout gris. Il n'y eut plus que lui, ses yeux bleus brillants et ses sublimes cheveux.

Quelque chose avait changé entre eux. C'était mystérieux, mais bienvenu.

Chapitre 22

Riley eut du mal à déchiffrer ce qui restait de l'enseigne sur l'immeuble en béton. « Ming & Fils, Mécanique auto. »

Ming se vantait de pouvoir réparer boîtes de vitesses, radiateurs et soufflets de cardans.

Dans le temps… Désormais, la bâtisse accueillait le piégeur le plus gradé d'Atlanta. Celui qui avait le plus mauvais caractère, aussi.

Au moins, ce n'est pas très loin du cimetière. C'était même tout près, juste en bas de Memorial Drive. Désormais, il lui faudrait traverser la ville pour aller en classe à Midtown. Après ses trois heures de cours, elle devrait redescendre jusqu'ici pour passer la nuit auprès de son père.

Elle était fatiguée d'avance. *Plus que cinq nuits.* En dépit de son estomac plein de succulent chocolat et du feu nouveau allumé en elle par Simon, Riley avait mal dormi. Elle appréhendait la journée qui l'attendait.

Son téléphone portable gazouilla. C'était Peter.

Il a décidé de me reparler, apparemment.

— Salut, mec, commença-t-elle en dissimulant soigneusement son soulagement.

—Ça y est, je l'ai cracké !

Elle mit quelques longues secondes à comprendre qu'il parlait du CD.

—Alors, ce mot de passe ?

—Dix-neuf, onze, mille huit cent soixante-trois.

—Hein ?

—La date du discours de Gettysburg, expliqua-t-il fièrement.

—Logique. C'était le sujet de sa thèse.

Elle entendit un grognement à l'autre bout de la ligne.

—Tu aurais pu me le dire avant, j'aurais gagné un temps fou !

—Ne te fiche pas de moi, je parie que tu as adoré chercher ce mot de passe pour moi.

Elle savait qu'il était en train de sourire.

—Tu me connais bien. Je suis en train de parcourir ses fichiers. Apparemment, ce sont les résultats de ses recherches sur l'Eau bénite. L'histoire, le folklore, tout ça. Lire tout ça prendra une éternité.

—Je me demande pourquoi il a amassé tout ça...

—On finira par le découvrir. Alors, comment s'annonce ta journée ?

—Je suis devant la maison de mon nouveau maître. Pas terrible.

—Quand faut y aller... Appelle-moi quand tu auras le temps.

—À plus.

Elle rangea son téléphone, traversa le parking gravillonné et se dirigea vers la porte métallique située à l'avant du bâtiment. Celle-ci était bosselée, éraflée et avait vraiment besoin d'un coup de peinture. Au moment où elle s'apprêtait à frapper, la porte s'ouvrit.

C'était Simon, et il avait la mine sinistre.

— Riley.

— Salut. Ça va ? demanda-t-elle en se rappelant la formidable soirée qu'ils avaient passée ensemble.

— Bien, répondit-il d'un ton peu convaincant. Harper est là. Fais attention.

Riley hocha la tête et arbora un sourire joueur.

— Ce sera plus facile maintenant que je sais que tu es là.

Il secoua la tête.

— Non, ce ne sera pas facile. Ce sera plus difficile pour nous deux.

Il sortit du bâtiment et fila vers sa Dodge argentée toute cabossée.

D'accord…

Comme il était parti, elle n'avait plus de raison de tergiverser. Elle entra dans le bâtiment et fut frappée par l'odeur. Huile de vidange. Vieux pneus. Et autre chose… du soufre pur.

Les démons.

La bâtisse ressemblait à n'importe quel garage avec sa grande double porte permettant d'accéder à l'atelier. Les élévateurs en métal avaient tous disparu, et les poutres du toit étaient parcourues par des câbles et des fils électriques pareils à des spaghettis. Dans un coin, elle avisa une pile de bidons et de bouteilles en plastique, du genre de celles qu'on remplissait d'Eau bénite. Apparemment, la maison de Harper était aussi une déchetterie.

La moitié de l'immeuble était occupée par des cages en acier épais alignées le long d'un mur, à sa droite ; seule une d'entre elles était occupée. Contrairement au démon qui l'avait blessée, ce Classe trois-là était tout noir. Comme il se devait. Il avait la bave aux lèvres et lui faisait penser à un chien aux poils trop longs. À un chien qui raclerait ses énormes griffes contre l'acier de sa cage pour les affûter…

— Fille de Blackthorne…, gronda-t-il.

Sans lui laisser l'occasion de répondre, une voix beugla :

— Dépêche-toi, qu'est-ce que tu attends !?

Riley leva des yeux implorants au ciel et se dirigea vers le bureau. La pièce était petite et encombrée de meubles. D'un côté, il y avait une vieille table de travail en bois et une chaise tout aussi ancienne. De l'autre, Harper était affalé dans un fauteuil inclinable miteux, qui avait connu l'ère prénumérique. Il avait les yeux rouges et une barbe de deux jours, état qui n'était sans doute pas sans rapport avec la bouteille à demi vide de Jack Daniel's posée à portée de sa main. Sa chemise était propre quoique froissée, et son jean taché de noir. Derrière lui, il y avait une porte en bois permettant d'accéder à l'arrière du bâtiment. Comme elle était ouverte, Riley aperçut un lit défait et ce qui ressemblait à un coin cuisine. De la vaisselle sale était empilée dans l'évier.

Il vit là-dedans ? Elle s'était imaginé qu'il habitait un appartement ou une maison comme les autres piégeurs.

Riley n'avait jamais prêté attention à maître Harper, notamment parce qu'il était si désagréable avec son père. Dire qu'elle allait passer les neuf prochains mois en sa compagnie... *Moins, s'il veut se débarrasser de moi.*

— Monsieur Harper..., commença-t-elle.

Elle n'avait aucune de raison de se rebeller tout de suite.

— Morveuse, lâcha-t-il en la mettant au défi de lui répondre.

Il alluma un briquet devant un cigare bon marché.

— Je m'appelle Riley, monsieur.

— Pour moi, tu seras morveuse, rétorqua-t-il en exhalant de la fumée et en exhibant des dents étonnamment saines. À moins que je décide de t'appeler salope.

Elle soupira.

— Alors disons morveuse.

À présent, on savait qui était le chef. Peut-être que cela n'irait pas plus loin...

— Tous mes apprentis doivent savoir un truc : on ne discute jamais ce que je dis. Tu merdes, tu dégages, et aucun maître ne s'occupera plus jamais de toi. Pigé ?

Fais-moi chier, et je me casse.

— Oui, monsieur.

— Tu es peut-être la fille de Blackthorne, mais ça ne change rien à mes yeux. Je ne te ferai aucun cadeau. Ma confiance en toi est plus que limitée, compris ?

— Oui, monsieur.

— Il est clair que la formation que t'a prodiguée ton père est merdique, donc on va tout reprendre à zéro. (Il désigna un seau en métal cabossé et un balai-brosse dans un coin.) Il faut nettoyer le sol sous les cages. Tu peux commencer tout de suite.

— Oui, monsieur. (Elle considéra les ustensiles et se rappela la taille des excréments du démon.) Vous auriez une pelle et des gants ?

Il avala une gorgée d'alcool.

— Ouais.

Elle attendit, mais il ne bougea pas ni ne lui dit où elle pourrait les trouver. Elle comprit qu'elle allait devoir s'en passer.

— Tu ramasseras la merde comme moi à mes débuts… avec les mains. Tu la stockeras derrière ; elle tue les cafards.

Elle ouvrit la bouche pour protester puis la referma. Il voulait qu'elle refuse ; elle le voyait dans ses yeux injectés de sang.

— Je la stocke derrière. Ça marche.

Riley apprit énormément de choses sur les déjections des démons. Elles puaient le soufre, et ce quoi que le monstre ait mangé récemment, c'est-à-dire à peu près n'importe quoi. La merde tachait le béton et, quand elle était fraîche, brûlait comme de l'eau bouillante.

Elle avait débuté avec la cage la plus éloignée de celle qui était occupée, poussant les monceaux d'excréments séchés du bout de ses baskets, ce qui avait été une erreur. Impossible de les décoller de cette façon.

Un levier, voilà ce qu'il me faut.

En fouillant derrière le bâtiment, elle trouva un bric-à-brac hétéroclite ainsi qu'une imposante pile d'objets métalliques en tous genres, dont des enjoliveurs tordus et des plaques d'égout cassées. Comme la cour était clôturée et fermée par un cadenas, Riley se demanda si son nouveau patron ne faisait pas commerce de ces objets.

Très vite, elle trouva une clé en croix et un marteau au manche cassé.

C'est mieux que rien.

Elle força, frappa, tira à en avoir mal au bras, et le monticule de merde céda morceau par morceau. À l'extérieur, celui-ci était aussi solide que du béton, mais à l'intérieur…

—Merde! marmonna-t-elle, tandis que la puanteur atteignait ses narines, en lui retournant l'estomac.

Son père avait-il lui aussi commencé de cette façon?

Elle fureta une nouvelle fois autour de l'entrepôt et déterra un couvercle de poubelle bosselé, mais rien pour balayer les excréments dessus. Harper avait-il caché tous les outils qui auraient pu lui être utiles?

Ce sera à la main ou pas du tout. Elle remonta ses manches avant de les salir davantage. Par chance, la blessure de sa paume s'était refermée, et elle n'avait plus besoin de bandage.

Riley ferma les yeux et commença à pousser les excréments sur le couvercle en imaginant qu'il s'agissait d'autre chose. Ses yeux s'emplirent de larmes comme un feu liquide lui brûlait les doigts, les paumes et même les ongles. Ses mains prirent rapidement une couleur rouge violet anormale, alors que la merde des démons était noire comme la nuit. Elle continua son travail jusqu'à ce que le monticule ait disparu, puis elle se leva. Sa cuisse était percluse de crampes, quoi qu'elle fasse.

Cette corvée n'avait rien à voir avec le piégeage de démons. C'était une basse besogne, un genre de bizutage réservé aux apprentis.

Pas question de se dégonfler.

Riley suivit du regard l'alignement de cages. Il y en avait quatre autres, dont une occupée. Le démon la détaillait avec l'intensité d'un serpent observant un oiseau blessé. Il lui faudrait le restant de la matinée pour arriver jusqu'à lui.

Lorsqu'elle fut à mi-chemin, Harper apparut dans l'encadrement de la porte de son bureau, une bouteille de Jack Daniel's à la main. Vu son regard vitreux, sa bouteille contenait bien de l'alcool et pas une boisson énergisante.

—Alors, tu ne t'attendais pas à ça, hein? demanda-t-il d'une voix abîmée par le whisky et les cigares.

Si elle répondait non, il jubilerait; si elle répondait oui, il trouverait d'autres façons de la torturer. Riley préféra ne rien dire. C'était soit cela, soit elle lui balançait toute cette merde à la figure, mettant un terme sa carrière de piégeuse. Une fois qu'elle serait exclue de la Guilde, les avocats de celle-ci n'hésiteraient pas à lui facturer leurs services et leurs conseils.

Tais-toi et ramasse.

—Je parie que ton père n'a jamais eu à faire ça! la provoqua Harper.

Il retourna dans son bureau, et la jeune femme lâcha un soupir de soulagement. Le fauteuil inclinable craqua sous le poids de l'homme, et la télévision bourdonna de résultats sportifs.

Il lui arrive de sortir pour piéger?

Il était presque midi lorsqu'elle arriva devant la dernière cage. Le monstre l'avait observée toute la matinée avec force bruits de gueule humides et coups de langue sur les lèvres. Sachant que son tour était venu, il l'appela une nouvelle fois par son nom.

— Ouais, c'est moi. Et toi, bête à poils, tu es qui ?

Il parut surpris puis prononça un nom parfaitement incompréhensible à moins d'être apparenté à Lucifer. Quelque chose comme Argabettafingle…

— Je n'aurais pas dû demander.

Elle le regarda en soupesant sa clé en croix. Impossible de passer sous cette cage sans venir à portée de ses griffes.

— Tu n'as pas intérêt…

Il gronda et donna un coup de patte dans sa direction. Une seconde plus tard, il hurla et, les yeux rouges de colère, porta sa patte meurtrie à sa gueule.

— Je t'avais prévenu, dit-elle en agitant la clé.

Elle se pencha et commença à rassembler les excréments sous la cage. Plus récents et acides, ceux-ci lui firent couler les yeux et le nez comme si elle avait deux ans et un rhume de cerveau. Une griffe tailla dans ses cheveux, dont une mèche tomba lentement sur le tas de merde.

— Eh ! arrête ça tout de suite.

De colère, elle lança une poignée d'excréments fumants à la bête. La merde resta collée à sa fourrure, et le démon hurla en se tapotant.

Peut-être qu'il a vraiment mal.

— Ce n'est pas agréable, hein ? Continue à m'emmerder, le menaça-t-elle en agitant un doigt crasseux, et je t'enterre dedans, compris ?

Le démon siffla et se replia dans un coin de sa cage.

— Voilà qui est mieux.

Riley termina de ramasser les excréments sous la cage et les ajouta à la pile située derrière le bâtiment. Harper avait raison : il y avait des bestioles mortes tout autour.

251

— Si les types chargés de l'élimination des animaux nuisibles apprenaient à utiliser ce truc, ils feraient fortune.

Riley courut à la salle de bains, car elle avait l'impression que sa chair commençait à se détacher de ses os. Elle appuya sur l'interrupteur avec le coude et se prépara à découvrir ce qui pouvait exister de pire en matière d'hygiène masculine. C'était une loi non écrite : les salles de bains des hommes sans épouse étaient toujours dégoûtantes.

À son grand soulagement, les sanitaires étaient moins sales que prévu, même si la lunette des W.-C. était relevée. Elle avisa une pile de magazines pour adultes par terre et un poster de bimbo au mur ; une blonde aux seins siliconés en forme de melons, vêtue en tout et pour tout d'un string vert fluorescent, la regardait. Sous le nombril, elle arborait un tatouage bleu. Riley cola son nez contre le poster pour déchiffrer l'inscription.

« *Bienvenue au Paradis.* » Et il y avait une flèche pointée vers le bas.

— Tu parles…

Elle se demanda ce que Simon pensait de tout cela. Le connaissant, il devait détourner les yeux en urinant de peur d'être tenté.

Le lavabo était propre, mais il ne le resta pas longtemps, car elle se lava les mains et les bras avec le liquide vaisselle trouvé sur le réservoir de la chasse d'eau. Après ses ablutions, ses mains sentaient le citron mais la brûlaient toujours.

Il lui fallut quelques minutes supplémentaires pour rendre au lavabo son apparence initiale. Pas question qu'elle donne à Harper l'occasion de lui reprocher d'avoir ruiné sa salle de bains.

Ne restait plus qu'à passer un jet d'eau sous les cages. Comme elle travaillait, le monstre colla sa gueule entre deux barreaux pour essayer d'atteindre le jet. La chose avait-elle vraiment besoin de boire ? Y avait-il de l'eau en Enfer ?

Elle diminua la pression et dirigea le jet vers le démon, qui but goulûment avant de lâcher un rot long et grave.

— Beck et toi avez été séparés à la naissance, ma parole, dit Riley en secouant la tête.

Elle entendit glousser et se retourna. Simon était là qui la regardait d'une distance respectable. Pendant une demi-seconde, elle eut l'idée de l'asperger pour lui faire payer son sourire affecté.

— Ça me semble bien, l'encouragea-t-il.

— Si tu le dis.

— J'ai quelque chose pour toi, ajouta-t-il en désignant la sortie de la tête.

Riley regarda le bureau de Harper du coin de l'œil.

— Il est ivre mort, articula Simon en silence.

La jeune femme sortit du bâtiment et étouffa un cri en voyant ses bras à la lumière du jour. Avec sa peau couverte de taches rouge et violet foncé, elle ressemblait à une pestiférée. Et ses ongles étaient noirs. Simi adorerait.

— Pas de cloque, observa Simon. C'est une bonne nouvelle.

Il prit quelque chose sur la banquette de la voiture, l'ouvrit et le lui tendit.

C'était une bouteille de lait entier.

— Ah !…, fit Riley en clignant des yeux. Merci. J'avais soif.

Ce qui était vrai.

— C'est pour tes bras. Le gras va calmer les brûlures. C'est Jackson qui m'a appris ce truc quand Harper m'a fait nettoyer les cages.

Il lui fit signe de tendre les bras et s'occupa d'elle.

Cela lui parut bête, tout ce liquide blanc coulant sur sa peau et éclaboussant les gravillons du parking. Toutefois, ça fonctionna. La sensation de brûlure diminua considérablement.

— Tu auras peut-être quelques cloques, mais moins que si tu n'avais rien fait, expliqua-t-il en lui donnant la bouteille. Bois le reste ; peut-être que ça te soignera de l'intérieur.

Elle but ce qui restait du jus de vache.

— Excellent !

— Comme dans la pub. (Il regarda la porte du hangar avec circonspection.) Surtout, ne dis rien à Harper. S'il savait, il ne serait pas très content.

Parce que tu as été gentil avec moi ? C'est nul.

— Pourquoi est-il si con ?

— Je ne sais pas, répondit-il en jetant la bouteille vide dans la voiture. Tu ferais mieux d'y retourner avant qu'il se réveille.

Comme il se retournait, elle lui effleura le bras.

— Merci, Simon.

— Fais attention à toi, d'accord ? dit-il, les sourcils froncés.

— Toi aussi.

Harper dormait toujours dans son fauteuil. Il ronflait la bouche ouverte. La bouteille de whisky vide gisait par terre près de la corbeille à papier. Riley reposa le seau et le balai dans un coin en essayant de ne pas faire de bruit. Harper ne réagit pas. La jeune femme sortit à la hâte du petit local. Elle préférait la compagnie du démon à celle de son nouveau maître.

Chapitre 23

— J e connais cet endroit, grommela Riley en se garant tout près de l'ancien *Starbucks*.

Elle était venue ici à un rendez-vous quelques années plus tôt, à l'époque où l'établissement était encore ouvert. Elle se rappelait bien du garçon très mignon qui l'avait servie. Aussi beau qu'un mannequin. Elle avait dit cela à Allan, son petit copain de l'époque, qui ne l'avait pas très bien pris. Ce jour-là, elle avait compris que l'*ego* des hommes avait un point commun avec les fruits : tous les deux étaient fragiles et marquaient facilement.

En sortant de la voiture, elle aperçut les autres élèves. Il y avait trois groupes distincts, plus quelques éléments isolés, dont elle ferait sans doute bientôt partie.

Dommage que Peter ne soit pas là. Il était la seule constante de son existence, l'ami qui l'avait aidée à supporter ses quatre derniers changements d'écoles. Pour lui, ces bouleversements étaient toujours synonymes d'aubaines, alors que pour elle, c'était tout le contraire.

Pourquoi se casser la tête ? D'ici à quelques mois, ceux d'en haut déplaceraient une nouvelle fois tous les élèves comme on jette un paquet de cartes dans les airs. L'administration désignait ces remaniements par des mots compliqués, mais à la fin, c'était toujours la même chose : c'étaient les mômes qui trinquaient. Pourquoi devenir ami avec quelqu'un qu'on perdrait de vue un mois ou deux plus tard ? Si Riley ne jouait pas le jeu, les autres élèves la trouveraient sûrement bizarre ou coincée, mais cela la dérangerait-elle réellement ?

— Oh que non ! Cette fois-ci, je me laisse aller, annonça-t-elle.

Après tout ce qu'elle avait vécu, elle n'avait plus envie de faire d'efforts.

Le groupe le plus proche était composé de filles de son âge. Sans être riches (autrement, elles n'iraient pas à l'école dans un ancien *Starbucks*), elles étaient mieux habillées qu'elle. Riley se rapprocha de l'entrée en étudiant ses congénères. La fille qui se tenait au centre de la bande était une grande et mince brunette aux yeux noisette et aux lèvres charnues, que les cinq autres filles regardaient fixement comme des androïdes attendant des instructions. Toutes portaient des vêtements de la même couleur. Avec quelques années de plus et une chirurgie mammaire, la fille du milieu pourrait poser pour le genre de poster qu'on trouvait dans la salle de bains de Harper.

Avec le tatouage et tout.

Quelque chose lui disait qu'elles ne seraient pas très copines, toutes les deux.

— Elle est à toi ? demanda la fille en désignant sa voiture.

Je viens de sortir de cette poubelle, non ?

— Non, je l'ai volée sur le chemin. Sinon, j'ai un cabriolet rouge.

Une des filles gloussa, mais elle se tut lorsque le centre autoproclamé de l'univers lui lança un regard assassin.

— Comment tu t'appelles ?

— Riley. Et toi ?

— Brandy.

Ça m'aurait étonnée…

— Tu es nouvelle, ici, observa Brandy. Tu fréquentais quelle école avant ?

— J'allais dans une épicerie de Moreland.

— Ça n'a pas l'air terrible.

— Effectivement.

Avant que Brandy ait eu le temps de la questionner davantage, la double porte s'ouvrit, et la personne qui représentait l'autorité dans cet établissement leur fit signe d'entrer. D'après les documents que Riley avait reçus, il devait s'agir de Mme Harpity. Elle imaginait aisément comment les élèves l'appelaient lorsqu'elle avait le dos tourné.

Les tempes grisonnantes, Mme Harpity devait avoir la cinquantaine. Elle avait une coupe courte au carré et s'habillait comme une avocate. Elle portait une petite broche représentant un ange au revers de son manteau.

Riley fit la queue pour entrer. Dès qu'elle fut à l'intérieur, une odeur l'assaillit. *Du café.* Il s'était écoulé pas mal de temps depuis que le dernier grain avait été torréfié, mais cet endroit sentirait toujours l'expresso.

C'est mieux que le fromage moisi.

Les élèves s'amassèrent à l'avant de la boutique, près des grandes vitrines. Les groupes étaient toujours bien identifiables. Comme chacun s'asseyait, Riley jeta un rapide regard circulaire sur le décor. Le comptoir et les présentoirs avaient disparu. Les banquettes étaient toujours en place au fond de la salle, tout comme les tables originelles, même si elles étaient beaucoup moins belles que dans ses souvenirs. D'autres tables avaient été ajoutées devant la vitrine. Riley choisit l'une des plus petites, mais comprit en la voyant brinquebaler pourquoi personne ne s'y était installé. Elle coinça la sangle de son sac sous un pied, ce qui régla plus ou moins le problème. Le plateau, en revanche, était irrécupérable, car couvert de graffitis, pour la plupart obscènes. Et parfois écrits avec des fautes d'orthographe…

Quand Mme Harpity se positionna enfin derrière la table de jeu qui lui servait de bureau, Riley se leva et se faufila jusqu'à elle. Elle connaissait les règles d'usage : remise des papiers de transfert en main propre au responsable de l'établissement, hochement de tête approbateur de ce dernier, retour à sa place. Mme Harpity examina le document, regarda Riley, fronça les sourcils, relut le nom imprimé sur la feuille de papier et soupira.

— Je vous attendais lundi dernier.

— Je n'ai pas pu venir, répondit Riley. J'étais malade.

J'ai failli crever de la peste démoniaque. En toute probabilité, tout le monde était en train d'épier leur conversation pour essayer d'en apprendre davantage sur la nouvelle. Peut-être la prof laisserait-elle filtrer des infos croustillantes.

— L'assiduité est très importante, reprit Mme Harpity. Vous devez penser à votre avenir.

Quelle bonne blague! Riley hocha la tête d'un air grave. Les profs étaient moins emmerdants quand ils pensaient que vous étiez d'accord avec eux.

— Il me faut un mot d'excuse signé par les parents.

— Bien sûr.

Je vais l'exhumer, ne vous inquiétez pas. Par chance, elle imitait très bien la signature de son père.

— Écoutez-moi tous… Je vous présente Riley. Accueillez-la comme il se doit dans sa nouvelle classe.

Cool, elle n'a pas dit mon nom de famille. Finalement, la situation ne se présentait pas si mal.

— Vous pouvez vous asseoir, madoimoiselle Blackthorne.

Et merde.

Comme elle retournait à sa place, Riley vit ses camarades de classe échanger des regards en essayant de se rappeler où ils avaient entendu ce nom. Alors ils écarquillèrent les yeux. Ceux qui n'étaient pas au courant furent aussitôt informés par d'autres, avec force chuchotis dans l'oreille. Quelques-uns sortirent même leur téléphone. Sans doute pour rechercher une des vidéos qui traînaient sur Internet.

À présent que tout le monde connaissait son identité, Riley ne fut guère étonnée de voir sa voisine, la fille osseuse aux cheveux brun terne, la regarder du coin de l'œil comme si elle risquait de faire apparaître un monstre de l'Enfer au milieu de la classe.

Ce serait sympa, remarque.

Mme Harpity ne perdit pas de temps et se mit au travail. Le programme était le même que dans son école précédente et respectait les directives imposées par l'État, soit une demi-heure de maths, qui passa très vite, suivie d'une demi-heure d'anglais, puis de sciences, puis de littérature. La dernière heure était consacrée à l'histoire, en particulier à la guerre civile. Riley connaissait cette période par cœur, grâce à son père. Pendant la leçon somnifère consacrée à la bataille de Lookout Mountain, elle entendit chuchoter derrière elle.

Les trois heures passèrent relativement vite en dépit des gloussements et des bavardages dans son dos. Il fut bientôt 17 heures. Puis 17 h 10. Riley commença à s'agiter parce que les cours étaient normalement terminés et qu'elle devait se rendre au cimetière. Elle était pressée, d'autant qu'elle devait aussi préparer quelque chose à manger. Le volontaire du cimetière resterait à son poste, mais il lui demanderait de l'argent si elle n'était pas là au coucher du soleil.

De l'argent que je n'ai pas.

Et Mme Harpity qui continuait à parler et à parler... Riley jeta un coup d'œil à sa montre : 17 h 15. Elle commença à ranger ses affaires, ce que l'enseignante remarqua aussitôt.

— Mademoiselle Blackthorne ? Nous sommes en retard, ce soir. Cela nous arrive de temps à autre.

— Je suis désolée, rétorqua Riley en se levant, mais je dois y aller. Je dois... Enfin, j'ai quelque chose à faire.

— C'est-à-dire ? insista Mme Harpity avec une autorité toute professorale.

Fait chier.

— Je dois monter la garde devant la tombe de mon père.

L'enseignante cligna des yeux.

— Vous êtes la fille de… ?

Apparemment, elle était la seule à ne pas avoir relié les points entre eux et fait le lien entre son nom et son défunt père.

— Bien, les enfants, ce sera tout pour aujourd'hui. Et n'oubliez pas de lire le chapitre sur la destruction d'Atlanta par Sherman pour dimanche.

Riley mit son sac de coursier à l'épaule et prit la direction de la porte. Sortir lui prit plus de temps que prévu, car tout le monde semblait faire exprès de se mettre en travers de son chemin. Arrivée devant sa voiture, elle comprit pourquoi cela avait pris tellement de temps : un message était griffonné sur son pare-brise.

« La putain de Lucifer ! »

La couleur du rouge à lèvres lui était familière.

Riley lança un regard empoisonné au groupe de filles. Brandy lui sourit en agitant son bâton de rouge comme un minisabre laser.

Salope.

Riley sauta dans sa voiture et actionna ses essuie-glaces. Mauvaise idée. Le rouge à lèvres s'étala sur la vitre en de longues traînées graisseuses. Elle insista jusqu'à y voir suffisamment clair pour pouvoir conduire et s'éloigna de l'école en crachant des mots que seuls les démons auraient pu comprendre.

Dans son rétroviseur, elle vit les filles éclater de rire.

Riley n'avait plus que quelques minutes devant elle. Le manuel de son père sous le bras, elle courait à en perdre haleine.

Le livre était bien caché sous la roue de secours, mais elle n'avait pas encore eu le loisir de se plonger dedans.

Rod, le volontaire, lui sourit en la voyant arriver.

—Je serais bien resté pour discuter un peu, mais il y a compète, ce soir.

—Compète? demanda-t-elle.

Il écarta les pans de son manteau et révéla une chemise de bowling rouge. Dans son dos étaient brodés les mots « *Six Feet Under* ».

Le *Six Feet Under* était une brasserie située juste en face du cimetière. En de rares occasions, son père et elles y avaient mangé quand il leur restait un peu d'argent à la fin du mois. Les piégeurs y organisaient des soirées et de petites fêtes. Encore une autre tradition.

—Besoin d'aide? demanda Rod.

Elle secoua la tête, et il s'empressa de disparaître.

Après un bref moment d'appréhension, Riley établit un nouveau cercle puis composa le numéro de Peter.

À peine avait-il décroché qu'elle lui fit le récit de sa journée.

—Tu ne devineras jamais ce qui m'est arrivé à l'école!

Son ami l'écouta sagement sans l'interrompre.

—Merde, quelles saloperies, compatit Peter. Dommage que je n'aie pas été à tes côtés.

Riley lâcha un soupir.

—Tu sais comment ça se passe! Il faut toujours qu'ils prennent quelqu'un pour cible, et ce quelqu'un, c'est moi. C'est toujours moi, d'ailleurs.

—Pas toujours. Parfois c'est moi. On est différents, et ça les dérange.

—Je me demande comment je vais retirer ce rouge à lèvres de mon pare-brise, bougonna-t-elle.

—Attends une seconde…

Elle l'entendit pianoter sur son clavier.

—Il te faut de l'ammoniaque, annonça-t-il.

—Génial !

Elle n'avait pas d'ammoniaque chez elle, mais Peter trouverait bien une solution à son problème.

—Alors, ça te fait quoi d'être la putain de Lucifer ? plaisanta-t-il.

—Peter !

—Je déconne, répondit-il avant d'éclater de rire. Tu sais, si tu n'étais pas piégeuse de démon, tes nouvelles camarades de classe trouveraient une autre raison de te harceler. Elles ont juste besoin d'un prétexte, comme tes cheveux, ton nez ou n'importe quoi d'autre.

—Qu'est-ce qu'il a, mon nez ?

—Ne me lance pas sur ce sujet.

—Peter, ne t'aventure pas sur ce terrain-là !

Il rit encore.

—En tout cas, ne te laisse pas impressionner.

—Ne t'en fais pas. C'est toujours la même chose. Quand j'étais petite…

Elle s'interrompit, consciente d'être sur le point de révéler un de ses plus grands secrets.

—Continue, l'encouragea Peter.

Il s'agissait de Peter. Peter ne se moquerait pas d'elle. En tout cas, pas longtemps.

—Tu te rappelles, au collège, je n'ai jamais réussi à m'intégrer. Tous les étés, j'essayais de devenir quelqu'un d'autre, de changer pour qu'à la rentrée les autres me trouvent « cool ». Sauf que ça ne marchait pas, évidemment. J'avais beau me donner du mal, ils voyaient toujours l'ancienne Riley.

—Ah ! c'est pour ça que tu étais toujours un peu bizarre en début d'année. Je me suis toujours demandé pourquoi.

—Ouais, j'imagine que je devais me comporter étrangement.

— Moi, j'aime bien la vieille Riley, avoua Peter. Elle est cool, même si c'est la putain de Lucifer.

— Arrête, tu veux bien !

— Je vois qu'on est de mauvais poil. Toi, au moins, tu as cours dans un *Starbucks*, alors que moi, je me retrouve dans une crèche. Encore ouverte, qui plus est.

— Ça ressemble à quoi ?

— Ça sent le caca et le talc.

— Tu as une chaise haute pour pupitre ? lui demanda-t-elle en souriant.

— Non, mais on fait la sieste sur de minuscules lits de camp après un goûter de jus de fruits et de crackers.

Cette fois, elle éclata de rire.

— Tu me manques, Peter. Je regrette qu'on ne soit plus dans la même classe.

Il y eut un moment d'hésitation.

— Euh, tu pourrais répéter ?

— Pourquoi ?

— Pour que je t'enregistre. Comme ça, je pourrai me repasser la bande quand tu me traiteras de trou du cul.

— Sûrement pas. Tu as raté une chance unique.

— En fait, je vais demander à être transféré dans ton école.

— C'est vrai ? Tu crois que ça marchera ? demanda-t-elle pleine d'espoir.

Avec Peter à ses côtés, tout redeviendrait plus facile.

— Je ne sais pas. Ma gardienne n'a apparemment rien à voir avec nos changements d'affectation. C'est la faute à pas de chance, et la chance, ça se provoque.

— Comment ?

— Ce n'est pas le genre de sujet qu'on aborde au téléphone.

Ce qui signifiait qu'il essayait de pirater le système informatique du ministère de l'Éducation pour organiser son transfert.

—Fais quand même attention.

Plus il se montrerait créatif dans sa tentative, moins les gens de l'administration apprécieraient.

—Bon, il faut que je te laisse, dit-elle en voyant Simon arriver. Un piégeur vient voir comment je me débrouille.

Un piégeur qui est aussi mon nouveau petit ami.

—Sois prudente, la mit en garde Peter. Oh! j'aurai imprimé les fichiers de ton père d'ici à demain matin. Appelle-moi et on conviendra d'un moment pour se voir, d'accord?

—Bien sûr. À plus.

—À plus.

Simon la salua, et elle l'invita à entrer dans le cercle. Lorsqu'il enjamba les flammes, celles-ci réagirent à peine.

—Je voulais voir comme tu allais, commença-t-il en cachant quelque chose dans son dos.

—Je suis un peu fatiguée. Les cours ont duré plus longtemps que prévu. J'ai failli arriver en retard.

Tu vas arrêter de t'apitoyer sur toi-même, oui?

—Excuse-moi, reprit-elle. Je n'arrête pas de me plaindre.

—Eh! bien, justement, je t'ai apporté un petit quelque chose qui devrait te remonter le moral.

Il sortit sa main de derrière son dos et lui montra ce qu'il cachait, à savoir une toile goudronnée toute neuve encore emballée dans sa cellophane.

Certaines filles se voient offrir des fleurs, moi, c'est de la toile goudronnée. Et cela ne la dérangeait pas du tout.

—Tu es génial, Simon, dit-elle, parfaitement sincère.

—N'est-ce pas? répondit-il en haussant plusieurs fois les sourcils.

Riley nettoya rapidement le sol. Les pommes de pin et les cailloux étaient une plaie et le devenaient encore plus à mesure que la nuit avançait.

—Attends, je vais t'aider, proposa-t-il.

Ensemble, ils étendirent la toile, puis les sacs de couchage, sa couverture et le reste de son matériel.

— Il reste des trucs dans ton appartement ? demanda-t-il en désignant d'un geste de la main tout ce qu'elle avait apporté.

— Mais oui ! feignit-elle de s'offusquer. Des bonbons ?

— Pourquoi pas. Tu as des fraises ?

Elle fouilla dans sa boîte et lui en trouva une. Leur bonbon à la main, ils partagèrent la même couverture dans ce campement de fortune.

— Qu'est-il arrivé à ton pare-brise ? s'enquit-il en mâchouillant son bonbon. Il est tout rouge.

Riley lui livra une version écourtée et superficielle des événements. À sa grande surprise, le visage de Simon vira au rouge lorsqu'elle lui révéla ce que son ennemie avait écrit sur sa voiture.

— Tu n'es pas du tout ce genre de fille ! s'exclama-t-il en grimaçant.

— Merci, dit-elle, heureuse de le voir prendre ainsi sa défense. Je n'ai pas encore décidé de la manière dont je vais me venger.

— Ne perds pas ton temps avec ça. Tu vas te prendre la tête pour pas grand-chose.

Riley pencha la tête sur le côté et le considéra longuement.

— Tu restes calme quand Harper se comporte avec toi comme un connard fini ; tu es poli tout le temps, même avec les démons. Mais comment fais-tu ?

— Elle m'aide à me focaliser sur ce qui est important, répondit Simon en tapotant sa croix.

— Ma mère me disait des choses du même genre, reprit-elle en se remémorant des instants chéris. J'aimais bien aller à l'église avec elle. Une fois, on a même assisté à une messe en latin. C'était bizarre et mystérieux.

— Je ne savais pas que ta mère était catholique, s'étonna le jeune homme, le front plissé. Et toi ?

— Je ne sais pas trop. Je crois que Dieu est quelque part là-haut qui veille sur nous, mais si c'est le cas, il doit me haïr.

Son petit ami passa un bras autour de sa taille et l'attira contre lui. Cela lui fit un bien fou à l'intérieur.

— Dieu ne hait personne, expliqua-t-il. Il nous teste, c'est tout. Malheureusement, les épreuves qu'il t'a fait traverser ont été très difficiles.

— Et toi, alors ?

— Je n'ai pas encore été testé. Enfin, pas vraiment.

Il se pencha vers elle et lui déposa un baiser sur les lèvres.

Bien que surprise, elle ne recula pas. Il embrassait bien. Non qu'elle soit vraiment expérimentée en la matière, mais elle savait qu'elle avait envie qu'il recommence. Ce qu'il fit. Cette fois-ci, le baiser dura plus longtemps et eut un goût de fraise. Il finit par s'écarter, les joues légèrement rosies.

— Tu représentes une telle tentation, marmonna-t-il en secouant la tête.

On dirait que c'est une mauvaise chose.

À sa grande déception, il se leva subitement comme s'il avait peur de son propre comportement en sa présence.

— Je dois te laisser, j'ai promis à ma mère d'être à l'heure pour le dîner.

— Ça doit être sympa…

Avec une famille aussi nombreuse que la sienne, l'ambiance devait être chaotique, mais au moins n'était-on jamais seul.

Il réfléchit une seconde.

— Tu devrais venir, un jour. Maman fait du poulet frit carrément excellent.

Je rêve ou il vient de m'inviter chez lui ?

— Ça… me ferait plaisir, bafouilla-t-elle.

— Super. Mes parents veulent te rencontrer. Je leur ai parlé de toi.

De moi?

Elle se leva et l'embrassa furtivement sur la joue. Puis elle l'embrassa encore, mais sans se presser cette fois.

— Un test, oui, un test, murmura-t-il. N'hésite pas à m'appeler si tu as besoin de quelque chose.

— D'accord. Bonne nuit, Simon.

— Bonne nuit, Riley.

Comme il s'éloignait, elle repensa aux quelques minutes qu'elle venait de passer en sa compagnie.

Il m'a embrassée. Il m'a invitée à dîner, et ses parents veulent me rencontrer.

Tout cela allait beaucoup plus vite que prévu.

Chapitre 24

Riley referma à contrecœur le manuel de son père et éteignit sa lampe pour économiser sa pile. Elle était en plein milieu du chapitre consacré à la capture des démons de Classe trois, le chapitre qu'elle aurait vraiment dû lire avant de partir piéger seule. Mortimer était là. Il était vêtu de son chapeau et de son trench-coat habituel.

Riley le salua dans un bâillement.

—Bonsoir. Comment allez-vous, mademoiselle Blackthorne ? demanda le Nécro d'une voix rauque.

Il avait attrapé froid, semblait-il.

—Mieux, répondit-elle. (Elle leva la main pour l'interrompre avant qu'il lui pose sa question devenue rituelle.) Si quelqu'un pose la question, on dira que vous avez fait votre travail et que je vous ai rembarré pour la énième fois. Ça nous évitera de perdre davantage de temps. En plus, je suis très fatiguée.

Mortimer sourit.

—Vous n'êtes pas comme les autres. J'ai tellement l'habitude d'être insulté. J'apprécie votre attitude… Vous aimez vraiment capturer les démons ?

—Il y a une semaine, je vous aurais répondu oui sans hésiter, parce qu'il s'agissait de travailler avec mon père. Aujourd'hui ?

Je ne sais pas trop. J'ai un nouveau maître, et c'est un vrai connard.

— Ah ! je vois ce que vous voulez dire. Notre fonctionnement ressemble à celui des piégeurs. Les jeunes commencent tout en bas de l'échelle. À mes débuts, je devais m'occuper de l'entretien des ressuscités. Il y a certaines choses à faire si on ne veut pas qu'ils se… dégradent, expliqua-t-il en plissant le nez, pour donner plus de poids à son exposé.

— Et si vous leur accrochiez simplement un désodorisant autour du cou, ça réglerait le problème, non ? plaisanta Riley, que la fatigue rendait mordante.

Mortimer gloussa.

— Non. Disons que, si on s'occupe correctement d'eux, ils sont plus présentables et sentent meilleur qu'au moment de leur inhumation. C'est tout un art.

Elle se leva et s'étira. Pour une fois, sa cuisse ne protesta pas.

— Depuis combien de temps êtes-vous Nécro ?

— Nous préférons dire « Invocateurs ».

— D'accord, je veux bien vous appeler Invocateur, mais vos collègues resteront des Nécros.

Il eut un sourire sincère.

— Je ranime les morts depuis plus de cinq ans. C'est toute ma vie. Avant ça, je travaillais dans une morgue.

— Les morts, ç'a toujours été votre truc, si je comprends bien ?

— En effet. (Il se retourna vers le chemin et fronça les sourcils.) Bon, je dois vous laisser. J'ai aimé discuter avec vous. Passez une bonne nuit et soyez prudente.

— Vous aussi, Mortimer.

— Mes amis m'appellent Mort.

Il souleva son chapeau mou et s'en fut. Comme il bifurquait vers la sortie, Riley vit une autre silhouette approcher. À son grand étonnement, Mort préféra passer parmi les tombes plutôt que croiser le nouvel arrivant sur le chemin.

—Je t'ai apporté de quoi manger, annonça Beck en brandissant un sac en papier.

Tu remontes dans mon estime.

Il s'arrêta en bordure du cercle.

—Ah ! merde, mon lacet est défait. Tiens, tu peux me tenir ça ? demanda-t-il en tendant le sac à la jeune femme.

Riley entreprit de traverser le cercle puis se figea. Il y avait quelque chose de louche là-dessous. Elle examina ses bottes. Beck faisait toujours des doubles nœuds. Il lui avait dit un jour qu'il ne voulait pas marcher sur ses lacets, trébucher et se faire manger par un vulgaire démon.

Elle recula et l'examina d'un œil plus critique.

Pas de sac marin. Beck l'avait toujours avec lui ; il était même venu avec aux funérailles de son père. Et Mort avait fait un détour pour ne pas le croiser.

—Bien essayé.

En tendant le bras au-dessus du cercle de cierges pour prendre le sac, elle aurait brisé la protection, et son père aurait été à la merci de cet inconnu.

Elle ne fut guère étonnée de voir « Beck » s'évaporer dans un tourbillon de feuilles mortes, trahissant le Nécro effrayant auquel elle avait déjà eu affaire. Aucun de ses collègues n'avait jamais utilisé une magie si sophistiquée.

—Vous êtes plus maligne que les autres, observa-t-il. C'est un sacré challenge, pour moi, mais ça me plaît.

—Mais oui, c'est ça. Vous pouvez toujours vous accrocher.

—Nous verrons bien.

Soudain, le cercle de flammes enfla comme si le personnage l'avait touché. Quand les flammes eurent recouvré leurs dimensions normales, le Nécro avait disparu et une tornade de feuilles malfaisante filait vers la sortie.

Riley lâcha un soupir de soulagement. La prochaine fois, elle parlerait de ce type à Mort. Apparemment, M. Magie noire ne comptait pas arrêter avant de lui avoir fichu une trouille monstre.

Le matin venu, une fine couche de givre couvrait sa voiture. Un sac en plastique noir était accroché à la poignée de sa portière. Elle le détacha à grand-peine à cause de ses doigts engourdis et en vida le contenu sur le capot gelé. Elle découvrit une épaisse enveloppe en papier kraft, plusieurs serviettes en papier et une bouteille d'ammoniaque en plastique.

Et un mot.

« Fais chauffer la voiture avant de nettoyer le pare-brise ou tu auras une mauvaise surprise. »

—Peter a encore frappé.

Pendant que la voiture chauffait, elle appela son ami.

—Tu as bien été livrée ? demanda-t-il sans même lui dire bonjour.

—Oui. Merci.

La chaleur formait de petits cercles sur son pare-brise. Le contenu du sac était posé sur le siège du passager.

—Comment tu as fait pour venir jusqu'ici ? lui demanda-t-elle.

Peter n'avait pas de voiture, et elle doutait que sa gardienne lui ait permis de sortir tout seul de si bonne heure.

—J'ai demandé à David de te déposer ça en allant au travail. Il a fait une drôle de tête quand je lui ai dit que tu étais au cimetière.

David. Son frère aîné qui voulait devenir pilote mais travaillait dans une boulangerie en attendant.

—Waouh ! ça fait un sacré paquet de feuilles. Qu'est-ce que c'est que cette enveloppe ? s'enquit-elle en soupesant le pli épais de deux centimètres et demi.

— C'est le contenu du CD de ton père. Je n'ai pas tout lu, mais on dirait que ça traite exclusivement de l'Eau bénite. J'aurais voulu me plonger davantage dedans, mais ma gardienne ne m'a pas lâché des yeux hier soir.

— Je vais regarder tout ça. Je me demande bien ce que c'est ; mon père n'a jamais rien dit de ce travail.

— Ouais, c'est un mystère, confirma Peter avant de mâcher bruyamment quelque chose.

Sans doute des céréales.

Le chauffage tournait à plein régime, et des filets d'eau dégoulinaient sur son pare-brise. Il était temps d'essayer l'ammoniaque et d'effacer l'œuvre d'art de Brandy.

— Merci, Peter, tu me sauves la vie.

— C'est clair.

Il raccrocha.

Riley s'adossa confortablement à son siège, goûtant la délicieuse chaleur de l'habitacle. Elle aurait bien fait une sieste, mais elle avait à peine le temps de nettoyer le pare-brise et d'avaler un sandwich avant d'aller chez Harper. Si elle arrivait en retard, le maître trouverait une nouvelle façon de la mettre à l'épreuve. Avec sa chance, il serait sans doute encore question de déjections démoniaques.

Elle rangea l'enveloppe dans la boîte à gants. Elle se pencherait sur ces documents plus tard.

Le démon n'était plus là ; son maître devait l'avoir vendu à un trafiquant. Elle nettoya sous la cage du monstre sans que Harper lui demande quoi que ce soit, ce qui n'arrangea pas l'humeur du maître. Le temps qu'elle termine, Simon était en train de charger sa voiture pour partir en mission. Il lui avait à peine dit deux mots ces deux derniers jours. Du moins en présence de Harper. Dire qu'elle s'était fait une joie de poursuivre sa formation en sa compagnie…

— On part piéger, lui expliqua-t-il.

Elle voulut demander si elle pouvait les accompagner, mais elle se ravisa en le voyant lui faire les gros yeux.

Vêtu d'un épais manteau et équipé d'un sac marin, Harper arriva d'un pas lourd.

— C'est moi qui décide qui part et qui reste.

Riley en conclut qu'elle n'était pas invitée. Lorsque Simon et Harper furent dans la voiture, ce dernier beugla :

— Tu te magnes, morveuse ! On n'a pas toute la journée.

Avec lui, j'aurai tort quoi qu'il arrive.

Riley prit place à l'arrière et claqua sa portière. Au fond d'elle-même, elle ressentait une certaine excitation. On lui donnait enfin la chance de sortir de ce bâtiment puant pour aller faire ce à quoi elle se destinait : piéger des démons. Enfin, pas tout à fait. Il s'agissait avant tout de la mission de Simon. D'après ce qu'elle avait saisi de leur conversation, ils poursuivaient un Hypno de Classe quatre, un Mesmer, comme disaient les piégeurs.

Harper indiquait le chemin.

— Où allons-nous, au juste ? demanda Simon en s'éloignant de Memorial Drive et en bifurquant vers le nord et le centre-ville.

Elle décela une pointe de nervosité dans sa voix.

Le maître passa à Riley des feuilles de papier.

— Maintenant, tu vas essayer de mériter ton salaire.

Écartant une mèche de cheveux de ses yeux, Riley survola le rapport. Comme dans toutes les réquisitions de piégeage, celle-ci comportait le nom et l'adresse du plaignant, ainsi que le type d'activité démoniaque suspectée.

— Un certain M. Ford se plaint qu'un garçon tourne autour de sa fille Carol et lui fait faire des choses qu'elle ne devrait pas faire. Il pense que le garçon est un démon parce que, chaque fois qu'il essaie de le chasser, il se surprend à acquiescer à tout ce que l'autre dit.

— On dirait effectivement un Mesmer, confirma Harper.

— C'est peut-être juste un baratineur, proposa Riley.

Le maître lui lança un regard bizarre par-dessus son épaule.

— Tu en as connu, pas vrai ?

C'est clair.

Riley avait rencontré Allan juste après que Beck l'eut rejetée comme une malpropre. Elle était vulnérable, et Allan en avait profité. Son père s'était méfié de ce garçon dès la première fois qu'il l'avait vu, mais cela n'avait rien changé ; à cette période de sa vie, sa relation avec Allan était la seule chose qui lui importait, et elle aurait tout fait pour se rendre intéressante à ses yeux. Elle avait tout fait. Cela avait commencé par des petites choses : des mensonges, des secrets, des vols de cigarettes dans des épiceries alors que ni l'un ni l'autre ne fumait. Tout s'était arrêté net le jour où elle avait été à deux doigts de fourrer sous son blouson un ordinateur portable à 2 000 dollars. Elle devait lui prouver qu'elle l'aimait, lui avait-il dit.

Un genre de décharge électrique avait parcouru son corps tout entier lorsqu'elle avait posé la main sur l'ordinateur. Son avenir avait défilé devant ses yeux tels un film de série B : les flics lui criant dessus au poste (et non sur Allan), prenant ses empreintes digitales, la jetant en cellule, la présentant devant le juge. Allan n'aurait pas à faire face à son père terriblement déçu.

Choquée, elle était sortie du magasin sans l'ordinateur. Quand elle était passée devant lui, l'agent de sécurité l'avait regardée en hochant la tête. Il savait.

« Bravo, gamine », lui avait-il dit.

Allan n'avait pas vu les choses de cette façon. Lorsqu'elle lui avait avoué qu'elle n'avait pas été capable d'aller au bout, il lui avait crié dessus devant tout le monde dans le parking, la traitant de « pétasse stupide ». Et puis il l'avait frappée.

Riley se toucha la joue, se rappelant la douleur, le goût du sang dans sa bouche, le visage d'Allan déformé par la rage à seulement quelques centimètres du sien, tandis qu'il beuglait des atrocités.

Elle avait trouvé le courage de le laisser, encore hurlant, dans ce parking et de rentrer seule chez elle en empruntant trois lignes de bus différentes. En avisant son visage meurtri, son père était devenu rouge de colère. Elle s'était jetée dans ses bras et lui avait tout raconté. Une fois son récit terminé, il lui avait posé une seule question :

« Crois-tu que tu as mérité d'être frappée ?

— Non ! C'est lui qui aurait dû prendre ce coup ! »

Sa réponse avait paru soulager son père, qui s'était immédiatement détendu.

« N'oublie jamais ça, ma chérie, personne n'a le droit de te faire du mal. *Personne.* »

Puis il l'avait serrée dans ses bras et l'avait emmenée manger une glace pour fêter la fin de la « pire relation amoureuse de l'histoire de l'humanité ». Quelques mois plus tard, elle avait entendu dire qu'Allan avait cassé le bras de sa nouvelle petite amie au cours d'une dispute.

Je m'en suis bien tirée.

— Eh ! cria Harper et claquant des doigts, ce qui la fit sursauter. Sois attentive, veux-tu ? Tu crois peut-être tout savoir, mais tu te goures.

— Désolée. Vous disiez quoi ?

— Je disais que les Classe quatre sont des saloperies sournoises. Ils te murmurent gentiment à l'oreille, et quand tu te réveilles, tu as un tampon de Lucifer sur le cul. Parfois ils font ça très vite, parfois ils prennent leur temps. Quoi qu'il en soit, c'est ton âme qui les intéresse, et à la fin, tu l'as dans l'os, tu es baisé.

Simon grimaça en entendant ces obscénités.

Harper poursuivit :

— Une fois qu'ils sont maîtres de ton âme, ils ont deux possibilités : soit la moissonner, auquel cas ton corps devient immédiatement de la viande morte, soit l'échanger contre une faveur à un démon plus puissant.

—Que ferait un démon de haut rang de l'âme d'une personne ? demanda Simon, les sourcils froncés.

—Eh bien, comme tu es toujours en vie, ils te possèdent. Tu deviens leur putain pour l'éternité. (Il se tourna vers Simon.) Explique-nous la différence entre un incube et un succube.

Son camarade apprenti soupira, apparemment mécontent d'avoir à aborder ce sujet devant elle.

—Un succube séduit les mâles et puise leur énergie au moment de l'acte sexuel. Un incube fait la même chose avec les femmes.

Harper hocha la tête.

—Les deux sont mauvais, c'est le moins qu'on puisse dire.

—Comment les arrête-t-on ? demanda Riley.

—Une sphère Babel suffit normalement.

Elle n'était pas arrivée aussi loin dans le manuel. Peut-être aurait-elle dû sauter quelques pages.

—Comment fonctionne-t-elle ?

Harper s'offusqua comme si elle était ignorante.

—Dis-lui, le saint.

Le soi-disant saint, qui embrassait comme un dieu, la regarda dans le rétroviseur.

—La sphère Babel traduit ce que le démon dit vraiment. Elle révèle le monstre sous l'illusion.

—Quand on sera sûrs qu'il s'agit bien d'un démon, on balancera une sphère Babel et on l'attrapera, lança Harper. Une partie de plaisir !

Riley aperçut le visage de Simon dans le miroir.

Comme elle, il semblait dubitatif.

Chapitre 25

L'*Armageddon Lounge* n'était pas très fréquenté, mais les quelques clients présents les regardèrent comme des réfugiés reluquant un buffet de mariage.

C'est là que Beck joue au billard. Et l'endroit lui ressemblait : ambiance miteuse de fin des temps, avec huit tables de billard et un grand écran diffusant des matchs de football universitaires. La feutrine verte sur les tables était usée et le sol en béton peint avait besoin d'un bon coup de balai. L'atmosphère empestait la cigarette, ce qui signifiait que le propriétaire avait payé une taxe spéciale à la municipalité.

Harper désigna de la tête un jeune couple assis à une table.

— Ce sont eux, je pense.

Le garçon devait mesurer un mètre quatre-vingts, comme Simon. Il avait les cheveux noirs mal peignés et le visage truffé de morceaux de métal : sur l'arcade, le nez et la langue. Riley se demanda comment il s'était payé tous ces bijoux. Il était vêtu d'un jean délavé et d'un tee-shirt noir sur lequel on pouvait lire : « Je suis parfait ! »

Rien de moins.

En approchant du couple, Riley examina la fille. D'après ce qu'elle avait lu, Carol Ford avait quinze ans, mais elle faisait beaucoup plus. Ses cheveux blonds étaient coupés court et de façon irrégulière, son visage était très pâle et ses yeux étaient cernés. Soit Carol était malade, soit elle était camée, soit son petit ami était un incube qui se nourrissait de son énergie vitale. Dans tous les cas, aucun fond de teint n'aurait pu masquer son état.

Simon ouvrit la fermeture à glissière de son sac et le posa par terre en même temps que sa boîte à casse-croûte bleu ciel.

—Excusez-moi, vous êtes bien Carol Ford ? demanda-t-il.

La jeune femme le regarda et cligna plusieurs fois des yeux, comme si Simon émettait une lumière intense.

—Oui.

—Je m'appelle Simon Adler. Je suis piégeur de démon. Il se pourrait que je sois en mesure de vous aider à régler votre problème.

Riley était impressionnée ; il semblait si sûr de lui. Simon n'avait pas énormément d'expérience, mais sa foi l'aidait à garder le contrôle sur ses sentiments.

—Tu n'es pas obligée de leur parler, intervint le petit ami d'une voix autoritaire en regardant les intrus. Ce sont tes parents qui nous les envoient.

—Mes parents ? demanda-t-elle, comme si elle avait oublié jusqu'à leur existence.

—C'est un malentendu, continua le garçon en passant un bras autour des épaules de la jeune femme, qui eut un frisson de déplaisir. Ses parents ne m'aiment pas, mais nous, nous sommes faits pour être ensemble. Ils essaient de nous séparer, mais ce n'est pas juste. Laissez-nous tranquilles, s'il vous plaît.

Il semblait raisonnable. Raisonnable comme Allan quand il la manipulait.

—On compte l'un pour l'autre, poursuivit le garçon. Hein, Carol, tu m'aimes, pas vrai ?

Carol hocha la tête comme une marionnette.

—Je ne laisserai personne lui faire du mal, ajouta-t-il, avant de poser ses yeux sur Riley.

278

Au moment où leurs regards se croisèrent, Riley eut l'impression qu'ils étaient seuls, qu'il n'y avait plus personne dans l'établissement. Il lui murmurait à l'oreille des mots qu'elle était la seule à entendre. Il lui disait qu'elle était belle, qu'il était désolé qu'elle soit célibataire et qu'il comptait bien arranger cela. Il lui promettait de ne pas la laisser tomber comme les autres.

Tu me fais confiance, n'est-ce pas ? demandait-il.

Quelque chose claqua bruyamment, et les deux apprentis sursautèrent. Harper venait de donner un coup de queue de billard sur une table.

— Pour l'amour du ciel, le saint, finis ton boulot, merde ! ordonna-t-il.

Simon finit de sortir de sa léthargie, serra sa croix en bois et murmura une prière en silence. Un instant plus tard, une sphère éclata sur le sol en une myriade de minuscules fragments. Carol eut le souffle coupé, tandis que se répandait une odeur de cannelle dans le bar et qu'une mosaïque de lumières clignotantes embrasait l'atmosphère.

Les lumières s'élevèrent dans les airs en même temps que le nuage parfumé et se dirigèrent vers le petit ami de Carol, l'englobant littéralement.

— Qu'est-ce que c'est ? demanda-t-elle nerveuse.

— Le mal…, siffla le garçon. Comment osez-vous ?

Il agita les bras pour repousser la magie, tandis que sa voix se faisait plus faible et plus aiguë, comme si son visage séduisant recouvrait sa hideuse réalité. Ses vêtements disparurent, révélant un corps qui semblait avoir été plongé dans la boue. Par endroits, la couche brune était craquelée et mettait en évidence une peau cireuse. Son regard injecté de sang était rivé sur Riley, brillant dans l'ambiance tamisée du bar. Il n'avait pas de cornes, mais une longue queue barbelée qui claquait derrière lui comme celle d'un chat en colère, tandis que ses mains munies de griffes tailladaient le vide devant lui.

Les vêtements disparus, Riley put voir ce qu'aucun mortel ne devrait jamais voir.

Génial. Comment je fais pour oublier ça, moi?

Dès que les clients du bar eurent compris qu'un démon nu se trouvait parmi eux, ce fut la pagaille, et tout le monde fonça vers la sortie. Quand Carol vit le véritable visage de son petit copain, et ce qu'il avait entre les jambes, elle cria et se mit à reculer.

—À moi! Son âme était presque à moi! cria le démon. Mauvais vous êtes!

Simon fit comme s'il ne l'avait pas entendu et enfila une paire d'épais gants en latex.

—À tous, un marché je propose! offrit le démon.

—Va te faire mettre, répondit Harper.

Le monstre se ratatina lentement tel un ballon percé d'un minuscule trou. Comme il rapetissait, le démon hurlait, jurait et agitait les bras, mais cela ne ralentit en rien le processus magique.

Waouh! c'est cool. Je me demande comment ça marche…

À la fin, il ne mesurait pas plus de trente centimètres de haut. Le cercle de lumières scintillantes qui l'entourait ressemblait à un champ de force miniature. Simon attrapa le monstre féroce et le jeta dans sa boîte à casse-croûte, puis dans le sac dont il referma la glissière, qu'il sécurisa à l'aide d'un cadenas. Les amulettes accrochées à la poignée cliquetèrent lorsque le garçon souleva le sac. Apparemment, elles étaient censées empêcher le démon de se creuser une porte de sortie avec ses griffes.

Riley applaudit, ravie par le succès de Simon.

—Un point pour les piégeurs!

Il eut un sourire modeste, mais elle sentit que quelque chose le dérangeait.

Harper ne semblait pas partager leur joie; au contraire, il les regardait d'un air sévère.

— Qu'est-ce que vous foutiez, bordel ? Je vous avais prévenus qu'il essaierait de s'immiscer dans votre cerveau ! Putain, on aurait dit deux poupées de chiffon !

Riley ne prit pas la peine de se défendre. Si le monstre avait été capable d'entrer dans l'esprit de Simon, alors tout le monde était vulnérable. Elle se retourna vers Carol. La fille semblait paralysée ; elle regardait fixement le sac où était enfermé son ex-petit ami. Des larmes abondantes lui coulaient sur les joues.

— C'est… c'est un…, bégaya-t-elle.

— Un démon. Ça arrive, dit Riley en essayant de la rassurer.

La jeune femme gémit et se jeta dans ses bras.

— Barrons-nous d'ici, ordonna Harper en considérant d'un air circonspect le bar et la foule de curieux qui s'était rassemblée devant la porte. Je préfère ne pas avoir à expliquer aux flics ce qui s'est passé.

Comme Simon emportait le démon à l'extérieur, le patron de l'établissement se planta devant Harper, lui reprochant d'avoir cassé une queue de billard et d'avoir mis des morceaux de verre partout.

— Vous voulez qu'on le libère ? demanda Harper.

Le patron devint livide et secoua vigoureusement la tête.

— Je m'en doutais.

Lorsqu'ils furent à l'extérieur, Riley montra à Carol la direction du poste de police.

— Va là-bas et appelle tes parents, lui conseilla-t-elle. Dis-leur que tu as fait une connerie.

— Je croyais qu'il était…, commença la fille en reniflant. (Elle se moucha.) Il était tellement…

— Il n'était pas fait pour toi.

— Ils vont me tuer ! pleurnicha Carol, obsédée par son histoire d'amour ruinée et pas du tout consciente de ce qui lui serait arrivé si le démon de Classe quatre était arrivé à ses fins.

Se faire tuer par ses parents ou passer l'éternité avec un démon ?

— C'est un faible prix à payer, dit Riley, compatissante, en lui tapotant le bras. Fais-moi confiance.

Simon ne prononça pas un mot sur le chemin du retour.

Tu as capturé ce démon, et c'est tout ce qui compte. Croyait-il vraiment que cette chose n'allait pas essayer de le manipuler ? qu'il était en quelque sorte immunisé contre son venin ?

Harper était silencieux, aussi Riley passa-t-elle son temps à essayer de ne pas regarder le sac posé à côté d'elle. Elle entendait le démon dans sa tête qui lui promettait monts et merveilles si elle le libérait.

— Tu rêves, mon pote, alors ferme-la, marmonna-t-elle.

Harper la regarda sévèrement par-dessus son épaule.

— Il te parle ?

Elle acquiesça de la tête.

— Tu es tentée ? insista-t-il.

— Non.

— Et pourquoi cela ?

— Parce que je suis une Blackthorne, ne put-elle s'empêcher de répondre.

Il ricana.

— Comme si ça faisait la moindre différence !

Comme le démon ne cessait pas de la harceler, elle décida de laisser son esprit vagabonder et se remémora la nuit précédente et ce fameux baiser. Ainsi la voix du monstre disparut lentement mais sûrement.

Dès qu'ils furent de retour chez Harper, le maître décida de lui en faire baver.

— Il y a des Classe un dans le bureau. Amène-les chez Roscoe Clement sur Peachtree Street et vends-les. Ils nous rapporteront 75 billets l'unité. Et fais bien signer tous les papiers, d'accord ?

— Monsieur, je ne suis pas certain que ce soit une bonne idée, intervint Simon, apparemment surpris par sa demande. Roscoe est…

Harper lança un regard noir à son plus ancien apprenti.

— Je ne t'ai pas sonné, le saint. (Il pointa Riley du doigt.) Et tu as intérêt à être là lorsque nous serons rentrés.

C'est-à-dire quand? Elle n'osa pas lui demander, vu son humeur massacrante. Harper aboya des ordres à Simon, et ils s'en furent tous les deux, la vieille Dodge crachant de la fumée. Ils allaient sans doute vendre le Classe quatre quelque part.

Pas à Roscoe, en tout cas. Mais pourquoi?

Son père lui avait parlé de ce Roscoe, qui vendait des vidéos pour adultes et des *sex toys* à peine légaux, et qui, accessoirement, achetait des démons. Personne ne savait comment il s'était débrouillé pour recevoir l'autorisation officielle de l'Église de faire le commerce des monstres. Son père lui avait aussi dit de rester à l'écart de ce type dégueulasse. En tout cas, de ne jamais s'aventurer chez lui toute seule. Sauf que Harper lui avait ordonné d'y aller, ce qui revenait à jeter des entrailles de lapin en pâture à un démon de Classe trois.

— Je parie que tu n'as pas fait ce coup-là à Simon, râla-t-elle.

Riley trouva les quatre Classe un sur le bureau de Harper, dans des gobelets pour bébé. Des Biblios, tous les quatre.

L'un d'entre eux était endormi, mais les trois autres eurent le temps de lui adresser un geste obscène avant de se retrouver dans son sac de coursier. Puis elle prit les documents administratifs en quatre exemplaires : un pour le piégeur, un pour le trafiquant, un pour la Ville et un que le négociant devait remettre à l'Église. Chaque démon était suivi depuis sa capture jusqu'à sa prise en charge par les autorités religieuses.

À en croire son manuel, cette paperasse remontait ensuite jusqu'à Rome. Elle imaginait les comptables du Vatican étudiant ces rapports, les classant dans d'énormes livres qui remontaient au Moyen Âge. Peut-être le pape lui-même jetait-il un coup d'œil à ces registres en prenant son petit déjeuner. Un jour, il lirait le nom de Riley et verrait combien de démons elle aurait capturés.

Cooool!

Chapitre 26

Qui disait moins de voitures, disait forcément plus de places de parking. Du moins était-ce une théorie, que Riley n'avait jamais pu vérifier. La municipalité prédatrice avait converti les places de Peachtree Street en magasins de fortune, qui devaient évidemment payer une taxe mensuelle pour avoir le droit d'exister. En conséquence de quoi il était quasi impossible de se garer dans le quartier. Comme elle attendait que des types aient terminé de décharger une camionnette bleue pour prendre leur place, Riley sortit l'enveloppe en papier kraft de la boîte à gants et jeta un coup d'œil aux documents de son père. Peter avait tout soigneusement trié, classant les papiers à l'aide de pinces. Elle étudia le premier paquet, relevant la tête à intervalles réguliers pour voir comment avançait le déchargement.

« L'histoire de l'Eau bénite. »

Son père, qui n'avait jamais fait les choses à moitié, avait pris très au sérieux son étude du liquide sacré. Elle avait entre les mains un rapport très détaillé sur les légendes et coutumes liées à l'Eau bénite. Il y avait une liste des miracles attribués au saint liquide, ses usages tels que se l'étaient transmis les femmes de génération en génération, et même un schéma qui montrait comment l'Eau bénite était produite et distribuée dans la région d'Atlanta.

Riley regarda la camionnette : toujours là. Elle reprit sa lecture. Le fabricant local, Fournitures célestes, produisait son Eau bénite dans une usine de Doraville. De là, elle était envoyée à des distributeurs agréés qui approvisionnaient divers magasins dans toute la ville. Le moindre flacon, la moindre bouteille, le moindre bidon comportait un tampon du Trésor et était identifié par son lot d'origine.

— Et alors ? dit-elle en fronçant les sourcils.

Peut-être son père avait-il pour projet de rédiger un travail universitaire ou quelque chose dans le genre ?

— Qui voudrait lire un truc pareil ?

Le folklore pouvait parfois être intéressant, mais, la plupart du temps, il était soporifique.

Un peu plus loin, elle trouva plusieurs pages de chiffres ; il s'agissait de la liste exhaustive des lots d'Eau bénite produits par Fournitures célestes durant les six mois qui venaient de s'écouler.

— Oh ! s'exclama-t-elle en levant les yeux au ciel.

Cela ne la mènerait nulle part. Elle regarda dehors et vit un type trapu refermer la porte de la camionnette. Puis il s'installa derrière le volant et libéra la place de parking.

— Elle est à moi ! lança-t-elle en souriant.

Riley passa devant le *Westin*, un des quelques hôtels encore ouverts dans le centre. Les fumeurs étaient regroupés devant la porte d'entrée. L'un d'entre eux était accompagné d'une Maccab, qui portait sa mallette. Le type vêtu d'un costume luxueux faisait les cent pas en parlant comme une mitraillette dans son téléphone et en déroulant un ruban de fumée.

Riley croisa le regard de la créature ranimée, une petite femme d'origine hispanique vêtue d'un tailleur noir et d'une chemise blanche. Sa peau, en revanche, était grise. Ses cheveux étaient retenus en arrière par une pince, et elle avait l'air incroyablement triste. Peut-être avait-elle été la secrétaire du type avant de mourir, et l'autre avait-il refusé de se séparer d'elle. Quoi qu'il en soit, elle était son esclave, à présent.

C'est trop nul.

Riley hocha la tête pour lui signifier qu'elle compatissait. La Maccab lui répondit. Cela l'étonna beaucoup. Habituellement, ils posaient sur le monde un regard vide. Le propriétaire de la femme lui demanda d'approcher, et celle-ci s'exécuta, ouvrant la mallette pour que l'homme y prenne quelque chose. Il choisit une liasse de feuilles et se remit à faire les cent pas comme s'il était seul au monde.

Désolée, articula Riley en silence. Sans obtenir de réponse, cette fois.

Il n'y avait pas de feux tricolores au croisement de Baker Street et de Peachtree Street. Bicyclettes et mobylettes y défilaient sans interruption, et l'une d'entre elles faillit même lui écraser le pied. Par chance, les chevaux n'étaient plus autorisés dans le centre, car personne n'avait envie de patauger dans le crottin.

L'Emporium de Roscoe se trouvait tout près du *Max Lager's*, un pub très populaire. Impossible de manquer la boutique littéralement quadrillée de néons.

Dans la vitrine, une enseigne lumineuse affirmait : «L'Amérique, un pays qui en a!» Juste en dessous, elle avisa un préservatif géant. Pour prouver que Roscoe était un grand patriote, le préservatif grossissait dans des proportions grotesques avant de changer de couleur, passant du rouge au blanc, puis au bleu, pendant qu'une paire d'antiques haut-parleurs crachait *America the Beautiful*.

Riley ajusta la sangle du sac de coursier qui avait tendance à glisser de son épaule. Des voix aiguës et à peine audibles retentirent. La jeune femme donna une tape sur le côté du sac.

287

— Fermez-la.

Le silence se fit. Elle aurait pu affirmer sans risque de se tromper que des majeurs minuscules étaient dressés dans sa direction.

Riley resta devant la vitrine pendant une bonne minute en espérant que Dieu, ou l'être suprême, quel qu'il soit, qui régissait le fonctionnement de cet univers, interviendrait pour qu'elle n'ait pas besoin d'entrer dans cette boutique. En l'absence d'intervention surnaturelle, Riley frissonna et, déçue, poussa la porte d'entrée.

Tandis que ses yeux s'habituaient à la faible luminosité, elle aperçut un écran géant sur le mur du fond. Un système audio diffusait dans toute la boutique les gémissements et les « Oh ! oui, oh ! oui » d'une star du porno siliconée en pleine action avec un beau Latino. Quelques clients étaient agglutinés devant l'écran, hypnotisés, la bouche ouverte.

Papa doit se retourner dans sa tombe.

Roscoe la repéra immédiatement. On aurait presque dit qu'il attendait sa venue. Il se tenait derrière un long comptoir en verre à l'intérieur duquel étaient alignées des choses que Riley ne reconnut pas et dont l'introduction dans quelque orifice du corps humain que ce soit ne devait pas faire du bien.

— Je suis à toi dans une seconde, lança-t-il, attirant l'attention de tous les clients.

Merci, sale pervers.

Riley resta plantée devant la sortie, refusant de s'aventurer dans le magasin. Non qu'elle soit particulièrement prude, mais certains clients la reluquaient avec insistance et lui faisaient peur.

Roscoe finit par la rejoindre d'un pas traînant, précédé de quelques centimètres par son ventre. Ses cheveux brun rouille étaient trop bouclés pour être naturels. À en croire les tatouages qui lui couvraient les deux bras, les sirènes raffolaient vraiment des marins.

Avant qu'elle ait eu une chance de dire quoi que ce soit, il se lécha les lèvres et sourit.

— Par ici, ma poule. On va conclure l'affaire dans mon bureau.

Ma poule. Elle secoua la tête, incrédule. Apparemment, Harper avait appelé Roscoe pour le prévenir de sa venue. Tout devrait aller très vite. *Qu'on en finisse, que je me tire d'ici.*

Il était difficile de dire où s'arrêtait la boutique et où commençait le bureau de Roscoe. Des rangées de vibro-masseurs multicolores trônaient sur des étagères fixées de travers derrière un comptoir en métal. Les autres murs étaient couverts de calendriers ornés de femmes nues, tandis qu'une scène réellement dégoûtante impliquant une *cheerleader* passait sur un petit téléviseur. Il y avait même un portrait encadré de Roscoe. Dans l'article de journal qui l'accompagnait, il était question du « tsar des loisirs pour adultes », qui, au cours des cinq dernières années, avait payé à l'État plus de 50 000 dollars en licences et autres impôts sur le péché. Voilà pourquoi la Ville tolérait ces obscénités. C'était gagnant-gagnant, comme disait son père. Riley sourit intérieurement.

Roscoe s'affala dans un fauteuil en cuir usé. Son énorme ventre bascula par-dessus son jean, gagnant la bataille qui l'opposait à un tee-shirt trop serré. Ce n'était pas une vue très plaisante. Sur son torse, on pouvait lire l'inscription « Voyons si tu es assez grande pour moi ». Au-dessus, à hauteur de tétons, était tracée une ligne droite.

Beurk!

Roscoe avait le regard rivé sur la poitrine de Riley comme s'il n'avait jamais vu de seins de sa vie. Il prit un air complice.

— Je peux te trouver du travail, si tu veux. Trois cents par film. Tu aurais tort de ne pas profiter de tes atouts.

— Hein? fit Riley sans comprendre.

— Quand tu connaîtras les ficelles du métier, tu pourras gagner beaucoup plus, genre 1 000 billets la scène, expliqua Roscoe.

Il ne parlait pas de démons.

Mille dollars pour jouer dans un film porno ? À côté de cela, les tarifs des piégeurs étaient ridicules.

— Tu pourrais même gagner plus que ça en mettant en avant ta jeunesse. J'ai des contacts, tu sais ? Tu pourrais commencer tout de suite. Bien sûr, je prends toujours une commission, mais on peut négocier, trouver un arrangement…

Un arrangement… Une remontée acide lui brûla l'œsophage.

Riley s'assura que la porte du bureau était ouverte derrière elle.

Avec un gloussement sec, Roscoe l'examina de la tête aux pieds, évaluant la qualité de la marchandise comme s'il avait une pièce de bœuf sous les yeux.

— Bon, et si on jetait un coup d'œil à tout ça ?

Son envie de fuir se fit pressante, mais on lui avait confié une mission. Harper serait furieux si elle ne vendait pas les Biblios, et le fait que Roscoe soit un pervers ne ferait aucune différence.

Comment réagirait Simon à sa place ? Elle repoussa cette pensée immédiatement. Simon était trop poli. Et Beck ? Oui, c'était de lui qu'elle devait s'inspirer.

Riley lança un regard noir au tsar du porno.

— Bien. Voilà la marchandise…

Il la lorgna avec appétit jusqu'à ce qu'elle sorte les Biblios de son sac et les aligne sur son bureau ; elle n'appréciait pas de se trouver si près de lui, mais elle n'avait pas le choix. Les pieds collés à la paroi, un des monstres était en train d'essayer vainement de dévisser le couvercle de son verre. Riley le resserra au cas où.

— Je viens de la part de maître Harper, annonça-t-elle. Et pour rien d'autre.

Roscoe était stupéfait.

—Tu es sûre ? Merde, lâcha-t-il en secouant la tête de dépit. Tu passes à côté d'un bon paquet de pognon. Tu es bien gaulée, et les projecteurs mettraient ton corps en valeur.

—Pas question. Finissons-en.

Roscoe se pencha en avant, et son nez gras brilla comme un phare dans l'ambiance tamisée. Son expression donna presque envie de vomir à Riley.

—Quatre-vingt-dix par tête, offrit-il en se grattant le ventre d'un air pensif.

Quatre-vingt-dix ?

Il interpréta son silence comme un signe de mécontentement.

—D'accord, d'accord, un billet de 100 chacun. J'achèterai à ce prix tous ceux que vous attraperez.

—Tous ceux que nous attraperons ? demanda-t-elle, pour vérifier.

Harper lui avait dit d'en demander 75 dollars par tête. Quelque chose lui échappait peut-être.

—Tu m'as bien entendu. Cent billets par tête. C'est mon dernier prix.

Elle était curieuse de voir la tête que ferait Harper lorsqu'elle reviendrait avec plus d'argent que prévu. Peut-être l'Église avait-elle autorisé des paiements plus importants et Harper n'en avait-il pas encore entendu parler. Riley sortit ses formulaires et les posa à côté des verres.

Le front de Roscoe se couvrit de gouttes de sueur.

—On peut se passer de cette paperasse. J'ai trouvé un nouvel acheteur. Comme il m'offre plus de blé, je peux vous en faire profiter.

—Qui est cet acheteur ?

—Ce n'est pas tes oignons, ma chérie.

Ma chérie ? Double beurk !

—Je ne peux pas vendre ces démons sans faire remplir ces formulaires. C'est la loi.

—Alors disons 115 par tête, enchérit Roscoe. Je ne peux pas aller plus haut. Dis à ce vieux fumier que tu en as tiré 75 billets l'unité et que tu as paumé les papiers. Après, il te restera à empocher la différence.

Une différence qui s'élèverait à 160 dollars, soit assez d'argent pour payer un mois de courses. C'était peut-être un coup monté, mais sa proposition était vraiment tentante.

Ce n'est pas réglo.

À contrecœur, elle secoua la tête.

—Pas de signature, pas de marché.

—Faut pas te fâcher pour ça, ma poule. Je fais ça pour rendre service à la communauté. Pour ce qui me concerne, tu peux aussi bien les balancer aux chiottes.

Riley entreprit de ranger les verres dans son sac. Cette conversation lui avait donné mal au ventre. *Harper va être fou de rage.*

—Eh! qu'est-ce que tu fais? demanda Roscoe en faisant mine de se lever.

—Ce que je dois faire, répondit-elle en rangeant plus vite, pressée qu'elle était de s'en aller loin de ce tordu.

—120! lâcha Roscoe. Personne ne t'offrira plus que ça.

L'obsédé transpirait le désespoir; elle le sentait dans l'atmosphère. Ce mec avait un problème, mais cela ne la regardait pas. Comme elle fourrait le dernier démon dans son sac, la main moite de Roscoe se referma sur son bras.

—Tu ne peux pas me faire ça! Tu dois me les vendre! aboya-t-il.

Elle se dégagea, écœurée par son contact.

—Tu es complètement idiote! gronda-t-il.

—Je sais, on me l'a déjà dit.

Riley se faufila entre les clients et les employés. Dès qu'elle eut atteint la rue, les démons lancèrent des cris de joie rauques dans son sac.

Certaines choses ne changeront jamais, même en Enfer.

Jack le pompier n'avait pas été très dur à trouver, car il y avait très peu d'anciennes casernes en ville. Riley prit son courage à deux mains et appuya sur la sonnette située à côté du volet roulant qui faisait office de porte. Pas de réponse. Elle réessaya, et le rideau commença à s'ouvrir.

—Oui ?

Une main l'invita à entrer. Elle appartenait à un type jeune, âgé de vingt ans et des poussières. Il portait une salopette bleue et des baskets montantes à carreaux blancs et noirs. Ses cheveux étaient un nid de pics. Simi aurait adoré.

—Oui ? répéta-t-il en posant sur elle un regard critique.

—Je dois voir Jack le pompier, répondit-elle. Je suis Riley Blackthorne.

—Blackthorne ? fit-il en haussant un sourcil. Par ici.

Comme elle le suivait derrière le rideau, la jeune femme comprit que cette caserne était l'endroit idéal pour un trafiquant de démons. Les piégeurs pouvaient garer leur véhicule à l'intérieur du bâtiment, abaisser le rideau et décharger les monstres les plus gros sans risquer de les voir prendre la fuite ou attaquer des passants.

Son nez capta la puanteur de soufre des démons avant que leurs grognements parviennent à ses oreilles. Une demi-douzaine de Classe trois étaient alignés contre le mur du fond dans des cages en acier individuelles. Ils bavaient et montraient leurs griffes, tandis que leur fourrure se hérissait et ondulait. Sous les cages, le sol était parfaitement propre. Elle se demanda si le type en salopette était chargé du ménage.

—Fille de Blackthorne ! hurla un des démons.

Les autres l'imitèrent et grognèrent en chœur.

Elle passa devant les cages en se retenant de trembler.

Ils grimpèrent deux volées de marches jusqu'au bureau de Jack, ce qui leur prit du temps à cause de sa cuisse convalescente.

Le bureau était grand, aéré et lumineux grâce à quatre lucarnes qui mettaient en valeur les briques rouges des murs. L'endroit lui plut tout de suite. On s'y sentait bien. Si elle devenait riche un jour, elle s'offrirait peut-être une caserne désaffectée. Un rapide coup d'œil autour d'elle lui confirma que le vaste espace n'était pas uniquement le lieu de travail de Jack. Dans un coin, elle avisa un lit deux places et une kitchenette rutilante, et, sur le mur d'en face, un écran plat sur lequel défilaient les cours de la bourse.

Le propriétaire des lieux était assis derrière un grand bureau en bois. Un bureau ordinaire qui avait servi de très nombreuses années. Jack semblait avoir approximativement l'âge de son père. La quarantaine bien sonnée. Il était vieux, sans être un croulant comme Harper. Jack avait les cheveux bruns et les tempes grisonnantes. Il portait un jean, une chemise rouge et ses fameuses bretelles rayées. Il devait être facile à repérer dans la foule. Une casquette de base-ball était posée devant lui, qui indiquait qu'il supportait les Yankees.

Il était au téléphone. Il leva la main pour lui signifier d'attendre une minute puis retourna à sa conversation. Il discutait avec quelqu'un des lois qui régissaient la dépose des démons.

En attendant, Riley examina le mur de gauche couvert de photos et de tableaux. Tous les cadres avaient un thème commun : les incendies célèbres. Londres, 1666. Chicago, 1871. Atlanta, 1864 et 1917. Et même l'incendie du *Lenox Plaza* qui avait eu lieu l'année précédente. Celui-ci avait été déclenché par deux Pyros en chaleur. Par chance, les Pyros ne s'accouplaient pas souvent, mais quand cela arrivait, le résultat était souvent dévastateur.

Jack raccrocha son téléphone et lui montra une chaise en bois à haut dossier.

—Riley ! Asseyez-vous. Comment allez-vous ?

—Plutôt bien. Je suis l'apprentie de Harper, maintenant.

Jack mima un haut-le-cœur, ce qui la fit bien rire.

Elle voyait pourquoi son père appréciait tant cet homme.

— Ne soyons pas trop injustes, reprit Jack. Harper est peut-être champion du monde toutes catégories des connards, mais c'est un bon piégeur. Vous apprendrez beaucoup à son contact. À moins que vous le tuiez avant.

— Pour l'instant, j'ai acquis une certaine expertise en matière de nettoyage de déjections de démon, dit-elle en exhibant ses mains colorées.

— Il faut bien commencer en bas de l'échelle, répondit-il avec un petit sourire satisfait.

Il redevint sérieux, ouvrit un tiroir et sortit un grand classeur qu'il laissa tomber sur son bureau. Il était plein de formulaires officiels.

— J'ai jeté un coup d'œil au contrat que vous a envoyé la société de recouvrement.

— Et ? demanda-t-elle, incapable de déchiffrer son expression.

— Il semblerait qu'ils aient le droit de réclamer le corps de votre père.

Elle se cogna l'arrière de la tête contre le dossier en bois, la douleur court-circuitant momentanément sa colère et ses larmes.

— Et on ne peut pas les en empêcher ?

— J'ai fait appel auprès du tribunal en mettant en avant des détails un peu flous du contrat. Il s'agit surtout de gagner du temps. Suffisamment de temps, éventuellement, pour que son corps n'ait plus de valeur pour eux.

— Je leur donnerais l'argent, si je l'avais. Je vous assure.

— Comme vous êtes mineure, vous ne leur devez rien. C'est pour cela qu'ils veulent le corps ; il est leur seule chance de récupérer quelque chose. Je suis navré de ne pas avoir de meilleures nouvelles.

Il écarta son classeur, et ils s'étudièrent mutuellement pendant quelques secondes.

— Je peux faire autre chose pour vous aider ? finit-il par demander.

— Je suis venue vous vendre quelques Classe un.

— Pourquoi à moi et pas à un autre trafiquant ? s'étonna Jack.

— Harper m'a envoyée chez Roscoe, mais on n'a pas pu s'arranger.

— Il vous a envoyée chez Roscoe ? lâcha Jack en se penchant sur son bureau. Grand Dieu. Beck est-il au courant ?

— Non.

— Ne lui dites rien. Il deviendrait fou.

— Je sais. L'autre tordu m'a proposé de tourner des films X, expliqua-t-elle en mimant à son tour un haut-le-cœur. Puis il m'a offert 120 dollars par démon.

La mâchoire de Jack se décrocha.

— Cent vingt ? Il ne peut pas les vendre à l'Église à ce prix. Ils nous les paient 85 dollars, pas plus.

— Harper a-t-il essayé de me piéger ?

— Peut-être. Tout est possible avec lui. (Jack s'interrompit pour réfléchir quelques instants.) Normalement, je n'achète que des Classe trois et au-delà.

— Je me suis dit que, comme mon père et vous étiez copains, eh bien…, tenta-t-elle de le charmer.

Le trafiquant éclata de rire.

— Vous essayez de m'avoir par les sentiments ? C'est vrai que vous êtes charmante. Bon, combien ?

— J'en ai quatre. Des Biblios.

Jack s'adossa à son fauteuil et passa les pouces sous ses bretelles aux couleurs criardes.

— Si vous êtes moitié aussi douée que Paul, vous avez clairement un avenir dans la profession. Je ne suis pas stupide.

Je ne veux pas me mettre à dos la nouvelle génération de piégeurs.

Elle pencha la tête sur le côté et attendit, car il n'avait semblait-il pas terminé.

— D'accord, admit-il, j'adore voir les outsiders gagner. Je ferai partie de vos supporters. On vous reprochera beaucoup d'être une femme. Surtout, rendez bien les coups que vous recevrez.

Il ne m'a pas appelée « ma poule », « chérie » ou « princesse ». Jack monta de quelques places dans son classement des gens bien.

— Voyons voir ces petits salopards.

Elle les sortit un à un. Les Biblios juraient de plus belle.

— Que fait l'Église des démons ? s'enquit-elle.

— Officiellement, elle les confine dans des conteneurs spéciaux qu'elle envoie en Europe, où des moines prient au-dessus d'eux. Ça les endort, et ils finissent par disparaître. L'Église pense que leur âme est sauvée. Moi, je crois plutôt qu'elle retourne en Enfer pour y être recyclée.

— Combien de temps pour parvenir à ce résultat ?

— Je ne sais pas. Honnêtement, je pense qu'ils disparaissent pour ne pas avoir à écouter ces prières sans fin. (Il la regarda fixement.) Vous êtes sûre de vouloir me les vendre ?

— Oui, pourquoi ?

Jack hésita une seconde puis resserra davantage les couvercles des verres.

— Comme vous voudrez. 75 par tête, alors.

Elle hocha la tête, même si c'était beaucoup moins que ce que lui avait offert Roscoe. Elle réfléchit à tout cela pendant que Jack comptait l'argent.

— Mon père vous a-t-il parlé de l'Eau bénite récemment ?

— Non, pourquoi ? demanda-t-il en se détournant du coffre vert et ancien situé derrière son bureau.

—J'ai retrouvé des documents… Il faisait des recherches sur l'Eau bénite, mais j'ignore pourquoi.

—Demandez à Beck. Si quelqu'un est au courant, c'est lui, dit-il en claquant la porte du coffre et en lui tendant une enveloppe. Ne la mettez pas dans votre sac ; quelqu'un pourrait essayer de vous le voler. Les gens du quartier savent que ceux qui sortent d'ici ont souvent de l'argent sur eux.

Elle coinça l'enveloppe dans son jean. Ils signèrent les formulaires, et l'affaire fut conclue. Jack se leva et lui serra vigoureusement la main.

—Souvenez-vous de moi quand vous serez compagnon. Je suis curieux de voir ce que vous attraperez à ce moment-là. En tout cas, j'achèterai tout ce que vous m'apporterez.

Ça, c'est cool. Ça fait au moins une personne de mon côté !

Chapitre 27

Riley posa les billets parfaitement empilés sur le bureau, à côté de la boîte à cigares.

— Tu les as vendus ? demanda Harper.

Il n'y avait aucune bouteille de whisky en vue, et son regard était celui d'un prédateur sur le point de bondir sur sa proie. Elle en eut des frissons et regretta que Simon soit sorti acheter du matériel de piégeage.

Riley laissa tomber les formulaires signés sur la table. Harper y jeta un coup d'œil en fronçant les sourcils. Elle avait vendu les démons pour le prix qu'il avait demandé et était rentrée avec l'argent et les papiers. Où était le problème ?

— Tu les as vendus à l'autre tarlouze ! beugla-t-il.

Oh-ho… Voilà pourquoi Jack avait paru surpris qu'elle se soit adressée à lui.

— Tu peux me dire pourquoi tu n'es pas allée chez Roscoe, comme je t'avais ordonné de le faire ? cria-t-il, sa voix se réverbérant sur les poutres du vaste espace. Ce n'était pourtant pas compliqué, merde !

— Je suis allée voir le pervers, mais il n'a pas voulu signer les papiers.

— Comment ça ?

— Il a proposé de me les prendre pour 120 dollars pièce, à condition que l'affaire se fasse sous la table. (Elle prit une profonde inspiration.) Il m'a dit de vous faire croire que je les avais vendus pour 75 dollars et que j'avais perdu les papiers pour me mettre la différence dans la poche.

Les yeux de Harper devinrent noirs comme de la pierre. Soudain, il déplia le bras à une vitesse dont elle ne l'aurait pas cru capable et lui agrippa le poignet. Ses doigts s'enfoncèrent dans sa chair comme des clous.

— Tu mens.

Elle essaya de se dégager, mais il raffermit encore sa prise.

— Je ne mens pas! Arrêtez. Ça fait mal.

Le maître la lâcha subitement, et elle tituba en arrière, terrorisée. Harper était trop imprévisible. La prochaine fois, il risquait de la frapper.

Il sortit une bouteille de whisky d'un tiroir et versa une grande quantité du liquide ambré dans un verre fendu.

— Je ne fais pas affaire avec les tarlouzes, pigé?

— Je ne savais pas, se défendit-elle.

— Tu l'as fait pour qu'on se moque de moi. Tu es aussi vicieuse que l'était ton père, cracha-t-il.

Laisse mon père hors de cette histoire!

— Fous le camp, cria-t-il, ou je crois que ça va saigner!

Riley avait à peine atteint la porte qu'elle entendit un bruit de verre cassé dans son dos.

— Blackthorne de merde! jura Harper.

Riley sortit en courant dans le parking. Simon releva la tête. Voyant son visage, il reposa une boîte dans le coffre de sa voiture et se hâta de la rejoindre.

— Qu'est-ce qui ne va pas? demanda-t-il.

— Ne rentre pas là-dedans, répondit-elle, toute tremblante. Il est fou. Il jette des trucs dans tous les sens.

Simon la regarda pendant un moment, se tourna furtivement vers le bâtiment, posa les mains sur les épaules de Riley et les serra doucement.

—Que se passe-t-il à l'intérieur?

Que pourrait-il faire si elle lui disait tout? Se disputer avec Harper? Pour être fichu à la porte de la Guilde? Non, cela ne serait bon ni pour elle ni pour lui.

Riley secoua la tête, s'écarta et se précipita vers sa voiture.

Ce n'est pas ton combat.

Ses tremblements cessèrent lorsqu'elle se laissa tomber sur son canapé. Riley souleva la manche de son sweat-shirt et étudia son poignet. Cinq bleus pareils à des empreintes digitales étaient visibles sur sa peau. Elle tira sa manche pour ne plus les voir. Ils finiraient par disparaître. Sa peur, non.

—Il va continuer. Il va me faire mal jusqu'à ce que je m'en aille.

Ses yeux s'emplirent de larmes.

Je ne sais pas si je suis capable de supporter ça, papa. J'ai trop peur.

Son téléphone sonna, la faisant sursauter. À contrecœur, elle le sortit de son sac. C'était Simon.

—Riley, tu vas bien?

Elle entendait les bruits de la rue, derrière lui.

—Je suis chez moi.

—S'il te plaît, raconte-moi ce qui s'est passé. Je ne peux pas aller le voir sans savoir ce qui s'est passé entre vous.

—J'ai vendu les Classe un à Jack, et ça n'a pas plu à Harper.

Et après il m'a fait mal.

—Est-ce qu'il t'a… frappée?

Elle se redressa et s'assit sur le canapé. Apparemment, elle n'était pas la seule cible de Harper.

—Je vais bien, Simon.

—Je suis vraiment désolé. J'espérais qu'il se comporterait différemment avec toi.

301

Eh bien, non.

Elle referma son téléphone. Sa peur fondit comme une fine couche de glace au soleil.

— Harper, espèce de sale…

Il avait insulté son père. Il leur avait fait du mal, à Simon et à elle.

La voix de son père résonna dans sa tête avec autant de force que s'il avait été assis à côté d'elle :

« *Crois-tu que tu as mérité d'être frappée ?* »

— Non.

Harper lui fichait une trouille de tous les diables, mais il était hors de question qu'elle abandonne. Elle tâcherait simplement de rester hors de sa portée. Il avait réussi à l'avoir une fois, mais il n'y en aurait pas d'autre.

Quelqu'un frappa discrètement à la porte.

Elle l'entrouvrit sans défaire la chaîne de sécurité. C'était Beck, qui, normalement, n'était pas du genre à frapper si doucement.

— Quoi ? grommela-t-elle.

Elle voyait à sa façon de se tenir qu'il était énervé.

— Simon m'a appelé. Il était inquiet. Il pense que Harper t'a fait du mal.

— Je peux me débrouiller toute seule, répondit-elle d'une voix neutre.

— Riley, Harper est un fils de pute de première. C'est pour ça que je voulais que Stewart te prenne en charge.

— Je peux me débrouiller toute seule, répéta-t-elle.

Elle n'avait pas la moindre idée de la manière dont elle allait s'y prendre, mais si Beck s'en mêlait, il finirait en prison pour agression et perdrait le droit d'exercer son métier.

— Pourquoi s'est-il mis en colère ? demanda-t-elle.

— Merde, je croyais que tu savais que Harper n'aimait pas Jack.

—Comment aurais-je pu savoir ? se plaignit-elle. Je suis juste apprentie. Je ne suis pas censée tout savoir, contrairement à ce que tout le monde semble croire. Parce que je suis la fille de Paul, j'imagine…

Beck absorba sa tirade sans réagir.

Elle n'aurait pas dû s'emporter contre lui. Il n'y était pour rien.

—Excuse-moi, dit-elle en défaisant la chaîne.

Il ne bougea pas.

—Je préférerais qu'on fasse un tour. Qu'on discute dehors.

—Je ne suis pas d'humeur à…

—Je bosse, cet après-midi, et j'ai besoin d'aide.

—Tu traques quoi ?

—Un Pyro.

Un Pyro. Il savait quel genre d'appât utiliser.

—Alors ? insista-t-il, les mains enfoncées dans les poches de son jean.

Pour une fois, il faisait son âge.

—Harper sera-t-il en colère si je piège avec toi ?

—S'il le découvre, carrément. Est-ce que ça t'emmerde ?

—Depuis ce matin, non.

Riley était à peine montée à bord du pick-up que Beck démarrait en trombe et sortait du parking sur les chapeaux de roues. Elle se hâta d'attacher sa ceinture. Elle savait que si elle le laissait mener la conversation, ils ne cesseraient pas de parler de Harper, alors elle prit l'initiative et les embarqua dans une autre direction.

—Ce matin, Simon a attrapé un Classe quatre dans le bar où tu joues au billard. La manière dont ce truc s'est introduit dans ma tête… Waouh ! c'était flippant.

—Ouais, pas facile de les ignorer, surtout s'ils t'ont pris pour cible. (Beck lâcha un gloussement sec.) Il y avait ce succube… Je l'ai croisé à une convention, dans le centre…

303

Putain, quelle beauté! Ça m'a vraiment fait de la peine de devoir le piéger, mais je n'avais pas le choix.

—Il ne t'avait pas ferré? demanda Riley, curieuse. Je veux dire, il n'était pas entré dans ta tête, tout ça?

Beck eut un sourire en coin.

—Oh! il m'avait ferré, ça, tu peux le dire. Ces trucs qu'il me disait… (Il siffla.) N'importe quel homme serait tombé à genoux en le suppliant de devenir son esclave.

Riley le regarda longuement.

—Mais alors, comment tu as fait?

—Carrie Underwood. J'ai chantonné une de ses chansons. Ç'a super bien marché.

Beck évita un tramway et continua vers le nord en longeant Peach Street.

—Et ce Pyro, il est où? demanda-t-elle.

—À la bibliothèque de la fac de droit.

—Hein! s'exclama Riley en se tournant vers lui. Je ne peux pas aller là-bas! Pas après ce qui s'est passé l'autre jour.

Beck eut un sourire vicieux.

—Tu mens! lâcha-t-elle en lui donnant un coup de poing dans l'épaule parce qu'il le méritait. Dis-moi où on va, plutôt?

—Dans le parking d'Atlantic Station. Tu as trouvé le manuel de ton père? lui demanda-t-il en lui lançant un regard en coin.

Elle hocha la tête.

—Où es-tu arrivée?

—Je suis en train de lire le chapitre qui traite des Classe trois. C'est dégoûtant, d'ailleurs. Ils bouffent même la fibre optique, beurk!

—Bon, tu n'iras pas tellement plus loin.

—Qu'est-ce que tu veux dire?

—Je t'ai confisqué l'autre moitié du manuel, celle qui concerne les Classe quatre, etc. Pas envie que tu t'attaques à un

Archidémon toute seule. Déjà que tu nous as tous humiliés en piégeant un Classe trois alors que tu n'es qu'apprentie.

Il lui fallut quelques secondes pour encaisser ce qu'il venait de dire.

— Tu m'as pris le reste du manuel…

L'ouvrage lui avait effectivement paru un peu fin.

Il sourit de toutes ses dents.

— C'est pour ton bien, petite. Un jour, tu me remercieras.

Pas dans cette vie, en tout cas.

Ils fouillèrent le parking pendant près d'une heure avant de trouver le fameux monstre. Beck resta sur ses gardes pendant tout le temps qu'ils passèrent à arpenter les étages de la structure en béton. Piéger du démon en tandem avec lui faisait un drôle d'effet à Riley, mais force était d'admettre qu'elle se sentait en sécurité.

Il est capable de faire face à toutes les situations. Son père avait été un bon professeur.

— Tu ne voyais pas le métier de cette façon, hein ? lui demanda-t-il.

Harper lui avait posé à peu près la même question, sauf que celle de Beck était dénuée de malice.

— Je pensais que ce serait plus excitant, c'est vrai. Et surtout, je n'imaginais pas que j'allais marcher autant. (Elle était parvenue à le suivre, mais sa cuisse endolorie ne lui avait pas facilité la tâche.) Je n'ai encore jamais vu de Pyro.

— Ne sont pas beaux à voir. Leur passion, c'est le feu. Ils adorent ça.

— Un peu comme Jack le pompier.

— Ouais, à la différence que Jack ne s'amuse pas à déclencher des incendies partout où il passe. (Beck jeta un rapide coup d'œil autour de lui.) Comme il y a très peu de chances qu'il soit au dernier étage à l'air libre, il est forcément ici quelque part.

—Heureuse de l'apprendre. Toutes ces passerelles inclinées me font mal à la jambe.

Il secoua la tête, désolé et en colère contre lui-même.

—Merde, je n'avais pas pensé à ça. Tu veux m'attendre dans la voiture ?

Je rêve où il vient de s'excuser ? C'était la première fois.

—Non, je vais bien, répondit-elle en tâchant d'oublier ses muscles tremblants et la crampe qui menaçait.

Beck examina les alentours avec circonspection.

—Tu vas rester derrière moi. Si ça chie, tu te tires, ordonna-t-il.

—Comment ça, si ça chie ?

—S'il commence à cramer des bagnoles, par exemple.

En faisant sauter les réservoirs d'essence. Aïe !

—Tiens ça s'il te plaît, dit-il en lui tendant son sac marin.

Il était si lourd qu'elle faillit le lâcher.

—Eh ! fais attention, il y a des sphères dedans.

—Tu aurais pu me dire qu'il était plus lourd que moi, protesta-t-elle.

—Faut te faire des muscles, petite, autrement, tu ne pourras jamais porter un sac de piégeur.

Des muscles. OK. C'est justement ce dont j'ai besoin…

—Pourquoi tu ne voyages pas plus léger ?

—Il faut toujours avoir tout son matos sur soi.

—Pourquoi ? Là, par exemple, tu sais que tu viens chercher un Classe deux.

—Les démons de classes supérieures peuvent se faire passer pour des nabots. Tu crois que tu traques un Classe trois, et tu te retrouves face à un Classe quatre. C'est une EPF.

—Une quoi ?

—Erreur. Potentiellement. Fatale.

Il retira sa veste en cuir et la jeta sur une voiture toute proche. En dessous, il portait un tee-shirt à l'imprimé camouflage sur lequel on pouvait lire : « Je ne fais pas de prisonniers. » Il était un peu plus large que le voulait la mode, mais Beck ne cherchait pas à montrer ses muscles ; ce qui comptait, c'était d'avoir assez de place pour être à l'aise dans ses mouvements. Il attrapa une sphère blanche et scruta les alentours. Par chance, il y avait moins de voitures qu'aux étages inférieurs. Un bruit d'étincelle leur parvint de sous un 4x4, un monstre blanc comme personne n'en achetait plus depuis que le gallon d'essence avait franchi la barre des 10 dollars. À l'origine, la voiture avait été noire, mais elle était recouverte d'une fine couche de poussière blanche, comme si on l'avait abandonnée ici.

Une créature rouge semblable à un élastique géant serpenta hors du pot d'échappement.

Elle prit forme en touchant le sol en béton. On aurait dit une poupée en caoutchouc rouge de vingt centimètres de haut. Une poupée avec des cornes et une queue fourchue. Le démon sourit de toutes ses petites dents pointues et claqua des doigts. Des flammes rouge doré jaillirent de ses paumes.

— Piégeur ! siffla-t-il.

— Salut, démon. Jolies flammes, répondit Beck.

Une seconde plus tard, un jet digne d'un lance-flamme militaire arriva dans sa direction. Beck l'évita prestement en faisant un pas sur le côté, et les flammes explosèrent sur le béton à côté de lui. Cela s'était produit si vite que Riley n'avait pas eu le temps de réagir. Si Beck était effrayé, il ne le montrait pas le moins du monde.

— Vais te cramer, piégeur ! siffla le monstre en claquant de nouveau des doigts.

Alors il aperçut Riley.

Avant que son partenaire ait eu le temps de la prévenir, une boule de feu arriva droit sur elle. Elle cria en se baissant. Les flammes lui passèrent au-dessus de la tête et frappèrent un poteau en béton avec force grésillements, laissant une marque noire d'un mètre de diamètre.

Merde ! Cette fois-ci, elle avait vraiment la trouille.

La boule de feu suivante visa Beck. L'homme l'esquiva tant bien que mal, glissa sur une plaque d'huile et tomba à genoux. La sphère qu'il tenait dans sa main droite éclata, et le liquide magique se répandit par terre. Quelques secondes plus tard, des cristaux de glace apparurent sur le ciment tel du givre sur un pare-brise en plein hiver. Beck se releva à la hâte et recula pour échapper à la glace.

— Il m'en faut une autre ! cria-t-il.

Dans un gloussement haut perché, le démon sauta sur une Honda toute proche et lança des bombes incendiaires sur le piégeur désarmé.

— Balance-lui une sphère ! hurla Beck en esquivant tout ce que le monstre lui envoyait.

Riley en prit une sans regarder et se prépara à la faire éclater par terre.

— Non, pas celle-là ! cria Beck en se baissant pour éviter un arc de feu. Prends-en une blanche !

Une blanche. Elle posa le sac marin sur le sol et le fouilla frénétiquement. Beck lâcha un cri désarticulé comme une nouvelle flamme passait un peu trop près de lui. Le démon gloussait en jouant avec sa proie.

— Une blanche ! Ça y est !

Alors qu'elle était sur le point de la jeter par terre, Beck hurla :

— En l'air ! Lance-la en l'air !

Le piégeur roula entre deux voitures pour éviter un nouvel assaut.

— En l'air ?

Elle prit une très profonde inspiration et jeta la sphère vers le plafond au-dessus d'eux.

Le démon se tourna vers elle et généra une énorme boule de feu sur sa paume.

— Mon Dieu…

La sphère frappa le plafond un instant avant que le démon lance son attaque. Beck beugla quelque chose, mais il était déjà trop tard.

Une lumière blanche d'une intensité inouïe aveugla Riley qui tituba en arrière, heurta un poteau et tomba durement.

Beck cria de nouveau. Le démon couina.

Alors il se mit à neiger.

Chapitre 28

Riley s'adossa au poteau en béton et se releva. Apparemment, elle n'avait rien de cassé, mais elle savait qu'elle aurait de nouveaux bleus le lendemain.

Il neigeait dans le parking. Il neigeait même abondamment, comme à Chicago en plein mois de janvier. Il y avait déjà sept ou huit centimètres de poudreuse par terre, et elle ne semblait pas vouloir fondre.

La jeune femme scruta les alentours à travers le voile blanc à la recherche du démon. Elle le trouva bientôt. Son feu était éteint, et des volutes de fumée grise s'élevaient de ses mains. Il s'énervait, hurlait, jurait, mais il était incapable de générer la moindre étincelle.

—Beck?

—Tu vas bien? lui demanda-t-il en sortant de sa cachette, entre deux voitures

Aïe! mes fesses.

—Ouais, je vais bien.

Avec précaution, le piégeur traversa la flaque gelée et captura le Pyro. Celui-ci n'essaya pas de fuir. Ses mouvements semblaient ralentis par le froid.

—Tu l'as dans l'os, démon! lança Beck avec enthousiasme en brandissant le poing. (Il glissa jusqu'à Riley, manquant de peu de tomber.) Tiens-moi ça, dit-il en lui mettant le Pyro dans les mains.

Le démon était désagréablement chaud. On aurait dit un mannequin en caoutchouc tout juste sorti du four. Il la regardait d'un air malveillant.

— Fille de Blackthorne. Qui tu es nous savons. Une récompense nous pouvons te promettre…

Elle ne fit pas attention à lui. En revanche, difficile de ne pas remarquer la mine stupéfaite de Beck.

— Qu'est-ce qu'il y a ? demanda-t-elle.

— Il vient de dire ton nom.

— Ils le font tous, répondit-elle. Depuis toujours. Je te l'ai déjà dit.

— Ils ne font jamais ça avec moi.

— C'est parce que je suis quelqu'un de spécial, expliqua-t-elle avec un clin d'œil.

Son système sanguin se vidait de son adrénaline et elle commençait à se sentir vraiment très fatiguée.

— Spécial…, marmonna Beck.

Il sortit une grande boîte à casse-croûte de son sac, bien plus grande que celle que Simon avait utilisée pour enfermer le Classe quatre, et elle était ornée du logo d'un magasin d'articles de pêche de Gainesville. Il l'ouvrit, révélant des morceaux irréguliers de dioxyde de carbone sous forme solide.

Le démon se mit à geindre et à jurer en se tortillant dans la main de Riley.

— Pas de bol, mon pote, dit Beck.

Il attrapa le démon et le jeta tête la première dans le dioxyde de carbone, qui siffla et devint blanc. Les jurons cessèrent, et Beck referma la boîte.

— Elles fonctionnent vraiment ? demanda-t-elle en désignant les amulettes en jade et en bois attachées à la poignée.

—Normalement, oui. En tout cas, c'est ce qu'affirment les sorcières.

—Au fait, je croyais que j'étais censée monter la garde, reprit Riley, incapable de résister à la tentation de tirer sur sa chaîne.

—Ben ouais, répondit Beck, soudain sérieux. Si quelqu'un te pose la question, c'est moi qui ai jeté les deux sphères, d'accord ? Sinon, ils vont nous faire casquer un max.

Elle hocha la tête d'un air las.

—Comme tu voudras.

Il ne neigeait plus, mais il y avait presque quinze centimètres de poudre blanche par terre. La flaque géante en était couverte.

—On aurait dû apporter nos patins à glace, ajouta-t-elle.

Elle eut soudain une idée. Une chance comme celle-ci ne se représenterait pas de sitôt. Elle tourna le dos à son partenaire et modela une boule de neige.

—Beck ? appela-t-elle en toute innocence.

—Ouais, petite ? répondit-il en se tournant vers elle.

Petite ? C'en était trop. Elle lança la boule de neige et l'atteignit en pleine poitrine. Il eut un mouvement de recul, lui fit les gros yeux et marcha sur elle d'un pas décidé. Il ne lâchait pas sa proie du regard.

—Tu l'auras voulu, *princesse* !

Elle tourna les talons et se mit à courir, mais une boule de neige l'atteignit aussitôt à la fesse. Il avait eu la même idée qu'elle.

—J'aurais eu du mal à le rater, celui-là, plaisanta-t-il.

—Attends, tu es en train de dire que j'ai de grosses fesses ?

Le sourire de Beck s'élargit, provocateur.

—Meurs, maudit péquenaud !

Elle lança deux autres munitions, mais une seule l'atteignit juste au-dessus de la ceinture. Elle se hâta de former d'autres boules, sachant que la bataille risquait d'être âpre.

—Péquenaud? répéta-t-il en fronçant les sourcils. Merde, mais y a plus de respect!

Il lui fonça dessus en glissant à une vitesse étonnante, bondit et lança sa munition à la manière d'un basketteur claquant un dunk. La boule de neige à moitié fondue atterrit sur le devant de sa veste et s'immisça dans son soutien-gorge, dégoulinant sur sa peau. Riley cria en sautillant sur place pour faire retomber la poudre collante.

Riant de ses singeries, Beck était déjà en train de préparer un autre missile. Riley l'esquiva au dernier moment, et le projectile s'écrasa sur une luxueuse voiture de sport.

—Éloignez-vous de cette voiture! ordonna l'alarme vocale du véhicule. Éloignez-vous de…

—Tirons-nous d'ici avant que quelqu'un appelle les flics, conseilla Beck.

L'alarme de la Corvette beuglait toujours lorsqu'ils atteignirent le pick-up de Beck au premier étage. Le jeune homme portait le démon ainsi que son sac marin pendant qu'elle s'occupait de sa veste.

—Tu vas bien? lui demanda-t-elle en avisant le dos de son tee-shirt brûlé.

—Il m'a grillé un peu, mais ce n'est pas grave. C'est pour ça que j'ai retiré ma veste; c'est la troisième que j'achète cette année. Tu ne connais vraiment pas les couleurs des sphères? demanda-t-il en posant son matériel sur la banquette.

—Mon père n'a jamais voulu m'en parler.

Beck marmonna quelque chose dans sa barbe.

—Il pensait que tu laisserais tomber, que tu chercherais un vrai boulot. (Il réfléchit un instant puis opina du chef.) Allons trouver quelque chose à manger; on parlera de tout ça après.

—Pourquoi pas du poulet frit? proposa-t-elle, soudain affamée. Je n'ai pas mangé de poulet frit depuis des années.

Un grand sourire éclaira le visage de son partenaire.

—Je connais un endroit super sur Edgewood. *Mama Z's*, ça s'appelle. C'est un boui-boui, mais la nourriture est bonne.

—Qu'est-ce qu'on fait de ça ? demanda-t-elle en montrant la boîte du démon.

—On va passer chez Jack. Il se tiendra tranquille tant que le dioxyde de carbone n'aura pas fondu. Après, il redeviendra ingérable, et je préfère que Jack se charge de lui.

—Qu'est-ce qu'il va en faire ?

—Le balancer dans un plus gros réservoir de dioxyde de carbone.

—Ça ne va pas le tuer ?

—Oh ! non, répondit-il en secouant la tête.

En sortant du parking, Beck gratifia les gardiens d'un grand sourire et d'un salut de la main.

—Il y a un peu de neige au niveau cinq. Je préfère vous prévenir. Amusez-vous bien, les mecs !

Maintenant, je comprends pourquoi papa aimait travailler avec toi.

Beck passa d'abord chez Jack. Riley resta dans la voiture pendant qu'il procédait à la transaction et récupérait son argent.

—Deux cent cinquante, annonça-t-il en refermant sa portière avant de lui poser la moitié des billets de 20 sur les genoux. Voilà ta part.

—Mais…

Il leva une main calleuse.

—Je sais, tu n'es censée gagner ta vie que sous la tutelle de Harper. Donc, officiellement, je ne t'ai rien donné.

—Merci, dit-elle en regardant l'argent.

—Ça m'évite d'avoir à te le prêter, poursuivit-il dans un haussement d'épaules. Et puis, tu m'as filé un sacré coup de main.

—Un coup de main ? Tu rigoles ! Je t'ai sauvé les miches, oui !

Elle attendit une réponse cinglante qui n'arriva jamais.

—C'est vrai. Merci… Riley.

Des excuses et des remerciements ? Et tout ça le même jour ? Je dois rêver.

Ils achetèrent la nourriture et rentrèrent à l'appartement. Sur le chemin, il lui dit tout ce qu'il savait des démons pyromanes et lui raconta comment son père lui avait appris les ficelles du métier. Riley ne l'interrompit pas ; elle aurait voulu que cela ne s'arrête jamais. Elle appréciait de ne pas se disputer avec lui. À vrai dire, elle l'aimait bien quand il ne se prenait pas pour son grand frère. Après tout, ils avaient beaucoup en commun. Ils étaient piégeurs tous les deux et adoraient Paul Blackthorne.

—En fait, c'est un peu normal que tu reprennes le flambeau, dit-il dans le dernier virage. Tu as ça dans le sang, comme ton père et tes ancêtres.

Elle lui lança un regard étonné.

—Qu'est-ce que tu racontes ? Mon grand-père était banquier.

—Le jour, oui. Ton papy et sa famille étaient tous piégeurs. Puisque je te dis que tu as ça dans le sang.

—Mon grand-père était piégeur ?

Ses parents ne le lui avaient jamais dit. Comme si c'était un sinistre secret.

—Ton arrière-grand-père aussi. Les Blackthorne sont piégeurs depuis toujours. Comme les Stewart, d'ailleurs.

—Je l'ignorais.

Pas étonnant qu'elle ait toujours eu le sentiment d'être née pour exercer ce métier. En même temps, c'était une idée quasi effrayante ; cela signifiait presque qu'elle n'avait pas de libre arbitre.

—Pourquoi mon père ne m'a-t-il rien dit ? demanda-t-elle, comme sa colère commençait à monter.

—Il ne voulait pas que sa fille suive le même chemin. C'est un boulot dangereux.

Ce qui n'était pas faux. En travaillant dans un café comme Simi, elle ne risquerait pas de se faire attaquer par un percolateur.

—Et ta famille? reprit-elle. Ils étaient piégeurs aussi?

Il secoua la tête.

—Ils n'attrapaient pas des démons. Juste du petit gibier. Trop occupés à trafiquer la gnôle de contrebande et à ne pas se faire coffrer. Je suis le premier de ma famille.

—Ils doivent être fiers de toi.

—En tout cas, ils ne me l'ont pas dit.

Beck posa le sac de nourriture sur la table de la cuisine et hésita.

—Je m'assois où? demanda-t-il.

—Là, répondit-elle en désignant sa propre chaise.

Il voulut s'asseoir puis se ravisa.

—Je ferais mieux d'aller me laver un peu.

Tout en se dirigeant vers la salle de bains, il retira son tee-shirt. Il était plus sérieusement touché que prévu ; une grande brûlure rouge coupée en deux par une griffure tout juste cicatrisée occupait une bonne portion de son dos, entre les omoplates.

—Beck?

—Ouais?

—Il faut soigner ton dos.

—Nan, ça ira.

Elle sortit une bouteille d'Eau bénite de son sac marin, vérifia l'étiquette pour s'assurer qu'elle était récente puis se planta dans l'encadrement de la porte de la salle de bains pour l'empêcher de passer.

Il lut quelque chose dans son regard.

— C'est si vilain que ça?

— Ouais.

Il lâcha un long soupir.

— Dans le lavabo ou dans la baignoire?

— La baignoire.

Il se pencha sur la baignoire, et elle lui vida la totalité de la bouteille sur les épaules. Il en reçut un peu dans les cheveux mais ne réagit pas. Depuis sa position privilégiée, Riley voyait qu'il avait effectivement des muscles partout où il fallait. Simi aurait dit qu'il était «à croquer», mais il s'agissait de Beck après tout.

— Ces marques de griffes, dit-elle. Tu les as reçues la nuit où mon père a été tué?

Il se leva et écarta une mèche de cheveux mouillés de son visage.

— Ouais, répondit-il doucement.

— Tu as empêché le monstre de…

… *dévorer papa*.

— Il aurait fait la même chose pour moi.

— Merci.

Il haussa les épaules comme si ce n'était rien. Elle n'insista pas davantage pour ne pas le mettre mal à l'aise. Dans ces cas-là, il se renfrognait immanquablement. Elle lui prêta un des tee-shirts de son père et jeta le sien aux ordures.

Affamée, Riley attaqua le poulet, le maïs et la purée de pommes de terre avec des coups de fourchette vengeurs. La nourriture était délicieuse, comme le lui avait promis Beck.

— C'est super bon, s'enthousiasma-t-elle en essuyant la sauce barbecue qui lui maculait le visage. Très épicé, comme j'aime.

— C'est le meilleur poulet d'Atlanta. On y retournera un jour où Mama sera là. Tu verras, elle m'aime bien.

— Tu l'as séduite pour qu'elle te bichonne?

— Il faut toujours avoir de bons rapports avec les gens qui nous nourrissent. J'ai appris ça à l'armée.

C'était l'occasion ou jamais d'en apprendre davantage sur lui.

— Comment était-ce, là-bas ? l'interrogea-t-elle.

Il ne répondit pas tout de suite. Pendant un long moment, son regard se perdit dans le lointain comme s'il voyait des choses qu'elle ne pouvait pas comprendre.

— Je me suis senti vivant pour la première fois de ma vie. C'est bizarre quand on y pense, avec tous ces gens qui mouraient autour de moi. Mais je savais que ma place était là-bas, que je devais filer un coup de main à ces mecs, en ramener quelques-uns à la maison en un seul morceau et pas dans un sac en plastique.

— Mon père m'a dit que ç'avait été dur, que tu étais revenu changé.

— On voit tellement de choses, poursuivit Beck en se grattant le menton. J'étais jeune, incapable d'encaisser tout ça.

— Tu es encore jeune. Tu n'es pas tellement plus vieux que moi.

— Je ne me sens plus vraiment jeune, avoua-t-il. Je me suis toujours senti adulte.

— Tu regrettes d'y être allé ? continua-t-elle en se demandant quel Enfer il avait vécu.

— Parfois, la nuit, quand mes cauchemars ne me laissent pas de répit, répondit Beck en croisant lentement son regard. Sinon, non. Je n'ai plus peur de mourir, maintenant, contrairement à d'autres. J'ai vu la mort de près plein de fois.

— Mais pourquoi piéger des démons ? insista-t-elle.

Un sourire éclaira le visage de Beck.

— À cause de ton père.

— Comme moi, alors.

— Oui, comme toi.

Il se leva et se dirigea vers le canapé. Au lieu de s'y affaler, il ouvrit son sac marin et en sortit avec précaution des sphères magiques de différentes couleurs qu'il disposa sur les cousins.

—Approche, lui dit-il. Je vais t'expliquer tout ça vite fait bien fait. Tu joueras la surprise quand Harper te fera le même cours.

—Motus et bouche cousue, promit-elle.

Les sphères étaient grosses comme des balles de golf ou des grains de raisin mutants. Il y en avait de toutes les couleurs : blanches pour la neige, transparentes pour l'Eau bénite, bleues pour la mise en terre. Les sphères Babel, elles, étaient violettes. Il lui expliqua tout en détail puis les rangea dans son sac.

—Ce n'est pas si compliqué, commenta Riley en aspirant ce qui restait de son thé glacé.

Son breuvage contenait beaucoup plus de sirop que de thé, exactement comme elle l'aimait.

—Ce n'est pas terminé, rétorqua Beck. (Il fourra la main dans le sac et en sortit une sphère bleue.) Qu'est-ce que c'est ? Vite !

—Euh… Euh…, hésita-t-elle.

—Réfléchis ! Le démon est sur le point de te bouffer et tu n'arrives pas à répondre !

—Une sphère Babel ? proposa-t-elle en grimaçant.

Raté…

—Les sphères Babel sont violettes, répondit-il en lui tendant la boule. Celle-ci est une sphère de mise en terre. Elle permet de clouer un Géo au sol pour l'empêcher de provoquer une tempête ou un tremblement de terre.

—Elle n'a pas fonctionné pour mon père.

—Elle a fonctionné, mais le démon a eu de la chance.

Il sortit une autre sphère de son sac marin.

Elle reconnut celle-ci immédiatement.

—Blanche, pour les Pyros.

—C'était trop facile.

Il ouvrit la main, en révélant une autre, rouge.

—Ah! zut…

C'était beaucoup plus difficile.

—Il s'agit d'une sphère bouclier, dit-il.

Ils continuèrent ainsi jusqu'à ce qu'elle soit capable d'identifier toutes les sphères et d'expliquer leur usage. Il fallait lancer les blanches en l'air et les autres par terre. Les bleues devaient entrer en contact avec du métal, les violettes avec les pattes du démon. Les rouges duraient très peu de temps.

—Mon père t'a-t-il déjà parlé de l'Eau bénite? lui demanda-t-elle en tenant une sphère transparente.

—Il avait remarqué qu'elle ne marchait plus aussi bien qu'avant sur certains démons.

—Lesquels?

—Les Classe trois. Pourquoi tu poses cette question?

—Oh! comme ça, répondit-elle en agitant la main.

Il rangea les boules dans son sac et le referma.

—Tu mélanges encore un peu les couleurs, mais ça va rentrer.

—Ouais. Toi aussi, tu as eu du mal au début?

—Moi? Non. J'ai tout retenu sans problème, affirma-t-il.

—Tu mens!

Son sourire de petit garçon lui confirma qu'elle avait raison. Alors il posa une boîte entre eux, sur le canapé.

Riley la regarda longuement avant de lever les yeux vers lui.

—Pour moi?

Beck hocha furtivement la tête, et le rythme cardiaque de la jeune femme s'accéléra. Comme il n'y avait aucune inscription sur la boîte, elle n'avait aucune idée de ce qu'elle pouvait contenir. Peut-être était-ce quelque chose de réellement… intéressant.

Elle en souleva le couvercle et eut le souffle coupé en découvrant une épaisse chaîne et une longue et noire serre de démon. Un fil d'argent était entortillé autour de sa base.

—Est-ce que c'est…? commença-t-elle avec un léger frisson.

—Ouais, c'est celle qu'on a sortie de ta cuisse. J'ai demandé à un de mes amis de te fabriquer ça, pour que tu puisses la porter. J'espère que ça te plaît.

Oui, cela lui plaisait d'une manière perverse. Cela lui plaisait même énormément. Elle le regarda dans les yeux et vit qu'il était inquiet. Apparemment, sa réaction lui importait beaucoup.

Riley se passa le collier autour du cou et prit le pendentif dans ses mains pour l'examiner de près. La serre était effrayante, tout comme son ancien propriétaire.

—J'adore !

Le visage de Beck se détendit. Il sembla vouloir dire quelque chose, mais il se ravisa et secoua la tête. Il se leva, passa la sangle de son sac sur son épaule et attrapa sa veste.

—Va faire un tour au marché, ce soir. Présente-toi aux sorcières qui fabriquent ces joujoux, dit-il en tapotant le flanc de son sac. Elles t'expliqueront comment fonctionnent les sphères.

—Mais, mon père…

Dans une heure, elle devrait être au cimetière.

—Je veillerai sur lui jusqu'à ton retour.

Tandis qu'il s'apprêtait à sortir, elle l'appela :

—Beck !

Il se retourna et lui rappela une nouvelle fois ce jeune homme qui était parti à la guerre et non le vieillard qui en était revenu.

—Merci. Pour tout.

Ses lèvres se soulevèrent lentement en un sourire.

—Tu en vaux la peine… *princesse*.

La basket de Riley heurta la porte une seconde après qu'il l'eut refermée.

Chapitre 29

Tandis qu'elle attendait Simon en bordure de Centennial Park, Riley s'efforça de se détendre. Elle avait toujours mal au dos d'avoir heurté un peu trop violemment ce poteau en béton, et une odeur de brûlé lui emplissait encore les narines alors qu'elle s'était lavé les cheveux et changée. Elle comprenait désormais pourquoi les piégeurs achetaient la plupart de leurs vêtements d'occasion ; ils avaient la durée de vie d'une huître fraîche. Riley tâcha de se concentrer sur le paquet de feuilles posées sur ses genoux. Si son père avait une faiblesse, c'était sa passion pour le détail. Riley aurait préféré lire un résumé et non une histoire exhaustive de l'Eau bénite depuis la nuit des temps. Elle aurait aimé comprendre pourquoi ce sujet le passionnait, mais, jusque-là, elle n'avait rien trouvé. Une chose apparaissait néanmoins clairement à la lecture de ses notes : son père était inquiet.

Frustrée de n'avoir fait aucun progrès, elle fourra les feuilles dans son sac. Sa main trouva automatiquement la chaîne à laquelle était accrochée la griffe de démon. Elle la sortait de temps en temps pour l'admirer, avant de la cacher à la hâte. Les métaux étaient chers, et il n'aurait pas été très malin de sa part de montrer à tout le monde qu'elle en portait sur elle. L'argent contenu dans la chaîne et dans le fil qui enserrait la serre était précieux, de la qualité des bijoux que sa mère portait avant qu'ils vendent tout pour payer sa chimiothérapie.

— Je parie que ça lui a coûté bonbon, murmura-t-elle.

Elle avait toujours du mal à croire qu'il ait fait cela. *Je ne le connais pas si bien que ça, finalement.*

L'après-midi s'était effectivement déroulé très bizarrement. Comme si des extraterrestres avaient enlevé le péquenaud pour en faire quelqu'un de gentil. Il s'était comporté comme s'il avait vraiment eu envie de rester avec elle. Il avait ri à ses plaisanteries et ne lui avait jamais donné le sentiment qu'elle était stupide. Il lui avait même appris à capturer les Pyros.

Pourvu que ça dure. Elle serait ravie de l'avoir pour ami, peut-être même pour collègue et partenaire une fois qu'elle serait compagnon.

Simon, lui, entrait dans une tout autre catégorie de garçons. *Rien à voir !*

Elle leva les yeux et le vit qui arrivait sur une allée pavée, le regard rivé sur le sol. Il marchait d'un pas décidé et semblait plongé dans des pensées de première importance, oublieux du décor. Elle ne l'avait pas trouvé très enthousiaste quand elle lui avait proposé de la retrouver dans la soirée. Dans un premier temps, elle avait été prise de panique, pensant qu'il s'était lassé d'elle, mais tout s'était arrangé lorsqu'il avait accepté de la voir.

Quand il fut tout proche, elle l'interpella :

— Salut !

Il haussa les épaules. L'Ordre silencieux des Simon était de retour.

Et ils disent que les filles sont lunatiques…

— Eh ! ce n'est pas sympa d'être si silencieux.

— Désolé, répondit-il, un peu embarrassé.

Riley prit sa main et la serra. Comme il ne répondit pas à son étreinte, elle la lâcha. Pendant une demi-seconde, elle se demanda si elle avait fait quelque chose pour lui déplaire. Mais non, c'était juste Simon : parfois amusant, parfois silencieux.

—Dis-moi ce que Harper t'a infligé…, reprit-il d'une voix si faible qu'elle l'entendit à peine.

—Il a beaucoup crié.

—C'est tout ?

—Oui, mentit-elle.

Un soupir de soulagement.

—Reste loin de lui. Il est capable de te frapper sans raison, la mit en garde Simon.

—Et toi ?

—C'est pareil pour moi et pour tous ses apprentis, répondit-il avant de sombrer de nouveau dans le silence.

Tandis qu'ils marchaient dans Centennial Park, elle se força à penser à des temps heureux pour échapper à la difficile réalité. Quand elle était petite, ses parents l'emmenaient dans le centre-ville pour qu'elle joue près des cinq fontaines – cinq anneaux liquides entrecroisés comme les anneaux olympiques. En été, quand il faisait très chaud, le parc était toujours plein de monde. Des marchands vendaient des hot-dogs de bœuf casher, des samosas végétariens et du café frappé. Cet endroit n'était que bons souvenirs.

Malgré le silence gêné de son compagnon, elle ne pouvait s'empêcher de partager ce sentiment. Elle lui donna un coup de hanche joueur.

—Mes parents m'emmenaient ici quand j'étais petite. J'adorais sauter partout dans les fontaines.

À son grand soulagement, Simon sortit de sa mélancolie.

—Les miens aussi. On courait partout pendant une heure ou deux, puis on s'affalait dans la voiture et on s'endormait. Comme on était nombreux, mon père et ma mère appréciaient le calme qui suivait la tempête.

Riley regarda d'un air pensif l'eau qui s'élevait très haut dans le ciel nocturne. Les projecteurs étaient allumés ce soir-là, qui faisaient scintiller les gouttelettes comme des diamants. Tandis qu'ils passaient tout près d'une fontaine, elle le poussa vers le jet. Il cria de surprise en effleurant l'eau et se lança à sa poursuite. Elle essaya de courir, mais sa cuisse refusa de coopérer.

—Je t'ai eue! rit-il en l'attrapant.

Il la souleva et la fit tournoyer dans les airs. Quand ses pieds touchèrent enfin le sol, Simon souriait, ce qui lui fit plaisir.

Lorsqu'ils se séparèrent, Simon lui prit la main et la serra fort.

—Merci, dit-il. De temps à autre, il m'arrive de me prendre trop au sérieux.

—De temps à autre seulement? Tu ferais un moine formidable. Tu es fort pour garder le silence.

—J'ai déjà envisagé la prêtrise, avoua-t-il, mais j'ai préféré piéger les démons. Pour pouvoir me marier et avoir des enfants.

Il se tourna vers elle pour guetter sa réaction.

—Combien? demanda-t-elle.

—Trois, peut-être quatre. Après, ça fait trop, à moins d'avoir plusieurs salles de bains.

Tu ferais un bon papa.

Ils s'arrêtèrent en bordure du marché du Terminus. La nuit venait de tomber et le marché se réveillait doucement, comme un ours sortant de sa léthargie après plusieurs mois d'hibernation. Les lumières donnaient aux tentes multicolores des airs de boules de Noël. D'après son père, le marché n'était plus ce qu'il avait été. Comme si c'était une bonne excuse pour ne pas l'y emmener.

Dans ses souvenirs, elle revoyait surtout des viennoiseries et de l'artisanat, mais à présent, les marchands vendaient un peu de tout sous leurs tentes, dans leurs appentis ou leurs caravanes. Les gens se promenaient entre les étals en portant les objets qu'ils avaient achetés : pneus usagés, pains faits maison, paniers de pommes. Il y avait même une vieille chèvre, que son propriétaire trayait dans un seau en métal brillant. Riley regarda Simon d'un air étonné.

— Il vend le lait, expliqua-t-il.

— Je croyais que c'était interdit.

— Ça l'est, mais la Ville ferme les yeux sur ce qui se passe ici. Tant que les marchands continuent de payer leur emplacement, la municipalité est satisfaite.

Ils passèrent devant un étal de viande épicée et fumée, et Simon eut un frisson.

— Ces trucs-là ne m'inspirent pas confiance, lui confia-t-il à voix basse. Le marchand dit que c'est du bœuf, mais on ne peut pas savoir.

— En tout cas, ce n'est pas du rat. Les Classe trois les ont tous mangés.

— Je pensais plutôt aux coyotes.

Un peu plus loin, Riley vit un type costaud occupé à frapper sur une enclume. Derrière lui brillait un feu rouge et intense. Une douche d'étincelles se dispersait dans la nuit lorsque son jeune assistant actionnait un vieux soufflet usé. L'homme était torse nu mais il transpirait abondamment malgré le froid, la sueur mettant en valeur les muscles saillants de son torse et de ses bras.

— Un forgeron ? s'étonna Riley. Pourquoi pas…

— Faire réparer un objet cassé revient moins cher que d'en acheter un neuf, expliqua Simon.

Riley s'arrêta et prit le temps de jeter un regard circulaire sur le marché.

— On se croirait dans un film. On dirait un marché arabe ou bien une foire du Moyen Âge.

— Avec un petit côté bien de chez nous, ajouta Simon en désignant une tente.

Un restaurant. Sur la carte écrite à la main, on trouvait du porridge de maïs, du chou, du poulet frit et de la tourte de patate douce. Cette dernière réveilla l'appétit de Riley, mais la jeune femme n'avait pas fini de digérer le magnifique repas offert par Beck.

Simon s'arrêta devant une tente remplie de bouteilles d'Eau bénite de différentes tailles. Riley en saisit une. Elle sortait des usines de Fournitures célestes, la société mentionnée dans les notes de son père, et la date imprimée sur l'étiquette prouvait qu'elle avait été consacrée deux jours plus tôt. Elle retourna la bouteille et vérifia la présence du tampon du service des taxes de la Ville. Celui-ci scintilla dans la lumière déclinante. Comme la municipalité ne pouvait pas prendre d'argent à l'Église, elle taxait ses produits dérivés.

— Toujours vérifier la date, lui conseilla Simon. Pour soigner des blessures infligées par des démons, l'Eau bénite doit être la plus fraîche possible. Ce n'est pas nécessaire pour protéger une maison, par exemple.

Riley pensa à l'Eau qu'elle avait utilisée pour soigner la griffure à sa cuisse. Carmela lui avait dit qu'elle devait être vieille, alors que le type à qui elle l'avait achetée avait affirmé qu'elle était de première fraîcheur. Alors qui croire ?

— Quelque chose te tracasse ?

— Un peu. J'ai lu dans le manuel qu'il fallait renouveler régulièrement les murs d'Eau bénite, mais pas pourquoi il fallait le faire.

— On dit qu'elle perd de son efficacité en absorbant le mal. C'est pour ça qu'on en vend beaucoup aux prisons et aux maisons d'arrêt.

— Mais aussi aux crèches, aux hôpitaux, aux écoles, aux services gouvernementaux et j'en passe, continua un vendeur bien portant. (L'homme au crâne dégarni était habillé comme un représentant de commerce et serrait un carnet de commandes dans ses mains.) C'est la seule façon de mettre votre famille à l'abri de la terreur de l'Enfer, ajouta-t-il.

Ce faisant, il lui glissa dans les mains une brochure en couleur qui vantait les vertus et propriétés protectrices de l'Eau bénite.

—Comment puis-je savoir si elle est vraiment fraîche? demanda-t-elle en se rappelant le fiasco de sa blessure.

Le vendeur tapota du bout de son ongle la bouteille qu'elle avait entre les mains.

—Chaque bouteille, chaque sphère mentionne le numéro de lot et la date à laquelle l'Eau a été consacrée. C'est une obligation légale.

Elle savait déjà tout cela.

—Certains lots sont-ils moins efficaces que d'autres?

—Non, répondit poliment l'homme.

Me voilà bien avancée.

—Combien ça coûte? s'enquit Simon en montrant un flacon. Aucun prix n'est affiché.

—Dix.

—C'est cher! s'étonna Simon en haussant les sourcils.

—La Ville a encore augmenté les taxes.

Le vendeur repéra un autre acheteur potentiel et s'en fut réciter ses arguments ailleurs.

—Dix dollars le flacon? Dans le temps, c'était le prix d'un gallon, marmonna Simon. C'est du grand n'importe quoi. Pas étonnant que le prix des sphères ait autant augmenté.

En glissant la brochure dans son sac, Riley effleura les feuilles imprimées, ce qui lui rappela les recherches de son père.

—Un démon peut-il s'immuniser contre l'Eau bénite?

—Non, répondit Simon en secouant la tête. Toutes les créatures de l'Enfer réagissent de la même manière au contact d'un concentré de pouvoir divin, affirma-t-il comme s'il récitait une leçon apprise par cœur.

Dans ce cas, pourquoi papa était-il obsédé par cette question ?

Simon la prit par le bras et l'entraîna doucement vers la droite.

— L'étal que nous cherchons se trouve dans cette direction.

Riley se figea, n'en croyant pas ses yeux. La tente orange vif qui se dressait devant eux était pleine de personnes mortes.

— Ils les vendent ici ? demanda-t-elle, atterrée.

— Les Nécros ont toujours un emplacement au marché.

Riley les compta rapidement : il y avait sept Maccabs pour un vivant. Lequel se chargeait de parler aux chalands. Les Maccabs se contentaient de regarder dans le vide et de se demander ce qui avait bien pu leur arriver. Au moins le vendeur ne les décrivait-il pas comme de vulgaires voitures d'occasion, ce qu'elle n'aurait pas pu supporter.

— Combien coûtent-ils ? chuchota-t-elle.

— Jusqu'à 5 000 dollars, d'après ce que j'ai entendu, répondit Simon. Ça me rend malade, ajouta-t-il d'une voix plus dure.

— Qu'arrive-t-il à leur âme ?

— J'ai posé la question au père Harrison, commença-t-il en la prenant par la taille. Il m'a répondu que l'Église n'en était pas certaine, mais qu'elle pensait que l'âme ne pouvait pas être totalement libre si le corps continuait de se balader un peu partout. Seuls les Nécros connaissent la vérité, et ils la gardent pour eux.

— Et si les corps deviennent fous, qu'ils se mettent à manger les gens ?

Simon rit doucement.

— Ça n'arrive que dans les films. Les Maccabs sont incapables de penser à quoi que ce soit et ne sont pas du tout des zombies. D'ailleurs, ils ne mangent pas.

— Mais ils ne sont pas complètement décérébrés, rétorqua-t-elle en repensant à la femme qui portait la mallette de son propriétaire.

—Non, pas tout à fait, répondit-il en la prenant encore par le bras. Viens.

Comme ils s'éloignaient, elle remarqua qu'un homme l'observait depuis une tente où l'on vendait couteaux et autres objets pointus. Il tenait une épée. Il la tenait même avec une grande assurance, comme si elle lui appartenait. Ses cheveux noirs et luisants étaient coiffés en arrière et noués en queue-de-cheval avec un cordon en cuir. Un blouson en cuir noir couvrait ses épaules larges et ses bras musculeux. On aurait dit une couverture de roman d'amour. Il vint à sa rencontre et la salua de sa lame à la façon d'un chevalier s'inclinant devant sa reine.

La jeune femme faillit fondre sur place.

—Riley ? l'appela son compagnon.

—Ah ! désolée…, s'excusa-t-elle, alors qu'elle ne l'était pas du tout.

Lorsqu'elle releva les yeux, l'homme n'était plus là.

Qui était ce type ?

—*La Cloche, le livre et le balai*, annonça Simon, qui ne se rendait pas compte que l'esprit de Riley était ailleurs.

La tente bleu nuit était constellée d'étoiles dorées et argentées. Devant elle se dressait une longue table encombrée d'amulettes, de sacs en velours et autres accessoires de sorcière.

Riley connaissait assez bien Simon pour savoir qu'elle ne devait pas utiliser ce mot en S. Tout ce qui était surnaturel le dérangeait beaucoup, et il s'était persuadé que les sorts contenus dans les sphères en cristal n'étaient pas vraiment de la magie. Peu importait le nom qu'on leur donnait, ces boules étaient vitales aux piégeurs.

Parfois même, elles ne suffisaient pas à assurer leur protection…

Derrière le comptoir se tenait une grande femme habillée dans un style Renaissance. Ses cheveux brun-roux étaient une masse de boucles sauvages. Son chemisier de paysanne vert foncé et légèrement ouvert laissait deviner un dragon multicolore tatoué sur son torse. Lorsqu'elle vit Simon, la femme se pencha sur le comptoir, exhibant un décolleté généreux.

—Eh! comment va mon piégeur préféré? commença la sorcière.

Au ton qu'elle avait utilisé, Riley comprit qu'elle adorait jouer avec les nerfs de Simon.

Le petit ami de Riley nota le décolleté, mais il parvint à en détourner les yeux avec une facilité déconcertante.

—Plutôt bien. Ayden, je vous présente Riley. C'est une nouvelle apprentie.

—La fille de Paul?

La jeune femme hocha la tête.

—Grande déesse…

Elle sortit de derrière la table et serra Riley dans ses bras. Ses cheveux sentaient l'encens au patchouli.

—Il va beaucoup nous manquer, poursuivit la femme en s'écartant, le regard embrumé.

Un silence maladroit s'installa. Riley se racla la gorge.

—Beck voudrait que vous me parliez des sphères.

—Ah! fit la sorcière en recouvrant son enthousiasme. *Les Sphères pour les nuls*, première partie, chapitre un. Ce sera avec plaisir.

—J'attendrai ici, dit Simon, la main enfoncée dans la poche où il gardait son chapelet.

—Je promets de ne pas vous changer en quelque chose qui gobe les mouches, le taquina Ayden.

Simon se raidit, mais il ne bougea pas.

La sorcière attendit d'être sous la tente pour se pencher vers l'oreille de Riley:

—J'adore m'amuser un peu avec lui. C'est un garçon très gentil, mais il n'a pas encore compris que sa religion n'est pas en compétition contre les autres.

— Lui aussi a eu droit à votre cours sur les sphères ?

Elle opina de la tête.

— Il n'était pas très réceptif.

Tandis qu'elles s'enfonçaient plus loin sous la tente, un doux parfum de jasmin les enveloppa. Des lanternes étaient suspendues à des poteaux et, dans un coin, quelqu'un lisait l'avenir d'un client dans des cartes de tarot. Ayden fit signe à Riley de la suivre et s'agenouilla devant un grand coffre en bois orné de symboles ésotériques. Riley reconnut une croix ankh et l'œil d'Horus. Pour le reste… Peut-être des runes celtiques.

— Nous les conservons dans ce coffre parce qu'elles sont fragiles, expliqua Ayden en soulevant le couvercle.

Ne m'en parle pas…

La sorcière sortit trois sphères et les posa dans les mains de Riley. Une rouge, une blanche et une bleue. Elles lui rappelèrent la vitrine de *Roscoe's*, ce qui n'était pas une bonne chose.

— Comment les fabriquez-vous ? demanda Riley.

— Nous achetons des boules de verre, que nous remplissons de divers ingrédients grâce à un entonnoir que nous plaçons ici, répondit Ayden en désignant un petit bouchon en liège enfoncé dans une boule. Une fois remplies, nous les rebouchons. Alors nous nous rendons dans la forêt une nuit de pleine lune pour les charger de magie.

— Vous dansez autour d'un feu ou quelque chose dans le genre ?

— Ça dépend de la magie. Parfois, nous sommes dans le plus simple appareil.

— Dans le plus simple…

— À poil, comme disent les jeunes, ajouta Ayden avec un clin d'œil.

— Les moustiques doivent vous faire vivre un Enfer.

La sorcière éclata d'un rire riche.

— Vous devriez nous accompagner un de ces jours.

Pas s'il faut que je me mette toute nue.

Riley fit doucement tourner les sphères dans ses mains.

—Il y a un tampon du service des impôts sur les bouteilles d'Eau bénite, mais pas sur les sphères…

Ayden lâcha un grognement.

—L'État voudrait nous imposer ça dès l'année prochaine, mais notre lobbyiste fait tout pour qu'on n'en arrive jamais là. Ils veulent taxer tous les articles de magie.

—Combien les vendez-vous ? demanda Riley, curieuse d'entendre si, pour une fois, on allait lui répondre sans détour.

—Nous voulons juste couvrir nos frais. Nous n'imaginons pas prendre de l'argent à ceux qui nous protègent contre les monstres de l'Enfer.

La sorcière monta dans l'estime de Riley.

—Bon, j'avoue que nous avons d'autres objectifs. Je veux dire, en dehors de l'amélioration de notre karma. Comme nous fournissons le matériel nécessaire au combat contre les forces du mal, certains groupes radicaux ont du mal à nous tomber dessus, comme ils en avaient l'habitude.

C'était logique, en effet.

—La première chose que j'aime dire à propos des sphères, c'est qu'il ne faut pas rester bloqué sur leurs usages spécifiques. Les piégeurs aiment à penser qu'une sphère donnée ne peut être utilisée que contre un type de cible. Une Babel contre un Classe quatre, un globe de neige contre un Pyro. C'est une vision très limitée.

—Pourquoi ?

—Parce que la magie peut être utilisée de bien des façons. Il faut garder à l'esprit les propriétés de chaque sphère et déterminer l'effet que l'on souhaite produire. On peut combiner les sphères de façon à décupler leurs possibilités. Chaque fois que je répète ça à un piégeur, il me regarde comme si j'étais folle.

— Même mon père ? demanda Riley, qui le savait particulièrement ouvert à la nouveauté.

— Paul commençait à ouvrir les yeux, répondit la sorcière en écartant les bras, mais les vieilles habitudes sont difficiles à perdre.

Le téléphone portable de Riley gazouilla. Elle le prit et l'éteignit. C'était sans doute Peter. Après qu'elle l'eut fourré dans son sac, Ayden lui montra une autre sphère. Des particules blanches tourbillonnaient à l'intérieur comme dans une vieille boule à neige. Ne manquait plus qu'une patineuse au milieu.

— Commençons par la blanche et nous verrons ensuite, dit la sorcière.

Une demi-heure plus tard, Riley sortait de la tente l'esprit saturé de détails. Les sphères blanches étaient créées grâce aux magies de l'air et de l'eau. Les sphères de mise en terre combinaient les magies de l'air, de la terre et du feu, etc.

Je ne pourrai jamais tout retenir.

Simon faisait les cent pas devant la tente.

— Tu as fini ? demanda-t-il, pressé d'être ailleurs.

Riley hocha la tête.

— On va boire un chocolat chaud ? proposa-t-elle.

— Non, merci, je dois rentrer.

Oh ! Tu parles d'une soirée en amoureux.

Riley ralluma son téléphone. Elle avait reçu trois appels. De Beck. Il n'avait pas laissé de message.

Je savais que c'était trop beau pour durer.

Chapitre 30

Fini de se dérober.

Beck rangea le contenu de son sac, qui n'en avait pas vraiment besoin. Puis il recommença en modifiant l'agencement de son équipement. S'il avait eu son nécessaire de nettoyage avec lui, il aurait démonté son SIG et lui aurait refait une jeunesse. Toutefois, ses efforts étaient vains : il n'arrivait pas à oublier la voix du Classe deux prononçant le nom de Riley. Les démons de classes inférieures ne faisaient jamais ce genre de chose. Pour eux, tous les piégeurs se ressemblaient.

Au fond de lui-même, il savait que cela signifiait quelque chose. Il avait besoin de conseils, mais à qui pouvait-il parler sans risquer de compromettre l'avenir de Riley au sein de la Guilde ?

— Harper ? marmonna-t-il. Sûrement pas.

Ce connard se servirait de cette information pour la jeter en pâture aux loups.

— Stewart ?

Ce serait un choix plus raisonnable, mais le maître risquait de vouloir informer la Guilde de l'intérêt particulier que l'Enfer portait à la fille de Paul.

— Eh merde.

Que pouvait-il faire ?

Après avoir longuement réfléchi, Beck opta pour une solution moins risquée. Il attendit que Mortimer ait fini de l'enquiquiner pour allumer son téléphone portable, les nerfs à vif. Il appelait un vieil ami piégeur de New York. Quelqu'un en qui il avait confiance.

— Patterson. Quelle Classe et où ? demanda une voix bourrue.

— Jeff ? C'est Beck.

— Eh ! Den. Comment ça va ? Ça fait un bail.

— J'ai quelques questions à te poser. Tu as déjà vu des démons travailler en équipe ? Genre un Géo avec un Classe trois ?

— Jamais de la vie. Heureusement, d'ailleurs, sinon on serait dans la merde. S'ils devenaient malins un jour, on serait foutus. Pourquoi ?

— Je crois bien que c'est en train d'arriver chez nous. Et ce n'est pas tout : tu as déjà entendu un démon de Classe inférieure appeler un piégeur par son nom ?

— Non, seuls les Classe quatre et au-dessus sont capables de ça. Ils doivent atteindre ce niveau pour être capables de réfléchir. Les Archimonstres, eux, connaissent la taille de ta queue et savent quand tu as trompé ta femme la dernière fois.

— Raison de plus pour ne jamais se marier.

Jeff éclata de rire.

— Pourquoi tu poses ces questions ?

— Un de nos piégeurs se fait appeler par son prénom par tous les démons qu'il croise, même les Classe un.

— Merde. Tu es sûr que ce type ne bosse pas pour Lucifer ? Ça expliquerait tout.

Se peut-il que Riley ait été débauchée par l'Enfer ?

— Non, le piégeur est tout ce qu'il y a de plus réglo.

— Tu es sûr ? Ce n'est pas toujours facile à dire. Tu sais, ce n'est pas écrit sur le milieu de la figure.

— Non, elle a failli se faire tuer par un Classe trois et un Classe cinq. Lucifer ne dégommerait pas une de ses créatures.

— « Elle » ?

Il pouvait avoir confiance en Patterson…

— Si je te dis qui c'est, tu n'iras pas le répéter à tout le monde ?

— Motus et bouche cousue.

— C'est Riley, la fille de Paul.

— Qu'est-ce qu'elle fout dans la Guilde ?

Sans laisser à Beck le temps de répondre, il ajouta :

— Elle suit les traces de son père, évidemment. Tu as remarqué autre chose de bizarre à son sujet ?

Beck lui raconta comment elle avait capturé un Classe trois toute seule.

— Celui-là même qui est arrivé dans notre dos la nuit où Paul a été tué.

— Blackthorne est mort ? s'exclama l'homme.

Beck se sentit bête et secoua la tête.

— Ah ! je suis désolé, mec. Je croyais que tu étais au courant.

— Non, je pêchais au Canada. Tu devrais essayer un de ces quatre. Je veux dire, arrêter de bosser pour te détendre pendant quelques jours. (Il s'interrompit trois secondes.) Comment est-il mort ?

Beck lui raconta brièvement cet événement tragique. Il y eut un long silence, puis Jeff s'éclaircit la voix.

— C'est la première fois que j'entends parler d'un truc pareil.

— Qu'est-ce que tu penses de tout ça ?

— Je pense que je suis sacrément veinard de vivre là où je vis.

Beck lâcha un soupir.

— Si les monstres de Lucifer savent à quoi elle ressemble, s'ils sont déjà à ses trousses, je lui conseille de changer de décor, poursuivit Patterson. De quitter Atlanta, quoi.

— Ouais, en ce moment, on est dans les démons jusqu'au cou.

—Chez nous, ça va. Tu pourrais l'envoyer à New York. Bon, ça ne veut pas dire qu'ils ne vont pas la suivre, mais on ne sait jamais, c'est peut-être un genre de phénomène local.

Beck avait une meilleure idée.

—Elle a une tante à Fargo.

—Mets-la dans un car. Ils sont très énervés, dans le Dakota, depuis que ces démons ont provoqué ces grandes crues, il y a quelques années. Les monstres n'ont pas une super espérance de vie dans la région, si tu vois ce que je veux dire.

—Merci. Je te revaudrai ça, Jeff.

—Tu paieras la prochaine tournée. À plus, mec.

Beck replia son téléphone et le jeta sur la couverture comme s'il s'agissait d'une grenade dégoupillée. Il avait mal au ventre comme s'il avait avalé un kilomètre de fil barbelé.

—Il se passe trop de trucs bizarres, marmonna-t-il.

Notamment autour de la fille de Paul, ce qui était complètement absurde. L'Enfer s'intéressait beaucoup trop à elle. Ce Pyro était la goutte d'eau qui avait fait déborder le vase.

Il appréciait certes d'apprendre à Riley les ficelles du métier. Lui-même tenait de Paul tout ce qu'il savait. Néanmoins, il n'aurait jamais dû l'emmener piéger avec lui. Elle s'était bien débrouillée, mieux en tout cas que la plupart des apprentis, mais il s'était montré trop égoïste. Il avait du mal à s'avouer qu'il appréciait sa compagnie. De bien des façons, elle lui rappelait Paul et, lorsqu'ils étaient ensemble, la douleur dans son cœur s'estompait. Pour quelque temps en tout cas.

Il n'y avait qu'une façon de régler ce problème : s'éloigner d'elle, faire en sorte qu'elle le haïsse, comme elle le haïssait lorsqu'elle avait quinze ans. Il devait faire en sorte qu'elle quitte la ville le temps que la situation se tasse. C'était une bataille qu'il se devait de gagner.

Ou alors l'Enfer aurait le dernier mot.

Pour une fois, Riley n'était pas nerveuse à l'idée de voir Beck, et ce malgré ses nombreux coups de fil. Cet après-midi avait prouvé qu'ils pouvaient s'entendre et même s'amuser ensemble. Il lui avait même offert un cadeau, un bijou qu'aucune autre fille à Atlanta ne possédait.

Il lui tomba dessus dès qu'elle eut franchi les limites du cercle…

— Pourquoi tu n'as pas répondu à mes appels ? commença-t-il.

— Parce que j'étais en train d'apprendre plein de choses sur les sphères, répondit-elle, étonnée.

Comme tu m'avais demandé de le faire.

—À qui as-tu parlé ?

—À Ayden. Simon nous a présentées. Elle m'a donné sa carte au cas où j'aurais d'autres questions à lui poser.

— Simon ? lâcha-t-il.

— Ouais, on en a profité pour sortir un peu.

Une expression qu'elle ne parvint pas à identifier lui traversa furtivement le visage.

— J'aurais dû m'en douter, grommela-t-il. Bon, voici tes nouvelles instructions : tu vas appeler ta tante et voir si tu peux emménager chez elle.

Quoi ? Qu'est-ce que c'est que ces conneries ?

— Je veux rester ici.

— Tu as besoin de retrouver ta famille.

— Je ne veux pas d'une famille qui ne me supporte pas. Tu ne connais pas ma tante.

—Aucune importance, rétorqua-t-il en mettant son sac marin sur son épaule. Appelle-la quand même.

De nouveau son attitude « c'est moi qui décide ». Il était pire que n'importe quel parent. Au moins les parents faisaient-ils l'effort d'expliquer pourquoi ils avaient dit « non ».

—On a passé un bon après-midi, tous les deux. Qu'est-ce qui s'est passé?

Il fit mine de s'offusquer, mais il ne répondit pas. Comme si elle ne méritait même pas une explication.

—C'est à cause de Simon?

Son visage se crispa et ses poings se serrèrent. Les flammes des cierges s'élevèrent dans le ciel.

—Arrête de m'emmerder, tu veux! Tu crois que tu peux traîner et aller à des rendez-vous comme si de rien n'était? Tu dois quitter cette ville le plus vite possible.

Mais, ma parole, tu es jaloux. Pourquoi ne l'avait-elle pas vu plus tôt? Elle comprenait à présent pourquoi il lui avait offert ce collier: il voulait concurrencer Simon. *Comme si tu boxais dans la même catégorie, mon pote.*

Riley serra les poings à son tour.

—Ça te fait mal que j'aie un petit ami. C'est pour ça que tu veux que je m'en aille. Tu penses qu'on va se séparer si je pars pour Fargo.

—N'importe quoi.

—Tu parles! Tu ne supportes pas que je sois heureuse. Tu voudrais que je sois seule et malheureuse comme toi.

—Petite…, commença-t-il d'une voix menaçante.

—Avoue-le, Beck. Personne ne t'aime parce que tu te comportes tout le temps comme un trou du cul.

Il fit un pas en avant.

—Boucle-la. Tu vas quitter cette ville même s'il faut pour ça que je te balance à l'arrière de ma caisse et que je te conduise moi-même à Fargo.

—Tu n'as pas intérêt!

—Je te donne trois jours. Sinon, je prendrai les choses en main.

Il tourna les talons et sortit du cercle. Instantanément, les flammes recouvrèrent leur taille normale.

—Espèce de sale…

Riley se mordit la lèvre comme il disparaissait en martelant le sol. Comme elle avait été bête. Dire qu'elle pensait qu'il avait changé. Il avait juste voulu l'amadouer pour parvenir à ses fins.

Et j'ai bien failli me faire avoir.

L'après-midi suivant, la douleur était encore vive dans la gorge de Riley, comme si elle avait avalé un os de poulet qu'elle n'arrivait pas à recracher. Elle avait passé la majeure partie de la journée à effectuer des corvées pour Harper et à se tenir à distance de ses sautes d'humeur. Elle avait réussi, car le maître et Simon étaient partis piéger un Classe trois près du casino de Demon Central. Une fois seule, elle put réciter à sa guise tous les jurons démoniaques qu'elle connaissait. Un grand nombre d'entre eux pouvaient d'ailleurs s'appliquer à Beck.

Plusieurs fois, elle faillit jeter le collier aux ordures. Mais c'était sa griffe, après tout. Elle l'avait méritée. Elle n'aurait qu'à oublier qui la lui avait offerte.

Tu parles, comme si c'était possible.

Pendant tout ce temps, le pendentif se balança sur sa poitrine pour lui rappeler le temps béni où Beck était gentil. Béni, mais très bref…

Pour ne rien arranger, elle allait revoir les pétasses qui allaient en classe avec elle. Si elles avaient quelque chose dans le crâne, elles se tiendraient à carreau. Sa patience avait des limites et, si elle en attrapait une, elle risquait d'être exclue de l'école dans la seconde. Plus d'école signifierait plus de permis de conduire, et les transports en commun n'étaient vraiment pas son truc.

Cette fois, Riley gara sa voiture devant l'établissement, juste en face de la place qu'elle comptait occuper. Son but était de pouvoir vite ressortir pour réduire au minimum leurs chances de vandaliser son véhicule.

Brandy et sa meute attendaient devant l'entrée. Au grand soulagement de l'apprentie piégeuse, contrairement à la première fois, leurs vêtements n'étaient pas tous de la même couleur. Riley sortit de la voiture sans faire attention aux gloussements et autres doigts pointés dans sa direction. Elle prit son sac sur la banquette et claqua la portière.

—Salut, dit une voix.

Elle se retourna et se retrouva face à un des garçons de la classe.

—C'est toi qui pièges les démons, pas vrai?

—Ouais.

Elle reconnut le type décharné qui était assis à côté d'elle la dernière fois. Ses vêtements, beaucoup trop grands pour lui, lui donnaient des airs d'épouvantail émacié.

—Et toi, tu es qui? s'enquit-elle en se demandant ce qu'il voulait au juste.

—Tim, répondit-il en se retournant nerveusement vers Brandy et sa clique. Je… enfin, je travaille sur un projet, et je me demandais si…

—Attention, geek! «Tut! tut! tut!» cria une des amies de Brandy.

Tim se raidit.

—Ne fais pas attention à elles, dit Riley en tournant le dos à la bande.

Son geste sembla l'effrayer, et il eut un mouvement de recul.

—Je… je…, bredouilla-t-il. Je fais des recherches sur les démons, et comme tu es dans la partie… Enfin, je me disais que…

—Je t'écoute, l'encouragea-t-elle.

Si cela durait trop longtemps, elle risquait de ne pas pouvoir s'asseoir où elle voulait.

—Je ne comprends pas comment on différencie les Biblios des Kleptos et des Pyros.

Il avait effectivement étudié la question.

— Qu'est-ce que tu veux savoir ? lui demanda-t-elle.

— Eh bien, je veux devenir piégeur quand je serai plus grand et…

C'est une plaisanterie ? Il était beaucoup trop maigrichon. Un Classe trois n'en voudrait même pas pour son quatre heures.

— Laisse tomber. Ce n'est pas aussi drôle que tu crois.

— Mais…

Elle le contourna comme s'il n'existait plus et se dirigea vers la porte d'entrée.

— Mais…

Il essaya encore, et elle entendit Brandy et ses acolytes éclater de rire. Riley se retourna et constata que Tim se tenait toujours à côté de sa voiture. Il semblait anéanti.

— Tu t'en remettras. Moi aussi, d'ailleurs, grommela-t-elle.

Lorsque Mme Harpity les fit entrer, Riley s'installa immédiatement au fond de la salle. Brandy ne cessait de la regarder avec un sourire en coin.

Elles ont prévu quelque chose.

Le cours de maths passa vite et fut suivi d'un sermon sur l'hygiène imposé par les autorités de l'État. Nombreux furent ceux à accueillir ces informations, il est vrai basiques, avec des gloussements, même si quelques types dans le fond de la classe avaient manifestement besoin qu'on leur rafraîchisse la mémoire.

Alors Mme Harpity passa à la guerre civile.

— Nous allons discuter de l'incendie volontaire d'Atlanta. Qui veut commencer ?

Un garçon leva la main à l'autre bout de la salle.

— C'était un geste symbolique et inutile. Sherman a détruit les voies ferrées, mais la guerre ne s'est pas terminée plus vite pour autant.

—Exactement, approuva un autre garçon. Ça n'a servi aucun des deux camps. C'était juste un coup dur pour l'*ego* du Sud.

Riley se retint de lever la main. Mieux valait ne pas trop se faire remarquer.

—Riley ? l'encouragea le professeur.

Toutes les têtes se tournèrent vers elle.

Merde…

—Atlanta servait de dépôt et de réserve à la Confédération. L'incendie de la ville a été fatal aux forces du Sud, finit-elle par assener.

Toutes ces années passées à écouter son père radoter sur le sujet lui servaient enfin à quelque chose.

—Mais vous n'approuvez pas la tactique de Sherman, n'est-ce pas, Riley ? demanda Mme Harpity, prenant la jeune femme par surprise.

Comment le sait-elle ?

—Pourquoi ne pas partager votre vision pour le moins unique du général Sherman ?

Fait chier…

—Je pense qu'il était un genre de terroriste intérieur.

—Ouais, vas-y ! l'encouragea un autre élève qui partageait manifestement sa vision.

—Pourquoi pensez-vous cela ? insista le professeur.

Riley n'avait d'autre choix que de cracher le morceau.

—Il n'était pas obligé de détruire la ville. Je crois qu'il s'est pris pour Dieu, et que si quelqu'un refaisait la même chose aujourd'hui, on le traiterait de terroriste.

—Même en temps de guerre ? demanda le premier garçon.

Il s'appelait Bill, croyait-elle se souvenir.

—Bien sûr. La ville s'était rendue et avait été évacuée. Sherman l'a fait incendier le jour de son départ. C'était un acte de malveillance pure.

—Il ne l'a pas brûlée complètement, protesta Bill. Il a épargné les églises.

—Pourquoi? demanda Mme Harpity.

Riley savait pourquoi, mais elle jugea préférable de ne pas passer pour une intello.

—Il n'en avait pas envie? proposa Bill.

Le professeur secoua la tête.

—Un prêtre l'a convaincu de ne brûler ni les églises ni les hôpitaux. (Elle leur laissa du temps pour assimiler cette information.) Pour la prochaine fois, dites-moi ce que vous pensez des actions de Sherman. Étaient-elles justifiées ou non?

Tout le monde protesta, même Riley. Alors elle se leva et fourra son manuel dans son sac.

—Riley…, l'appela Mme Harpity en lui faisant signe d'approcher.

Aïe. Cela laisserait aux droïdes le temps de vandaliser sa voiture.

—Oui, madame, répondit-elle en se rapprochant du bureau.

Avec un peu de chance, ce ne serait pas très long.

—Votre devoir sur Sherman était à l'intérieur de votre dossier lorsque je l'ai reçu. Je ne suis pas forcément d'accord avec vous, mais au moins avez-vous eu le courage d'exposer votre point de vue.

Riley regardait fixement la lettre écrite à l'encre rouge en haut de la feuille. Elle souriait jusqu'aux oreilles.

—Vous l'avez trouvé bon?

—En effet. Des recherches sérieuses, des arguments intelligents. Un ton un peu sermonneur, mais un excellent travail.

Le sourire de Riley s'élargit encore.

—Merci!

Quand je vais dire ça à Peter!

Elle rangea son devoir dans son sac et se dirigea vers la porte, mais la sortie était bloquée par un garçon. C'était le type qui s'asseyait toujours loin de la fenêtre et ne parlait presque jamais.

— Tu chasses vraiment les démons?

Ses yeux étaient bizarres, comme s'il portait des verres de contact.

— Non, je «piège» les démons, le corrigea-t-elle en essayant de le contourner, mais il refusa de s'écarter. Bon, écoute, je suis pressée.

Les pétasses étaient-elles encore en train de s'en prendre à sa voiture? Si jamais elles badigeonnaient son pare-brise de rouge à lèvres…

— Tu nous chasses, insista-t-il en zézayant légèrement.

— Pourquoi, tu es un démon, toi aussi?

— Certaines personnes disent que nous en sommes.

Le garçon pâle sourit. Ses canines étaient pointues. Un teint cadavérique, des dents pointues, des vêtements noirs, une chemise blanche à fanfreluches… Elle venait de comprendre.

Un vampire de pacotille. Pitié!

— Tu ne peux rien contre nous, ajouta-t-il, solennel, en appuyant chacun de ses mots.

Qu'est-ce que c'est que cette manie d'utiliser le pluriel? Il se prenait pour le roi d'Angleterre, ou quoi?

— Écoute… mon pote, quel que soit ton nom. Je piège des démons. Des dé-mons. Et c'est tout. Les vampires, loups-garous et autres monstres polymorphes ne m'intéressent pas. (*Pareil pour les types un peu timbrés qui se prennent pour une des bêtes susmentionnées.*) Et j'ai assez de boulot comme ça.

— Ce n'est pas ce que nous avons entendu dire.

— Qui ça, «nous»? demanda-t-elle, le front plissé.

— Les Créatures de la nuit.

— Les quoi?

347

Le visage du garçon se déforma en une grimace.

— Nous sommes les maîtres des heures sombres et nous ne craignons personne. Pas même les chasseurs.

— Piégeurs, tu veux dire. Bref, ça n'a pas d'importance. (*Tu crois vraiment que je n'ai que ça à faire ?*) Bon, tu veux bien me laisser passer ?

Il fit un pas en arrière.

— Nous n'oublierons pas, lui lança-t-il comme elle sortait à la hâte.

Moi, si.

La voiture semblait normale, du moins au premier coup d'œil ; toutefois, l'expression qu'arboraient Brandy et sa meute n'était pas forcément rassurante. Elle vérifia les roues. Rien à signaler. Elles n'auraient pas pu soulever le capot. Ni mettre quelque chose dans son réservoir, car il était fermé à clé. L'inquiétude de Riley s'estompa. Elles étaient en train de se payer sa tête, et elle était tombée dans le panneau. Elle s'assit derrière le volant et lâcha un soupir de soulagement. Alors, tandis qu'elle sortait du parking, elle regarda dans son rétroviseur et vit la meute de pétasses éclater d'un rire hystérique.

Qu'est-ce qui leur prend ?

Chapitre 31

Le pneu arrière droit était à plat. Impossible de rouler plus loin. Désormais, elle comprenait pourquoi Brandy et ses disciples étaient si joyeuses.

Je vais les tuer, toutes. Lentement. Douloureusement. Et en public.

Que faire, à présent ? Appeler Beck ?

— Plutôt crever.

Il en profiterait pour lui tomber encore dessus. *Simon, alors ?* Pourquoi pas, mais le temps pressait. À en croire sa montre, il ne lui restait plus qu'une demi-heure pour rallier le cimetière et reformer un cercle de protection.

Elle posa son chocolat chaud à emporter sur le toit de la voiture et sortit la roue de secours et le cric du coffre. Son père lui avait appris beaucoup de choses, mais pas à changer une roue.

— Je crois que ça va être marrant à regarder, lança une voix.

Furieuse, elle se retourna avec la ferme intention d'éviscérer le coupable. Ses mots ne franchirent jamais la barrière de ses lèvres. C'était le type du marché, le bellâtre musclé qui aurait pu figurer sur une couverture de roman d'amour. Son visage hâlé était éclairé par un sourire.

La colère de Riley se dégonfla comme le pneu de sa voiture.

—Oh! c'est vous, dit-elle en se sentant idiote. Le gars à l'épée. (Le sourire de l'homme s'élargit encore.) Vous l'avez achetée? L'épée, je veux dire.

—Non. Elle était trop… déséquilibrée.

Riley avait soudain la gorge sèche. Elle déglutit deux fois.

—Au fait, je m'appelle Ori.

—Et moi Ri… Riley.

Il se rapprocha, et sa peau se mit à la picoter.

—Besoin d'aide? demanda-t-il.

Elle ne pouvait que hocher la tête et s'efforcer de ne pas baver.

Il lui confia le chocolat chaud, car, expliqua-t-il, il ne voulait pas le renverser, et entreprit de soulever la voiture à l'aide du cric. Vu la façon dont ses muscles travaillaient, Riley se demanda s'il en avait vraiment besoin. Elle pouvait dire un grand merci aux pimbêches de sa classe; ce garçon était tellement agréable à regarder quand il s'activait de la sorte… Cependant, elle ne s'attarda pas sur ce spectacle magnifique. S'il se dépêchait de changer la roue, elle arriverait à temps, voire en avance, au cimetière. Son père passait avant tout. Même avant les beaux gosses.

Les boulons qui maintenaient la roue tombèrent. La roue de secours fut mise en place, les boulons resserrés, la roue démontée rapidement examinée et jetée dans le coffre en même temps que le cric.

—Quelqu'un vous en veut? demanda-t-il.

—Pourquoi?

Il désigna la valve du pneu.

—Quelqu'un l'a trafiquée. C'est pour ça que le pneu était à plat.

Riley lâcha un flot de jurons.

—Je vois que vous maîtrisez parfaitement la langue de l'Enfer.

Elle pencha la tête sur le côté.

— Vous comprenez la langue des démons ?

— Disons que je ne suis pas bête.

Il referma le coffre et sortit un mouchoir pour s'essuyer les mains, ce qui lui donna un air étrangement aristocratique.

La montre de Riley sonna, lui rappelant que le monde continuait de tourner.

— Il faut que j'y aille. Merci beaucoup de m'avoir aidée.

— Pas de problème. Peut-être qu'on se reverra un de ces quatre.

Elle aurait voulu lui poser un million de questions, mais cela devrait attendre. Elle monta dans la voiture, boucla sa ceinture et releva la tête pour dire au revoir à son sauveur, mais celui-ci avait disparu. Elle le chercha sur le trottoir. De l'autre côté de la rue. Ori n'était plus là.

Comme si la terre l'avait avalé.

Comment as-tu fait ça ?

Dès qu'elle eut terminé de tout préparer autour de la tombe de son père, ce qui était devenu une formalité, Riley composa le numéro d'Ayden. La sorcière devait connaître mille façons de rendre à Brandy et à ses suivantes la monnaie de leur pièce.

— Résumons-nous, dit la sorcière en essayant de couvrir le bruit du marché. Vous voulez que le courroux de Riley s'abatte sur ces filles, c'est bien ça ?

Le courroux de Riley ? Ouais !

— C'est bien ça. Une pluie de grenouille, tout le bazar biblique, quoi.

— D'accord. Je serai là vers 23 heures. Dans quelle partie du cimetière vous situez-vous ?

Les sorcières font du service à domicile, maintenant ? Qui l'eût cru ?

Riley expliqua à la sorcière où elle se trouvait et raccrocha.

—Vous allez le sentir passer, c'est moi qui vous le dis ! s'enthousiasma-t-elle.

À partir de cet instant, la soirée se déroula sans encombre. Riley passa un peu de temps avec son père, à qui elle raconta les événements de la journée comme s'il pouvait l'entendre, puis il y eut la visite de Mort. Lenny, lui, portait un nouveau manteau qui brillait dans le noir. Il semblait en être très fier, mais cela ne l'aida pas à la convaincre quand vint le moment de parler du corps de son père.

—J'ai entendu dire qu'une société de recouvrement allait bientôt obtenir l'autorisation d'exhumer votre père, dit-il en ajustant sa cravate. Vous pouvez encore éviter cela en me laissant m'occuper de lui. Je m'assurerai personnellement que l'argent vous sera bien reversé.

—Nan, répondit-elle en coupant une pomme Fuji à l'aide d'un couteau de poche trouvé dans le sac de son père. Personne ne le déterrera, pas même vous.

—Têtue, hein ? C'est une attitude respectable, quoique stupide.

—Ouais, je suis têtue et stupide, et j'aime ça.

—Vous changerez d'avis.

—Sûrement pas. En plus, vous êtes loin d'être aussi flippant que le type qui fait tous ces tours de magie.

En voyant l'air perplexe de Lenny, elle ajouta :

—Vous savez, il porte une cape et se transforme en tourbillon de feuilles mortes.

Lenny devint tout pâle.

—Merde… Je ne savais pas qu'il s'intéressait à votre père, s'étonna-t-il en faisant un pas en arrière. S'il vous pose la question, vous ne savez pas qui je suis, d'accord ?

—Mais…

Lenny avait pris ses jambes à son cou comme si une meute de chiens de l'Enfer était à ses trousses.

— La prochaine fois, je saurai quoi dire, pensa-t-elle tout haut en mettant un quartier de pomme dans sa bouche.

La sorcière arriva quelques heures plus tard et, après une invitation en bonne et due forme, traversa le mur de cierges comme s'il n'était pas là. Elle posa un petit panier à pique-nique sur le duvet de Riley et s'assit. Après avoir pris le temps d'arranger ses nombreux jupons, Ayden ouvrit le panier.

— Du vin ? proposa-t-elle.

— Je n'ai pas l'âge. Je pourrais vous causer des ennuis.

— Non, car je suis une sorcière.

— Et alors ?

— Vous faites de la magie, non ? demanda Ayden en désignant le cercle protecteur. Vous êtes donc l'une des nôtres. Les sorcières sont autorisées à boire au cours d'une cérémonie à condition d'avoir au moins seize ans. Vous avez plus de seize ans, non ? Si ? Je déclare donc solennellement cette cérémonie ouverte, aussi pouvez-vous boire légalement.

Riley fronça les sourcils.

— Je n'ai jamais entendu parler de cette loi. Vous venez de l'inventer.

— Je jure que non, se défendit la sorcière en levant la main droite. Le texte a été voté sous l'administration précédente. Je crois que les politiciens ont voulu cirer les pompes des païens. On commence à être nombreux, et nos voix comptent.

Riley rangea ces informations dans un coin de sa mémoire pour pouvoir les ressortir en cas de besoin. Pendant ce temps, Ayden remplit deux verres de vin et leva le sien vers le ciel.

— Gloire à Dieu et à la Déesse. Assurez notre sécurité et aidez la jeune Riley Blackthorne à trouver le chemin de la sagesse.

Riley leur aurait bien demandé autre chose, mais elle avala néanmoins une longue gorgée de vin. Il était vraiment bon ; elle reconnut des parfums de cerise, de raisin et d'autres fruits qu'elle ne réussit pas à identifier. Elle remarqua que la bouteille n'avait pas d'étiquette.

Sa tête commença aussitôt à tourner. *Fait maison, apparemment.*

—Alors, que voulez-vous qu'il leur arrive? demanda Ayden, appuyée sur un coude.

Avec sa longue jupe, ses cheveux bouclés et son visage rond, elle ressemblait à un de ces tableaux qu'on trouvait dans les vieilles galeries poussiéreuses.

Riley se redressa. Sa tête tournait de plus belle.

—Je veux que ces chameaux paient. Je ne sais pas, que leurs cheveux tombent ou qu'elles aient leurs règles pendant un mois d'affilée, quelque chose comme ça.

—Ça vous ferait vraiment plaisir? demanda Ayden en haussant un sourcil.

—Ça leur apprendrait.

—Mais à vous, qu'est-ce que cela vous ferait? Vous sentiriez-vous mieux?

Riley lâcha un grognement.

—Non, admit-elle, mais j'en ai vraiment marre que les gens se moquent de moi.

Ayden se pencha en avant pour remplir le verre de la jeune femme.

—Par la Déesse, on dirait moi à votre âge. Voici ce que j'ai appris depuis: ces gens-là ne seront jamais comme vous. Tout ce que vous pouvez espérer, c'est devenir plus forte qu'eux.

—Vous voulez dire que je devrais bousiller leurs voitures?

Ayden leva les yeux au ciel.

—Non! Vous avez assez de problèmes comme ça.

Riley s'agita sur la couverture. Le ton de la sorcière la mettait mal à l'aise.

—Alors, qu'est-ce que je dois faire? demanda-t-elle.

—Augmenter votre force intérieure.

Riley grogna de nouveau. Elle qui espérait apprendre à jeter des sorts spectaculaires… Elle devrait se contenter de conseils à la Yoda.

— Vous voulez un exemple ?

La jeune femme hocha la tête.

— D'accord. Prenons quelqu'un que vous connaissez. Simon, par exemple. Sa force, c'est sa foi.

— Je sais cela.

Cette conversation ne la mènerait nulle part.

— Et Beck ? D'où lui vient sa force ?

— Le péquenaud ? ricana Riley. De toute la bière qu'il ingurgite ? Du fait qu'il veut toujours tout contrôler ? qu'il se prend pour Dieu ?

— On dirait que ça ne se passe pas super bien entre vous.

— Tant que je fais tout ce qu'il veut, il est sympa, mais dès que je lui dis d'aller se faire foutre, ça dégénère.

— D'aaaaaaccord…, dit Ayden avant de prendre une profonde inspiration. La question reste posée : d'où lui vient sa force ?

— C'est un péquenaud !

— Et sa force lui viendrait de là ?

— Il est né près du marais d'Okefenokee. Vous connaissez plus paumé que ça, comme coin ?

— Beck se complaît dans ce rôle. Il est certes né en Géorgie du sud, mais il est surtout très bon pour se conformer à l'image qu'on a de lui. Alors, quand cette image est déplorable…

Riley refusait de tomber dans ce panneau, mais elle n'avait pas l'intention de discuter.

— Quel rapport avec moi ? se contenta-t-elle de demander.

— Beck a trouvé sa force, et il s'en sert. Tout comme Simon. À vous de trouver la vôtre. Qu'est-ce qui rend Riley si spéciale ? Qu'est-ce qui compte le plus pour vous ? Souhaitez-vous réellement punir ces bécasses en leur jetant un sort ? Êtes-vous prête à assumer les conséquences d'un tel acte ? Car, croyez-moi, il y a toujours un prix à payer à la magie.

Fait chier.

—Non, admit Riley. Je veux juste qu'elles cessent de me maltraiter.

—Cela arrivera peut-être un jour, mais entre-temps…

La sorcière lui rappelait Peter.

—Que dois-je faire, alors ? demanda Riley.

—Soyez vous-même. Vous êtes apprentie piégeuse. Ce n'est pas banal, alors ne le cachez pas.

Riley secoua la tête.

—Ça ne m'aidera pas à me faire apprécier des autres. Ils croient que je suis cul et chemise avec Lucifer.

Ayden renifla de mépris.

—C'est leur problème. Vous en avez assez des vôtres.

Riley joua avec sa chaîne, puis elle exhiba sa serre de démon. Le regard de la sorcière se posa immédiatement dessus.

—Est-ce que c'est ce que je crois ?

Riley hocha la tête.

—On m'a sorti ça de la jambe. Beck l'a fait transformer en pendentif pour moi. (Elle vit au visage d'Ayden que la sorcière s'apprêtait à lui dispenser une nouvelle leçon.) S'il vous plaît, ne me dites pas que je compte pour lui.

—Comme vous voudrez. Vous mentir à vous-même vous aide peut-être à vous sentir mieux…

Riley lui lança un regard noir.

—Bon, vous pouvez m'aider à punir ces pétasses ou vous êtes juste venue pour gâcher ma soirée ?

La sorcière fourra la main dans son panier et en sortit une petite bourse en peau retournée de la taille d'une carte à jouer.

—Cela vous aidera peut-être. C'est excellent pour l'estime de soi.

Ah! ce n'est pas trop tôt. Riley prit la bourse et l'ouvrit. Elle regarda à l'intérieur et… ne vit rien.

—Mais, elle est vide.

—Bien sûr. C'est à vous de la remplir. Trouvez des choses importantes pour vous, des objets qui vous rappellent un moment de votre vie où vous avez surmonté un obstacle, où vous avez appris quelque chose d'important. Mettez ces objets dans la bourse, et ils vous aideront à trouver votre force.

—Je ne suis pas certaine que ça m'aidera beaucoup.

À moins que je mette une brique dedans et que je la lance entre les yeux de Brandy.

Soudain, la sorcière se raidit. Elle sortit une bourse pleine d'amulettes de sa poche et la serra, tandis que son regard se rivait sur quelque chose à l'extérieur du cercle.

—Qu'y a-t-il ? demanda Riley en essayant de voir ce qui effrayait Ayden.

—Un Nécromancien, chuchota la sorcière.

—Ce n'est pas si grave. Ils défilent toutes les nuits, rétorqua Riley en sirotant un peu de vin.

Peut-être Ayden pourrait-elle revenir le lendemain soir avec une autre bouteille. Le vin l'aidait à supporter l'attente.

Une tornade de feuilles mortes arriva soudain et s'arrêta juste devant le cercle.

—Ah ! c'est juste lui, dit Riley en secouant la tête.

—Une sorcière, voyez-vous cela ! lança le Nécro comme son corps se matérialisait.

Il portait sa cape et son bâton habituels.

Comment sait-il qu'Ayden est une sorcière ?

Riley but une nouvelle gorgée de vin pour se donner du courage et se leva avec difficulté.

—Écoutez, vous commencez à me fatiguer. Qui êtes-vous, au juste ? Et pourquoi jouez-vous au Seigneur des ténèbres ?

Elle entendit la sorcière sursauter dans son dos comme si elle avait dit une énorme bêtise.

— Vous manquez de sagesse, et la petite sorcière l'a très bien compris. Mais vous êtes trop ignorante pour savoir à qui vous avez affaire.

— Eh bien, dites-le-moi.

Il retira sa capuche. Riley s'attendait presque à découvrir deux yeux rouge feu au milieu d'une tête de mort blanche, au lieu de quoi elle se retrouva face à un visage plutôt normal, quoique assez vieux et encadré par des cheveux blanc neige qui lui tombaient sur le col. Ses yeux étaient noirs comme la nuit, et un symbole ésotérique doré brillait d'un éclat doré sur son front. L'objet était très différent de ces bijoux autocollants qu'on pouvait acheter un peu partout ; on aurait dit qu'il était fiché dans la peau de l'homme.

— Je suis Ozymandias. Cela vous dit quelque chose ?

— Ben, non, avoua Riley.

— On ne vous enseigne plus rien à l'école, pas vrai ? dit-il en s'appuyant sur son bâton en chêne comme s'il était fatigué de devoir tout expliquer à des personnes simples d'esprit. « Mon nom est Ozymandias, le roi des rois : voyez mon œuvre et désespérez ! »

Avisant le regard vide de Riley, il ajouta :

— Percy Bysshe Shelley ?

— Les poètes morts, c'est pas trop mon truc, répondit la jeune femme en s'affaissant sur sa couverture.

Le vin commençait à lui monter à la tête.

— Les poètes morts sont les seuls qui comptent, rétorqua le Nécromancien avant de se tourner vers Ayden. Que faites-vous donc ici, petite sorcière ?

— Je lui tiens compagnie, répondit Ayden d'une voix calme.

— Vous et les vôtres devriez rester en dehors de tout cela. Vous ne voulez pas avoir d'ennuis, n'est-ce pas ?

—J'ai bien compris votre menace. Et je vous la retourne.

Ah ! on en a terminé avec les politesses d'usage.

—Je suis étonnée que vous vous intéressiez tant à ce piégeur mort, poursuivit Ayden.

—Je n'ai pas à m'expliquer devant vous, lâcha Ozymandias avant de poser son regard noir et sans fond sur Riley. Vous ne me craignez pas. C'est une erreur que je compte bien rectifier.

La jeune femme attendit qu'il se transforme en quelque chose d'affreux, qu'il se jette contre le mur de flammes, qu'il fasse un truc vraiment effrayant, mais il se contenta de disparaître dans un tourbillon de feuilles mortes qui fila dans la nuit et s'évanouit dans un dernier éclair de lumière.

C'était certes bien plus terrifiant que tout ce qu'il avait fait jusque-là.

—Euh…, je crois que j'ai compris…, marmonna Riley avant de hoqueter.

La sorcière ne souriait pas.

—Ce type a un problème ou quoi ? s'exclama Riley. Pourquoi est-ce qu'il veut mon père ?

—Je n'en sais rien. Ozymandias réveille les morts pour nourrir son savoir. C'est pour cela qu'il est le plus puissant des Nécromanciens.

—Les maîtres piégeurs savent des choses qui dépassent le commun des mortels. C'est peut-être pour ça.

Ayden haussa les épaules.

—Ozymandias contrôle les morts, mais aussi les vivants. Il maîtrise la magie noire, et l'on dit qu'il connaît les chemins qui séparent les mondes et qu'il les arpente sans peur. Il sait invoquer…

—Stop ! En langage simple, s'il vous plaît !

Après lui avoir lancé un regard glacial, la sorcière versa ce qui restait du vin dans son verre et l'avala d'une traite.

—En langage simple? demanda-t-elle en jetant le verre vide dans le panier à pique-nique.

Riley hocha la tête.

—Vous êtes dans la merde jusqu'au cou.

Chapitre 32

Riley s'extirpa tant bien que mal de sa voiture. Ses membres, ses cellules, même, la faisaient atrocement souffrir.

—C'est n'importe quoi, bougonna-t-elle en se massant les tempes.

Si quelqu'un était capable de produire du vin qui ne donnait pas la gueule de bois, c'étaient bien les sorcières, non ?

Ben non. Avec le jour étaient arrivés une migraine carabinée, une sensation de sécheresse dans ses yeux et un besoin irrépressible de se coucher en position fœtale pour mourir.

L'aspirine va faire son effet. Ouais. D'une. Minute. À. L'autre.

Elle grogna et se força à avaler une gorgée d'eau minérale. Peut-être celle-ci l'aiderait-elle ? Elle se glissa dans la bâtisse et trouva Simon en train de nettoyer au jet d'eau le béton sous les cages.

Quand il la vit, il ferma le robinet et lâcha un long sifflement.

—Aïe ! Je ne sais pas ce que tu as, mais je ne voudrais pas être à ta place.

Riley acquiesça de la tête.

—Il s'est passé quelque chose d'intéressant hier soir ? demanda-t-il.

Tu veux dire en dehors du fait que j'ai foutu en rogne le Nécro le plus malfaisant de toute la ville ?

— La nuit a été très calme.

Simon avisa la longue jupe noire qu'elle avait dû revêtir ce matin-là, car elle n'avait pas fait de lessive depuis une semaine.

— Tu as des chevilles, dis donc, la taquina-t-il. Qui l'eût cru ?

— Je ne suis pas d'humeur. J'ai un peu abusé du vin qu'Ayden avait apporté.

— Si j'avais su, je t'aurais mise en garde. J'ai entendu parler de la production des sorcières. C'est du costaud, paraît-il.

— Je confirme. Alors, le programme du jour ? Pitié, dis-moi qu'il inclut beaucoup de sommeil et pas de cris dans les oreilles.

Simon enroula soigneusement le tuyau avant de répondre.

— On doit s'occuper d'un Classe trois qui sème la terreur à Piedmont Park. Apparemment, il a essayé de manger le teckel d'une vieille dame.

Riley n'avait aucune intention d'affronter un démon mangeur de chien aujourd'hui.

Comme s'il avait lu dans ses pensées, Simon ajouta :

— Tu ne seras pas du voyage.

— Merci, mon Dieu.

— Harper veut que tu recycles tout le plastique. Je te montrerai comment faire. Ça t'occupera pendant une bonne partie de la journée.

— Après il y a une réunion de la Guilde et, pour finir la journée, mon tête-à-tête avec mon père.

Avant qu'il lui pose la question, elle ajouta :

— Plus que trois nuits et c'est la quille.

— Tu en vois enfin le bout, confirma-t-il en opinant de la tête. Au fait, Beck a appelé pour prendre de tes nouvelles. Il veut que tu arrêtes de l'éviter et m'a demandé de te dire qu'il ne changerait pas d'avis. Enfin, un truc comme ça.

T'as raison, mon pote. Elle alluma son téléphone. Cinq messages vocaux. Tous du péquenaud. Elle les effaça.

Les ressorts du fauteuil de leur patron grincèrent, et Harper apparut dans l'encadrement de la porte de son bureau.

—Ce n'est pas trop tôt! beugla-t-il à l'intention de Riley.

Alors il avisa sa jupe, prit un air froissé et secoua la tête de dégoût.

Je ne vais quand même pas m'excuser.

—Viens, je vais te montrer ce que tu dois faire, lui dit Simon.

La tâche qu'on lui avait confiée n'aurait rien d'amusant. Elle serait même assommante. Il s'agissait de trier les flacons et bouteilles d'Eau bénite par taille, puis par numéro de lot, avant d'entrer ces informations dans un formulaire.

—C'est quand même mieux que de ramasser de la merde de démon, fit remarquer Simon.

Il avait du mal à cacher son soulagement de voir quelqu'un d'inférieur dans la hiérarchie de la Guilde hériter des corvées les plus désagréables.

Riley considéra d'un œil dubitatif et noir la montagne de plastique.

—Pourquoi la Ville se soucierait-elle de ces bouteilles et de leur éventuel recyclage?

—La Ville s'en moque, mais pas Harper. En tant que centre de recyclage, il doit garder des traces de tout.

Cette explication ne convenait pas à Riley.

—Il reçoit de l'argent pour ça, pas vrai?

—Cinquante cents par bouteille.

J'en étais sûre. Tout était toujours une question d'argent.

—Allez, on se bouge le cul! tonna leur maître.

Après un nouveau regard méprisant pour Riley, Harper sortit d'un pas décidé du bâtiment, suivi par son apprenti le plus ancien.

Il doit dormir sur un lit de clous. Il y a forcément une explication à son caractère de merde.

Il faisait frais, mais sa tête la faisait moins souffrir quand elle était dehors, aussi Riley prit-elle son temps pour aligner les bouteilles et autres cruches comme des soldats, dans la cour clôturée située derrière le bâtiment. Ce faisant, elle s'arrangea pour rester toujours à distance de la montagne de merde démoniaque et des cadavres de cafards.

Quatre-vingt-sept gallons, soixante-treize litrons et quarante-neuf demi-litres. Soit plus de 100 dollars dans le fonds « spécial gnôle » de Harper.

— Ouais, c'est pour ça qu'on se casse à piéger les démons, râla-t-elle. Lucifer n'a qu'à bien se tenir.

Elle feuilleta les documents accrochés à sa tablette et constata que son petit ami avait accompli cette tâche toutes les trois semaines au cours des huit derniers mois. Les documents plus anciens étaient signés par Jackson, désormais compagnon de la Guilde. Un jour, un autre apprenti examinerait les feuilles qu'elle aurait remplies et rêverait du moment où il serait nommé compagnon lui aussi.

Et il détesterait Harper chaque seconde qu'il passerait ici.

Elle fit sortir la pointe de son stylo à bille et remplit un nouveau formulaire, ligne par ligne. Ce n'était pas facile, car certaines étiquettes étaient quasi illisibles. Le dixième gallon, notamment, lui posa un problème. Elle avait trouvé plusieurs bouteilles appartenant au même lot, et toutes avaient été consacrées le même jour. Toutes, sauf celle-là.

J'ai l'esprit trop embrumé. Elle fit une pause, passa aux toilettes, but un peu d'eau, puis elle retourna au travail.

— Quelqu'un a commis une erreur.

Collé une étiquette sur la mauvaise bouteille. Cela pouvait arriver, surtout quand on avait la gueule de bois…

Au total, elle avait trouvé quarante-deux contenants dont le numéro de lot ne correspondait pas à la date de consécration. Ainsi, une bouteille d'un litre censée avoir été consacrée une semaine plus tôt appartenait-elle au même lot qu'une autre, consacrée dix jours plus tôt.

Elle feuilleta les formulaires remplis par Simon. Apparemment, il n'avait remarqué aucune anomalie. Pareil pour Jackson. Le problème était donc survenu au cours des trois semaines passées.

—Il faut que ça me tombe dessus, geignit-elle, car elle savait qui allait être tenue pour responsable de cette bourde. À moins que les bouteilles d'un même lot ne soient pas toutes consacrées le même jour…

Non, elle savait instinctivement que ce n'était pas possible, et elle pouvait le prouver. Riley posa les formulaires et courut à sa voiture pour prendre les résultats des recherches de son père, les feuilles où il avait listé les numéros des lots produits durant les six derniers mois. Si Fournitures célestes avaient divisé certains lots, alors ce serait écrit sur ces feuilles.

Tandis qu'elle s'apprêtait à refermer le coffre, elle aperçut une bouteille d'un litre qu'elle avait achetée dans une armurerie. Elle s'en saisit. L'étiquette était difficile à lire, car elle avait pris l'humidité dans le sac marin de son père. Le liquide avait été consacré le 20, la veille du soir où elle était partie piéger toute seule. L'armurier lui avait menti ; cette Eau aurait dû être aussi brûlante que du feu.

—Et pourtant…

Riley ferma le coffre et s'adossa à sa voiture en se demandant si le moment était venu de reprendre une aspirine. En feuilletant les documents de son père, elle finit par trouver le numéro de lot qui correspondait à la bouteille qu'elle avait dans la main.

—Qu'est-ce que…

Elle suivit la liste du bout du doigt pour vérifier qu'elle ne s'était pas trompée. D'après la société, le lot en question avait été consacré au milieu du mois de septembre, soit quatre mois plus tôt.

— Non! s'exclama-t-elle. Ce n'est pas possible.

Les piégeurs choisissaient toujours l'Eau qu'ils utilisaient en fonction de sa date de consécration.

Si celle-ci a plus de quatre mois… Pas étonnant que sa cuisse se soit infectée. Elle déglutit deux fois pour soulager la pression dans sa gorge, mais cela ne marcha pas.

— Dans quoi est-ce que je viens de fourrer mon nez?

Riley retourna dans la cour et regarda son bataillon de bouteilles comme si elles étaient responsables de cette situation. Elle prit un nouveau formulaire et nota chaque fois la date de consécration fournie à son père par Fournitures célestes et celle qui était imprimée sur les bouteilles recyclées. La plupart correspondaient, mais elle retrouva ses quarante-deux suspectes.

Elle prit une des bouteilles normales et courut dans la salle de bains pour mouiller l'étiquette. Aucune réaction, même quand elle essaya d'effacer la date. Apparemment, l'encre était indélébile. Elle répéta l'opération avec trois des bouteilles suspectes. L'encre se dilua.

Riley s'adossa au mur à côté du poster de bimbo et essaya de comprendre. Pourquoi personne d'autre n'avait-il découvert cette anomalie? Était-ce un tour joué par Harper, une blague de mauvais goût? Avait-il falsifié les étiquettes?

Elle aurait aimé que ce soit vrai, mais Harper n'avait rien à voir avec l'Eau bénite qu'elle avait achetée pour aller piéger à Demon Central. Non, c'était une affaire d'une tout autre ampleur.

— Quelqu'un trafique les bouteilles d'Eau bénite, dit-elle. Et ça a bien failli me coûter la vie.

Riley s'arrêta devant l'étal du marchand d'Eau bénite. Elle avait besoin de preuves, de bouteilles non ouvertes pour que personne ne puisse l'accuser d'avoir trafiqué les étiquettes elle-même. Peut-être existait-il une façon de tester le liquide, de s'assurer qu'il était aussi efficace que prévu. Mais elle laisserait ce travail à la Guilde. Elle se contenterait d'informer les piégeurs.

Partant de l'hypothèse qu'une étiquette facilement effaçable trahissait la présence d'une Eau bénite de mauvaise qualité, elle attrapa une bouteille au hasard et la soumit au test du doigt mouillé; non, celle-là était casher. Alors elle continua et finit par identifier deux suspectes. Marmonnant dans sa barbe, elle se délesta de quelques billets qu'elle claqua sur le comptoir et fourra les bouteilles dans son sac. À cause du poids de l'Eau, la sangle s'enfonça douloureusement dans son épaule.

— Ce sera tout? demanda le vendeur.

— Pas tout à fait. (Elle sortit deux des bouteilles recyclées de Harper d'un sac en papier posé à ses pieds.) Les bouteilles issues du même lot devraient toutes porter la même date de consécration, non?

— En effet, répondit l'homme en penchant la tête sur le côté. C'est d'ailleurs toujours le cas.

— Apparemment, non, rétorqua-t-elle en lui tendant les bouteilles vides.

L'homme haussa un sourcil, mais il ne se donna pas la peine de regarder les étiquettes.

— Écoute, petite, je sais ce que tu as derrière la tête, dit-il d'un ton bourru. Tu crois que tu vas pouvoir nous poursuivre en justice ou un truc comme ça. On ne nous la fait pas, tu sais. On a des avocats qui se feront un plaisir de s'occuper de ton cas.

Je lui rentre dans le lard ou je me tiens à carreau? Mieux valait ne pas trop en faire pour le moment. Elle avait trouvé ce qu'elle était venue chercher.

— Désolée, marmonna-t-elle, contrite. Je ne voulais pas faire d'histoires. Je me suis dit que vous me donneriez peut-être une bouteille gratuite.

Alors qu'elle s'apprêtait à reprendre les bouteilles vides, l'homme les attrapa.

—Je les garde. Pas question que tu emmerdes quelqu'un d'autre avec ces conneries.

D'accord, j'en ai plein d'autres dans mon coffre.

—Maintenant, tire-toi de là, ordonna-t-il. Et à partir de maintenant, tu feras tes emplettes chez quelqu'un d'autre.

Riley fit mine de s'éloigner, puis elle plongea derrière un étalage de fruits. Cachée entre deux pyramides de pommes, elle observa le vendeur d'Eau bénite.

Allez, comporte-toi en coupable.

Le type s'essuya le front, jeta un regard circonspect autour de lui, puis alluma son téléphone. Il parla trop vite pour qu'elle entende ce qu'il disait par-dessus le brouhaha du marché.

Lorsqu'un client approcha, il sortit de sous sa tente et s'éloigna de son étal. Il était tout près de Riley lorsqu'il aboya :

—Je vous l'ai dit, on a un problème.

La jeune femme eut un sourire satisfait, se faufila derrière le primeur et s'enfonça dans le cœur du marché.

Sa folle découverte venait d'être validée.

—Vous êtes grillés, les mecs.

Heureuse et triomphante, Riley se dirigea vers un étal spécialisé dans les vêtements d'occasion. Elle avisa une montagne de jeans et se mit aussitôt en quête d'un pantalon susceptible de remplacer celui que le démon avait ruiné. Les jeans les moins abîmés étaient le plus souvent beaucoup trop grands pour elle. À moins qu'elle se mette à manger quotidiennement des maxipizzas.

—Nan…, marmonna-t-elle en laissant tomber un énième pantalon pourtant prometteur.

— Peut-être celui-ci ? proposa une voix douce.

Un jean pendait devant elle. Sans lever les yeux, elle étudia l'étiquette puis examina le vêtement de plus près.

— Pas mal. En bon état. Et c'est la bonne taille.

Elle regarda enfin son interlocuteur.

C'était Ori. Il était vêtu d'un long manteau en cuir gris, d'un jean et d'un col roulé noirs. Le cœur de Riley battit la chamade comme si elle avait douze ans.

Comment peut-on être si beau ?

— Merci, se contenta-t-elle de dire, car sa bouche refusait de lui obéir et d'ajouter quelque chose de spirituel.

— Vous aviez l'air d'avoir besoin d'aide. Et vous sembliez absorbée par une quête sacrée.

— Oui, le Graal pour un jean, acquiesça-t-elle en souriant.

Il sourit aussi, ce qui rendit son regard encore plus profond.

— Vous le prenez ? demanda le marchand en la faisant sursauter.

Elle hocha la tête, lui tendit un billet de 10 et ramassa la monnaie.

— Et si on buvait un chocolat chaud ? proposa Ori. Il y en a un peu plus bas dans l'allée.

— Ah ! fit-elle.

Elle avait déjà croisé ce garçon trois fois : deux fois au marché et une fois près de l'école. Ce ne pouvait pas être une coïncidence. Il n'avait pas l'air d'un psychopathe, mais on ne pouvait jurer de rien.

— Je vous invite, ajouta-t-il.

Ils seraient dans un endroit public. Il ne pourrait rien lui arriver.

Riley jeta un coup d'œil à sa montre.

— D'accord, mais je n'ai qu'une demi-heure devant moi. Après, il faut que j'aille à l'école.

— On a largement le temps.

Ils achetèrent des chocolats chauds à emporter et se dirigèrent tranquillement vers sa voiture. Riley ne put s'empêcher de remarquer que son escorte attirait beaucoup les regards, en particulier féminins. *Il faut dire qu'il est beau à regarder…*

—Vous êtes jolie en jupe, dit Ori.

—Merci. J'ai pas mal de linge à laver à la maison…

Il rit, ce qui mit davantage en évidence sa fossette au menton.

—C'est pour cela que vous cherchiez désespérément un jean ?

—Ouais. J'ai troué mon dernier pantalon potable en piégeant.

—À la bibliothèque ?

Voyant l'air étonné de la jeune femme, il ajouta :

—J'ai lu ça dans le journal.

—Oh !…, fit-elle, pressée de changer de sujet. Vous êtes de la région ?

—Non, je suis venu pour affaire.

Ce qui ne lui disait pas d'où il était originaire. En tout cas, son deuxième prénom devait être Mystère, d'autant qu'il n'avait aucun accent particulier. Sa garde-robe était celle d'une personne aisée, mais cela ne l'aida pas davantage.

J'ai besoin de glaner plus d'infos.

—Vous faites quoi dans la vie ? demanda-t-elle.

Elle n'irait pas plus loin avec lui avant d'avoir obtenu ces informations de base.

Ils étaient arrivés devant sa voiture. Il hésita, regarda autour d'eux comme s'il craignait que quelqu'un ne surprenne leur conversation, puis il se pencha vers elle. Son odeur était différente de celle des autres garçons. Pas moins agréable, juste différente. Comme une vive brise d'automne.

—Promettez-moi de ne le dire à personne.

—Pourquoi, vous êtes un espion ou un truc de ce genre ?

Ce serait génial.

—Non. Je suis chasseur de démons.

Il appartenait aux équipes d'élite que Rome envoyait de par le monde pour détruire les créatures de l'Enfer.

—Du Vatican ? demanda-t-elle, incrédule.

Peut-être les séries télévisées n'étaient-elles pas si éloignées de la réalité.

—Non, sûrement pas, répondit-il en secouant la tête. Je travaille en indépendant.

—Oh !… Je ne savais pas qu'il y avait des chasseurs free-lance. Pourquoi ne pas travailler pour le Vatican et recevoir leur bénédiction ?

—Je préfère bosser seul.

—Que chassez-vous, au juste ?

—Je traque le démon qui a tué Paul.

Riley sursauta à la mention du prénom de son père.

—Vous connaissiez mon père ?

—On s'est rencontrés il y a longtemps. Il m'a parlé de sa fille, il m'a dit à quel point il était fier d'elle.

Elle ne se rappelait pas avoir entendu son père parler de ce type, mais cela n'avait rien d'étonnant ; il ne lui disait que ce que, selon lui, elle avait besoin de savoir.

—Il m'a dit que votre deuxième prénom était Anora. Je n'avais jamais entendu ce prénom auparavant. Je ne sais même pas ce qu'il signifie.

—Lumière. Riley Anora signifie « vaillante lumière ». Mes parents ont pensé que c'était cool.

—Ça l'est, confirma-t-il en plongeant son regard dans les yeux de la jeune femme troublée.

—Je veux être là quand vous trouverez le Classe cinq, lâcha-t-elle dans un souffle. Je veux vous aider à l'attraper.

Ori sourit et, pendant une seconde, elle crut qu'il allait acquiescer.

—Non. Je préfère que vous restiez éloignée du danger.

L'enthousiasme de Riley se dégonfla.

—On croirait entendre Beck.

—Denver Beck? Paul m'a aussi parlé de lui. Comment est-il? demanda Ori.

—Oh! par où commencer? Beck est une grande gueule, et il ne vit que pour me dire ce que je dois faire. (*Pour faire court, il est le contraire de ce que vous êtes.*) Pourquoi?

Une lueur scintilla dans les yeux noirs du jeune homme.

—Je me renseigne sur la concurrence.

Chapitre 33

Riley ne se rappelait pratiquement rien de son trajet vers l'école ; son cerveau était trop occupé à rejouer la scène de sa promenade avec M. Mystérieux. Il semblait en savoir beaucoup sur elle, alors qu'elle ne connaissait que son prénom et le métier qu'il exerçait. Ainsi que l'identité de sa cible : le démon qui avait tué son père.

Bonne chance, mec. Évidemment, elle serait la première à se réjouir s'il réussissait à l'avoir, mais les Classe cinq étaient difficiles à attraper, surtout pour un homme seul. *À moins que les chasseurs soient meilleurs que nous à ce jeu.*

Pour le moment, toutefois, elle se demandait surtout comment elle allait convaincre les vieux croûtons que l'Eau bénite n'était plus aussi fiable qu'avant. Harper lui sauterait dessus dès qu'elle ouvrirait la bouche, mais il fallait bien qu'elle leur dise la vérité d'une façon ou d'une autre.

Riley mit son inquiétude de côté lorsqu'elle arriva dans le parking de l'école. Elle ne pouvait attaquer qu'un problème à la fois, et des affaires plus urgentes l'attendaient. Son sentiment de culpabilité n'avait cessé d'enfler comme une tique depuis qu'elle s'était vengée de Beck sur le pauvre garçon passionné de démons.

Tim quelque chose. Allez, qu'on en finisse.

Elle expira un plumet de vapeur, fit la moue et marcha droit vers le garçon. En la voyant approcher, il se crispa en jetant des regards furtifs dans toutes les directions, tel un lièvre cherchant un endroit où se planquer.

— Tim ? Tu t'appelles bien Tim ?

Il opina du chef d'un air incertain.

— Eh ! je suis vraiment désolée, poursuivit-elle. Je t'ai traité comme une merde l'autre jour.

Il fallut quelques secondes au garçon pour comprendre ce qu'elle venait dire. Puis il fronça les sourcils.

— C'est vrai, dit-il.

Riley se tourna vers Brandy et sa meute. Elle s'était comportée aussi mal que ces pétasses, et c'était difficile à avaler.

— La meilleure façon de distinguer les Biblios des Kleptos ou des Pyros, c'est d'observer leur comportement.

Tim se hâta de sortir un carnet de notes de son sac et se mit en quête d'un crayon.

— Je t'écoute ! l'encouragea-t-il, les yeux brillants.

Riley lui fit un rapide exposé sur le monde des démons les plus petits, mais elle se garda de trop en dire pour éviter les ennuis. La Guilde évitait de révéler ses secrets, car toute information divulguée finissait immanquablement sur Internet. Comme elle racontait tout cela à Tim, elle se rendit compte qu'elle était relativement savante et qu'elle tenait toute sa science de son père.

— Voilà, je ne peux pas t'en dire plus, autrement, je devrais te tuer, plaisanta-t-elle.

Pendant une demi-seconde, Tim fut tenté de la croire.

— Je rigole ! le rassura-t-elle.

— Oh !… oui. Merci. Je suis désolé pour la roue, ajouta-t-il en grimaçant. Elle… (Il désigna de la tête Brandy et ses

374

copines.) J'étais très en colère contre toi, et Brandy m'a donné l'idée de la dégonfler.

Cela ne l'étonna pas vraiment.

—Comment t'y es-tu pris? demanda-t-elle, intéressée.

—J'ai mis une bille métallique sous le bouchon de la valve, comme ça le pneu s'est dégonflé lentement.

—Malin. Je m'en souviendrai.

Mais qu'est-ce que tu fais avec des billes métalliques dans les poches?

—Oh! En tout cas merci pour tout, dit-il en tapotant son carnet d'un doigt osseux.

Tim s'éloigna soudainement. Riley comprit vite pourquoi; Brandy et sa bande arrivaient dans son dos.

Ça me plairait quand même que vous perdiez vos cheveux...

—Tu pièges vraiment les démons? lui demanda Brandy.

Riley hocha la tête et se rappela la leçon d'Ayden. Puisque c'était si cool pour une fille de piéger les démons, pourquoi ne pas en profiter?

Elle sortit la serre de sous son sweat-shirt.

Une de pétasses en resta bouche bée.

—Est-ce que ça vient d'un...

—D'un démon, oui.

—Ça m'étonnerait, lâcha Brandy en se penchant dessus pour la voir de plus près. Tu as acheté ça au marché.

—Non, on me l'a sortie de la cuisse.

Les yeux de Brandy scintillèrent.

—Prouve-le.

Bluffait-elle? Si elle se dégonflait, elles penseraient toutes qu'elle avait menti, et le harcèlement continuerait de plus belle.

—Vous voyez? J'en étais sûre! triompha Brandy, méprisante.

Les autres filles la conspuèrent à l'unisson.

—Aux toilettes, dit Riley en faisant signe à son ennemie de la suivre. (Puis, tel un agent de police, elle leva le bras pour empêcher les autres de leur emboîter le pas.) Juste elle et moi. On ne va pas au spectacle.

Une fois la porte des toilettes fermée, Brandy continua à ricaner jusqu'à ce que Riley soulève sa jupe et lui montre les six cicatrices laissées par les serres du démon.

—Mon Dieu, mais c'est dégoûtant!

—Je dirais plutôt classe et théâtral, rétorqua Riley en laissant retomber la jupe et en la lissant.

—Euh… ça t'a fait mal? demanda Brandy, les yeux écarquillés.

—Très.

Apparemment satisfaite, sa Némésis décida de se recoiffer devant un miroir.

—Tu aurais une brosse? J'ai oublié la mienne.

Sans attendre la réponse de Riley, elle ajouta:

—Comment tu fais pour avoir des cheveux comme ça? Les miens se barrent dans tous les sens.

Riley considéra son ennemie. Toutes les deux venaient de franchir un genre de barrière invisible, autrement, elles n'échangeraient pas des conseils de beauté. Elle sortit sa brosse et la lui tendit.

—Tiens, tu as de la veine.

Brandy se pencha en avant, rejeta ses cheveux en arrière et entreprit de travailler sa coiffure récalcitrante, de mater ses mèches rebelles.

—Tu as vu ce type bizarre, avec ses dents pointues? demanda-t-elle.

—L'apprenti vampire?

—Ouais. Il est à fond dans son trip. Vêtements noirs, soda rouge, la totale, quoi.

—Pourtant, il va à l'école l'après-midi. Un véritable vampire en serait incapable.

Brandy arrangea ses épaulettes.

—Tu aimes mon chemisier?

Elle tourna sur elle-même pour que Riley puisse la voir sous tous les angles.

—Ouais. Le rose n'est pas ma couleur préférée, mais il est bien.

Pour quelqu'un comme toi.

—Moi, je l'adore, dit Brandy en lui rendant sa brosse.

Puis elle s'en fut. Sans doute pour raconter à ses copines que Riley avait de vilaines cicatrices à la jambe et qu'elle n'était pas lesbienne, car elle ne lui avait pas fait d'avances.

C'est bizarre, mais ç'a marché. Et puis, ce n'était pas mauvais pour le karma. *Ayden avait peut-être bien raison.*

En classe, on travailla les maths, on parla de la sociologie de Pygmées qui vivaient à demi nus dans des forêts humides, de littérature anglaise et bien sûr de la guerre civile. Quand Riley essaya de comprendre comment tous ces sujets s'étaient enchaînés, son électroencéphalogramme menaça de devenir plat.

En tout cas, j'ai eu une super note à mon devoir.

Le type qui se prenait pour un vampire n'arrêtait pas de la regarder en lui montrant ses canines ridicules.

Penser à apporter un pieu en bois pour le prochain cours.

—N'oubliez que nous faisons une sortie vendredi, leur rappela Mme Harpity. Nous nous rendrons au cimetière d'Oakland dans le carré des confédérés.

Une sortie dans un cimetière? Intéressant.

Riley trouva Brandy et les autres filles adossées à sa voiture.

—Je jure que si vous avez encore touché à ma bagnole, je vous étripe.

Brandy secoua la tête, ce qui ne voulait rien dire.

—Tu as entendu la nouvelle, pas vrai? lui demanda-t-elle, le souffle court.

De quoi voulait-elle parler?

— Quelle nouvelle ?

— Ils viennent à Atlanta.

— Qui ça, « ils » ?

— *Demonland*. Ils viennent tourner ici ! annonça Brandy, d'une voix aiguë et toute excitée.

Riley avait entendu Harper dire quelque chose à ce sujet, ce matin-là. Il avait également parlé de « ces tarlouzes d'acteurs ».

Comme Riley ne réagissait pas, une autre fille intervint :

— J'ai lu sur leur site qu'ils allaient se rendre à la Guilde des piégeurs de la ville.

D'accord, j'ai compris.

— Tu crois que tu vas pouvoir les rencontrer ? reprit Brandy.

— S'ils viennent à une réunion de la Guilde, certainement.

Extatique, Brandy lâcha un cri qui faillit leur percer les tympans. Riley se déboucha l'oreille avec le doigt en se demandant combien de chauves-souris avaient perdu connaissance dans les environs.

— Oh ! Mon ! Dieu ! hurla Brandy, attirant l'attention de toutes les personnes présentes dans le parking. Ce serait génial ! (Soudain, elle se figea.) Tu pourrais m'avoir un autographe de Jess ? Il est carrément trop craquant !

Jess *Machin* Storm. Oui, Riley voyait de qui elle voulait parler. Il était beau gosse, effectivement, surtout dans son jean customisé.

— Jess est nul à côté de Raphael ! Lui est à tomber par terre. J'en ferais presque une syncope ! rétorqua une autre fille.

— Stacy, qu'est-ce que tu as dit sur mon chéri ? demanda Brandy, les mains sur les hanches.

Apparemment, c'était un sujet de dispute récurrent entre les deux jeunes femmes.

— Jess a les plus beaux yeux de la Terre, ajouta-t-elle.

Stacy secoua la tête en faisant voleter ses cheveux autour de son visage.

— Tu parles. Personne n'arrive à la cheville de Raphael. Tu as vu ses pecs ?

— Elle est complètement débile, votre série, intervint Riley.

Soudain, le silence. La piégeuse venait de blasphémer, les laissant toutes bouche bée.

— Mais c'est vrai que les garçons sont canons, concéda-t-elle. Ils ont de ces petits culs… Miam ! lâcha-t-elle sans réfléchir.

Brandy gloussa.

— Jess est le plus beau !

— Sûrement pas ! rétorqua encore Stacy.

Le niveau de la conversation continua à chuter lorsque chacune des amies de Brandy entreprit de lister les attributs de son personnage préféré. Riley finit par les laisser, mais pas avant d'avoir récupéré leurs numéros de téléphone pour pouvoir leur envoyer les photos qu'elle ne manquerait pas de faire pendant la réunion de la Guilde.

Si elle réussissait à obtenir leur autographe, ses nouvelles copines et elle seraient des *BFF* : des « *Best Friends Forever* ».

Peut-être que cette histoire de karma n'est pas totalement débile, finalement.

Pour une fois, le trafic était fluide et Riley arriva au Tabernacle bien trop tôt. Elle entra dans l'auditorium où Simon était en train d'ériger un mur d'Eau bénite. Elle préféra ne pas l'interrompre et se dirigea vers les toilettes pour enfiler son nouveau jean. Pas question d'apparaître en jupe devant les autres piégeurs, ni d'essuyer leurs quolibets.

De retour dans la grande salle, elle constata que Simon n'avait pas terminé, qu'il s'assurait avec sérieux que la protection ne présentait aucune brèche. Riley posa son sac plein de bouteilles d'un litre par terre à côté d'une chaise pliante et s'efforça de ne pas trop penser à ce qu'elle s'apprêtait à faire.

—Je ne me dégonflerai pas…

Elle avait beau se le répéter, elle ne se sentait pas mieux pour autant. Et si elle se trompait ? S'il n'y avait aucun problème avec l'Eau bénite ?

Son téléphone gazouilla. Mentalement, elle remercia celui qui l'appelait, même s'il pouvait s'agir de Beck.

—Riley ! Ça roule ? demanda Peter.

—À peu près. Je suis au Tabernacle. La réunion de la Guilde va bientôt commencer.

—Alors où en es-tu de la résolution du mystère de l'Eau bénite ?

Riley lui résuma la situation à voix basse afin que Simon ne l'entende pas.

—Tu crois vraiment que quelqu'un la trafique ?

—Ouais.

J'en suis même certaine. C'est ma cuisse qui me l'a dit…

—Waouh ! Mais c'est carrément illégal !

—Je me suis dit qu'il était temps d'informer la Guilde et de laisser les patrons prendre les choses en main.

L'idée que l'Eau bénite puisse ne pas être si bénite que cela était trop effrayante à appréhender.

—Ils vont te croire ?

Peter était toujours là pour mettre le doigt sur les faiblesses de son argumentation.

—Pas sûr. Certains de ces types sont un peu obtus.

—J'imagine. Bon, et tes cours ?

Riley lui fit un rapport détaillé sur sa journée de classe, ce qui le fit bien rire.

—Avec ça, elles vont te laisser tranquille pendant un moment.

—Je l'espère. Si j'arrive à faire des photos et à obtenir des autographes, je suis bonne pour être élue déléguée.

Il y eut une longue pause.

—Mais à part ça, comment ça va? reprit Peter, qui ne la connaissait que trop bien.

—Des fois ça va bien, des fois non, admit-elle. Je vis normalement, et puis «bam!», je pense à mon père et tout s'écroule.

Sa voix se tarit et ses yeux s'emplirent de larmes. D'une main, elle chercha un mouchoir en papier dans son sac.

—Mon gardien de prison me fatigue, c'est clair, dit Peter, mais je ne sais pas ce que je ferais si ma mère n'était plus là. Ou mon père.

—Plus que trois nuits, et il sera en sécurité. Je n'aurai plus besoin de monter la garde devant sa tombe.

—On fêtera ça, s'enthousiasma son ami. Après, on pourra se voir plus souvent.

À présent que Simon était dans l'équation, tout deviendrait un peu plus compliqué.

Comme par hasard, son petit ami apparut, des bouteilles d'Eau bénite vides dans les mains. Il les déposa à l'extérieur du cercle, puis il sourit et lui fit signe de le rejoindre.

—Bon, je dois te laisser. La réunion va commencer, s'excusa-t-elle.

—Tu me rappelles plus tard, d'accord?

—Pas de souci.

Lorsqu'elle l'eut rejoint, Simon lui déposa un baiser sur la joue.

—Salut, dit-elle en se sentant toute chose à l'intérieur.

Ori était très beau et tout, mais Simon la touchait là où elle était le plus sensible. Quand elle était avec lui, elle se sentait entière; elle avait vraiment besoin de lui, car le reste de son existence lui faisait l'effet d'une coquille vide.

—Allons faire un tour, proposa-t-il.

Une lueur dans le regard du jeune homme lui disait qu'il avait autre chose en tête.

Comme ils passaient devant la grosse bouteille vide, Riley s'arrêta.

— Une seconde.

Elle s'agenouilla, se mouilla le doigt et frotta l'étiquette. L'encre ne se dilua pas.

— Qu'est-ce que tu fais ? demanda-t-il.

— Je vérifie un truc.

Pas question de faire part de sa trouvaille à Simon ou Beck. Elle se trompait peut-être, et elle ne voulait pas que Harper se retourne contre eux.

C'est mon combat à moi. Et celui de papa. Elle finirait ce qu'il avait commencé.

La main de Simon frôla la sienne comme ils contournaient le Tabernacle. L'inquiétude qu'elle éprouvait à l'idée d'affronter les autres s'évanouit. Sa compagnie l'aidait à oublier ses ennuis, à se sentir bien.

Est-ce que c'est ça être amoureuse ?

— Je connais un endroit tranquille par là-bas, suggéra-t-il en l'entraînant derrière le bâtiment.

L'endroit était effectivement calme et loin de la rue. Il l'attira contre lui dans l'ombre.

— Voilà qui est mieux.

Sans lui laisser le temps de réagir, il l'embrassa, effleurant ses lèvres avec hésitation.

— Encore ? demanda-t-il en guettant sa réaction.

— Encore.

Le baiser suivant dura plus longtemps. Riley sentit une chaleur se propager dans sa poitrine et plus bas. Il la serra contre lui, glissa une main sous sa veste, puis sous son sweat-shirt, lui caressant les reins. C'était bon, et elle ne voulait pas que cela s'arrête.

— Si Harper nous surprend…, lui chuchota-t-il à l'oreille.

— On nettoiera tous les deux de la merde de démons pendant des mois.

Le baiser suivant fut plus profond, pressant. Il n'y avait plus d'espace entre eux, et elle sentait qu'il appréciait cette promiscuité. Simon gémit et s'écarta à contrecœur.

Il lâcha un soupir.

—Quelle tentation !

—Mais j'en vaux la peine, non ?

À son regard bleu et scintillant, elle voyait qu'il était d'accord avec elle. Ils s'assirent sur les marches qui conduisaient à la sortie de secours. Heureuse, elle se blottit contre lui. Simon passa un bras autour de ses épaules et la serra fort.

—Je suis vraiment bien avec toi, Riley, au cas où tu ne l'aurais pas remarqué.

—Je suis contente de te l'entendre dire. Ça prouve que mon plan diabolique a fonctionné.

—Tu m'étonnes.

Ils restèrent là quelques minutes sans rien dire. Le rythme cardiaque de Simon ralentit pour redevenir normal. D'autres garçons auraient essayé de profiter de la situation, de lui faire faire des choses qu'elle ne voulait pas, d'aller trop vite. Mais Simon n'était pas comme cela.

Et c'est pour ça que je t'apprécie tant.

Lorsque le silence devint insupportable, elle demanda :

—Pourquoi est-ce que tu veux devenir piégeur ?

—Parce que c'est une croisade sainte, répondit-il sans hésiter. C'est un peu comme devenir prêtre. On combat les forces du mal.

Sa voix était forte, et l'on sentait qu'il était profondément convaincu. C'était logique ; Simon voyait le monde en noir et blanc. D'un côté le bien, de l'autre le mal.

—Ça t'ennuie ? demanda-t-il d'une voix plus calme. Les gens ne comprennent pas quand je mets en avant ma foi.

—C'est juste que… (Elle hésita.) Les démons, par exemple : il y a une grande différence entre un Cambrioleur et un Géo.

Simon secoua la tête.

—Les deux sont des créatures de Lucifer. Le fait que l'un soit moins dangereux que l'autre ne fait aucune différence. Ils devraient être détruits.

—Même le Cambrioleur ? Je veux dire, ils ne sont pas vraiment mauvais.

Le démon qui se promenait dans son appartement était plutôt mignon avec son style de voyou.

—Ça ne fait rien. Ils appartiennent à Lucifer et méritent d'être détruits, répéta-t-il avec fermeté.

Soudain, tout devint très logique dans l'esprit de Riley.

—Tu veux devenir chasseur et travailler pour le Vatican, n'est-ce pas ?

Il recula un peu et la considéra longuement, en se demandant s'il pouvait ou non avoir confiance en elle.

—En effet, mais je préférerais que tu ne parles pas de mes plans aux autres. Et surtout pas à Harper.

—Ne t'inquiète pas.

La rivalité entre piégeurs et chasseurs était vieille de plusieurs siècles. Les piégeurs capturaient les démons, les chasseurs les tuaient. Mais ce n'était pas tout : les chasseurs avaient le droit d'arrêter, de poursuivre, voire d'exécuter quiconque avait signé un pacte avec Lucifer, même s'il s'agissait d'un piégeur, ce qui n'était pas bon pour les relations entre les deux communautés. Cela ne se produisait presque plus, mais les chasseurs avaient toujours ce pouvoir, et les piégeurs le savaient.

Elle regarda Simon solennellement et réfléchit aux sentiments qu'elle éprouvait pour lui. Il semblait si doux, si réfléchi. Pas vraiment l'idée qu'elle se faisait d'un chasseur de démons.

—Tu pourrais tuer quelqu'un si tu savais qu'il travaille pour le compte de l'Enfer ?

À son grand soulagement, il ne répondit pas : « Ouais, bien sûr, ils méritent de mourir. » Pendant quelques instants, elle le vit tourner et retourner la question dans sa tête.

— Peut-être, finit-il par dire, le front plissé.

— Et si c'était un enfant ? insista-t-elle.

Elle avait peur de ce qu'il allait répondre. Y avait-il un monstre sans cœur dans cette enveloppe si douce ?

Le visage de Simon se brouilla.

— Je ne sais pas. (Il l'attira de nouveau contre lui.) Ça fait trop de questions d'un coup. Je vais commencer à me demander si je sais vraiment ce que je veux faire de ma vie. En tout cas, je veux que tu y aies une place.

Le cœur de Riley battait la chamade. Leur relation connaissait une accélération inattendue. Comme s'il avait perçu son trouble, Simon la serra plus fort contre lui, et ils restèrent ainsi jusqu'au moment où il fallut rentrer dans le bâtiment pour ne pas rater le début de la réunion. Pour une fois, Riley aurait voulu que le reste du monde cesse d'exister.

Chapitre 34

Une quarantaine de piégeurs étaient réunis au centre de la salle où ils échangeaient des anecdotes et exhibaient fièrement leurs dernières blessures. On était très clairement dans un milieu masculin. Riley et Simon se dirigèrent vers leur place.

Beck la salua d'un hochement de tête poli, tandis que Jackson agita la main, manifestement heureux de la voir.

— Ils commencent à accepter ta présence, lui fit remarquer Simon.

— Pour certains, oui.

Riley s'attendait que sa Némésis fonde sur elle et commence à la harceler sans attendre, mais Beck et ses deux bouteilles de bière restèrent à distance. En fait, il évitait ostensiblement de croiser son regard.

Tu es jaloux, mon pote.

Elle appréhendait la réaction de Harper. Il lui paraissait normal d'informer son maître de ce qu'elle s'apprêtait à révéler à la Guilde. C'était l'usage au sein de la Guilde.

Elle prit une profonde inspiration et s'approcha de lui.

— Monsieur ?

— Ouais, répondit-il en se retournant. (Signe que la journée n'avait pas été très bonne, ses yeux étaient injectés de sang.) Qu'est-ce que tu veux ?

—J'ai découvert quelque chose à propos de l'Eau bénite. Toutes les bouteilles ne sont pas authentiques et ne sont pas aussi efficaces qu'elles le devraient. J'aimerais informer la Guilde de ma découverte.

Son regard intense lui donna des boutons.

—Et pourquoi ne m'en as-tu pas parlé avant?

—Je l'ai découvert cet après-midi.

Il réfléchit quelques instants.

Et s'il refuse de me laisser parler? Comment devrait-elle réagir?

—Eh! pourquoi pas? J'ai hâte d'entendre ça, dit-il en s'adossant à sa chaise.

À son sourire satisfait, elle comprit qu'il espérait la voir s'humilier en public.

—Merci, monsieur.

Alors qu'elle s'apprêtait à prendre congé de lui, il l'attrapa par le bras, enfonçant douloureusement ses doigts dans sa chair. Riley serra les dents. Pourquoi avait-elle baissé sa garde?

Il se pencha vers elle et murmura:

—Si jamais on se fout de moi à cause de toi, tu me le paieras.

Je paie déjà.

Lorsque Collins lut l'ordre du jour, elle mit un point d'honneur à ne pas s'asseoir à côté de son maître, ce qui était pourtant la tradition. Simon réfléchit longuement, mais il finit par prendre place à côté d'elle.

Tu le regretteras peut-être.

Une fois l'appel terminé, Collins commença.

—Vous avez tous entendu parler de l'équipe de cette série qui débarque en ville?

Sifflets et quolibets résonnèrent dans la grande salle.

—Ouais, ouais, je sais, poursuivit Collins. Les producteurs désirent travailler avec nous. Ils disent qu'ils veulent rendre la série plus réaliste.

—Ils n'ont qu'à commencer par faire des démons plausibles, lança Jackson. Je n'en ai encore jamais croisé qui porte un costume Armani et roule en Ferrari.

—Voyons, ils sont tous comme ça, rétorqua Morton. Enfin, à Los Angeles, en tout cas.

Les piégeurs éclatèrent de rire.

—Ils voudraient que deux d'entre nous leur montrent la ville et notre manière de bosser, expliqua Collins.

—Pourquoi ne travaillent-ils pas avec le Vatican? s'enquit Jackson.

—Les représentants du Vatican les ont fichus à la porte, alors ils se sont tournés vers nous.

—Je parie qu'ils vont nous couvrir de ridicule, dit Harper.

—C'est possible, acquiesça Collins. Mais refoulons-les, et ils ne manqueront pas de nous le faire regretter.

—Et les bombasses? demanda un jeune piégeur. Elles viennent aussi?

—Quelques-unes. En plus, on sera payés pour le temps qu'on leur consacrera. Des volontaires?

Des mains se levèrent, et Collins nota les noms. Des filles et de l'argent : que demander de plus? Riley fut étonnée de voir que Beck ne faisait pas partie des volontaires.

Le président la désigna du doigt.

—Et vous aussi.

—Moi? couina Riley.

—Ils voudraient une vision féminine de notre métier. Vous êtes d'accord?

Elle sentit Simon s'agiter à côté d'elle.

—Demande d'abord à Harper, chuchota-t-il.

Bonne idée.

—Si cela ne dérange pas maître Harper, répondit-elle.

Le vieux piégeur haussa les sourcils comme s'il avait lu en elle.

—Tant que le boulot est fait…, acquiesça-t-il en hochant la tête.

Ne t'en fais pas, tu prendras ta part sur mes honoraires.

—Dans ce cas, je leur ferai savoir que tout est arrangé, dit Collins en notant quelque chose sur une feuille de papier.

Riley avait du mal à croire que cela se soit passé si facilement. Peut-être avait-elle bien fait de ne pas griller Brandy et ses copines.

Collins consulta ses notes.

—Autre chose ?

Riley sursauta quand Harper se leva de sa chaise.

Qu'est-ce qu'il fait ?

—La petite Blackthorne, commença-t-il.

Riley grimaça.

—Elle a eu des problèmes, l'autre jour, quand je l'ai envoyée vendre des Classe un à Roscoe.

Beck leva les yeux de sa bière. Sa réaction fut instantanée : les muscles de sa mâchoire se tendirent, et ses phalanges blanchirent autour de sa bouteille.

Laisse tomber. Ne le fous pas en rogne, autrement, il me le fera payer.

—Quel genre de problèmes ? demanda Collins.

—Roscoe a proposé de lui prendre ses démons pour 120 dollars la pièce à condition qu'ils ne remplissent aucun papier.

Les yeux de Beck se posèrent aussitôt sur elle. Des yeux accusateurs.

Tu crois que je les ai vendus sous la table, abruti, va !

—Elle lui a répondu de se fourrer ses billets dans le cul, expliqua Harper.

Beck s'affaissa de soulagement. Elle lui fit les gros yeux, et il haussa les épaules, l'air de s'excuser.

—Aucun trafiquant n'a jamais essayé de corrompre un de mes apprentis, tonna Harper en étirant la cicatrice de sa mâchoire. Et ça ne se reproduira plus, je vous le garantis.

— Vous comptez régler cette affaire vous-même ? demanda Collins.

— Ouais, et ça ne va pas traîner, ajouta le maître en se rasseyant.

Riley expira enfin l'air qu'elle avait gardé dans ses poumons.

— Autre chose ? demanda Collins.

C'est maintenant ou jamais. Riley se leva à son tour. Son cœur battait à tout rompre.

— Oui, monsieur… j'ai… quelque chose…

Du coin de l'œil, elle vit le visage de Harper. Il ressemblait à un vautour attendant de fondre sur un animal mourant. Elle s'efforça de l'oublier et fixa son regard sur le podium pour ne pas paniquer.

— J'ai une question à poser au sujet de l'Eau bénite. Des bouteilles appartenant à un même lot peuvent-elles avoir été consacrées à des dates différentes ?

Maître Stewart secoua la tête.

— Je suis allé à l'usine. Ils ont des réservoirs énormes, des trucs qui contiennent plusieurs milliers de litres. Le prêtre bénit un réservoir à la fois. Après, ils mettent tout le contenu en bouteilles.

— Donc, elles devraient toutes présenter la même date de consécration ? demanda-t-elle.

Elle était de plus en plus excitée. C'était ce qu'elle avait lu dans la brochure, mais elle préparait le terrain avant de jeter un pavé dans la mare.

— Bien sûr. Pourquoi vous demandez ça ?

— J'ai trouvé des notes laissées par mon père. Il essayait de comprendre pourquoi l'Eau bénite n'était pas toujours efficace. Il craignait que les démons n'aient développé un genre d'immunité.

Collins et Stewart échangèrent un regard.

— Continuez, l'encouragea le président de la Guilde.

—Ceci est la liste exhaustive de tous les lots produits ces six derniers mois, annonça-t-elle en montrant les feuilles. Nous avons à la fois les numéros des lots et les dates de consécration.

Elle posa les feuilles devant elle et avala une rapide gorgée de soda.

C'est là que ça se complique.

—Je recyclais des bouteilles vides pour maître Harper quand j'ai remarqué que certaines avaient le même numéro de lot, mais des dates de consécration différentes.

—Vous êtes sûre? demanda Collins.

Riley hocha la tête et sortit trois bouteilles recyclées qu'elle aligna devant elle sur la table. Elle mit la main sur une d'entre elles.

—Celle-ci a été consacrée il y a dix jours, celle-ci, il y a sept jours, et celle-là, il y a cinq jours. Pourtant, elles appartiennent toutes au même lot, un lot qui, d'après la liste de mon père, serait vieux de quatre mois.

—Faites voir, dit Jackson en la rejoignant. (Il compara les bouteilles, puis il la regarda dans les yeux.) Que je sois damné… Elle a raison: les dates sont différentes. Pourquoi quelqu'un ferait-il une chose pareille?

—L'argent, intervint Beck. Un de mes amis travaille à l'usine où l'Eau est mise en bouteilles. Il dit qu'ils font les trois-huit, mais qu'ils n'arrivent pas à satisfaire la demande. Le litre se vend 10 dollars, ces jours-ci.

—Douze, le corrigea Riley. J'en ai acheté un peu avant de venir. Par ailleurs, les étiquettes sont différentes. L'encre de certaines d'entre elles se dilue très facilement. Ce sont les bouteilles trafiquées. Je voulais vous informer pour que nous trouvions une solution à ce problème.

—C'est arrivé à Cleveland, il y a quelque temps. Un gars remplissait les bouteilles recyclées avec de l'eau du robinet, expliqua Stewart.

—Avons-nous seulement des étiquettes trafiquées, ou bien l'Eau bénite est-elle contrefaite? demanda Collins.

—Testons-la, plaisanta Morton. Quelqu'un aurait-il un démon dans la poche? Beck?

Riley entendait à sa voix que l'homme était plus inquiet qu'il voulait le laisser voir.

—Non, répondit Beck d'un ton neutre. Attendez une minute…

Il se tourna vers elle et se tapota la poitrine. Comme elle ne réagissait pas, il recommença.

La griffe. Ils n'auraient pas pu faire entrer un démon vivant dans le cercle d'Eau bénite, mais la griffe n'était pas vivante, elle. La serre noire se balança dans les airs, suspendue à sa chaîne.

—C'est super joli! s'exclama un des piégeurs assis tout près d'elle. C'est la première fois que je vois une griffe de démon portée en bijou.

—C'est une vraie? demanda Jackson.

—Tout à fait, répondit Riley. (Elle montra une bouteille d'un litre d'Eau bénite.) J'ai acheté cette bouteille au marché ce soir.

Elle la tendit à Jackson, qui la décapsula. La jeune femme trempa la griffe dedans. Ils attendirent plusieurs secondes, mais il n'y eut aucune réaction.

—Il faudrait essayer avec un démon vivant, dit quelqu'un.

—Ça devrait marcher quand même rétorqua Collins. Elle a appartenu à un démon, donc l'Eau bénite devrait réagir.

Jackson décapsula une autre bouteille et répéta l'expérience. Rien.

—Laquelle est authentique, alors? demanda-t-il.

Au moins, il semblait la croire.

Riley tapota la bouteille suivante.

—L'encre de l'étiquette ne se dilue pas quand on la mouille.

Jackson la décapsula, et Riley lâcha la griffe dedans.

Et rien ne se produisit.

Ah! merde. Si cela ne fonctionnait pas, elle risquait d'avoir de gros ennuis.

—Riley, commença Simon avec inquiétude.

Soudain, la bouteille entra en éruption, envoyant un torrent d'eau bouillonnante dans les airs, les éclaboussant tous les deux. Elle récupéra vite la serre de peur qu'elle soit détruite. Elle était devenue blanche comme la neige. En séchant, elle reprit une teinte noire de banane trop mûre.

—Waouh! lâcha Jackson en s'essuyant avec sa manche.

Voilà pour toi, Harper. Comme elle s'épongeait le visage, elle le vit du coin de l'œil. Il regardait quelqu'un en fronçant les sourcils, mais ce n'était pas elle.

—Et l'Eau bénite utilisée pour protéger ce lieu de réunion? s'enquit Morton, redevenu sérieux. Elle est de qualité?

—Oui, répondit Riley. J'ai vérifié l'étiquette.

—Ouf…, fit Beck avant de décapsuler sa seconde bouteille et d'en avaler la moitié.

Pendant que les piégeurs discutaient, Riley s'affaissa sur sa chaise, toute chamboulée. Ils l'avaient écoutée jusqu'au bout. Son père aurait été si fier d'elle.

Simon lui effleura le bras.

—Joli travail.

Et pourtant, son petit ami semblait contrarié. Mais par quoi?

—Pourquoi ne m'as-tu rien dit? demanda-t-il.

—Cela aurait pu mal se passer, et je ne voulais pas te mêler à ça.

Il hocha la tête, mais son front était toujours barré d'une ride.

Le président de la Guilde mit plus de temps que d'habitude à obtenir le silence. Presque tous les piégeurs parlaient en les désignant, elle et ses bouteilles.

Collins se pencha sur son bureau et se frotta le visage avec lassitude.

— On est dans la merde, se plaignit-il. Il semblerait que l'Eau bénite ne soit pas toujours authentique. Comme certains d'entre nous ont rencontré des problèmes avec les sphères, j'en conclus qu'elles sont trafiquées aussi.

— Ça devient n'importe quoi! lança Harper en se levant. Les trafiquants achètent des démons sous la table et l'Eau bénite n'est que de la pisse d'âne.

— A-t-on remarqué la même chose ailleurs dans le pays? s'enquit Morton.

Collins secoua la tête.

— En tout cas, le bureau national ne nous en a pas informés.

— On dirait que l'Enfer est en train de prendre le dessus, dit Jackson.

— C'est bien possible, acquiesça Harper. Je parie qu'il y a un Archidémon derrière tout ça.

— Mais pourquoi ici? demanda Beck. Vous croyez qu'il y a un lien entre tout ça?

— Nous allons devoir le découvrir, dit Collins avant de se tourner vers Stewart. Appelez l'archevêque et la direction de Fournitures célestes. Organisez une réunion. Précisez bien que c'est extrêmement urgent. Si on ne règle pas le problème rapidement, des piégeurs vont mourir. Il faut absolument reprendre la situation en main avant qu'elle s'aggrave.

Riley se détendit. Ces hommes prendraient donc le relais.

Collins la regarda et hocha la tête d'un air approbateur.

— Bien joué. C'est impressionnant pour une appren...

Soudain, il écarquilla les yeux, et sa mâchoire inférieure se décrocha.

Quelqu'un toucha l'épaule de Riley.

La jeune femme pensa que c'était Simon, mais elle vit les mains du jeune homme sur la table. Sans doute un piégeur voulait-il voir la serre de plus près. Elle se retourna et n'en crut pas ses yeux.

Le cadavre de Paul Blackthorne la regardait.

Quelqu'un avait ranimé son père.

Chapitre 35

— **P**apa ? gémit Riley.

— Paul ? appela Beck en se levant et en faisant basculer sa chaise.

D'autres l'imitèrent, hypnotisés par cette apparition.

— Mon Dieu, c'est Blackthorne ! s'écria quelqu'un.

Son père portait le costume et la cravate dans lesquels il avait été enterré. Sa peau était grise et cireuse. Une tristesse immense emplissait ses yeux marron. Il se tenait juste à l'intérieur du cercle d'Eau bénite.

— Fuis… Riley, croassa-t-il. Fuis. Trop nombreux.

— Qui ? Comment est-ce que… ?

Des grondements graves résonnèrent dans toute la bâtisse. Les têtes se tournèrent. Des corps poilus jaillirent des ténèbres.

— Des démons ! cria quelqu'un.

Les piégeurs bondirent comme un seul homme. La confusion était totale.

Horrifiée, Riley vit les Classe trois foncer dans leur direction. Ils étaient au moins douze, peut-être davantage. Grognant, bavant et donnant des coups de griffe dans le vide, ils encerclèrent les piégeurs.

— Ne bougez pas ! ordonna Harper. Ils ne peuvent pas nous atteindre. Pas avec l'Eau bénite.

—Pourquoi sont-ils si nombreux ? demanda Simon. C'est impossible.

Qu'est-ce qu'ils attendent ?

La réponse arriva une fraction de seconde plus tard.

—Des Pyros !

Des créatures rouges et élastiques longeaient les murs en courant, en bondissant et en tournoyant comme des ballerines, déroulant des rubans de feu liquide dans leur sillage.

Un Classe trois se jeta contre le mur invisible qui entourait les piégeurs, mais il fut repoussé. Il hurla, couina, mais se releva et repartit à l'assaut. D'autres se joignirent à lui, tandis que les piégeurs se hâtaient de sortir leur matériel.

Soudain, Beck était à son côté, son sac marin à l'épaule et son tuyau en acier à la main.

—Où est Paul ?

Elle regarda autour d'elle, mais elle ne le vit pas.

—Papa ?

Pas de réponse.

Beck la poussa une fraction de seconde avant qu'un Classe trois transperce leur protection invisible et se jette sur elle. Le monstre se releva tant bien que mal et plongea sur un piégeur, le clouant au parquet avec ses griffes. L'homme hurla de douleur.

—Le mur est tombé ! cria Beck.

—Dehors ! Tout le monde dehors ! Allez ! ordonna Collins.

Stewart désigna la sortie la plus proche à ses apprentis.

—Où est ton sac, Adler ? demanda Harper.

—Dans la voiture, répondit Simon.

—Il est vachement utile, là-bas, rétorqua le vieux piégeur en lui mettant le sien dans les bras. Des boules de neige !

Tandis que Simon fouillait dans le sac, Harper poussa Riley, la faisant tituber en arrière.

—File! lui lança-t-il.

Pas sans papa. Riley jeta un regard circulaire sur la salle, mais elle ne le trouva pas. Des voix s'élevèrent comme quelqu'un lançait une sphère très haut au-dessus de la foule. La boule explosa et il se mit à neiger. D'autres boules de neige éclatèrent. De gros flocons tombaient dans la fumée qui ondulait sur le sol comme un serpent. Des cris résonnaient tout autour d'elle.

La neige fondait immédiatement, et ses cheveux étaient détrempés. Riley s'essuya les yeux. La visibilité était réduite à quelques mètres. Les lumières qui indiquaient l'emplacement des sorties étaient invisibles dans la tempête de neige.

Quelque chose la heurta dans le dos. La jeune femme tomba en s'écorchant les tibias sur un obstacle. On lui attrapa la jambe, et elle gigota pour se libérer. Il y eut un cri de douleur, puis un grognement vicieux. Elle se releva en titubant sachant qu'elle ne vivrait pas très longtemps si elle restait au sol.

Un démon de Classe trois qui faisait cliqueter ses griffes se tenait entre Simon et elle. Il semblait incapable de choisir sa première victime.

—Va-t'en! cria Simon. Sors d'ici!

Son cri aida le démon à choisir. La jeune femme vit la bête sauter sur son petit ami toutes griffes dehors. Ils roulèrent sur le parquet, renversant chaises et tables. Aveuglée par la colère, Riley attrapa la chaise en bois la plus proche, la plia et l'abattit de toutes ses forces sur la tête du monstre.

—Laisse mon petit copain tranquille, connard!

Il y eut un bruit de coquille d'œuf brisée, et la bête s'affaissa. Ses pattes s'agitèrent de façon pathétique, et elle cessa de bouger définitivement. Elle l'avait tuée.

—Simon? appela-t-elle, horrifiée, en lâchant sa chaise.

—Ah! mon Dieu, gémit-il. Ça fait mal…

Les yeux grands ouverts, terrorisé, il serrait sa poitrine et son ventre. Son sang coulait abondamment entre ses doigts. Elle agrippa le bras de Jackson qui venait de les rejoindre.

—Aidez-moi à le sortir d'ici !

Ils relevèrent Simon, dont le visage était devenu aussi gris que celui de son défunt père.

—C'est bon, je le tiens, dit Jackson en supportant tout le poids du jeune homme. Filez !

Un Classe trois passa devant elle, en hurlant et en triomphant, et bondit sur un homme. Le piégeur lâcha un cri avant de disparaître sous une masse de fourrure et de griffes acérées. Le démon releva la tête, exhibant son museau couvert de sang.

Lorsqu'elle se retourna pour s'enfuir, Simon et Jackson avaient disparu dans la tempête. Autour d'elle, les démons sautaient dans la fumée en choisissant leurs victimes désorientées et blessées. Un des Pyros se balançait au grand lustre et lançait des boules de feu dans la foule.

Elle finit par repérer Harper ; il était cerné par deux Classe trois. Rendus fous par l'odeur du sang, les deux monstres déchiraient tout ce qui venait à portée de leurs griffes, y compris leurs congénères. Cela donna une idée à Riley.

La jeune femme rampa jusqu'à son sac de coursier, le mit à son épaule et fouilla dedans à la recherche de la seule munition qu'elle possédait : le sandwich qu'elle avait prévu de manger au cimetière.

Harper lança une sphère d'Eau bénite sur un des démons, qui ne réagit même pas.

—Fait chier ! jura le maître.

Les monstres se rapprochèrent, confiants.

—Harper ! cria-t-elle. Préparez-vous à courir !

—Fiche le camp de là, morveuse !

Son sandwich enveloppé de plastique décrivit une trajectoire balistique et atterrit par terre entre les deux démons. Ceux-ci se jetèrent aussitôt dessus comme des chiens affamés en se donnant de grands coups de patte et de griffe. L'un d'entre eux croqua dans le sandwich ; enragé, l'autre l'attaqua. S'ensuivit une bataille acharnée. Les démons ne pensaient plus du tout à leurs proies humaines.

— Venez ! cria-t-elle en soulevant le lourd sac de Harper, dont la sangle large mordit dans son épaule.

Le maître piégeur s'éloigna avec circonspection de la mêlée et la rejoignit.

— Qu'est-ce que c'était que ça ? demanda-t-il sans pouvoir lâcher des yeux les Classe trois en train de s'entre-tuer.

— De la psychologie démoniaque.

Tout ce qu'on leur jetait se mangeait forcément.

Harper sembla accepter son explication.

— Où est le saint ?

— Dehors, répondit-elle en criant.

Du moins priait-elle pour que ce soit le cas.

Harper reprit son sac, fourra la main à l'intérieur et en sortit un tuyau en acier, qui rappela à Riley l'existence de Beck.

Elle plissa les yeux et essaya de voir à travers la neige qui tombait dru, mais elle ne réussit pas à le retrouver.

Beck s'en sortira. C'est obligé.

Elle suivit Harper et, ensemble, ils rallièrent le mur le plus proche, espérant trouver une sortie. Riley commença à voir les corps. Démembrés, éviscérés. L'odeur du sang frais lui souleva l'estomac, et elle s'efforça de ne pas vomir.

Un Pyro courait devant eux, caquetant et déroulant une traîne de feu. Tout en longeant le mur, Harper piétinait les flammes avec ses lourdes bottes. Des cris résonnèrent alors qu'un lustre s'écrasait par terre, envoyant des éclats de verre dans toutes les directions. Riley se rendit compte que la visibilité s'était améliorée, car l'effet des boules de neige se dissipait. Des volutes de fumée s'élevaient des rideaux qui flanquaient la scène, tandis que l'incendie vorace dévorait lentement mais sûrement la structure du bâtiment.

Elle avait beau regarder partout, elle ne voyait ni son père ni Beck.

—Eh, la morveuse ! gronda Harper. Aide-le à se relever !

Riley trouva un Jackson à l'agonie, le bras gauche brûlé jusqu'au coude. Elle l'aida et lut la panique dans ses yeux bleus.

—Collins… Ils ont eu Collins, gémit-il.

Riley n'avait pas le courage de regarder ses blessures, mais elle ne pouvait rien contre la puanteur de chair brûlée qui montait jusqu'à ses narines. Elle eut un haut-le-cœur.

—Où est Simon ?

—Dehors, répondit Jackson entre ses dents.

De soulagement, Riley faillit tomber à genoux.

—Il faut y aller. On y est presque, lança Harper à l'homme blessé plus qu'à elle. Si on reste ici, on est foutus.

Beck entendit le grondement et comprit qu'un Classe trois le suivait. Il l'aurait reconnu entre mille. C'était un de ceux que Paul et lui avaient essayé de capturer. Celui que Riley avait piégé. Ses yeux brillaient d'un étrange éclat jaune, mais en dehors de cela, il était exactement comme dans ses souvenirs.

Quelqu'un l'avait libéré.

—Piégeuuuuur…, grogna-t-il.

Une sphère s'abattit sur son dos. Il se figea un instant puis reprit sa progression. Beck lui donna un coup de tuyau. La bête s'écroula avant de se relever à la hâte et de s'éloigner en trottant à la recherche d'un déjeuner moins agressif.

Beck se rendit compte que Morton était à son côté.

—L'Eau bénite ne les ralentit pas du tout, dit l'homme en respirant difficilement. Riley avait raison.

—Merde, cracha Beck en essuyant la sueur de son front.

—Ouais…, répondit Morton en approchant d'un démon qui se frayait un chemin sur une table pour attaquer un piégeur.

Beck entendit un cri et se tourna vers une des sorties. À travers la fumée épaisse, il aperçut Riley. Harper et Jackson étaient avec elle.

—Dieu merci. Sortez-la d'ici.

Le vieux piégeur poussa la porte, s'assura que rien ne les attendait de l'autre côté, puis il fit signe à Riley de partir. Elle refusa d'obéir à son maître et scruta l'intérieur du bâtiment à la recherche de quelqu'un. Alors son regard croisa le sien.

Beck lui fit un signe de la main.

—Dégage ! cria-t-il.

Elle secoua la tête et lui fit signe de la rejoindre.

Beck se tourna vers Harper. Le vieux piégeur hocha la tête et, faisant fi de ses protestations, poussa la jeune femme dehors. Harper était peut-être un connard, mais il lui serait éternellement reconnaissant d'avoir sorti la jeune femme de là.

Tout ce qui compte, c'est que Riley soit en sécurité.

La poitrine gonflée par sa rage d'en découdre et par son désir de vengeance, Beck fonça dans la bataille.

Le chaos régnait dans le parking. Des piégeurs blessés étaient étendus sur l'asphalte, gémissant, se vidant de leur sang, mourant. Riley ne cessa de chercher que lorsqu'elle eut trouvé Simon. Quelqu'un avait fait un boudin de son manteau et le lui avait mis sous la tête, tandis que Stewart était penché sur lui et tentait de stopper l'hémorragie de son abdomen avec un sweat-shirt. Son petit ami était blême, ses mains tremblaient et ses lèvres bougeaient à peine comme il priait.

402

Un autre piégeur vint prendre le relais de Stewart. Il retira sa chemise et s'en servit comme d'une compresse, mais elle fut très vite imbibée de sang.

Au loin, elle entendait les hurlements aigus des sirènes. Nombreuses.

— Il faut soigner le gamin en priorité, lança Stewart. La première ambulance est pour lui, compris ?

L'autre piégeur acquiesça de la tête.

D'autres hommes se regroupèrent autour d'eux.

— On est trop près de l'incendie, dit Harper.

— Ouais. Allez, venez par ici. Il faut déplacer les blessés. L'immeuble va s'écrouler, et il vaudrait mieux ne pas rester dans les parages.

Un rire froid flotta dans le parking, audible malgré le vacarme de l'incendie. Riley l'avait déjà entendu quelque part. À la bibliothèque.

Non.

— Un Classe cinq ! cria quelqu'un.

Les piégeurs s'éparpillèrent dans tous les sens.

— Dépêchons-nous ! cria Stewart en désignant les hommes étendus au sol.

Les valides relevèrent tant bien que mal les blessés, aidant ceux qui en étaient capables à claudiquer en direction du parc.

Le visage luisant de sueur, la cicatrice étirée par ses muscles tendus, Harper se tourna vers elle.

— Va-t'en avec eux, morveuse. S'il réussit à passer, réfugie-toi en terre sanctifiée.

Il ne comprenait pas. Le Classe cinq en avait après elle. Elle l'entendait l'appeler par son nom, lui proposer l'ultime récompense : si elle se rendait à lui, personne ne mourrait.

Riley s'agenouilla et embrassa la joue couleur de cendre de Simon. Harper et les autres la verraient, mais cela n'avait plus aucune importance.

—Tu vivras, quoi qu'il arrive, lui chuchota-t-elle.

Simon regardait dans le vide. Peut-être même ne l'entendait-il pas.

Avec un dernier regard pour ce garçon qui comptait tant pour elle, Riley fit volte-face et marcha vers le monstre qui avait tué son père.

Chapitre 36

Beck se démenait pour traverser les flammes et rejoindre Morton. Encerclé par des Classe trois, l'homme criait et appelait à l'aide. Beck parvint à fendre le crâne d'un monstre, mais les autres réduisirent son ami en morceaux avec un enthousiasme non dissimulé, avant de se jeter sur ses restes sanguinolents pour les dévorer.

— Mon Dieu ! hurla Beck d'une voix qui fut noyée dans le chaos ambiant.

Il brisa le crâne de quelques autres démons, mais il semblait y en avoir toujours plus. Ils commencèrent à l'encercler à la manière d'une meute de lions chassant une gazelle.

Les derniers flocons de neige devinrent noirs et furent aspirés par le courant d'air chaud qui alimentait l'incendie du toit. Beck fonça vers la sortie la plus proche, sautant par-dessus des corps démembrés et des meubles renversés.

La porte était fermée par un cadenas.

— Putain ! jura-t-il.

Il comprenait pourquoi personne n'était sorti par là. Il enfonça son tuyau en acier entre le cadenas et le moraillon et tenta de le forcer. Il entendit des grognements dans son dos tandis que les démons approchaient. D'un instant à l'autre, l'un d'entre eux lui sauterait dessus, et il mourrait.

Il pesa de tout son poids sur le tuyau, et la chaîne finit par céder. Comme il poussait la porte, un courant d'air lui frappa le visage. Il inspira l'air pur et prit ses jambes à son cou.

Riley trouva le Géo en train de flotter au-dessus du parking près des restes d'une Volvo cabossée. Le démon mesurait plus de deux mètres dix ; sa peau couleur ébène était tendue telle une combinaison de plongée sur un thorax massif qui aurait fait des envieux dans toutes les salles de musculation. Des muscles épais saillaient autour de son cou de taureau. Son visage était comme la gueule d'un volcan, sa bouche était béante, et ses yeux brûlaient d'un feu couleur rubis. Ses cornes rappelaient celles d'un bœuf ; elles naissaient sur les côtés de sa tête, avant de se courber vers le haut et de se terminer en pointes aiguisées.

Oh ! mon Dieu.

—Éloigne-toi de lui ! lui ordonna Harper en arrivant derrière elle.

Il l'attrapa par le bras et l'entraîna avec lui.

Soudain, la main du démon bougea avec une délicatesse surprenante compte tenu de sa taille. Une seconde plus tard, une violente rafale s'abattit sur eux, plaquant Riley contre une voiture toute proche. La poignée de la portière lui rentra dans la hanche. La jeune femme glissa au sol en gémissant de douleur. Un cri aigu retentit derrière elle. Harper était étendu sur l'asphalte, les mains plaquées sur la poitrine. Il serrait dans son poing une sphère de mise en terre sauvée par miracle.

Riley réussit à se relever. Le démon rit de nouveau, lui glaçant le sang. Sa menace s'enfonça dans son esprit comme un boulet de canon : si elle ne se rendait pas, il les tuerait tous.

Riley s'agenouilla à côté de l'homme qu'elle haïssait presque autant que ce démon.

—Mes côtes, siffla-t-il entre ses dents. Aide-moi à me relever.

Elle prit la sphère des mains tremblantes de Harper.

— Qu'est-ce que tu fous! grogna-t-il.

Riley lui tourna le dos et s'avança vers le démon. Harper lui cria de revenir, mais elle fit comme si elle n'avait rien entendu.

— C'est une histoire entre lui et moi, répondit-elle, même si elle savait qu'il ne pouvait l'entendre.

Comme elle continuait à avancer, la voix de Beck résonna dans sa tête, lui expliquant comment se servir d'une sphère de mise en terre. Riley se laissa guider. Elle lança la boule sur la Volvo. La sphère éclata, explosa dans un éclair de lumière bleue, rebondit sur une autre voiture, puis vacilla, incapable de trouver davantage de métal pour compléter le circuit. La magie s'affaiblit, avant de disparaître en même temps que le dernier espoir de Riley.

Amusé par l'inconscience enfantine de la jeune femme, le démon éclata d'un rire vicieux qui lui fit l'effet d'un coup de poing. Son père avait-il entendu le même rire juste avant de mourir?

— Oui, siffla le démon.

Il eut un geste du poignet. L'asphalte ondula et déferla sur Riley comme une vague, projetant des morceaux de chaussée dans les airs. Soudain, la vague se figea. Le démon voulait s'amuser avec elle.

Lentement, elle fit un pas en arrière, puis un autre. Ses genoux s'entrechoquaient.

Le monstre sourit, exhibant des dents pointues qui scintillèrent dans l'éclat des flammes.

— Et votre proposition? On peut conclure un marché. Ma vie contre la leur.

Le démon siffla.

— Jurez que vous respecterez les termes du contrat, poursuivit-elle. Jurez-le. Jurez-le sur le nom de Lucifer!

À la mention du nom de son maître, le démon hurla dans la nuit, faisant exploser les vitres et siffler les oreilles de Riley,

407

qui tituba en arrière en se prenant la tête à deux mains. Le monstre ne semblait pas disposé à tenir parole.

Le vent se leva et souleva les débris qui jonchaient le parking. Des gravillons et des morceaux de verre mitraillèrent les joues de la jeune femme. Voilà comment il avait tué son père. Elle cligna des yeux et recula davantage.

Une autre sphère de mise en terre atterrit tout près d'elle, mais échoua aussi.

— Reculez ! cria un piégeur. On ne pourra pas le retenir !

— Tel père, telle fille, lança le démon.

Il y eut un craquement, puis un « pop » grave comme un gouffre se formait derrière elle, crachant des mottes de terre comme un geyser, l'isolant des autres. Une vapeur épaisse ainsi qu'une puanteur étouffante de moisissure, de poussière de briques et de goudron, émanèrent du trou. Quelque chose tourbillonna dans sa direction : un monstre de poussière. Sans lui laisser le temps de réagir, il l'attrapa et l'emporta dans l'abîme comme une bourrasque emporte un moineau.

Riley hurla et battit des mains pour se raccrocher à quelque chose. Ses doigts agrippèrent un morceau de ferraille. Elle trouva un endroit où poser le pied, se hissa à la force des bras et posa le menton sur l'asphalte. Celui-ci s'enfonça douloureusement dans sa mâchoire. Son répit fut de courte durée, car une autre vague arriva dans sa direction en faisant voleter des débris dans tous les sens, comme quand on secoue les miettes d'une nappe. Lorsqu'elle l'atteindrait, Riley pourrait dire adieu à la vie ; elle tomberait pour de bon dans ce gouffre sans fond.

Pendant ce temps, Harper appelait à l'aide. La chaussée explosait de tous côtés, et les débris pleuvaient.

Riley ferma les yeux et pria.

Quelque chose lui serra le poignet. Elle cria de surprise tandis qu'on la hissait hors du cratère. Elle atterrit lourdement sur les fesses et ouvrit les yeux avec circonspection, craignant de découvrir le démon venu réclamer son âme.

Ori ?

—Vous avez une vie trépidante, lança-t-il comme si de rien n'était en la soulevant et en l'attirant contre lui.

Comme s'il sauvait des jeunes filles d'une mort certaine tous les jours… Il ne semblait pas armé. Riley pouvait sentir la puissance contenue de ses muscles.

Un grondement furieux jaillit de la gueule du Géo, fit trembler les vitres et hurler les alarmes des voitures.

—Elle n'est pas à vous, dit Ori en secouant la tête.

Toutefois, la vague continuait à avancer vers eux. Riley grimaça et se prépara à la recevoir de plein fouet. Soudain, la vague disparut. Le démon gronda de plus belle et agita les poings comme un bébé colérique. Au loin, elle entendit tinter les cloches de l'église.

—À plus tard, démon. Nous nous reverrons bientôt. (Ori la tira par le bras.) Allez, il faut y aller, maintenant.

—Mais…

Elle chercha Harper du regard et vit que deux piégeurs étaient en train de le porter en direction de la rue. Seul Beck n'était pas réapparu, et elle n'avait pas la moindre idée de l'endroit où il pouvait se trouver. L'immeuble tout entier était la proie des flammes. S'il était toujours à l'intérieur…

Ori la força à avancer malgré ses protestations. Le Classe cinq continuait à générer des maelströms de débris et à se rapprocher des piégeurs, suivi par des démons pressés de donner l'assaut final.

—Je dois rester ! cria-t-elle en se dégageant.

—Si vous restez, vous mourrez, et c'est hors de question.

Ils étaient arrivés devant sa voiture quand Ori s'arrêta brusquement. Il se retourna vers les flammes et fronça les sourcils.

—Tiens, on nous a réservé une surprise…

Le cerveau de Riley mit un temps fou à comprendre la scène qui se jouait sous ses yeux. Les piégeurs étaient regroupés ; ceux qui étaient en état de se battre formaient un cercle protecteur autour des blessés. Au-delà de ce cercle, elle en avisa un autre, d'un blanc éclatant, semblable à celui qu'elle érigeait tous les soirs autour de la tombe de son père. Sauf que les flammes qui constituaient celui-ci mesuraient au moins deux mètres cinquante de haut et brandissaient des épées.

—Des anges, s'exclama-t-elle, stupéfaite. Mon Dieu, ce sont des anges !

—Que je sois damné…, lâcha Beck en protégeant de la puissante lumière ses yeux pleins de suie.

Ailes contre ailes, les silhouettes lumineuses formaient une barrière éthérée entre les démons et les survivants. Quand un Classe trois s'en approchait trop, il couinait et s'embrasait comme une vulgaire torche en bambou.

Les démons se replièrent avec force ululements de rage et de frustration, s'éparpillant dans les allées sombres qui entouraient le bâtiment en feu. À la fin, il ne restait plus que le Classe cinq, qui finit lui aussi par s'évanouir dans un tourbillon de poussière noire et de brume.

Quelques piégeurs lancèrent des cris de joie rauques. Les autres regardaient bouche bée les chiens de garde du Paradis.

—Où… étaient-ils… quand… ç'a commencé ? grommela Harper, le visage luisant de sueur et déformé par la douleur.

Il était plié en deux et avait le plus grand mal à respirer.

—Aucune importance, répondit Beck en s'agenouillant à côté du maître blessé. Ils sont venus, et c'est tout ce qui compte.

Chapitre 37

Riley se trouvait devant le portail du cimetière. Elle avait les clés de sa voiture dans la main, mais elle ne se rappelait pas avoir conduit jusque-là. Ori n'était plus là. Était-elle venue toute seule ?

Toutes les deux ou trois secondes, un tremblement la parcourait de la tête aux pieds comme si elle avait attrapé la grippe. Elle sortit une bouteille d'eau minérale de son sac et la vida d'une traite. Puis elle plissa le front. Comment se faisait-il qu'elle avait ce sac avec elle ? Elle ne se souvenait pas de l'avoir pris. Après vérification, le cadeau de Beck était bien sous son sweat-shirt. *Au moins, je ne l'ai pas perdu.*

Son esprit tournait toujours au ralenti. Comment les démons avaient-ils réussi à traverser la barrière d'Eau bénite ?

J'aurais dû la tester avec la griffe. Je me suis peut-être trompée. Elle n'était peut-être pas authentique…

Un violent frisson la parcourut.

Et Ori ? Comment était-il apparu à son côté ? *On s'en fiche. Il m'a sauvé la vie.*

Subsistait toutefois le plus grand des mystères : son père était-il toujours dans sa tombe ? Il n'y avait qu'une façon de le vérifier.

Riley se mit à courir en direction du mausolée. Tandis que ses pieds martelaient le chemin bitumé, son sac rebondissait contre son flanc. Très vite, sa cuisse fut victime d'une crampe, la forçant à claudiquer. Ses poumons la brûlaient. Elle toussa et sentit le goût du sang dans sa bouche.

Il est toujours là. Je le sais.

Bientôt, elle aperçut la lueur des cierges et gémit de soulagement. Un Nécro lui avait joué un vilain tour.

Le cercle était différent. Plus grand. En plus de la tombe, il englobait le mausolée. Assise sur sa chaise, tournée vers l'ouest, Martha était aux premières loges pour assister à la destruction du Tabernacle. Comme à son habitude, elle tricotait.

Riley arriva en boitillant, et la vieille femme lui sourit en poussant une rangée de mailles vers l'extrémité de son aiguille.

— Ah! vous voilà. Je suis désolée pour votre père, ma chérie, mais ces choses arrivent parfois.

— Mon père?

La jeune femme scruta le coin sombre qui abritait les tombes de ses parents. La terre au-dessus de celle de son père n'était plus un arrondi bien tassé.

La tombe était béante.

— Non! cria-t-elle. Non…

Les flammes du cercle s'élevèrent très haut dans les airs, réagissant à sa colère et à sa tristesse. Riley détourna les yeux de la lumière aveuglante.

— Que s'est-il passé? demanda-t-elle. Comment sont-ils arrivés jusqu'à lui? Le cercle n'a pas été brisé…

Martha leva les yeux. Ses aiguilles continuèrent à cliqueter à la vitesse de la lumière.

— Ce cercle-ci. L'autre a été détruit et j'ai dû en refaire un.

— Pour quoi faire?

Martha s'arrêta au milieu d'une maille.

—Rod a attrapé froid, alors ils ont envoyé un autre volontaire, un type pas très expérimenté. Malheureusement, il a la phobie des dragons, et il en a rencontré un ce soir. Il a dit que la bête mesurait dans les six ou sept mètres et qu'elle crachait du feu. C'était trop pour le pauvre garçon. Il a fui pour se mettre à l'abri et a brisé le cercle sans faire exprès. (Martha termina sa maille et rangea son ouvrage dans son sac.) Il est tout retourné, ajouta-t-elle.

—J'imagine. Dévasté, même…

Riley toussa et, le regard sévère, demanda :

—Qui a pris mon père ? Les types de la société de recouvrement ? Donnez-moi un nom.

Que je le réduise en bouillie.

—Le volontaire n'a pas vu le Nécro.

Riley baissa la tête, au comble du désespoir.

—Fait chier ! Ça ne serait pas arrivé si j'avais été là !

Elle était autant responsable que ce type qui avait la trouille des dragons.

—Pourquoi ce second cercle ? demanda-t-elle. À quoi bon ?

—Eh ! bien, pour vous.

—Les démons ne peuvent pas venir ici.

—Les démons, non, mais les mortels, si. Vous savez, les Nécros ne sont pas toujours bons perdants. Je vous conseille de rester à l'intérieur de ce cercle cette nuit.

Quelque chose, dans la voix de Martha, lui sembla bizarre. Lorsque la volontaire l'invita à entrer dans le cercle, elle ne se fit pas prier et bondit par-dessus les cierges.

—Bonne nuit, ma petite. Ne vous inquiétez pas, tout ira bien, lui dit Martha avec un enthousiasme exagéré.

Elle lui fit un signe de la main et disparut dans la nuit.

—Tout ira bien… Tu parles ! marmonna Riley avant de lever des yeux courroucés vers les cieux. Merci pour rien !

Rassembler suffisamment de courage pour regarder dans la tombe vide lui prit un peu de temps. Son père n'était plus là, et elle n'avait plus personne à qui parler. Esclave d'un quelconque connard plein aux as, il errait quelque part en ville.

Elle tomba à genoux dans la terre rouge et contempla le trou vide. Les gonds du couvercle du cercueil étaient tordus et cassés, comme si son père s'était échappé d'une cellule de prison.

La colère montait en elle. Elle entreprit de combler la fosse. La terre tomba dans la boîte vide avec un bruit mat. Riley travailla jusqu'à en avoir mal au bras, jusqu'à ce que ses muscles se mettent à trembler et que ses paumes soient à vif.

—Alors, c'était lequel? Mortimer l'inoffensif? Lenny le lézard?

Ou Son Altesse Ozymandias? Il lui faudrait le découvrir.

—On y était presque, papa. Presque.

Riley tituba jusqu'à son sac et le mit sens dessus dessous pour trouver la bourse en daim que lui avait donnée Ayden. Elle en défit le nœud, retourna à la tombe et ramassa une pincée de terre, qu'elle mit dans la pochette.

La sorcière lui avait dit de rassembler des choses qui lui donneraient de la force, qui la définiraient en tant que personne. La terre dans laquelle son père avait été enterré lui rappellerait de ne jamais confier son travail à un autre.

Ils finissent toujours par te trahir.

—Je te retrouverai, papa. Je te ramènerai ici dès que je pourrai. Je te le promets.

Alors Riley pleura comme une âme perdue. Elle en avait tellement besoin. Elle ne se donna pas la peine d'essuyer ses larmes. Elles séchèrent sur ses joues, qui gercèrent dans la fraîche atmosphère nocturne. Ses larmes, témoignage salé de la douleur infinie qui emplissait son cœur…

Sachant qu'elle ne pouvait pas faire grand-chose pour son père ni pour les piégeurs, Riley installa sa toile goudronnée et son sac de couchage sur le sol bétonné, au pied de la façade ouest du mausolée. Comme elle avait du mal à réfléchir, elle fit plusieurs voyages, allant chercher sa bouteille d'eau minérale, sa lampe torche, puis sa couverture.

Elle s'enveloppa dans son duvet, s'assit et s'abîma dans la contemplation du feu. Elle crut distinguer des visages dans la lumière rougeâtre. Des morts. Elle avait vu des piégeurs démembrés, des hommes se vidant de leur sang. Cela l'avait rendue malade. Ces images ne la quitteraient jamais. *Jamais.*

Simon. Survivrait-il à cette nuit ? et Beck ? La nouvelle journée qui s'annonçait lui apporterait-elle d'autres mauvaises nouvelles ?

— Je vous en prie, mon Dieu, je ferai n'importe quoi pour ne pas les perdre.

Le vent souffla dans les arbres nus.

Afin d'occuper son esprit et d'éviter de penser que Simon était peut-être en train de mourir, elle décida d'appeler Peter pour le rassurer ; toutefois, son portable refusa de s'allumer. Il était hors d'usage.

Elle l'ouvrit et constata que les câbles, à l'intérieur, avaient fondu.

— Merde…

Elle jeta son téléphone dans son sac en se demandant comment il avait pu être endommagé de la sorte. Son ami devait être en train de regarder les infos et de composer encore et encore son numéro. *Il doit me croire morte.* Tout comme Simi et ses camarades de classe. Et peut-être même sa folle de tante, à Fargo.

— J'ai failli mourir.

Quelques secondes de plus, et elle serait tombée dans ce gouffre. Elle devait une fière chandelle à Ori. L'avait-elle au moins remercié ?

Ses paupières finirent par tomber, et Riley sombra dans un sommeil torturé. Elle entendit quelqu'un l'appeler. Simon.

Il ne cessait pas de crier son nom, il la suppliait de le sauver. Elle courait dans la fumée et les flammes, écartait des Classe trois de son chemin comme de vulgaires fétus de paille. Alors elle vit la fosse, et, au fond, Simon qui gisait dans son sang. Sa poitrine était béante, et on voyait battre son cœur. Il l'appelait encore et encore, mais elle ne pouvait pas le rejoindre. Simon s'enfonçait inexorablement, tandis que les flammes de l'Enfer rugissaient sous lui. Il y avait des démons, en bas. Des démons à la queue pointue, armés de fourches. Ils hurlaient de rire et entraînaient son petit ami dans les profondeurs de la fosse, tandis qu'il lâchait un ultime cri de désespoir.

—Riley !

Elle se réveilla en sursaut et attrapa la lampe torche pour se défendre.

C'était Beck. Il se tenait à l'extérieur du cercle, plié de douleur, et la regardait en clignant des yeux comme s'il doutait de sa réalité.

—Riley ? chuchota-t-il.

Est-ce vraiment lui ?

Elle se racla la gorge et essuya ses joues couvertes de croûtes.

—« Si vous ne nous voulez aucun mal, entrez. »

Il traversa la barrière de flammes, fit quelques pas titubants et s'écroula dans ses bras en faisant lourdement tomber son sac marin par terre.

—Dieu merci, murmura-t-il. Dieu merci.

Il s'affaissa et s'assit à ses pieds. Elle se mit à genoux et lui éclaira le visage avec sa torche. Des brûlures sur le visage, la main droite et sur la cuisse, surtout.

—Un Classe trois ? demanda-t-elle.

Il hocha mollement la tête, les mains plaquées sur son jean déchiré et sa chair meurtrie.

—J'ai de l'Eau bénite bien fraîche, dit-elle en courant jusqu'au mausolée.

À son retour, il serrait toujours sa jambe, les yeux fermés par la douleur.

Laquelle allait encore s'intensifier.

Elle décapsula la bouteille.

—Prêt?

Il acquiesça de la tête. Quand le liquide entra en contact avec sa peau, il cria et se tortilla dans tous les sens, ne lui facilitant pas la tâche. La jeune femme continua à verser l'Eau sur la blessure jusqu'à ce que son ami s'écroule par terre, la respiration difficile.

—Je suis vraiment désolée, Beck!

Elle se rappela ce qu'elle avait elle-même ressenti, cette brûlure au plus profond de ses os. *Au moins, l'Eau est de bonne qualité.*

—Je n'ai pas le choix, siffla-t-il entre ses dents. Vas-y. Continue.

Riley lui prit délicatement la main et la soigna. Puis elle lui tamponna le visage d'Eau bénite. Les yeux de Beck restèrent fermés pendant toute l'opération.

Pendant qu'elle leur confectionnait un lit dans le mausolée, zippant les deux duvets ensemble pour qu'ils aient plus chaud, le piégeur ne cessa pas de gémir. Quand elle eut terminé, elle le trouva assis, le regard fixé sur la tombe profanée. Ses mains tremblaient comme celles d'un vieillard.

—C'était bien Paul, dit-il.

—Il est venu me mettre en garde.

Comme Beck la regardait avec étonnement, elle reprit:

—Je sais que c'est bizarre, mais il m'a dit de fuir, car ils arrivaient.

—Comment pouvait-il savoir?

Elle haussa les épaules. Beck tremblait de plus belle.

Je ne peux pas aider Simon, mais toi, si.

—Viens avec moi. Il fait trop froid pour rester dehors.

À son grand soulagement, il ne resta pas passif quand elle l'aida à se relever. Ce fut difficile, car il était bien plus lourd qu'elle et que sa jambe blessée le handicapait énormément, mais elle réussit à le guider jusqu'à la bâtisse. Beck la laissa lui retirer sa veste de cuir et l'envelopper dans deux couvertures. Puis Riley alluma une bougie qu'elle posa sur une saillie dans le fond du mausolée. La lumière tamisée dansait sur son visage noirci. Elle ferma les lourdes portes et s'assit à côté de lui, avant de s'entourer, Beck et elle, avec les sacs de couchage. Lorsqu'elle lui tendit la bouteille d'eau, il la vida d'une traite, sans même s'arrêter pour respirer. Avant d'écraser le plastique entre ses doigts.

—Tu as revu mon père après… ?

Beck secoua la tête.

—Il n'est peut-être pas ressorti de l'immeuble, dit-elle.

—Ça m'étonnerait. Tout Nécro digne de ce nom s'en serait assuré.

—Combien de morts ?

—Je ne sais pas. Au moins dix, répondit-il d'une voix abîmée par la fumée.

Elle devait savoir.

—Qui ?

—Morton, Collins, Ethan. Ils sont tous morts.

—Ethan ?

Elle n'arrivait pas à y croire. Ethan était un des apprentis de Stewart, et il devait se marier dans quelques mois.

—Il est mort très vite, expliqua Beck d'une voix lourde. Pas comme certains autres.

—Et… Simon ?

Beck ne croisa pas son regard.

—Je ne sais pas s'il s'en est sorti. Ils voulaient le faire conduire à l'hôpital. Je ne l'ai pas revu. (Il lui fit face.) Je ne te trouvais nulle part. Quelqu'un m'a dit qu'un Classe cinq était à tes trousses, alors j'ai cru que…

—Je vais bien.

Il l'attira contre lui et la serra fort. Des larmes qui ne lui appartenaient pas coulèrent sur les joues de la jeune femme. Il l'embrassa sur le front et murmura quelque chose. Elle n'entendit pas quoi, mais cela n'avait pas d'importance. Il était vivant.

Riley aurait voulu rester dans ses bras, mais Peter devait être mort d'inquiétude.

Elle se dégagea de son étreinte.

—Ton téléphone est en état de marche ?

Beck secoua la tête.

—Ça arrive parfois quand on utilise des sphères de mise en terre.

Merde. Désolée, Peter.

Le piégeur blessé se blottit dans les sacs de couchage, et Riley le couvrit avec toutes les couvertures qu'elle avait. Quand elle se glissa à l'intérieur, il l'attira contre lui et l'entoura d'un bras blessé et protecteur.

—J'irai dans la matinée, annonça-t-il doucement. Je me renseignerai pour Simon et les autres.

—C'étaient vraiment des anges ?

—Ouais. Maintenant, dors un peu. Tu es en sécurité, ici. Je ne permettrai pas qu'on te fasse du mal.

Elle savait qu'il était sincère.

Pendant que Riley dormait, Beck se replongea dans des souvenirs récents. Il se rappelait bien ces moments qui suivaient la bataille. Chacun avait sa façon d'encaisser. Certains buvaient. D'autres se défonçaient. Lui se réfugiait toujours dans un endroit calme pour réfléchir, se rappeler la puanteur de la guerre, les supplications des mourants. Rien n'avait changé. Sauf le décor.

Au lever du jour, les piégeurs devraient affronter une réalité nouvelle. Il leur faudrait démasquer celui qui trafiquait l'Eau bénite et découvrir comment les démons avaient réussi à traverser le mur invisible qui entourait leur salle de réunion. L'Enfer jouait-il son va-tout? Était-ce réellement la fin? Il y avait tellement de questions sans réponse.

Il les repoussa toutes. Chaque chose en son temps. Pour le moment, il préféra se calmer en écoutant la respiration régulière de Riley, en sentant la chaleur de son corps contre le sien. Il n'avait cessé de remercier Dieu de l'avoir épargnée, ce qui l'avait forcé à admettre une réalité qu'il refusait de voir.

Je tiens trop à toi, petite.

Il y avait une limite au-delà de laquelle on ne pouvait plus continuer. Perdre Riley après Paul lui aurait fait franchir la sienne. Comment aurait-il pu supporter cette douleur? Il l'ignorait et ne voulait pas le savoir.

Riley s'agita, gémit. Il la réconforta et lui caressa doucement les cheveux jusqu'à ce qu'elle se rendorme. Le soleil lui apporterait un nouveau lot de souffrances. Il savait à quoi ressemblait un homme qui était sur le point de mourir; il en avait vu beaucoup pendant la guerre. Son instinct lui criait que Simon ne survivrait pas, et cela déchirerait le cœur de la petite.

Je serai là pour toi. Quoi qu'il arrive.

Beck prit une profonde inspiration et expira lentement. Il se devait de rester fort pour elle et de prendre les décisions difficiles. Mieux valait que la fille de Paul ne sache jamais ce qu'il ressentait pour elle. Il y aurait moins de souffrance de cette façon. Pour elle comme pour lui.

Mon Dieu, faites qu'il ne lui arrive rien. Je m'accommoderai du reste.

Chapitre 38

Lorsque Riley finit par se réveiller, Beck et son sac marin avaient disparu. Elle se leva malgré ses jambes raides, s'étira et ouvrit la porte. Le soleil était beaucoup plus haut que prévu. Elle brisa le cercle, rassembla ses affaires et fonça vers la voiture. Tandis qu'elle conduisait, les fines volutes de fumée noire qui s'élevaient de la ville l'attirèrent comme un aimant.

La coquille noircie du Tabernacle avait quelque chose d'irréel dans la lumière fine du matin. Deux des murs de briques s'étaient effondrés vers l'intérieur, et les vitraux avaient tous explosé. Des chauves-souris désorientées couinaient dans les airs. Terminées, les siestes tranquillement installées dans la charpente de la vieille bâtisse.

Le périmètre du Tabernacle était bloqué par des barricades et quelques voitures de police. Riley s'arrêta en titubant. Une morgue de fortune avait été installée sur le trottoir près du parc. Elle essaya de ne pas compter les corps alignés dans des sacs, mais elle ne put s'en empêcher.

Treize. Près de quarante piégeurs assistaient à la réunion de la veille. Cela signifiait qu'il n'y avait que vingt-sept survivants.

Elle traversa la rue et se heurta aussitôt à un policier.

—Vous ne pouvez pas passer, mademoiselle, dit-il sèchement, les bras croisés sur la poitrine.

Ne sachant pas comment réagir autrement, elle sortit son permis de piéger.

—Vous étiez là hier soir? demanda-t-il en avisant son visage meurtri, ses cheveux roussis et la croûte de sang séché sur son jean.

Riley hocha la tête. Sans rien dire, il lui fit signe de passer sous le ruban qui délimitait la scène de crime. Le parking semblait avoir été mis à sac par des géomys géants enragés. Une équipe municipale s'activait autour d'un écheveau de tuyaux transportant du gaz. De la vapeur s'échappait de certains cratères comme dans un film sur la fin du monde.

Elle trouva Beck avec un petit groupe de piégeurs. Il se tenait bien droit et bougeait au ralenti. En se rapprochant des hommes, Riley entendit qu'ils discutaient de son défunt père.

—Je sais ce que j'ai vu, disait un type à la main bandée et aux sourcils froncés. C'était Blackthorne, et il aidait les démons.

—C'est des conneries! gronda Beck.

—Dans ce cas, comment ont-ils fait pour briser le mur? Quelqu'un leur a forcément permis de passer. Et ce n'était sûrement pas l'un d'entre nous.

Un autre piégeur intervint dans le même sens:

—Oui, c'était forcément lui. Cela ne peut pas être une coïncidence. Blackthorne arrive et, quelques secondes plus tard, on est dans les démons jusqu'au cou. Il n'y a pas d'autre explication.

Riley joua des coudes et transperça le groupe, furieuse.

—Il est venu me prévenir. Il m'a dit de fuir, lâcha-t-elle avant de comprendre qu'elle venait de commettre une erreur.

—Et comment pouvait-il savoir? demanda un des piégeurs.

C'était McGuire, un de ceux qui s'étaient opposés dès le départ à l'admission de Riley.

— Il n'aurait jamais brisé le cercle, protesta la jeune femme.

— Si Blackthorne ne l'a pas fait, alors qui ? Vous ?

— Du calme, intervint Stewart. (Il avait un épais bandage autour de la tête. Sa peau était aussi blanche que ses cheveux, et il pesait de tout son poids sur le pommeau de sa canne.) On discutera de tout ça plus tard. Pour l'instant, nous avons besoin de nous occuper de nous.

Irrité, McGuire insista :

— Je sais ce que j'ai vu.

— Vous ne vous êtes pas dit que c'était ce que les monstres voulaient vous montrer ?

Chacun y alla de son argument. La confusion était totale.

— Il faut qu'on sache en qui on peut avoir confiance, répondit McGuire. Il y a un lien entre tous ces éléments : l'Eau bénite, l'attaque, les démons qui collaborent. (Il désigna Riley du doigt.) C'est à son arrivée que tout a commencé à déconner ! C'est elle la responsable !

Stewart se dressa entre l'homme en colère et la jeune femme.

— Équipez-vous et repartez travailler. On doit montrer à la Ville qu'on est toujours là. Sinon, aussi sûr que vous pouvez jouer l'hymne national avec le cul, la municipalité appellera les chasseurs au secours.

Le groupe se dispersa lentement.

— Ramenez-la chez elle, vous voulez bien ? demanda Stewart à Beck.

— J'allais à l'hôpital, protesta Riley. Je veux voir Simon. Je veux voir s'il est…

Toujours en vie.

Le maître la prit à part.

— Vous vous inquiétez pour lui, et moi aussi, mais Simon a une famille qui peut s'occuper de lui. (Il se tourna vers le piégeur blessé.) Vous devez rester avec Beck. Il n'a plus que vous.

Riley lâcha un soupir.

—Je vais chercher la voiture…

En dehors des indications pour rallier sa maison de Cabbagetown, Beck ne prononça pas un mot. Il finit par désigner une allée conduisant à une petite maison verte aux moulures blanches. Son nom avait été peint au pochoir sur la boîte aux lettres, autour de laquelle s'enroulait un pied de clématites violettes. Riley ne s'était jamais vraiment imaginé la maison de Beck, mais force fut d'admettre qu'elle ne s'attendait pas à cela.

Beck sortit de la voiture en utilisant tout ce qui lui restait d'énergie, semblait-il, mais il refusa qu'elle l'aide à monter l'escalier. Au lieu d'ouvrir la porte, il s'affaissa sur la plus haute marche.

—Tu te sens bien ? s'inquiéta-t-elle.

Beck regardait dans le vide.

—C'est n'importe quoi. Je n'y comprends plus rien. (Il se tourna vers elle.) Il a été pris par quel Nécro ?

—Aucune idée. Allez, viens, ajouta Riley en le tirant vainement par le bras. Je ne suis jamais entrée chez toi, l'encouragea-t-elle. Je veux voir si c'est aussi mal rangé que mon appartement.

Et puis, je ne veux pas que tu restes dans le froid.

Beck sembla surpris.

—Je suis désolé. Je croyais que tu étais déjà venue. Ton père est passé souvent. Ça lui plaisait. (Un sourire mélancolique lui éclaira le visage.) Il disait qu'il voulait t'acheter une maison comme celle-ci, un jour.

Il se leva, s'avança vers la porte puis pianota sur le clavier du système d'alarme. Lorsque l'appareil cessa de clignoter, il entra dans le vestibule.

Riley découvrit un parquet en bois sombre et un paillasson pour s'essuyer les pieds. Sur les murs ocre, il y avait des patères et des tableaux représentant Okefenokee Swamp. Elle était de nouveau surprise. Pour un garçon, Beck entretenait très bien son intérieur. Il n'y avait ni restes de pizzas moisis dans le coin cuisine ni sous-vêtements sales par terre. L'endroit était aussi propre que son appartement.

Elle lui fit signe de s'asseoir sur une chaise de la cuisine et demanda :

— Où est ton Eau bénite ?

— Dans le placard du couloir. Prends-toi une bouteille ; à partir de maintenant, tu devras toujours en avoir sur toi.

— Pourquoi ?

— Si tu as besoin de te protéger, trace un cercle avec et saute dedans. Ce sera mieux que rien.

— Tu crois que les démons n'en ont pas terminé avec nous ?

— Je pense que c'était juste un échauffement.

Chez le commun des mortels, ce genre de placard contenait des objets dont on ne se servait jamais, comme des patins à glace, des décorations de Noël ou une vieille paire de chaussures. Celui de Beck abritait son matériel de piégeage. Tout était méthodiquement rangé, étagère après étagère. Elle vit notamment plusieurs bouteilles d'Eau bénite, des filets en acier, un rouleau de corde et des sphères. Et même un morceau de tuyau en acier.

Riley prit les bouteilles les plus récentes, frotta leur étiquette avec sa salive puis retourna dans la cuisine. Elle en mit une dans son sac, tandis que Beck persistait à fixer son regard sur un objet imaginaire situé à trente centimètres de son nez.

— Le temps est venu de souffrir un peu, dit-elle.

— C'est de la bonne ?

— Oh ! oui.

Lentement, il retira sa veste, puis son tee-shirt. Il lui prit la bouteille des mains.

— Je vais me débrouiller tout seul.

Comme tu voudras.

Après s'être lavé les mains, Riley fouilla dans le réfrigérateur et trouva quelques œufs et un chapelet de saucisses. En cherchant un peu, elle dégotta aussi une poêle à frire, qu'elle posa sur la gazinière. Un cri sec retentit dans la salle de bains, suivi par un flot de jurons, pour la plupart obscènes. Puis il y eut un autre cri. Alors la douche coula.

La partie agréable du job. Riley baissa le feu sous la poêle, car il risquait de passer un certain temps sous l'eau chaude. Pendant ce temps, elle se servit de son téléphone fixe pour appeler Peter.

—Allô ? répondit une voix circonspecte.

—Peter, c'est Riley.

—Riley ! Tu étais où ? Merde, tu m'as fichu la trouille, se plaignit-il d'une voix inquiète.

—Je suis désolée de ne pas t'avoir appelé avant. Mon téléphone est grillé, et j'ai passé la nuit au cimetière.

—C'est passé à la télé toute la nuit. J'espérais t'apercevoir à l'image pour me rassurer, mais comme je ne te voyais pas…

Sa voix se tarit.

—Je suis vraiment navrée, Peter.

—Tu connaissais tous ces gens qui sont morts, non ?

—La plupart.

—Et Beck, il va bien ?

Elle lui raconta quelques détails, mais pas le pire ; il n'avait pas besoin de faire les mêmes cauchemars qu'elle.

—C'est la fin, alors ? demanda-t-il d'un ton quasi enthousiaste. La Guilde va fermer ses portes ?

—Non. On fera venir des piégeurs d'autres villes et on recommencera à zéro.

—Oh !

—Peter, je n'ai pas l'intention de laisser tomber. Plus que jamais, j'ai l'intention d'en faire mon métier !

— Je sais, dit-il doucement. C'est comme si je te regardais jouer à chat avec des loups affamés. Un pas de travers, et ils te mangent toute crue. Et moi, je ne peux rien faire pour t'aider. Je ne sais pas si je pourrai supporter ça.

Sans le savoir, Peter venait de tracer une ligne dans le sable. D'un côté, il y avait leur vie d'avant : l'école, les parents qui ne comprenaient rien et tout le reste. De l'autre, la nouvelle vie de Riley. Celle qui risquait de la voir se faire déchiqueter par des démons.

— On reparlera de ça plus tard, tu veux bien ?

Elle avait trop de soucis pour se casser la tête avec des questions si futiles.

Le silence.

— Peter ?

— Le problème, c'est qu'on n'en parle jamais, justement. L'amitié, ce n'est pas ça. Je n'en peux plus de cette relation. Je suis sérieux.

Et il lui raccrocha au nez.

Riley en eut la nausée. Comme elle reposait l'écouteur sur le combiné, elle se rendit compte que Beck l'observait depuis le couloir.

— Il m'a raccroché au nez. Il ne supporte pas que je fasse ce métier.

— C'est difficile, pour eux, dit-il d'une voix éraillée. Ils ne comprennent pas ce qu'on fait ni pourquoi on le fait. (Il secoua la tête, plein de regrets.) Ils s'inquiètent pour nous, et ça les rend malades.

— Ce n'est pas une fatalité. Ma mère acceptait très bien que son mari soit piégeur, protesta-t-elle.

— Tu en es sûre ? demanda Beck, le sourcil levé.

Non, car elle avait entendu les conversations étouffées de ses parents. Sa mère se faisait un sang d'encre quand son mari était en mission. Elle se demandait toujours s'il rentrerait ou non.

Beck s'appuya contre l'encadrement de la porte.

— Quand j'ai commencé à travailler, je pensais pouvoir tout avoir, mais maintenant, je sais que je passerai ma vie seul. Jusqu'à ce que j'arrête de piéger à cause de mon grand âge, en tout cas. À moins qu'un démon me bouffe pour son petit déjeuner.

Riley frissonna et se frotta les bras.

— Waouh ! C'est… brutal.

— C'est le prix à payer pour qui veut affronter l'Enfer.

C'était une idée effrayante.

Par bonheur, Beck se fit discret pendant qu'elle terminait de préparer le repas. Les œufs étaient trop cuits et les toasts trop grillés, mais il mangea ce qu'elle mit dans son assiette sans se plaindre. Elle-même se surprit à manger avec appétit. Elle vida son assiette en se demandant comment elle pouvait avaler quoi que ce soit après ce qu'elle avait vu la veille.

Ça veut dire que je suis une goule ?

Beck attendit d'avoir avalé un deuxième toast, moins grillé celui-là, pour se remettre à parler.

— Jackson est blessé, mais il devrait être sur pied très vite. Stewart est en un seul morceau, mais je ne suis pas certain qu'il doive continuer. Quant à Harper, il a les côtes cassées.

— Il est à l'hôpital ?

— Non, chez lui. Il va avoir besoin d'aide pendant un petit moment.

— Il y a quoi au programme, maintenant ? demanda Riley en sirotant son café.

Il était trop fort. Elle n'avait jamais su le préparer correctement.

— Des funérailles. Après, il faudra s'occuper de cette saloperie de paperasse pour le bureau national. Ils vont devoir nous envoyer un maître pour former de nouvelles recrues. (Il se tut pendant quelques secondes.) On n'aura pas recouvré notre force de frappe avant deux bonnes années. À moins que d'autres piégeurs viennent nous rejoindre.

— Tu crois que c'est possible ? demanda-t-elle en secouant quelques miettes de son sweat-shirt.

— Moi, à leur place, je ne viendrais pas, c'est clair. Surtout après ce qui s'est passé hier soir. On pourra s'estimer heureux si les nôtres n'abandonnent pas le navire.

Il avait sans doute raison.

— J'irai voir Harper ; je l'aiderai s'il a besoin de moi, dit-elle.

Il lui lança un regard en biais.

— Je croyais que tu le haïssais.

— Il n'empêche que je peux m'occuper de lui.

Du moment que je reste hors de portée de ses coups.

— Pourquoi pas, remarque, tu m'as bien préparé ce repas…

Pourquoi fallait-il qu'il fasse une histoire personnelle de tout ?

— Beck, je ne te déteste pas. C'est juste que…

Elle ne savait pas comment lui expliquer qu'il la prenait tout le temps à rebrousse-poil. Elle avait passé une si belle journée en piégeant avec lui… Elle aurait voulu que cette parenthèse dans leur relation se prolonge.

— J'aimerais que ça se passe bien entre nous, reprit-elle, mais il est hors de question que je quitte Simon juste parce qu'il ne te plaît pas.

— Simon est très bien. (Il s'abîma dans la contemplation de son assiette vide.) La vérité, c'est que tu as raison. Je… D'une certaine manière, je suis jaloux de lui. Il a de la chance que tu l'apprécies tant. Pas mal de mecs voudraient être à sa place.

Je t'apprécie, toi aussi, mais tu es incapable de le voir.

Ne sachant pas comment le lui dire, Riley se leva et poussa sa chaise sous la table. Elle voulut ramasser les assiettes, mais il l'en empêcha.

— S'il te plaît, appelle ta tante et dis-lui que tu vas bien. Je me charge de te prendre un billet de car pour Fargo.

Tu insistes, ma parole! Elle secoua la tête et enfonça ses doigts dans le dossier de sa chaise.

— Je ne partirai pas. Pas avec Simon dans cet état.

Beck se leva, le visage dur.

— Je sais qu'il compte pour toi, mais il voudrait que tu sois en sécurité. Les démons ne devraient pas connaître ton nom, et pourtant, ils n'arrêtent pas de t'appeler. Ce Classe cinq était prêt à tuer tous les piégeurs rien que pour t'avoir, toi. Ça craint, Riley, tu t'en rends compte, j'espère.

Sa peur transparaissait dans chacun de ses mots. Oui, il avait peur pour elle.

— Peu m'importe ce que font les démons, je refuse de partir.

— Quelque chose est en train de partir en sucette, dans cette ville, et toi, Riley, tu es au milieu de la tourmente.

— Que je sois à Fargo ou ailleurs n'y changera rien. Si ce Classe cinq le veut, il me retrouvera. *Game over.*

Il ouvrit la bouche pour protester, mais elle l'arrêta d'un geste de la main.

— Tu perds ton temps, poursuivit-elle. Je reste, et cette conversation est terminée.

— Tu es vraiment une tête de mule !

— Et tu sais de quoi tu parles.

Dans un grognement, Beck pivota sur sa jambe valide et disparut dans le couloir en claudiquant. Une porte claqua, puis il y eut un bruit mat et violent, comme si quelqu'un avait donné un coup de poing dans le mur.

Achète tous les billets de car que tu voudras. Je ne quitterai pas cette ville.

Chapitre 39

L'infirmier des soins intensifs en blouse bleue avisa Riley et écarquilla les yeux.

—Vous vous sentez bien, mademoiselle ? demanda-t-il en se levant de sa chaise.

Riley était consciente de ne pas être très belle à regarder. Elle n'avait pas pris le temps de se changer ; cela ne lui était même pas venu à l'esprit. Soudain, elle aperçut son reflet dans la fenêtre de la salle d'attente. Sa veste était constellée de brûlures, et une de ses manches présentait une longue entaille. Ses cheveux pendillaient mollement, roussis aux pointes. Son sweat-shirt et son jean étaient maculés d'une épaisse couche de sang séché.

—Ah…, oui, merci. J'aimerais voir Simon Adler.

Ne me dis pas qu'il est mort. S'il te plaît…

—Vous êtes de sa famille ? demanda l'infirmier, sceptique.

—Euh…

—Oui, répondit une voix.

Celle-ci appartenait à une jeune femme assise dans la salle d'attente.

L'infirmier était toujours aussi sceptique.

—D'accord, mais seulement cinq minutes.

La jeune femme prit Riley par la main et l'entraîna dans le couloir. Elle était blonde, avait les yeux bleus et mesurait à peu près la même taille que Riley. Elle avait le ventre plus gros, car elle était enceinte.

—Vous êtes Riley, n'est-ce pas? murmura-t-elle. Je suis Amy, la sœur de Simon. Simon m'a parlé de vous.

—Vous vous êtes mariée l'été dernier, dit Riley.

La jeune femme hocha la tête et posa une main protectrice sur son ventre.

—Je vais avoir un bébé.

Elles marchèrent en silence jusqu'à ce que la jeune femme s'arrête devant une chambre.

—Comment est-ce qu'il…? commença Riley avant de s'interrompre, car elle n'était pas sûre de vouloir savoir.

—Ils disent qu'il a perdu beaucoup de sang et que ç'a causé des dommages à son cerveau. Ils disent qu'il n'est plus là, que nous devons décider si nous voulons qu'il reste branché à ces machines ou…

Le regard d'Amy se brouilla.

Mon Dieu…

Elles se serrèrent mutuellement dans les bras, mélangeant leurs larmes.

—Il n'y a pas meilleur frère, reprit Amy entre deux sanglots, la tête enfouie dans l'épaule de Riley. Pourquoi est-ce qu'il a fallu que ça lui arrive à lui?

Des images de corps lacérés, de démons enragés et de flots de sang défilèrent dans l'esprit de Riley. Elle entendait les cris, les grognements, les craquements des flammes comme si elle était de retour dans le quartier général de la Guilde.

—Vous vous sentez bien? Vous tremblez? demanda Amy en s'écartant.

—Oui, je vais bien, mentit la piégeuse.

—Mon frère m'a dit à quel point il vous appréciait, poursuivit Amy en la prenant par le bras. Je tenais à vous le dire.

—Merci, je… Il compte beaucoup pour moi.

Amy lui serra le bras et retourna dans la salle d'attente.

Il n'est plus là.

Fébrile, Riley ouvrit doucement la porte de la chambre de Simon. Une infirmière lui fit signe d'entrer d'un hochement de tête et termina de suspendre une nouvelle intraveineuse à une perche. La poche était pleine de sang. La femme sortit sans prononcer la moindre parole d'encouragement.

Ça veut dire qu'il n'y a plus d'espoir. Riley avait appris cela quand sa mère était mourante.

Simon était aussi pâle qu'un cadavre. Au milieu de toutes ces machines, il paraissait tout petit. Un appareil le faisait respirer. Inspiration, expiration. Une longue ligne verte brillait au milieu d'un moniteur, s'animant au rythme des battements de son cœur. Il y avait des tubes partout. L'un d'entre eux, relié à une poche, serpentait sous le drap et collectait son urine.

Riley déglutit difficilement et se rapprocha doucement du lit. Dire que la veille encore, ils s'embrassaient et parlaient de leur avenir.

Elle glissa la main entre les barreaux en métal froid. La peau de Simon était comme du marbre tiède. Il ne réagit pas lorsqu'elle le toucha, ne lui rendit pas son étreinte. Elle se rappelait la douceur de son regard. Sa façon de la considérer comme si elle était la seule fille au monde. Elle se pencha au-dessus de lui, repoussa une mèche de cheveux de son front et y déposa un baiser.

—Dépêche-toi d'aller mieux, lui murmura-t-elle à l'oreille. On a du retard sur les bisous.

Aucune réaction, pas même un mouvement incontrôlé de la paupière. Le respirateur continuait de lui insuffler de l'air dans les poumons, tandis que l'électrocardiogramme émettait des

« bips » réguliers. Mais rien de tout cela n'était normal, même Riley pouvait le voir.

— Tu ne peux pas me faire ça, poursuivit-elle. Tu ne peux pas me laisser seule. Peu importe comment, mais tu dois te soigner, Simon Adler. Je ferais n'importe quoi pour que tu ailles mieux. Tu entends ? Ne meurs pas !

Rien. Son tendre espoir se désintégra en une myriade d'éclats sanguinolents.

Simon lui avait dit qu'il n'avait jamais douté de sa foi.

À présent, il testait celle de ceux qui l'aimaient.

Un test que je ne réussirai pas.

Tandis qu'elle pleurait en attendant l'ascenseur, Riley vit l'ange dans le couloir. Personne d'autre ne parut le remarquer, malgré sa robe blanche et ses ailes couvertes de plumes repliées dans son dos. Une infirmière passa juste devant lui avant d'entrer dans la chambre d'un patient d'un air décidé.

Le messager éthéré fit un signe à Riley puis désigna du doigt la chapelle située au bout du couloir. Riley appuya encore et encore sur le bouton d'appel de l'ascenseur.

— Vous êtes obstinée, n'est-ce pas ? lui demanda l'ange.

Sa voix lui était familière. Elle ressemblait à celle de Martha.

La volontaire accro au tricot était un ange ?

— Vous vous fichez de moi, dit Riley. Pourquoi est-ce que vous ne m'êtes pas apparue comme ça, la dernière fois ?

— Je n'en avais pas envie, rétorqua Martha en désignant une nouvelle fois la chapelle.

— Qu'est-ce que vous voulez ? demanda Riley, peu disposée à bouger.

L'ange fit mine de réfléchir en se grattant une aile.

— Quelques pelotes d'alpaga teint à la main feraient l'affaire. Ah ! une paire d'aiguilles en palissandre.

Riley réessaya, tandis que sa frustration augmentait :

— Qu'est-ce que vous voulez de moi ?

— J'aimerais discuter un peu avant que l'Enfer gagne la partie.

Se sentant bête de parler à une créature que personne ne semblait voir, Riley cessa de lutter et traîna les pieds jusqu'à la chapelle. Elle poussa la porte et trouva Martha assise au premier rang, sauf que, cette fois-ci, elle était vêtue en vieille dame et portait même ses chaussures orthopédiques.

— Et si vous étiez une des leurs…, la provoqua Riley.

— Nous sommes en terre consacrée, répondit Martha en écartant les bras.

— Hier soir aussi. Nous étions à l'abri d'un anneau d'Eau bénite dans un bâtiment qui fut une église.

Martha fronça les sourcils d'un air pensif.

— La bouteille d'Eau bénite dans votre sac… Vous voudriez bien la sortir ? (L'ange mit ses mains en coupe.) Versez-en, je vous prie.

Comment savais-tu que j'en avais sur moi ?

Riley s'exécuta d'une main tremblante. Elle attendit les couinements, les cornes qui poussent sur la tête, la queue en pointe qui claque. Au lieu de quoi le liquide coula sur les mains de Martha, émit une lumière vert doré, puis s'évapora et se répandit dans la chapelle.

— Waouh ! lança Riley en le voyant flotter sur des courants d'air invisibles.

— J'adore faire ça, avoua Martha. Maintenant, inspirez profondément et dites-moi à quoi ça vous fait penser.

Riley se remplit les poumons.

— Un été à la plage. Je sens l'odeur de l'eau salée et de la pastèque bien fraîche.

Martha soupira.

— Moi, je ne sens rien du tout. Vous autres, mortels, avez de la chance.

Riley revissa le bouchon de la bouteille d'Eau bénite et la rangea dans son sac. Martha était une envoyée de Dieu. Comme elle n'aurait jamais l'occasion de se plaindre auprès de lui, elle se contenterait de l'ange.

Elle rassembla son courage.

—Qui a pris mon père?

Martha secoua la tête.

—Question suivante.

—Comment les démons sont-ils entrés dans le cercle d'Eau bénite?

—Le mal neutralise les effets de l'Eau. Quand le mal débarque en force…

L'ange écarta les bras, ce qui énerva davantage Riley.

—Pourquoi votre patron a-t-il laissé tous ces gens mourir? Nous sommes de votre côté, au cas où vous ne l'auriez pas remarqué.

—Il y a une raison à tout ce qui arrive. Vous devez lui faire confiance.

—Lui faire confiance? cria Riley d'une voix qui se réverbéra dans la petite salle. (Dans l'état qui était le sien, elle se moquait bien d'être changée en pilier de sel ou autre.) Faites-lui confiance si vous voulez; pour moi, ça n'a pas vraiment marché. J'ai prié pour ma mère, et elle est morte. J'ai prié pour qu'il n'arrive rien à mon père, et il est mort. Et maintenant, Simon… Simon est…

Elle s'affaissa sur le banc, la main plaquée sur la bouche, les joues ruisselantes de larmes. Elle fut de nouveau prise de tremblements, et ses muscles se tétanisèrent.

—Vous tenez vraiment à lui, n'est-ce pas? demanda doucement Martha.

Riley hocha la tête. Elle trouva un mouchoir en papier dans sa poche et se moucha.

—Il est… Je crois que…

Je crois que je suis amoureuse de lui.

—Oui. Nous ferons en sorte que ce jeune homme se remette de ses blessures à condition que vous acceptiez de nous aider.

Riley cligna des yeux, complètement perdue.

—J'aide déjà. Je suis piégeuse, vous vous rappelez? rétorqua-t-elle en se tapotant la poitrine.

—Cela ne suffit pas. Le moment venu, vous devrez faire quelque chose pour nous sans poser de question.

Ça sent la proposition pourrie…

—Pourquoi faut-il que nous concluions un marché? Pourquoi ne l'aidez-vous pas, tout simplement? C'est un gars bien qui respecte toutes vos règles.

L'ange ne répondit pas, ce qui laissa le temps à Riley de se sentir complètement égoïste. La seule chose qui comptait, c'était que Simon vive, non? Et si c'était un piège? S'ils ne l'aidaient pas à aller mieux?

Martha leva les yeux au plafond et hocha brièvement la tête comme si elle venait de recevoir des instructions d'un supérieur invisible. Elle laissa tomber quelque chose à côté de Riley.

Il s'agissait d'un tract du type « LA FIN EST PROCHE! », identique à ceux qu'on trouvait sous ses balais d'essuie-glace sur les parkings des supermarchés. Après les événements de la veille, le dessin grossier représentant des immeubles s'effondrant, un tremblement de terre et un incendie parut trop réaliste au goût de la jeune femme.

Elle écarta le tract avec un ricanement de dérision.

—C'est des conneries. Ça fait des années qu'ils nous promettent la fin du monde.

—Depuis le tout début, précisa Martha d'un air grave.

—Alors, quel rapport avec moi? demanda Riley.

L'ange se leva en arrangeant ses manchettes.

—Si vous acceptez notre offre, vous pourrez empêcher ces événements de survenir.

— Moi? cracha Riley. Vous rigolez?

— Non.

— Allô! Y a quelqu'un, là-dedans? J'ai dix-sept ans! Je suis encore lycéenne, et vous croyez que je peux empêcher la fin du monde? Vous avez fumé la moquette?

L'ange haussa un sourcil argenté.

— Jeanne d'Arc avait votre âge lorsqu'elle a conduit les Français dans la bataille.

— Attendez, ne me dites rien, je sais comment cette histoire finit : elle meurt en martyre, grillée sur le bûcher. J'ai toujours rêvé de connaître le même destin.

— Le choix vous appartient.

L'ange disparut, laissant Riley seule dans une salle qui sentait la pastèque. Le destin du monde pesait sur ses épaules.

Soit Simon mourait, soit elle se condamnait elle-même à devoir rendre un service colossal au Ciel.

— Comme si j'avais le choix! s'exclama Riley.

Il n'y eut aucune réponse en dehors du bruit d'une chaudière se mettant en route. Aucun chœur d'anges ni sifflement de démon. Juste de l'air chaud soufflant sur son visage.

Riley éclata de rire. D'un rire presque hystérique.

— Vous voulez me rendre folle, c'est ça?

Martha reviendrait et lui avouerait qu'il s'agissait juste d'une mauvaise blague.

Comme cela ne se produisit pas, Riley retourna à l'ascenseur et fixa son regard sur les boutons d'appel. Monter ou descendre? Simon vivait. Simon mourait.

Elle se rappela sa présence calme aux funérailles de son père, sa façon de se moquer gentiment d'elle lorsqu'elle s'était mise en jupe, leurs rêves communs. Elle était tombée amoureuse de lui et ne pouvait plus se le cacher.

Le choix m'appartient.

— D'accord. Marché conclu, dit-elle sans savoir si on l'écoutait ou non. Faites ce que vous avez à faire.

Elle attendit, mais rien ne se produisit. Peut-être que cela prendrait du temps. Peut-être ne s'était-il agi que d'un genre de test. Peut-être mourrait-il de toute façon.

Les portes de l'ascenseur s'ouvrirent, et elle entra dans la cabine. Juste avant que les portes se referment, Amy la rejoignit, et elles échangèrent un sourire.

— J'ai besoin de dormir un peu, dit la jeune femme en se tapotant le ventre. Porter un enfant, ça fatigue.

Un enfant que son frère ne verrait peut-être jamais.

Tandis qu'elles sortaient de l'hôpital et se dirigeaient vers le parking, une musique retentit dans le volumineux sac en velours d'Amy. La jeune femme en extirpa son téléphone et décrocha.

— Oui… Quoi ? Que voulez-vous dire ?

Elle couina, tourna les talons et retourna dans l'hôpital en courant.

De bonnes nouvelles ? ou de mauvaises nouvelles ? Les deux étaient possibles, car le cri qu'Amy avait poussé n'avait pas été très spécifique.

— Eh ! Qu'est-ce qui se passe ? demanda Riley.

Elle n'obtint aucune réponse.

La sœur de Simon arriva devant l'alignement d'ascenseurs bien avant Riley ; apparemment, sa grossesse était moins handicapante que la jambe blessée de la piégeuse. Les portes de la cabine se refermèrent juste devant Riley.

— Merde ! grogna-t-elle en piétinant et en appuyant frénétiquement sur le bouton d'appel. Allez !

Pas d'ascenseur.

Une femme âgée lui lança un regard désapprobateur en secouant la tête.

— Les jeunes sont tellement impatients de nos jours.

Riley appuya encore trois fois sur le bouton pour faire la démonstration de son impatience. Quand l'ascenseur arriva enfin, elle était sur le point de gravir l'escalier, crampe à la jambe ou pas.

Elle poussa la porte coupe-feu de l'unité des soins intensifs et trouva tous les membres de la famille de Simon regroupés devant sa chambre. On pleurait et se serrait dans les bras.

Ils la virent et s'écartèrent pour la laisser passer.

— C'est sa petite amie, chuchota l'un d'entre eux.

Elle entra dans la chambre et entendit les sanglots d'Amy. Il n'y avait plus de bruits mécaniques. Le respirateur était éteint.

Riley ferma les yeux, tandis que ses tremblements revenaient. Elle avait donné sa parole au Paradis. Avait-elle été abusée, comme à son habitude ?

— Riley, regardez ! s'écria Amy. Il est réveillé ! Il respire tout seul !

Riley ouvrit les yeux en désirant désespérément que ce soit vrai.

Le tube du respirateur avait disparu, et une infirmière était en train de lui mettre avec précaution une canule à oxygène dans le nez.

— Simon ? l'appela-t-elle en mettant toutes ses prières dans son prénom.

Les yeux bleus injectés de sang de son petit copain s'ouvrirent lentement, et ses lèvres laissèrent échapper un coassement. Alors il la vit au pied de son lit.

— Ri… ley ?

La joie la transperça comme un éclair. Simon était en vie et son cerveau fonctionnait normalement, autrement, il aurait été incapable de la reconnaître.

— Ils l'ont fait ! s'exclama-t-elle. Oh mon Dieu ! ils l'ont fait.

Elle inspira profondément la forte et inoubliable odeur de pastèque. L'ange Martha était passé dans cette chambre pour y faire un miracle.

Comme Riley et Amy se prenaient dans les bras pour partager leur bonheur, la vérité frappa la piégeuse.

Son petit ami vivrait.

Le Paradis avait respecté sa part du marché.

Ce qui signifie que je peux m'attendre au pire...

AUBIN IMPRIMEUR

Achevé d'imprimer en février 2012
N° d'impression 1112.0205
Dépôt légal mars 2012
Imprimé en France
36231046-1